De la même veine

DE LA MÊME AUTRICE

L'année du gel, Calmann-Lévy, 2020 ; J'ai lu, 2022.

Piqûres de rappel, Calmann-Lévy, 2021 ; J'ai lu, 2023.

Les Âmes torrentielles, Actes Sud, 2023.

AGATHE
PORTAIL

De la même veine

ROMAN

J'AI LU

Ouvrage paru sous la direction de Julie Fallon

Au bâtisseur, au banquier, à l'ingénieur,
mes trois frères chéris,
Aux belles-sœurs et beaux-frères,
piliers de l'unité des fratries,
Et bien sûr aux parents aimants.

Repères familiaux

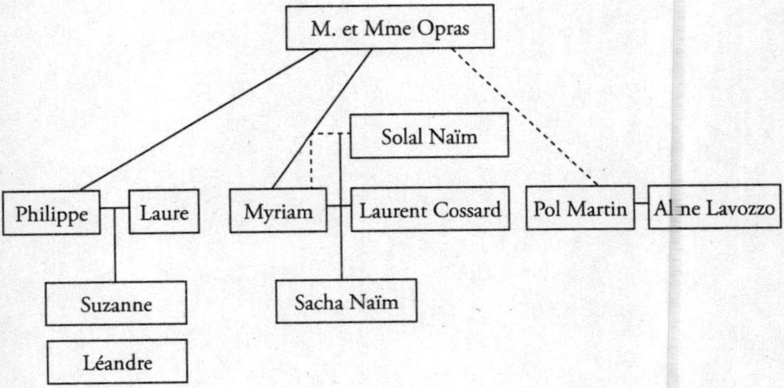

MARDI

Myriam Opras, 11 h 50

Me voilà en retard. Les longues minutes passées, la tête entre les poings, les coudes vissés sur mon bureau à la tonnellerie ont fini par grignoter ma matinée. À tout ce que je porte déjà vient s'ajouter l'angoisse de ne pas être à l'heure. Je n'en déglutis plus, les doigts agrippés au volant. Ma Mini se faufile dans les ruelles à la recherche d'un endroit où me garer. J'ai tellement mal, la douleur fait exploser devant mes yeux des milliers d'étoiles piquantes, une rage de dents est-elle plus difficile à supporter que des contractions de travail ? J'ai l'impression que oui. Est-ce que mes cheveux sont bien en place ? J'y passe une main incertaine avant de braquer brutalement : un de ces techniciens du son idiots, perche à micro portée sur l'épaule, traverse devant moi sans même s'assurer qu'aucune voiture ne déboule du virage. Mayenac est en effervescence, une agitation continue depuis cinq semaines que dure ce tournage insensé. J'avais voté contre la participation à cette compétition télévisée, mais j'étais la seule, et Mayenac s'est engouffré avec bonheur dans la téléréalité en participant à *Village Battle*. Quel flair ont eu ces producteurs qui ont compris avant les autres que rien n'égalait en intensité les rivalités rurales. Depuis, les rues sont encombrées, les habitants sur les nerfs et je ne trouve aucune place où faxer ma petite voiture moutarde. Je vais devoir marcher en talons sur les pavés, j'adore. Si seulement je n'avais pas oublié ma carte Vitale à la maison, j'aurais pu filer directement chez Pol et obtenir la délivrance. Que c'est douloureux. Quelle chance de compter un dentiste dans la famille.

Devant la porte de la maison, je sens mon cœur battre plus fort contre mes côtes car mon esprit, distrait un moment par la douleur, revient à ce qui l'obsède depuis ce matin : qu'est-ce qui est juste ? Mon sens aigu de la vérité ne trouve pas de direction à prendre, ma conscience s'épuise et se tourmente à peser les pour et les contre. Un silence complice de ma part est-il moins coupable qu'une révélation dévastatrice ? Quel imbroglio. J'aurais préféré ne rien savoir et laisser les principaux intéressés se dépatouiller tout seuls. Mais je sais.

Où sont mes clés ? Je sens dans mon dos le regard de ma voisine qui arrose ses primevères. La promiscuité fait partie des inconvénients de cette maison que j'aime tant. Au-dessus de ma tête, un bouton de rose s'est ouvert avant les autres et l'odeur qui en tombe m'enchante, en dépit de la douleur et du reste. Je finis par ouvrir la porte d'entrée en posant la paume sur le heurtoir pour ne pas alerter Laurent. Avec un peu de chance il est dans son bureau, à se passer pour la millième fois le dernier *Stabat Mater* que j'ai chanté en duo avec Jaroussky. Un moment suspendu, unique, dont je garde encore l'empreinte au creux du sternum. Un écartement des côtes hautes que je n'ai plus jamais réussi à trouver, qui laissait l'air entrer comme un souffle divin, une amplification presque surnaturelle de l'espace sous le voile de mon palais, une maîtrise parfaite de mes harmoniques, ni trop brillantes ni trop veloutées. Mon timbre se fondait sans effort dans les fins de phrase de ce contre-ténor avec qui j'ai chanté les *duetti* les plus équilibrés, les plus justes et les plus déchirants de ma carrière. Dans le répertoire de contre-alto, presque à contre-emploi pour la mezzo-soprano que j'étais, je me suis sentie plus libre que jamais, avant que tout ne s'arrête si brutalement. Je peux comprendre la dévotion de Laurent pour ces éblouissantes heures de mon parcours, c'est un spécialiste, presque un adorateur. Je suis incapable de m'y noyer comme il le fait. Je dois survivre : Myriam Opras, l'enfant chérie du baroque, soprano sans caprice et acharnée au travail, à la voix d'une malléabilité sans égale, n'est plus. Parfois je me dis que je suis la seule à l'avoir compris.

Un silence parfait règne dans la maison. Je me dénoue un peu. Je pose mon sac sur la surface lustrée de la table en demi-lune poussée contre le dos du canapé. Un gros bouquet d'iris violets et de spirées s'y épanouit, une araignée minuscule tente d'en quitter les branches souples et court en rond sur le bois vernis. Voilà pourquoi il ne faut jamais poser de bouquet frais sur une table nappée de blanc. C'est à peu près le seul enseignement utile que m'a laissé ma mère.

La douleur qui part de ma joue m'irradie le côté du visage, remonte le long de ma tempe et bat jusque dans mon cou. Je file à travers le couloir jusqu'à ma chambre, Sacha n'est pas dans la sienne et Laurent est absent. Je ne vois pas assez mon fils. Mes escarpins claquent sur les tomettes luisantes du couloir qui s'enfonce dans la maison. J'ignore les affiches que Laurent y a accrochées après les avoir fait encadrer. *Les Indes galantes*, saison 2001/2002 – Opéra de Paris ; Festival de Beaune, 29e édition, *Didon et Énée*, La Scala de Milan, saison 2002/2003… Autant d'épines glorieuses plantées dans ma chair, que je ne veux plus voir et surtout, ne plus entendre. Pour continuer à respirer. Laurent ne comprend pas cette étrange aversion pour ce qu'il nomme « ma légende ». J'évite de le lui jeter à la figure, ce dégoût de ce qu'il admire tant. Mon mari est si attentionné, si occupé à me porter aux nues… Je n'ai pas le cœur à lui dire merci, merci Laurent, inutile d'exposer la totalité de mon palmarès, j'allais dire pedigree, à ce pauvre Untel que tout ceci ne passionne sans doute pas autant que toi. Non, je hoche la tête, priant pour que mon mari abrège, tout en m'excusant intérieurement d'occuper malgré moi tout l'espace de la conversation. J'ai l'égocentrisme discret.

La carte Vitale est bien sur ma table de nuit. Dans ma chambre immaculée on ne voit qu'elle. Il est temps de repartir, j'ai encore de la route. La lumière de midi entre à flots bouillonnants par les deux fenêtres à rideaux clairs. J'ajuste dans le miroir posé sur la cheminée une mèche qui retombe trop raide sur le bombé de mon front. J'ai du mal à m'habituer à ce carré avec la frange qui fait un peu Mireille Mathieu, mais finalement, à l'usage… il s'accorde bien avec mes épaules fluettes et à mon âge, on ne porte plus tellement les cheveux longs.

Au moment de repartir, je fixe la double page froissée qui dépasse de mon sac. L'encre bave un peu. Je l'attrape et l'agite ainsi qu'un éventail. Faut-il que je parle de tout cela à Pol ? Trouver une solution en famille m'a toujours semblé la meilleure option. Nous connaissons si intimement nos petitesses, Pol, Philippe et moi, qu'aucune pudeur n'est de mise entre nous. Rien ne saurait choquer Pol à mon sujet ni à celui de Philippe. Je crois. Peut-être pas cette fois-ci. J'ai besoin d'y penser au calme. Je n'ai pas le temps de relire l'article, de toute manière j'ai trop mal pour me concentrer et j'en connais presque chaque mot. Le gros titre, au moins. Et le chapô. Sous l'effet d'une intense activité cérébrale, j'écarquille les yeux que j'ai déjà immenses, deux taches bleues sur ma peau de brunette, et fixe un point au-delà de la fenêtre, au-dessus de la crête des arbres qui poussent trente mètres plus bas au bord du Lagur. Il faut ranger l'article, pour y revenir lorsque j'aurai le temps d'y réfléchir.

L'araignée a fini par trouver un moyen de quitter la table, un long fil irisé volète jusqu'au sol sous l'effet de la porte d'entrée que j'ai laissée entrouverte. D'un pas de chef d'orchestre, je contourne la table et le canapé, traverse le salon tout en cuir et bois sombre, emprunte la porte de gauche qui donne sur la salle à manger que je franchis sous l'œil blanc d'un immense portrait Harcourt. Je pose l'article plié en quatre sur le plan de travail en ardoise qui fait le tour de ma cuisine et tire d'une étagère un gros cahier noir à couverture rigide dont le contenu, articles soigneusement découpés, billets de représentations, dizaines de pages noircies de mon écriture penchée et Post-it divers, est confié à un gros élastique. Je glisse l'article au milieu – de toute façon je ne compte pas le coller à la suite de ce que j'ai écrit hier –, me hisse sur la pointe des pieds et insère de nouveau le cahier entre *La Cuisine pour tous* et *1001 Recettes faciles*. Là où personne n'ira jamais le chercher. L'alignement des dos des livres est parfait.

Dix-huit minutes pour arriver au cabinet dentaire. Moi qui déteste être en retard.

Une fois dehors, j'essaie d'éviter de planter l'un de mes talons dans l'espace incertain qui sépare les pavés. Marcher sur la pointe des pieds est un exercice auquel j'ai dû m'habituer, puisque j'ai choisi d'acheter cette maison-là, dans cette rue-là, l'une des trois artères de la minuscule commune de Mayenac. Charmante et impraticable en voiture comme en talons. Depuis que j'ai dépassé les quarante-cinq ans, je m'offre des escarpins moins vertigineux, maximum sept centimètres. J'accepte sans broncher les petites limites, les petits outrages des années qui passent. L'essentiel n'est pas là. Je cherche encore où.

Une bourrasque d'avril rabat sur mon pare-brise une myriade de pétales blanc rosé. Les cerisiers de l'unique place du village agitent brièvement leurs branches, semant sur les pavés de jolis flocons qu'on croirait de papier crépon. J'engage une marche arrière prudente, l'œil fixé sur mon rétroviseur pour ne pas arracher mon bas de caisse sur l'une de ces sournoises bornes médiévales posées à fleur de façade. Un choc sonore me fait écraser la pédale de frein. Un type en T-shirt blanc agite dans ma direction deux trépieds noirs dont il n'a pas hésité à se servir vigoureusement contre mon pare-chocs pour manifester sa présence. Probablement le manager de plateau ou Dieu sait comment s'appelle cette fonction, qui a pour mission de transformer l'humble place de Mayenac en décor de cinéma. La téléréalité a des moyens de blockbuster. Avec un soupir, je termine ma manœuvre. Trois énormes ballons gonflés à l'hélium oscillent à quelques mètres du sol, l'un fixé devant le modeste palais ducal, l'autre en surplomb du tympan de l'église et le troisième effleure un avant-toit d'où dégringolent de lourdes fleurs de glycine. Que va-t-on inventer pour la séance d'autocongratulation du jour ? Le principe même de l'émission me semble flatter les plus bas instincts du meilleur des habitants. Chaque diffusion des moments captés à Mayenac et dans le village concurrent à quelques kilomètres aiguise un climat délétère que je préfère trouver ridicule plutôt que préoccupant. C'est à celui qui en montre le plus, Bellegrue contre Mayenac, Mayenac contre Bellegrue, à celui qui singe le mieux la grande camaraderie provinciale dont les téléspectateurs parisiens se repaissent en se tapant sur la cuisse à chaque bon mot involontaire. On est même allé jusqu'à inventer en conseil municipal une fête du Printemps qui n'a jamais existé, uniquement pour avoir l'occasion de proposer aux téléspectateurs du pittoresque, du chaleureux, du chatoyant. Pour Mayenac, tapez 1.

Je m'élance sur la départementale. Mon début d'abcès m'envoie de courtes décharges dans la joue et je dois m'interdire de serrer les dents pour ne pas aviver la douleur. Il faut absolument que j'aie les idées claires pour le comité de direction de 15 heures. L'échange qui se profile avec mon frère au sujet du plan d'investissement de la tonnellerie familiale promet d'être à notre image à tous les deux : plein d'enthousiasme et emporté, riche en trémolos fraternels et en prises de bec, front contre front. Philippe est un dirigeant visionnaire, qui a fait prendre à l'entreprise une dimension que notre père n'aurait jamais osé espérer. Moi-même je ne compte pas ma peine et l'envergure actuelle d'Opras n'aurait pas été la même sans ma maîtrise des relations presse et de l'événementiel. La conscience de bénéficier d'une création de poste en forme de bouée de sauvetage m'a piquée suffisamment fort pour que je m'investisse corps et âme. Mon syndrome de la bonne élève, dont Philippe se moque si souvent, ne m'a pas laissé le choix, je ne sais pas travailler autrement. En cinq ans, j'ai obtenu qu'aucun journaliste spécialisé n'ignore mon nom, je suis invitée à chaque pince-fesse interprofessionnel, je siège au nom d'Opras Tonnellerie dans d'illustres comités d'artisans, jurys d'excellence, commissions régionales et autres. Ce n'est pas pour tout renier maintenant, et Philippe ne réussira pas à me convaincre de valider son projet nocif. Je l'entends déjà pousser des cris, m'accuser d'être rigide, extrémiste même, mais je ne tolérerai aucun arrangement avec la déontologie propre à notre métier. Mon petit gabarit ne m'empêche pas de lui tenir tête, d'être dure même. L'idée de contourner une règle, une seule, me plonge dans un état de malaise insupportable. Plus que l'amour de la vérité, j'éprouve une véritable phobie de la dissimulation et même de l'omission, ce qui ne me rend pas la vie facile. Ni celle de Philippe ou de Pol, je l'admets. Cependant je m'interdis de lui lancer à la figure ces phrases qu'un accord tacite nous rend imprononçables : Papa n'aurait jamais fait ça. Papa ne t'aurait jamais laissé faire.

Le bitume sous mes roues défile à toute vitesse. La douleur me laisse par intermittence le loisir de savourer l'air tiède qui s'engouffre dans un bruit de cataracte par ma fenêtre ouverte. Les jacinthes sauvages et les céraistes forment au creux des fossés des taches bleu et blanc porcelaine, les feuilles nouvelles se déploient sur les branches des chênes qu'elles habillent de nuances acidulées. Avril, avec son impatience à sortir de l'hiver, son appétit de neuf, est mon mois préféré. J'ai consacré tant d'années à vivre dans la lumière crue des coulisses, à rouler ma valise dans des couloirs sans fenêtre, à offrir mon visage, soir après soir, aux spots laiteux de régies transcontinentales. Tout cela n'a été que sacrifices, pour l'unique bonheur de porter hors de moi ce son incroyable que j'ai modelé, travaillé, pétri par un travail incessant. Ne comptait alors que la joie de lire sur le visage des premiers rangs une émotion sauvage qui résonnait en moi comme la volée tournante d'un beffroi. Bien que j'aie honte de l'avouer, même le sourire de Sacha n'a jamais eu le même effet.

Les portes de Lafontac, enfin, se profilent par-delà le fleuve. Je traverse sans hésiter le pont métallique qui enjambe l'eau ronde encore des pluies de mars. Le cabinet de Pol se situe dans l'une des rues qui partent du cœur de la bastide.

Une plaque en laiton brille à gauche de la porte :

Cabinet dentaire
Docteurs P. Martin et C. Motte
Chirurgiens-dentistes

Comment s'appelle son amie, l'assistante médicale, déjà ? Je m'en veux de l'oublier d'une fois sur l'autre, d'autant plus que cette jeune femme a réussi à calmer l'insécurité affective de Pol, un tour de force qui ne laisse pas de m'étonner. Je m'étais plus ou moins faite à l'idée que malgré ses qualités indéniables, Pol allait franchir la cinquantaine sans avoir trouvé de compagne qui soit digne de lui, jusqu'alors aucune ne lui arrivait à la cheville. Soit cette femme lui dispense une adoration sans bornes qui le rassure suffisamment, soit Pol a passé quelques années sur le divan sans m'en parler. La première possibilité me semble la plus probable, jamais Pol ne m'aurait caché quelque chose d'aussi énorme qu'une psychanalyse.

Plissant les yeux juste assez pour lire le prénom de la jolie blonde qui me sourit derrière le comptoir d'accueil, je peux articuler à temps un « bonjour Aline » dont le naturel me semble correct. Il est tout de même incroyable que je doive me rendre au cabinet pour fréquenter la petite amie de mon presque frère. Il nous l'a présentée un soir en coup de vent il y a huit mois et depuis, rien. Je n'ai pas encore pu me faire une véritable idée à son sujet, à croire qu'il le fait exprès. Avec un soupçon de gaucherie, nous nous embrassons par-dessus le bloc-stylo et le terminal à carte Vitale.

— Tu n'es pas partie déjeuner ?

— J'attends que le dernier patient sorte pour lui rendre sa carte, soupire Aline qui hésite à se rasseoir.

Avec ses yeux myosotis et ses taches de son sur le nez, Aline Lavozzo offre le parfait tableau de l'ingénue en blouse blanche. De quoi faire tourner la tête de n'importe quel patron, je l'admets. Cette fille produit sur Pol un effet de conte pour enfants, je dois absolument trouver le moyen de m'en faire une amie et la discrétion de Pol sur cette relation ne m'y aide pas. Que dire cependant à quelqu'un qui affiche quinze bonnes années de moins que soi, presque vingt, qui ne connaît probablement pas l'existence de Purcell, qui n'a pas encore besoin de fournir un effort pour avoir l'air réveillée avant 10 heures du matin ? De quoi peuvent-ils bien parler, Pol et elle ?

Je pointe du menton la petite fontaine zen qui glougloute dans le dos d'Aline.

— C'est nouveau ?

— Oui, je me suis dit que ça faisait quelque chose à regarder pour les enfants. En salle d'attente ils tournent en rond. Et l'eau… c'est hypnotique, un peu, non ?

D'une main menue, Aline glisse une mèche derrière son oreille. Elle les a un peu décollées. Nous échangeons un sourire penché, je ne trouve rien d'autre à dire. Heureusement, la porte de la salle de consultation s'ouvre en grand et nous sauve de l'embarras.

— Pile poil, apprécie Pol par-dessus l'épaule de son patient. On déjeune au Kitchen Kitsch ?

Alors que j'ouvre la bouche pour annoncer que je ne peux pas rester, Aline répond dans mon dos :

— OK, j'appelle, il vaut mieux réserver.

Pol me pousse du plat de la main à l'intérieur de la pièce immaculée. J'ai quelques secondes pour cacher mon trouble. J'ai tellement l'habitude de fonctionner en tandem avec lui. L'irruption d'Aline dans notre face-à-face me réjouit, bien sûr, j'ai juste besoin de m'habituer.

Existe-t-il des indices du changement qui s'est opéré chez Pol ? Il a toujours les cheveux un peu trop longs qui lui tombent en boucles sur le front et les oreilles. Il continue à se raser un jour sur trois, les quelques poils épars qui lui poussent sous le menton n'exigeant pas davantage, et il n'a pas changé de lunettes depuis une quinzaine d'années. Il est probable qu'il triche toujours sur ses papiers d'identité pour grappiller quelques centimètres sur son petit mètre soixante et onze. C'est toujours Pol. Peut-être un peu moins anguleux, bien qu'il conserve une hygiène de vie de marathonien. Ses yeux très enfoncés brillent toujours d'un éclat vif et il semble comme d'habitude couver un bon mot qui allume dans son regard une lueur malicieuse. Sans s'apercevoir de l'examen détaillé auquel il est soumis, il s'installe derrière son écran et ouvre un dossier.

— Carte Vitale s'il te plaît. Ça va, pas trop douloureux ?

— Si, horrible.

Je tire la chaise en plastique réservée aux patients et ouvre mon sac.

— Tu n'arrives pas à l'heure du dessert demain soir, hein, les Hashimoto sont hyper à cheval sur les horaires.

— Plus que toi ? raille Pol. Ne t'inquiète pas, reprend-il en insérant dans le terminal la carte que je lui tends, Aline a un truc avec des copines, je suis libre comme l'air, corvéable à merci pour tout type de dîner d'affaires organisé par la prestigieuse tonnellerie Opras.

Je soupire.

— Je soupçonne nos clients japonais de venir dîner à la tonnellerie uniquement pour te voir ! Que ferait-on sans toi ?

— Vous renonceriez à parler karaté et cérémonie du thé, j'imagine…

— Et on prendrait un interprète qui n'essaierait pas de faire de l'humour en japonais.

— Très bon pour les affaires, l'humour.

— Je suis sûre qu'ils sourient tous par politesse et qu'en réalité personne ne comprend tes calembours.

Nous nous tirons mutuellement la langue, deux vieux gamins, puis Pol se tourne vers son écran. Sans l'avoir cherché, j'aperçois en relevant le nez une fenêtre Outlook ouverte en arrière-plan, au coin de laquelle une feuille d'érable fait une tache rouge.

— Ça avance ton dossier d'immigration ?
— Plutôt oui...
— Je ne vais pas te faire croire que je m'en réjouis...
— Allez, Myriam, tu viendras. Il y a une liaison directe. Et il est temps que je coupe un peu le cordon, un grand garçon comme moi !
Insensible à la taquinerie, je fais la moue. Une seule chose me rassure :
— Le Canada n'est pas réputé pour être facile d'accès, même le Québec en dépit de la langue. J'espère qu'ils te refuseront !
— Merci de ton soutien. Mais on cherche des dentistes à Québec, je pense que ça va se débloquer très vite.
— Québec plutôt que Montréal, donc ?
— Oui. Moins grand, plus de potentiel.
Concentré sur mon dossier, Pol ne décolle pas le regard de son écran lorsque j'ajoute, marchant sur des œufs :
— Et Aline, tu lui as annoncé que tu partais ? Elle le prend comment ?
Deux clics de souris meublent un silence de quelques secondes, puis Pol se tourne vers moi. Il affiche un sourire de côté et se passe la main dans les cheveux. Je note au passage qu'il a tout de même pris un peu de menton et qu'il flotte moins dans sa blouse. Un petit remplumage qui ne lui fait pas de mal : ses boucles grisonnantes sur les tempes s'accordaient mal avec sa silhouette d'adolescent malingre... Plus précisément, il s'ancre, lui qui a toujours semblé sur le point de s'envoler, de s'éparpiller, de fausser

compagnie à tous ceux qui tentaient de lui faire une bonne place.

— Tout est annoncé à Aline.

Il attrape près de son clavier un de ces instruments à dents de tigre censé faire sauter les agrafes en un coup de mâchoire et le fait claquer à vide. Je sens le truc qui m'arrive dessus et me ramasse sur ma chaise quand il m'avoue :

— J'aurais préféré y mettre un peu plus de tralala mais tant pis, tu me coupes l'herbe sous le pied : elle part avec moi. Et pour faciliter le côté administratif, on se marie.

J'en oublie la douleur qui me semblait insupportable l'instant d'avant. Il faut offrir une réaction adaptée, vite, très vite. La surprise, les yeux ronds, la bouche close, lèvres soudées, ne sont acceptables que quelques fractions de seconde. Il faut rapidement trouver quelque chose de plus… enthousiaste. Un cri de joie peut-être, un œil humide, une lèvre mordue pour dominer un trop-plein d'émotion, quelque chose qui laisse paraître le bonheur que je ressens, vraiment, sincèrement, à la perspective de savoir mon Pol sur les rails, à quarante-six ans il était temps. Mais rien à faire, les muscles de mon visage ne répondent à aucune injonction, grippés par l'affluence de sentiments contradictoires et par mon horreur des épanchements sentimentaux. La vérité première, c'est que je me sens brutalement abandonnée. Mon mari ne compte pas, pas vraiment. Dit comme ça c'est terrible, pauvre Laurent, mais c'est un mari d'appoint, gentil et prévenant certes, mais rien qui puisse concurrencer la fusion parfaite que je connais depuis toujours avec Philippe et Pol. Les « trois Twix ». Personne auprès de moi n'a pris leur place, jamais complètement. Je la leur garde libre, plus ou moins volontairement. Philippe est marié, bien sûr, mais avec Laure, qui est plus ou moins une extension de notre trio et qui, par sa compréhension si fine des enjeux humains, a enrichi sans les dénaturer nos relations familiales. Et Pol, que j'ai pensé comme moi un peu inadapté aux relations amoureuses, peut-être frileux à l'idée de rompre notre union sacrée, Pol écarte les barreaux de notre nid commun. Reste à savoir s'il compte y faire entrer Aline ou s'il va s'échapper et me laisser seule, vraiment seule. Je cligne des yeux, que j'ai encore une fois ouverts beaucoup trop largement, à m'en sécher la cornée. Une marque involontaire de réflexion intense, qui n'a pas pu échapper à Pol. Je force mes commissures à s'étirer vers le plafond.

— Te fatigue pas ma grande, tu me féliciteras quand tu auras digéré ! Va t'allonger, Aline va t'installer pour la piquouze. Vous ferez connaissance.

— Je la connais déjà, protesté-je faiblement.

Il me fait un clin d'œil, se lève et franchit en quelques pas la distance qui le sépare de ce qu'il appelle son arrière-cuisine, où il enfile une paire de gants neufs, prenant son temps à dessein. Aline, comme si elle avait attendu l'oreille collée à la porte, entre presque aussitôt.

— Tu peux enlever ta veste si tu préfères, suggère-t-elle d'une voix sucrée qui me hérisse le poil.

Elle est douce à s'en écœurer, cette jeune fille. Je suis vraiment disposée à l'aimer, pourtant, à prendre le temps de la connaître. Mais dix-huit ans de différence, mon Dieu. J'ai envie de débarquer dans l'arrière-cuisine, d'attraper Pol par le col de sa blouse et lui susurrer que... que sa douce Aline aura encore l'âge de gravir le Fitz Roy en short quand il attendra qu'on lui essuie la soupe sur le menton. Qu'elle ne sait pas différencier une ronce d'une ortie, qu'elle ne rit pas devant les films de Louis de Funès, qu'elle adore probablement la dinde aux marrons, horreur, que l'odeur des merrains encore verts n'aura jamais pour elle la saveur des jobs d'été. Mais je suis adulte. J'ai surmonté bien d'autres choses et je me souviens qu'aucune des mises en garde de Pol ne m'ont jamais empêchée de foncer tête baissée dans les écueils qu'il me signalait. Je souris donc, aussi largement que possible et soupire, l'air comblé :

— Que je suis contente pour vous deux. C'est un type super. Tu lui fais un bien fou.

Pas d'embrassades ni de bras entremêlés, juste un geste entre la claque et la caresse sur l'épaule frissonnante d'Aline, c'est déjà beaucoup. Jolie poupée émotive. Elle pleure sûrement devant Chatran. En fait, elle n'a probablement jamais vu Chatran. Alors que j'ouvre la bouche pour ajouter un « je te le confie » qui me semble aussitôt trop protecteur, je dévie mon tir juste à temps pour tenter un trait d'humour désolant :

— Je dois bien avoir une ou deux photos de lui tout nu pour illustrer le discours des témoins.

Le sourire gêné d'Aline en dit long sur sa capacité à apprécier le second degré. Elle m'indique le fauteuil d'examen d'un geste d'hôtesse de l'air et tire une bande de papier blanc sur le dossier. Inutile de m'enfoncer davantage en précisant que j'ai voulu faire de l'humour. Je m'assieds docilement sur le cuir blanc aérodynamique. Est-ce à dessein que ces fauteuils de torture sont profilés comme des lits de navette spatiale ? Tant de bosses, de moelleux, d'ergonomie pour finalement se faire charcuter bouche ouverte en fixant les néons du plafond comme s'ils avaient un pouvoir hypnotique…

Aline actionne la télécommande et je sens mon dos comme aspiré vers l'arrière, je résiste une seconde puis me laisse coucher par la jeune assistante dentaire qui va, d'une certaine manière, devenir ma belle-sœur. Un petit sursaut d'angoisse s'empare de moi, je porte la main à mon crâne. Tout va bien, je repousse ma frange sur le côté, comme je l'aime. Vue du dessous, Aline prend une stature presque intimidante. Ses narines en amande, son front lisse, ses pommettes nordiques bien dessinées… J'ai la sensation de regarder le monde à l'envers, tête basculée entre les jambes comme lorsque je jouais à la tomate, les deux poings serrés pour envoyer le ballon entre les pieds de Philippe ou de Pol. Juste au-dessus du col blanc d'Aline, un pendentif qui tressaute, c'est un C majuscule tout en arabesques kitschs, et une fine cicatrice nacrée qui m'accroche l'œil.

— Tu t'es ouverte sous le menton ?

— Toute petite, oui. Je n'ai aucun souvenir. Est-ce que tu préfères déglutir ou je te mets l'aspirateur ?

— Déglutir. Ce truc-là me donne des frissons.

— Moi aussi. Et on ne salive pas tant que ça, il ne faut pas exagérer.

Avec le sourire ravi de celui qui voit sa combine fonctionner, Pol surgit, ganté de bleu, et m'adresse un sourire heureux. Je ne peux pas ne pas jouer le jeu, ni lui gâcher son bonheur manifeste et je lui rends son sourire. Je vais me faire à l'idée.

Tandis que, penché sur moi, Pol me pince la joue avec vigueur et plonge une aiguille, que je préfère ne pas voir, quelque part dans ma gencive, je songe à la feuille pliée rangée dans mon carnet. Ce n'est probablement pas le bon moment pour y faire allusion. Surtout pas devant Aline. Pas encore devant Aline. Un jour elle fera partie du cercle et la défense des intérêts de l'un d'entre nous la concernera aussi. Bientôt. Une étrange sensation cotonneuse me prend le côté de la langue et me remonte jusque dans le tympan.

— Tu n'as pas trop chargé ? veux-je demander, mais la partie gauche de ma mâchoire répond en décalé et je ne réussis qu'à produire un son mouillé sans contours nets.

Mâcher de la pâte à modeler doit produire la même impression. Il faut que je puisse prendre la parole sans faiblesse tout à l'heure, ne pas bafouiller, avoir l'élocution claire, j'aurais dû lui dire qu'on avait un comité de direction à 15 heures et que je m'attends à devoir protester vent debout contre le projet de Philippe. Pour l'instant, je me résous à observer le plafond et la pomme d'Adam palpitante de Pol qui occupe une bonne moitié de mon champ de vision.

Alors que je laisse voleter intérieurement quelques images floues, les clients japonais qu'il faudra distraire demain soir, les ballons d'hélium, les larmes si perturbantes de ma belle-sœur Laure plus tôt dans la matinée, peut-être un peu sonnée par le produit injecté par Pol, je sens lors d'une inspiration une brutale dilatation de mon sternum. Mes conduits d'oreille et mes narines me semblent soudain plus larges, plus ouverts, prêts à capter d'infimes variations de ton, d'odeur, de lumière même. Le décuplement de mes facultés de perception me prend toujours par surprise, en amont souvent d'une illumination, en prévision d'un de ces chocs émotionnels dont je ne sais jamais quoi faire. Je discerne quelque chose. Un rapprochement d'informations, une vérité encore nébuleuse, mais capitale.

MERCREDI

Myriam Opras, 10 h 30

Je raccroche lentement. Mon Dieu. J'ai la confirmation, aucun doute possible. Il m'a fallu une demi-journée hier pour décortiquer le malaise que j'ai ressenti et commencer à reconstituer l'histoire. Le comité de direction houleux m'a un peu distraite et je n'ai pu appeler que ce matin pour croiser les noms, les lieux. Les chemins qu'emprunte l'intuition sont comme un gué dont quelques pierres seulement saillent au-dessus de l'eau. On ne se risque à traverser que si la vérité que nous fait miroiter l'intuition en vaut la peine. Bien sûr je n'ai pas pu bâillonner ma petite voix, j'ai préféré lever le doute et me voilà piégée, cela devient presque une habitude : maintenant que je sais, qu'est-ce qui est juste ? au-delà de ce qui, personnellement, me heurte, est-ce que l'affaire mérite d'être étalée au grand jour ?

Mon café refroidit sur le comptoir où j'attends le journaliste éco de *Sud Ouest* et je me surprends à me ronger les ongles. Depuis que je laisse mes cheveux tranquilles, j'ai besoin d'autres dérivatifs.

Étaler l'affaire au grand jour, peut-être pas. L'idée d'avoir été trompée me brûle cependant et je rêve de démasquer l'imposture, mais j'ai appris à préserver les gens que j'aime de mes revanches impulsives. Le contrôle, le contrôle, comme lorsque je devais maîtriser le flux d'air à expulser en filet continu pour tenir jusqu'au bout d'interminables *legati*. Trois configurations existent et je ne peux pas n'envisager que celle où les personnes concernées sont parfaitement conscientes de la situation et me la dissimulent depuis des mois. Il est également possible que je sois la seule à avoir compris, même si cela me semble hautement improbable. Et la dernière possibilité : seul l'un des deux est au courant et laisse volontairement l'autre dans l'ignorance. Mais lequel ? Ça change tout.

La porte battante du café s'ouvre, je reconnais ce type au sourire bancal qui présente systématiquement Opras comme le tonnelier mutant qui dénature le métier en utilisant le pilotage informatique du bousinage. Un nostalgique du tout fait main que je dois convaincre des bénéfices pour la filière de l'usage de la technologie. Alors qu'il me repère et s'avance, la solution pour déterminer à laquelle des trois configurations je suis confrontée m'apparaît.

Laure Opras, 19 h 52

La soirée vient à peine de commencer et je sens déjà une grande fatigue peser sur chacun de mes gestes. Les Hashimoto sont charmants, vraiment, sans doute nos clients les plus agréables à recevoir, mais s'ils n'arrêtent pas de sourire, je vais avoir des crampes aux joues. Philippe sait parfaitement leur offrir ce mélange d'expertise et de chaleur familiale si chères à leur culture. Je l'aime pour cela aussi. Californiens, Argentins, Chinois, il sait quoi leur raconter, comment mettre en valeur la tonnellerie, la précision du geste des gars, l'odeur savamment travaillée des fûts au-dessus des braseros... J'écoute, pour la millième fois peut-être, et je souris, je masque comme je peux l'ouragan qui m'agite depuis la veille et qui me broie l'estomac. J'ai camouflé mon trouble et ma nuit blanche sous une couche de Terracotta aussi épaisse qu'un masque en silicone. Mon sourire est figé, je le sais mais ne parviens pas à faire pétiller mes yeux ni à plisser joyeusement le nez pour l'animer un peu. Je sens presque mes rides d'expression faire craqueler la poudre orangée qui me fait un teint de Niçoise. Mme Hashimoto ne cesse de saluer nos artisans, ses doigts fins agrippés à la soie de son châle coloré. Elle a peut-être froid.

— Pol ? dis-je dans un souffle, tu peux lui demander si elle souhaite que je lui prête quelque chose de plus chaud ? J'ai un plaid dans mon bureau ou bien je peux faire un saut à la maison si elle préfère un gilet…

Pol suspend son geste, occupé à caresser le grain extra-fin d'un morceau de chêne qui deviendra une douelle une fois usiné, mais qui n'est encore qu'un merrain. Philippe bondirait de m'entendre dire « encore qu'un merrain ». Selon lui, ce morceau de bois est déjà un bijou de technique sylvicole et nos merrandiers sont des artisans de haut vol. Le produit brut qui nous est livré par quarante-quatre-tonnes est d'une noblesse en soi que rien n'égale aux yeux de mon mari et, entre le parc à bois où sèchent ses merrains et l'entrepôt où patientent les barriques terminées, je sais lequel des deux il préférerait sauver des flammes. Il a un cœur de merrandier. Pour ma part je laisserais volontiers les flammes grignoter les livres de comptes sur lesquels j'use mes yeux, mais je roulerais l'ovum exposé à l'accueil hors du bâtiment. Je l'aime d'amour cet œuf en bois géant, poli et tiède, parfait dans la courbe tendre de son contour. Il est plus doux que le ventre dans lequel j'ai grandi. Il est ce à quoi je voulais ressembler lorsque j'attendais Suzanne et Léandre.

Pol se penche vers Mme Hashimoto qui décline poliment. Peut-être fait-elle partie de ces personnes qui répugnent à se voir apporter une aide qu'elles n'ont pas demandée. Qu'elles ne demanderont jamais. C'est assez ironique de constater que d'autres ne se gênent pas et n'ont aucune pudeur à quémander ce qu'ils considèrent comme leur dû. Je fais à Pol un petit signe, j'ai compris la réponse. Mme Hashimoto préfère se draper dans sa soie, qui est vraiment ravissante, oh comme je serais incapable de prendre soin de pareille joliesse. Mes couvertures pelucheuses et mes coussins boulochés m'offrent tout le confort auquel j'aspire. Pour l'aspect purement esthétique, je passe mon tour. J'aime trop jouer avec les enfants, renverser mon thé sans que ce soit un drame, embrasser Philippe alors qu'il soude une charnière ou une pièce de sa remorque en faisant jaillir des étincelles en gerbe, pour m'encombrer de jolis vêtements fragiles. J'admire sur les autres et une vingtaine de fois par an, je revêts un costume qui comble mes envies de paillettes pour l'année, le théâtre m'offre l'impression d'être élégante sans que je doive garder le costume hors scène.

Les cinq gars qui palettisent les merrains frais reçus la semaine dernière reprennent le rythme, brièvement interrompu pour serrer la main de Philippe et répondre à l'inclinaison de buste des Hashimoto par une sorte de mouvement de cou, pour la plupart en gardant les yeux fixés quelque part à terre. Il leur reste une heure, ils n'ont pas le goût des ronds de jambe, il faut que ça avance. Pour ma part, j'ai droit à un signe de tête, je suis la femme du patron. Les gestes reprennent, économes, les coudes pas loin du corps pour ne pas se heurter inutilement autour de la palette.

D'un geste sûr, le plus expérimenté ajuste parfois l'angle d'un merrain posé trop approximativement par celui qui n'a pas fini d'apprendre. La pile monte, je remarque que le plus âgé se masse les lombaires. Il profite des quelques pas à faire entre la palette déposée par le transporteur, où les merrains sont empilés les uns sur les autres sans circulation d'air, et celle qui s'en ira demain matin sécher dans le parc à bois pour dix-huit mois. Les merrains sont posés à angles savants pour que la brise d'ouest s'immisce. Il n'a pas mis sa ceinture, il a tort. L'angoisse peut-être de manifester une forme de déclin, le corps qui accuse le coup après quinze, vingt ans à la tonnellerie. Ils sont nombreux comme lui à ne pas vouloir reconnaître que le boulot les a usés. Ceux qui aiment se plaindre ne restent pas. J'ai peut-être attrapé leur manière d'être un bon petit soldat, quand je vacille je m'arrange pour le faire hors de la vue de tous. Et je sangle mes états d'âme pour que rien ne déborde, comme ce soir. Tout est tenu bien serré sous mon chemisier, cœur et estomac contenus, sourire éteint mais sourire quand même.

Je fais ma bonne fille et j'observe avec inquiétude Myriam pour tenter de la décrypter. Debout derrière Philippe, elle se tient les yeux mi-clos pour mieux humer l'odeur verte de la sève qui n'a pas encore eu le temps de sécher. J'ai toujours eu du mal à comprendre la manière qu'elle a de hiérarchiser ses émotions. Peut-être que les hurlements poussés entre Philippe et elle hier lors du comité de direction ont éclipsé le secret que nous partageons malgré moi et qui continue de me dévorer l'esprit. Mais elle lui prend le bras et lui souffle à l'oreille quelque chose. Comme souvent, leur conflit n'a duré que le temps de la réunion : ils savent se hurler à la figure, nez contre nez, puis enterrer la hache de guerre avant de sortir de la salle de réunion et reprendre leur complicité fraternelle là où ils l'avaient laissée en entrant. Malgré leur caractère explosif, ou peut-être à cause de cette capacité à expulser la colère, ils ne connaissent pas le ressentiment. Tout le contraire de moi, qui ai fait de l'esquive un art, et de la rancune un mode de vie. Mais j'ai la rancune souriante. Comme j'en voudrais à Myriam d'intervenir avant que j'aie pris une décision, maintenant qu'elle sait. Je voudrais tout taire, elle voudra parler, je la connais. Elle ne laissera pas une vérité enfouie, ça lui est insupportable. Elle me semble marquée, plus pâle que d'habitude, angoissée peut-être. Cependant ce n'est pas moi qu'elle regarde quand elle ouvre les yeux. Je ne vois pas chez elle ce mouvement naturel qui porte à chercher le regard de celui avec qui on partage un secret. Je l'observe, dans sa jolie robe tout en sobriété, et je perçois, étrangement, que son inquiétude se dirige vers Pol. Je sais qu'elle l'a vu hier. Est-ce qu'elle lui a parlé de ce qui me préoccupe tant ? A-t-elle compris que ce n'était pas à elle, pas à eux de trouver une solution ? Myriam et ses hommes… Myriam et son sens de l'honneur, sa maladie de l'honnêteté.

Pol a beau n'avoir aucun lien de sang avec Philippe et elle, il occupe auprès d'eux l'espace qui lui a été ouvert, offert même, par mon beau-père, alors qu'à peine sorti de l'enfance il était déjà fracassé dans son enracinement par l'indifférence de son père et l'immaturité chronique de sa mère. Il a poussé droit, ou à peu près, grâce à la ténacité de Claude Opras : études prises en charge, vacances auprès de ses enfants, Myriam et Philippe, même exigence, mêmes sanctions, même amour autoritaire, un peu maladroit. Il a joué son rôle de parrain jusqu'au bout, poussant le devoir jusqu'à se comporter comme un père… Lorsqu'on parle de leur fratrie, on y inclut Pol sans même y songer.

Nous nous tenons debout en demi-cercle, face à Philippe, et l'amour que j'éprouve pour lui à cet instant me serre violemment le cœur. Tout est si fragile.

— Une fois le temps écoulé au parc à bois que nous visiterons après le dîner, les merrains reviennent pour le façonnage. La microflore s'est développée pendant dix-huit, vingt-quatre mois, le bois est mûr pour la suite des opérations. Nous passons à l'atelier.

Mon mari, très maître de cérémonie, tend le bras pour indiquer la sortie du bâtiment. Nous traversons la cour dans un bel ordonnancement : Philippe et Myriam devant, frère et sœur associés, mes deux bruns, l'un aussi large que l'autre est fine, Pol auprès des Hashimoto à qui il glisse probablement une de ses phrases sibyllines dont on s'aperçoit dix minutes plus tard qu'elle était hilarante, et moi derrière, qui ferme la marche, plus à l'aise pour enfin cesser de sourire. Je sens dans mes cheveux courts le souffle d'avril qui me mord le cou. J'ai toujours froid. Le soleil passe derrière le rideau de charmes qui isole la tonnellerie de la route. Le vert acide de leurs jeunes feuilles laisse passer les derniers rayons. Il va faire vraiment frais, Mme Hashimoto va regretter mon gilet. M'inquiéter pour elle me distrait de mon angoisse. Pendant combien de temps le corps accepte-t-il la tension, combien de nuits d'insomnies nous sont-elles autorisées avant que tout ne lâche ? Je suis déjà tellement fatiguée, et je n'ai rien réglé.

La perspective d'un dîner à la tonnellerie ne me fait pas bondir de joie. Je me tue à dire à Philippe que l'espace est trop froid, trop nu : un foudre[1] immense et magnifique dans l'angle de la salle à manger, les portraits en noir et blanc de nos quinze gars les plus photogéniques, debout devant leur ouvrage, la longue plaque de verre posée sur trois barriques et les rideaux de lin… À la mort de mon beau-père l'an dernier, nous avons fait visser à gauche de la porte une plaque de laiton gravée *Salon de réception Claude-Opras*, alors que l'endroit n'a rien d'un salon. J'ai proposé plusieurs fois de recevoir les clients à la maison. Il n'y a que trois cents mètres à faire pour rejoindre la chaleur de notre salle à manger surchargée de photos de famille, de meubles accumulés depuis trois générations, encombrée de coussins et d'étagères ployant sous le poids de nos bouquins. Autant jouer la carte de l'entreprise familiale jusqu'au bout, surtout avec nos clients orientaux pour qui cela compte tant. Mais Philippe trouve que la pièce de réception

1. Le foudre est un tonneau de très grande capacité, parfois plusieurs milliers d'hectolitres.

installée au rez-de-chaussée des bureaux fait plus pro. Je regrette ma cheminée et mes tapis usés.

— En votre honneur nous avons demandé au chef de vous donner un aperçu de la cuisine typique de notre Sud-Ouest, tonne Philippe en débarrassant Mme Hashimoto de son étole. Je reconnais que je ne suis pas très poisson cru, ajoute-t-il avec l'un de ses sourires pour lesquels je continue à fondre, après vingt ans d'union. Le vestiaire de la pièce de réception est aussi chaud qu'une étuve, Philippe a dû pousser le chauffage pour moi. Les Hashimoto s'éclipsent pour se laver les mains dans la petite pièce d'eau que nous avons fait installer lors des premiers travaux entrepris après la retraite de mon beau-père.

Pol rit, la tête basculée vers l'arrière, à une blague sans finesse de mon mari. J'ai un peu de mal à l'imaginer la bague au doigt. Sa petite silhouette sèche de karatéka y est peut-être pour quelque chose : on ne le voit pas vieillir. Je n'ai pu rencontrer Aline qu'une ou deux fois, tout me semble aller si vite. Myriam n'a pas l'air plus enthousiaste que moi, elle s'agace de ce que Pol lui soustraie ainsi la possibilité de mener son examen habituel. Chacun négocie les changements à sa manière, pour ma part j'ai toujours peur de faire une sortie de route et je préfère de loin continuer tout droit en ronronnant. Lorsque j'ai rencontré et aimé Philippe, j'ai d'emblée accepté de former couple avec sa sœur et son presque frère. Aline acceptera-t-elle cette partie du contrat en petites lettres ? En a-t-elle seulement conscience ? Myriam la laissera-t-elle s'incorporer ? Elle a savonné la planche à tant de petites amies de Pol, toutes indignes de son intérêt d'après Myriam, qui s'inquiétait de voir son alter ego s'attacher à une autre femme. Peut-on parler d'Œdipe ou bien un autre terme psychanalytique existe-t-il pour exprimer cet étrange amour exclusif entre un frère et une sœur ? Aline ne sait pas encore à quelle sauce elle va être croquée, je comprends Pol qui recule le moment de la confrontation. Puis je me souviens qu'ils partent, de toute façon. Une manière peut-être d'esquiver la situation, de la part de Pol. Habile. Pas très courageux, mais habile.

Alors que j'hésite à accrocher mon châle en alpaga à la patère à côté du léger manteau de Mme Hashimoto, tentant d'évaluer la chute probable de température entre le petit vestiaire et la salle à manger, j'entends M. Hashimoto étouffer un cri. Il n'a pas levé le pied assez haut et s'est cogné le bout de la chaussure sur une contremarche, comme nous l'avons tous fait pendant des années avant de nous habituer à leur hauteur atypique. Nous sommes tous conscients de l'humiliation que doit représenter pour lui un tel manquement à l'équilibre et la discrétion. Étonnamment, alors qu'elle est si fine habituellement, Myriam enfonce le clou :

— Cet escalier, toujours aussi sournois… C'est bien à Québec qu'il existe un escalier nommé Casse-Cou ?

Elle se tourne ensuite vers Pol qui cache une hilarité que je devine à la lumière qui brille dans son regard. Il adore les gags idiots à base de gens qui trébuchent, glissent ou massacrent leur voiture en une manœuvre maladroite. Myriam reprend, la voix plus basse et le regard appuyé :

— Prend garde à ce qu'Aline ne s'y casse pas la figure lorsque vous y habiterez. Ces escaliers vicieux ne lui valent rien d'après ce que j'ai pu comprendre…

Pol tressaille, et je remarque ce mouvement nerveux de la main qu'il a parfois du mal à contenir lorsqu'il est sous pression. Il lui lance un regard étrange. Je comprends que Myriam vient de trahir l'intention qu'il a de concrétiser son projet d'expatriation en y intégrant Aline. Après tout, il en parle depuis qu'il est en couple avec elle, quoi d'étonnant finalement, est-ce que cela justifie les spasmes qui agitent ses doigts ? Il avait peut-être l'intention de faire une annonce officielle.

— Aline est tombée aussi dans les escaliers ? dis-je en posant sur le bras de Pol une main que je souhaite apaisante.

— Pas récemment, répond Pol entre ses dents, le regard toujours fixé sur Myriam qui secoue la tête d'un air navré, comme si elle accusait réception de la réponse qui m'était adressée.

Je perçois un sous-texte qui m'échappe, comme souvent lorsqu'ils se chamaillent et font référence à de vieilles rancœurs fraternelles dont je ne sais rien. Il vaut mieux en général ne pas s'appesantir, et j'ai assez à faire avec mes propres inquiétudes.

Myriam jette à Pol un regard aigu et gravit les quatre marches avec une lenteur inhabituelle. Qu'elle ait trois ans de plus que moi me sidère. Je me sens tellement épaissie, tellement dans ma deuxième moitié de la quarantaine. Les kilos de l'amour et du bonheur, soupire Philippe qui préférerait mourir plutôt que de me voir me nourrir de salade et d'eau pétillante, ce à quoi je devrais pourtant m'astreindre sérieusement.

Face au miroir de la pièce d'eau attenant au vestiaire d'entrée, je serre les lèvres dans une piètre tentative de répartir harmonieusement le reste de mon rouge à lèvre et je les rejoins. C'est alors que mon téléphone vibre. Je l'ai toujours lorsque nous faisons garder les enfants, même si c'est Sacha qui baby-sitte ce soir. Le message que j'y lis me glace.

« Je passe ce soir puisque tu ne veux pas comprendre. »

La température tropicale de la salle à manger où flottent les effluves du dîner préparé par notre chef habituel n'y fait rien. Un bloc de glace me comprime les poumons. Je manque d'air. J'ouvre la bouche pour demander à Philippe d'ouvrir la fenêtre qui donne sur les jardins. Il va trouver ça bizarre. Je me tais. J'ai besoin de respirer, vraiment. Pol remarque que je vacille, il s'approche. J'inspire, écarte les pieds, comme lorsque sur scène je sens le trac qui veut me submerger. Ancrer les talons dans le sol, libérer la colonne d'air, projeter la réplique pour qu'elle atteigne le fond du théâtre. Je reprends le dessus, arrête Pol d'un geste, le vertige est passé. Ce n'est pas la première fois, ils sont tous accoutumés à mes chutes de tension. Il me fait un clin d'œil et se tourne de nouveau vers Mme Hashimoto. Je sens l'œil brun de Myriam continuer de me fixer par-dessus les crachoirs en inox que Philippe a disposés en bout de table en vue de la dégustation. Tant de choses mijotent sous son grand front bombé, elle a une capacité à stocker l'information qui me sidère, pour le moment j'aimerais qu'elle m'oublie un peu, qu'elle fixe son attention sur autre chose. J'ai besoin de digérer ma bile sans avoir à faire bonne figure.

J'ai eu tort d'éviter la voie judiciaire.

« Je passe ce soir puisque tu ne veux pas comprendre. »

J'avais tant travaillé à laver ma haine.

Katia Gault, 21 h 40

Et comment je peux savoir, moi, l'entrée qu'il faut prendre ? Ça fait trois fois que je tourne dans cet endroit trop glauque. On dirait la rue qui va à la prison. Tous ces grillages, ces empilements de palettes… Déjà j'aime pas rouler la nuit. Elle m'avait dit « pas le dernier portail, c'est la maison ». Je la vois bien, la maison, derrière sa haie d'orangers du Mexique, cette grande bâtisse en hauteur, on pourrait y loger quatre familles. Elle a l'air toute perdue, coincée entre les champs, les piles de palettes et l'espace bitumé de la tonnellerie. Une rescapée qui va bientôt se retrouver au milieu d'une zone industrielle en tôles. Si c'est pas là, c'était avant alors. Je recule encore une fois, le bras sur le dossier du passager, la tête dévissée pour regarder dans ma lunette arrière le gros camion garé sur le bas-côté. Il est stationné devant un portail ouvert, feux éteints. Un routier qui passe la nuit en attendant de décharger, j'imagine. Je me gare un peu plus loin. Je tente le coup, je vais pas tourner toute la nuit. Elle ne répond pas sur son téléphone, comme par hasard.

Je prends mon sac et mon enveloppe sur le fauteuil avant, puis je ferme doucement ma portière. Des fois que le gars dort dans son camion. Certains, il vaut mieux pas les réveiller. La nuit est fraîche, j'aurais dû arriver bien plus tôt, mais le véto m'a retenue. À croire qu'il n'a personne à retrouver le soir. D'ici on voit vachement bien les étoiles. Avec l'éclairage public on les voit jamais, finalement. Je me renverse la tête en arrière pour en profiter un peu, y a pas de raison. J'entends même une chouette qui chuinte. J'ai beau être née à la campagne ça me fiche un peu la trouille quand même.

— Salut la belle, on peut t'aider ?

Le type du camion mange sa boîte de cassoulet, assis sur une chaise pliante sur le bas-côté, coincé entre la haie et son camion. Il est aussi blanc que sa bâche, je l'avais pas vu. Tout blond tout mou. C'est l'effet de la route, il sort jamais prendre le soleil j'imagine. *La belle,* pas difficile le type. Avec mes cheveux ultra-courts tout durcis aux pointes par le gel, j'ai pas trop l'allure d'une fille qu'on aborde dans la rue.

— Ça va merci.

On sait jamais, si c'est un de ces tordus.

— Allez, ça fait trois fois que tu passes. Je vais pas te bouffer ! Tu vas où ?

Tant pis, il doit connaître l'endroit, lui.

— J'ai un paquet à déposer. On m'a dit ici.

Il pointe du bout de la fourchette le bâtiment en long qu'on aperçoit à travers la haie derrière la grille ouverte.

— Là ? m'étonnerait. Les bureaux c'est fermé à cette heure.

— C'est du perso. La personne m'attend, normalement. Enfin disons que c'est prévu que je passe.

— Alors si c'est perso... il y a du monde ce soir, ils doivent faire la bringue. T'as qu'à traverser le parking, tu verras bien s'il y a une porte ouverte. Et quand tu repasses, n'hésite pas à t'arrêter dire bonsoir !

Il a pas l'air bien méchant. Juste un peu le gars lourdingue qui s'ennuie. Mais j'ai pas que ça à faire. Je serre mon enveloppe, je remonte la fermeture de mon blouson en skaï, la nuit il fait vraiment cuir et je me dis que ça fait un peu la fille qu'il faut pas emmerder.

— Ça ira, merci. Bonne soirée, hein !

Et j'avale avec mes petites jambes la distance entre le camion et la grille d'entrée. Il y a une vingtaine de voitures garées le long du bâtiment en L, le nez dans une rangée de petits arbustes bien taillés. Il y a quand même des loupiottes au sol, celles qui donnent des airs de Dracula parce qu'elles éclairent sous le menton et font des yeux obscurs. Je vois des fenêtres allumées tout au fond. Il y a bien cinquante mètres de bitume tout droit qui passe au cul des voitures, j'imagine que ça débouche sur une aire de déchargement près du bâtiment du fond. Sur le côté aussi, à gauche, une lumière, mais la verrière qui fait l'angle du L, où on peut lire *Accueil* sur un panneau en métal, est dans le noir. Je vais quand même pas aller taper au carreau. J'avais bien besoin de faire ma serviable et de proposer de faire le coursier, moi. On était pas à deux jours près, la Poste aurait très bien fait l'affaire. Mais bon, je suis comme ça, j'aime bien quand c'est fait tout de suite et puis de toute façon personne m'attend au bungalow. Je décide de longer le parking, histoire de voir s'il y aurait pas une porte avec une petite lumière que je verrais pas d'ici. Je dépasse la première voiture, le menton rentré dans mon col. Une berline noire. La deuxième, une berline noire. La troisième… bon, on a compris, tout le monde roule en berline noire.

Une portière qui claque. Ou un coffre. Ah, quelqu'un sur le parking vers le fond. On va pouvoir me renseigner. Je marche un peu plus vite, la silhouette s'éloigne déjà.

— Bonsoir !

Je cours presque. J'ai l'air un peu idiote quand je cours, à mon âge, mais là il fait nuit, donc…

— Excusez-moi, s'il vous plaît ! Vous savez par où je peux entrer ? J'ai un paquet à remettre !

— C'est pour qui ? Je peux vous le prendre si vous voulez ? Il y a un dîner client ce soir, vous aviez rendez-vous ?

Avec qui ? J'hésite. Ça serait pratique de lui confier l'enveloppe tout simplement, mais je sais que pour le coup, c'est un peu sensible comme sujet. Elle avait bien dit « pas chez moi, je veux que ça reste entre nous pour le moment ». Mais pas moyen de la joindre pour qu'elle sorte discrétos, d'après ce que je comprends. Elle se serait pas un peu foutue de moi ?

— Non bah, vous pouvez dire à Mme Opras de passer demain matin au refuge, c'est moi qui ouvre, à 7 heures. Elle voulait l'avoir vite, mais bon, s'il y a des clients et tout, je vais pas déranger.

— Comme vous voulez.

— C'est Katia, mon nom. Elle verra qui je suis. Merci !

Je tourne les talons, tant pis. Tout le parking à remonter. C'est alors que je la vois, la voiture, je la reconnais. Il n'y en a pas deux comme ça sur le parking, je suis sûre de pas me tromper. J'en plisse de bonheur mes petits yeux bleus. La fenêtre avant est ouverte, cinq centimètres. Je vais pas prendre le risque d'ouvrir la portière, s'il y a une alarme et tout, hop, je glisse mon enveloppe et le tour est joué. Bien le bonsoir !

Dix minutes auparavant

Je bous. Heureusement que j'ai appris à maîtriser chaque muscle de mon visage. Pendant tout cet interminable dîner, j'ai tourné la tête, à droite, à gauche, souri, plaisanté. Mais, alors que chacun se lève et que s'installe l'habituel moment de battement qui précède la dégustation des eaux-de-vie apportées par le client, je sors l'air de rien. Qu'est-ce que je vais lui dire ? Aucune idée. Mais on ne peut pas comme ça lancer un pavé dans la mare et s'éclipser ensuite sans explication, sans commentaire. J'ai tant ri par le passé de cette désinvolture, de cette forme particulière de naïveté qui va de pair avec un orgueil en acier trempé. Mais en être la victime ne me fait pas rire. Pas quand les enjeux sont cruciaux comme ils le sont ce soir.

La nuit est fraîche, comme toutes celles de la mi-avril, alors qu'on croit naïvement que l'été arrive et qu'on peut s'attarder dehors en T-shirt. Je vois sa silhouette qui s'éloigne, sans un regard en arrière. Je referme derrière moi et lui emboîte le pas.

— On peut parler ?

— Pas maintenant. Plus tard !

Plus tard ? Je sens mon cœur battre plus fort alors que j'arrive sur le parking. Comment ça, plus tard ? Qu'est-ce qu'on est censé faire quand on se sait à nu, vulnérable comme un lapereau ? Quand on démasque quelqu'un, on lui fait au moins la politesse de lui expliquer comment on y est parvenu et ce qu'on compte faire. On ne lui balance pas négligemment, « plus tard ». Un fourmillement me court dans le sang. J'hyperventile, je crois. De minuscules décharges me hérissent l'épiderme, j'ai la peau qui frémit. Alors que sa main est déjà sur la poignée, je bloque la portière.

— Tu ne vas pas t'en sortir par une pirouette. Qu'est-ce que tu cherches ? C'est une menace ?

— Une menace... mais n'importe quoi, enfin !

Son soupir m'électrise. J'y perçois tout ce que j'ai toujours haï : la condescendance. On ne peut rien lire sur mon visage. Je sais encore en contrôler l'expression. Joues molles, yeux pas trop écarquillés, lèvres entrouvertes. Bien malin qui peut percevoir sous ma carapace le bouillonnement qui monte. J'ai l'habitude de me contrôler.

— Écoute, je n'ai vraiment pas le temps maintenant. On ne traite pas ces choses-là en deux minutes sur un parking. On a besoin d'en parler calmement. J'ai besoin de comprendre, que tu m'expliques, que...

— *Ces choses-là*. Ma vie, pour toi, c'est « ces choses-là ».

Ça y est, j'ai les dents serrées. Quelque chose dans mon cou gonfle brutalement, mes oreilles se mettent à bourdonner. Mon souffle va chercher plus loin, plus profond que d'habitude, j'essaie de me dominer et ça commence à se voir. Je lis dans ses yeux une inquiétude nouvelle. Alors sa voix éclate, rebondit sur la carrosserie des voitures garées de part et d'autre de la sienne, se cogne au mur du bâtiment qui empêche le son de parvenir aux autres.

Sa peur déclenche en moi une exaltation étrange. J'ai l'impression que j'ai pris dix centimètres, que j'ai l'ascendant, pour une fois, que c'est à moi de dicter les règles, ce qui se dit, ce qu'on doit taire. Dominer procure un plaisir foudroyant dont je deviens brusquement avide. J'assure mon appui sur la portière.

— Laisse-moi passer.

— Sinon quoi ?

— Tu deviens complètement dingue. Cette... cette situation est dingue. Que tu ne m'en aies pas parlé, que tu aies laissé la situation s'installer, que...

Je déglutis.

— Comment tu as compris ?

— Qu'est-ce que ça change ? Je n'y croyais pas, et puis j'ai passé quelques coups de fil. Tu sais bien que c'est ton bonheur que je veux, mais là... Ça va trop loin. Je ne peux pas te laisser faire sans rien dire. D'autres sont concernés. Est-ce que tu mesures...

— Si tu dis quoi que ce soit...

— Tu quoi ?

Sa voix est cinglante, elle claque, je reconnais son regard, toute son attitude change et je sens que ma menace vient de nous faire basculer dans un affrontement féroce. Nous sommes deux maintenant à vouloir trancher dans le vif.

— Tu n'as pas idée… tu n'as pas idée de ce que je suis capable de faire pour protéger…

— Mais qu'est-ce que tu protèges, justement ? toi ? vous ? Rassure-moi, tu ne lui as pas caché un truc pareil ? Parce que si tu ne lui as rien dit…

Mon visage parle pour moi.

— Comment tu peux lui mentir à ce point… à nous tous d'ailleurs. Surtout à nous. Comment tu peux ? Tu me dégoûtes.

Son ton, son expression écœurée, comme si tout ce qui était beau et valable aujourd'hui dans ma vie lui donnait une envie violente de vomir… Ma seconde main tremble le long de ma cuisse, prise de spasmes.

— Si tu ne lui en parles pas, c'est moi qui le ferai. Tu ne me laisses pas le choix.

Une violence inouïe me propulse contre son corps. Je feule :

— C'est moi qui n'ai pas le choix. Tu ne peux pas tout.

Je bloque sa tête sous mon avant-bras, plaquée en arrière contre le toit de sa voiture. Son regard vire, passe de l'étonnement à la panique et voir son orgueil se répandre comme le contenu d'une outre qu'on perce m'excite bizarrement. Je saisis sa gorge de ma main libre. C'est une décharge d'adrénaline fulgurante qui remplit mes bras, mes mains, mes doigts d'une force que je ne soupçonnais pas. Mes phalanges fragiles me paraissent d'acier. Je suis ivre de puissance. Avant qu'un cri ne lui échappe, je serre. De toute la puissance de mes deux mains, je serre, en apnée moi aussi, j'attends que quelque chose dans son cou craque, le son du cartilage thyroïdien qui se fend, des cervicales qui se déboîtent, mais rien. J'ai le réflexe de chercher du bout des doigts la carotide, sans relâcher la pression, et très rapidement je n'ai plus entre les bras qu'un corps sans conscience. Une veine sur sa tempe bat avec fureur et je sens son odeur traverser ses vêtements sous l'effet d'un coup de chaud brutal. Tout lâche, sa vessie se vide, je sens sur ma cuisse une tiédeur soudaine et je m'écarte pour que mes vêtements ne soient pas mouillés.

Pourtant je serre toujours.

Mes doigts s'engourdissent.

J'ai mal aux articulations.

J'ai peur de desserrer ma prise et de voir ses yeux s'ouvrir de nouveau, me fixer, sa bouche se tordre en un sourire absurde.

Mes épaules se contractent, je sens mon cou chauffer, je ne lâche pas.

Une minute, trois minutes, qui me semblent s'égrener, couler goutte à goutte. Pour tenir plus longtemps en apnée, il aurait fallu prendre une grande inspiration. Mais quand les poumons sont presque vides, trois ou quatre minutes c'est largement suffisant pour mourir.

J'ai conscience que je devrais paniquer, que l'angoisse et la culpabilité devraient me submerger. Que je viens d'accomplir un acte dramatique. Mais c'est un grand calme qui me saisit. Lorsque je desserre mes doigts, ils gardent les articulations bloquées, j'ai les mains crochues. Le corps s'affaisse, je le retiens sous les aisselles. Que c'est lourd un corps mort. Le plus simple est de le traîner sur un mètre, péniblement, d'ouvrir le coffre et de l'y faire entrer dans l'ordre qui vient : bras, cuisse gauches, repousser dans le dos pour faire basculer le poids à l'intérieur. Aucune difficulté pour l'y faire tenir, même si l'espace est réduit. L'absence de résistance musculaire permet d'accomplir des prouesses de maître yogi.

Je refuse. Je refuse de céder à l'afflux d'hormones, de trembler. Je tremblerai plus tard. D'abord rejoindre les autres, me calmer, dominer l'excès d'adrénaline qui menace de me faire vomir. Je ferme le coffre. Personne n'a rien vu. Je vais rentrer, les rejoindre, déguster du whisky vieilli dans huit barriques différentes, tenter de deviner quels échantillons doivent être mieux notés que les autres, faire le job. Je fais un pas en arrière, m'apprête à remonter le parking, contourner l'accueil et marcher jusqu'à la porte du vestiaire. Personne n'en saura jamais…

— Bonsoir !

Et merde.

Au même instant

Une bruine tiède brouillait le halo des lampadaires qui bordaient la place de l'Opéra, un grand rectangle piéton où se déversait le flot des spectateurs venus applaudir le grand, l'immense Peio Fortunato. Dévalant les marches comme deux jeunes filles, bras dessus, bras dessous, Daphné et Anne Dambérailh refaisaient le match à grand renfort de moulinets de leur bras resté libre.

— Cette maîtrise, ce brio ! Vraiment ma chère Anne, je ne peux que louer ton mari de ne pas aimer l'opéra. Me céder sa place a été le plus beau cadeau qu'il m'ait fait depuis des années ! s'exclamait Daphné, les joues roses et le regard enfiévré.

— Je ne pense pas que ça lui ait coûté beaucoup, répondit Anne Dambérailh, avec une pointe de regret. Quand il rentre de la brigade, il n'aspire qu'au silence. Ou parfois, allez, un petit morceau de country.

— De la country ?

— Johnny Cash, Patsy Cline, cita Anne Dambérailh en posant le pied sur la dernière marche. Ou, parfois, les grands jours, Queen.

— Je ne sais même pas qui c'est, avoua Daphné qui profita d'être arrivée en bas des longues marches pour faire de nouveau bouffer son brushing mis à mal par tant d'émotions.

Après deux semaines de soleil, la pluie légère faisait monter du sol une odeur de chaud, de poussière humide, de soir d'été, presque. Les deux femmes se tournèrent d'un même mouvement vers les hautes fenêtres illuminées de l'Opéra derrière lesquelles une poignée d'initiés buvaient probablement le champagne en compagnie des interprètes de *Carmen*.

— Bizet quand même, c'était quelque chose, conclut Daphné.

Puis elle bâilla, consulta l'heure sur sa montre et sursauta.

— Déjà ! Seigneur je vais être défaite demain matin. Et toi, tu devrais appeler Géraud, il doit s'inquiéter !

— S'il s'inquiète, ce n'est pas pour moi, la rassura Anne. Vous connaissez votre neveu. À ses yeux je suis un roc que rien ne peut ébranler. Ce qui lui donne toute latitude pour, lui, vaciller. Pas à la brigade bien sûr, pas devant ses gars. Mais…

Et Anne Dambérailh caressa pensivement le cuir tanné de son sac à main puis hocha la tête.

— L'accident de Chloé le perturbe plus que je ne saurais vous dire. Il… il en fait des insomnies terribles.

— Mais elle est tirée d'affaire, il faut simplement s'armer de patience, à cet âge-là, le corps se remet de tout !

Avec un petit rire sans joie, Anne haussa l'épaule gauche et se mit à faire tourner son alliance autour de son annulaire.

— Elle ne récupérera l'usage de son bras droit que si le nerf veut bien repousser correctement et se ressouder à l'autre bout.

— J'ai toujours dit que les scooters étaient à interdire.

Comme pour couper court à un débat que nul n'était en mesure de trancher, Anne leva la main et souffla sur la mèche brune qui lui tombait sur l'œil. Ses cheveux avaient l'exaspérante manie de profiter du moindre mouvement pour s'échapper de la pince qui les retenait. Anne se demandait souvent quelle quantité de laque il lui faudrait vaporiser sur ses mèches qui semblaient autant d'épis pour obtenir une coiffure nette, comparable au brushing de Daphné. Puis elle revenait à elle et se souvenait qu'elle préférerait mourir plutôt que de ressembler à une bourgeoise échappée du XVIe arrondissement. Avec tout le respect et la tendresse qu'elle portait à Daphné. Prendre soin de son apparence portait en soi un aveu de frivolité qu'elle n'assumait pas tout à fait, et son major de mari n'y trouvait rien à redire.

— Quoi qu'il en soit, les quelques heures qu'il ne passe pas à la brigade, il les passe au chevet de sa fille et ce qui lui reste, eh bien… il rumine.

— Quoi ?

— Les raisons qui peuvent expliquer comment sa fille s'est arraché le bras sur trois mètres d'asphalte alors que son ami s'en sort avec un trauma crânien. Je sais qu'il ronge son frein, qu'il brûle d'aller secouer le pauvre gamin qui est aussi choqué que Chloé. Elle ne veut rien dire. Impossible de savoir comment ils ont pu se planter.

Ses épaules s'affaissèrent.

— Mais ils se sont plantés. Et notre fille est hospitalisée depuis deux semaines. Et moi ? Moi je suis à l'Opéra avec la tante de mon mari.

L'espace d'un instant, les grands yeux bruns d'Anne Dambérailh se remplirent de larmes qu'elle réussit à chasser sans les laisser déborder, en écarquillant les yeux pour répartir le liquide lacrymal sur toute la longueur de sa paupière inférieure. Elle maîtrisait la technique à la perfection, ce qui lui donnait l'air d'un lapin pris dans les phares aux moments de grande émotion.

— Vous pensez que je manque de cœur ? Je ne sais plus, Daphné. J'ai besoin de m'aérer la tête, vous voyez ? Les élèves la semaine, rester seule le soir, voir Chloé le week-end, évoluer dans un silence de funérarium tout le reste du temps...

Elle releva le menton et fixa la porte de l'Opéra par laquelle sortaient les derniers spectateurs.

— J'en ai ma claque. J'ai besoin d'air, besoin que l'hôpital sorte de ma vie, me rende mon espace vital, j'ai besoin de sentir autre chose que le désinfectant. Mais Géraud ne comprendrait pas. Il... il serait choqué que je suggère de faire autre chose le week-end prochain. Sortir de Lafontac, partir pique-niquer.

Sa voix se perdit en un murmure. Elle savait que Daphné chercherait à rebondir, à alléger l'atmosphère avec une plaisanterie. Elle espérait une porte de sortie.

— Tu devrais rejoindre ma troupe de théâtre. C'est un exutoire merveilleux, déblatérer sur une scène des horreurs que tu n'oserais jamais prononcer dans la vraie vie. C'est libérateur et la femme qui nous dirige a une intelligence rare. Laure Opras est une cheffe de troupe exceptionnelle.

— J'ai déjà un chef de troupe exceptionnel à la maison, murmura Anne Dambérailh.

JEUDI

Le soleil était déjà haut, et Zakia était encore en retard. Sur le parking du refuge cependant, elle fut soulagée de constater que la voiture de Katia était toujours là. Elle allait se faire engueuler mais au moins elle pouvait arrêter de s'inquiéter pour les animaux laissés sans compagnie. Elle se gara près de l'épave roulante de Katia, claqua sa portière et s'étira, les bras vers le ciel. La nuit avait été festive et agitée. Parfois elle regrettait d'avoir pris cet engagement, un bel engagement de 1er janvier : faire la bénévole une fois par semaine au Refuge des Boules de Poils. Ça la forçait à sortir du lit le jeudi matin quelques heures à peine après s'être couchée. Le mercredi c'était le jour de la soirée pharma hebdomadaire, elle n'en ratait aucune. Mais ça lui donnait aussi l'impression de servir à quelque chose dans ce monde. À autre chose qu'à tenir les cheveux de ses copines au-dessus des chiottes quand l'alcool voulait sortir plus vite qu'il n'était entré.

Elle passa les doigts dans ses cheveux encore emmêlés et chercha sa besace dans les pieds du fauteuil passager. Elle avait les cuisses prises dans un legging à bandes, un truc de prof de yoga qu'elle avait acheté *via* Facebook, les pubs promettaient un confort inégalable. Et ça mettait ses longues jambes en valeur. Allez, les boules de poils attendaient qu'elle leur remplisse la gamelle. Le matin Katia leur donnait à boire et nettoyait les cages. Le truc que personne ne voulait faire. Mais Katia, avec son allure de criquet noir et son énergie sèche, voulait bien. Zakia, elle, avait des limites dans le don de soi.

Elle poussa du pied la porte du bureau qui raclait sur le sol. Ça sentait le café réchauffé, les chips oubliées en miettes dans les plis du canapé, les sacs d'aliments qu'on entreposait entre le minifrigo et le mur du fond. C'était un peu l'odeur du club-house au haras où Zakia avait l'habitude de monter avant qu'elle ne se fracasse le bassin sur un obstacle mal négocié. Elle avait bien tenté de rester dans le circuit, fourche à la main la plupart du temps, pour aider à monter les chevaux dans les vans, prendre les inscriptions en début d'année et traîner devant la sellerie, en chaps pour faire comme si, papoter avec des moniteurs à barbe négligée. Mais c'était devenu trop douloureux. Ne pas pouvoir monter aussi, voir Drapeau s'ennuyer dans son box. Elle avait fini par le vendre et partir. D'où le Refuge des Boules de Poils, le seul qui accueillait les chiens dits dangereux et les sauvait de la piqûre. Des gueules cassées, comme elles disaient avec Katia. *Comme nous*. Chez Katia on ne savait pas trop ce qui était cassé, mais il suffisait à Zakia de la regarder du coin de l'œil pour le deviner. Son petit cou tendu en permanence, ses rides trop profondes pour son âge, son rire de gorge qui ne sortait jamais vraiment. Elle l'aimait bien.

— Katia, t'es là ? Déso hein, la soirée a été compliquée, t'es au top d'être restée ce matin.

Elle posa sa besace sur le bureau où Katia laissait toujours en évidence quelques formulaires de don défiscalisable, pour donner des idées aux gens de passage. Le refuge vivotait et pour acheter les croquettes, il fallait parfois battre le rappel des généreux donateurs. Zakia s'attacha les cheveux en une queue qui lui battait les reins et fouilla pour trouver le registre de la semaine. Quel chien était sous traitement ? Est-ce qu'elle devait vermifuger les chats ? Est-ce que le véto devait passer pendant son créneau ?

Dans le fond de la cafetière, le café était foutu, une pâte noire collante qu'elle eut du mal à nettoyer sous le jet faiblard du lavabo. Elle le remit à couler, avec un nouveau filtre et quelques cuillères de robusta. Elle en avait bien besoin. Bottes, veste crade, brouette pour trimballer l'énorme sac d'aliments. Les chiens l'entendant arriver se pressèrent contre les grilles, fous de joie. Ça lui faisait plaisir d'être accueillie comme une déesse. Déesse Zakia, bienfaitrice de l'espèce animale.

— Katia, t'es là ?

Aucune réponse. Le refuge n'était pas immense, douze cages pour les chiens, celles du fond pour les plus détraqués, pauvres bêtes qui se jetaient parfois sur les murs contre leur propre ombre quand le soleil tournait. Les chats étaient placés à contre-vent, à l'est, pour éviter que leur odeur ne flotte jusqu'à la truffe des molosses. Ça les excitait.

— Salut mon petit galeux, murmura-t-elle en remplissant la gamelle d'un adorable croisé épagneul labrador dont les poils s'en allaient par plaques.

Elle prit le temps de le gratouiller derrière les oreilles, de lui frotter le ventre quand il se tortilla sur le sol, pattes en l'air. Elle préférait ne pas utiliser les noms qu'on leur attribuait lorsqu'ils n'en avaient pas, pour éviter cette déception bizarre lorsqu'ils étaient rebaptisés à l'adoption.

Il ne lui restait plus que deux cages à approvisionner.

Après s'être essuyé les mains sur les cuisses, elle attrapa son portable dans la poche de sa veste et envoya à Katia un texto : « T où ?? »

Les chiens déjà servis s'étaient calmés et seul le beauceron de gauche, qu'elle n'aimait pas beaucoup, s'excitait, pattes écartées. Un chien dressé n'importe comment, déviant et sournois. Mais elle n'avait pas peur. Elle le dominait largement, de ses longues jambes, de son menton volontaire, de son regard noir. Il suffisait d'ouvrir la cage sans faire claquer le métal, poser par terre une gamelle remplie. Lorsque le beauceron était occupé à engloutir le contenu à coups de mâchoires qui claquent, elle se penchait brièvement pour récupérer la gamelle de la veille récurée comme un os. Elle ne prenait pas le risque de se baisser, encore moins de s'accroupir, alors que le chien attendait encore son repas.

Une fois le beauceron servi, elle referma la porte. Un silence étrange régnait dans l'allée centrale. Tous les chiens étaient occupés à mastiquer, les premiers servis digéraient, allongés sur le côté, la panse étalée sur le sol. Elle entendait la brise dans les feuilles nouvelles du frêne qui dominait l'enclos, les gamelles qui raclaient par intermittence sur le sol, poussées de la truffe. Un calme dérangeant.

Il restait un chien à nourrir. Et pas le plus patient. Un chien imprévisible, qu'on avait dû installer ici après qu'il eut mordu un bénévole un peu trop nerveux. Zakia referma les doigts sur les poignées de plastique de la brouette. La roue de caoutchouc écrasa les petits cailloux de l'allée. Ça faisait un bruit de mer qui se retire sur une plage de galets.

Ce qu'elle vit en premier : le cane corso couleur caramel brûlé, allongé le long de la porte. Immobile, sa tête carrée posée sur ses deux pattes allongées. Tranquille. Repus.

Ça n'avait pas de logique. Il aurait dû se jeter contre la porte en gémissant, poussant le grillage de la truffe, curieux de savoir ce qu'elle apportait. Au lieu de quoi, le corso se passa une langue paresseuse sur le museau et bâilla.

Puis elle releva le regard, vers le fond de la cage. Le soleil trop haut ne pénétrait pas, s'arrêtait sur le seuil. Son œil buta sur une masse informe dans le fond, étalée au sol dans une flaque noire. L'odeur la saisit ensuite, portée par un courant d'air qui roula dans l'espace obscur de la cage. Une puanteur de viscères sectionnés dégueulant leur merde sur la terre battue. Et le blouson, ouvert et à moitié arraché, qu'elle reconnut à la bande de cuir clair qui bordait le col en skaï noir, le seul morceau de vrai cuir, dont Katia s'enorgueillissait.

Elle avait l'habitude des urgences, des fractures ouvertes sur les parcours de saut d'obstacles, des orteils broyés sous un sabot, même des phalanges sectionnées en remontant trop vite la porte d'un van. Premier réflexe, protéger. Fallait-il d'abord appeler le vétérinaire, qu'il débarque avec une dose de sédatif pour le corso ? Trop long. Et le chien avait l'air tout sauf agressif, paresseusement étalé sur l'étroite bande de soleil au sol.

Alerter. 112.

Lorsqu'elle eut donné à l'aiguilleur les infos, il lui restait encore la partie « secourir ». La masse informe de Katia au sol ne bougeait pas derrière le barrage du corso. Elle courut aussi vite que possible au bureau, chercher une muselière qu'elle eut un mal fou à trouver bien qu'elle soit accrochée avec les laisses sur la porte du placard où on rangeait les gamelles. Alors qu'elle ressortait du bureau, le cœur au bord des lèvres, elle entendit au loin une sirène hululer. Ça lui coupa les jambes.

Lorsque la voiture de la gendarmerie s'arrêta sur le parking, elle était assise dos à la porte vitrée du bureau, la muselière entre les jambes, et elle morvait comme une gamine, les yeux noyés et des bulles qui lui éclataient devant les narines.

Dans quel état on ramasse les témoins qui découvrent les corps, c'est bien quelque chose dont on ne parle jamais, songea Géraldine Amblevert en froissant entre ses mains dodues l'essuie-tout avec lequel la pauvre gamine s'était essuyé le visage. Elle hoquetait encore, pas capable d'aligner deux mots, ses longs cheveux collés en mèches poisseuses sur le front. Amblevert se redressa sur un genou, puis sur l'autre, et se massa le bas du dos. S'agenouiller n'était pas son exercice préféré. Le temps s'écoulait, précieux, et la jeune femme avait du mal à aligner deux mots cohérents.

— Non, je suis pas rentrée. J'ai pensé qu'il fallait que le chien… que fallait d'abord sortir le chien.

L'adjudante-cheffe se tourna vers un gendarme grisonnant qui dominait la scène de son mètre quatre-vingts.

— Péon, on y va, et vite.

— Et l'ambulance, on ne l'attend pas ?

Amblevert se tourna d'un bloc vers son binôme et répondit dans un sifflement menaçant :

— Tu te vois expliquer qu'on a laissé une femme se faire bouffer vivante parce qu'on attendait l'ambulance ?

Se tournant de nouveau vers la jeune femme affaissée sur le sol comme une poupée de chiffon, elle adoucit sa voix au maximum de ses possibilités :

— Il faut nous dire où est le chenil.

— En sortant, vous suivez le chemin qui part à droite, et c'est la première allée à gauche. Au fond. La dernière cage à droite.

D'une main incertaine, la jeune femme agrippa le chambranle de la porte extérieure contre laquelle elle était adossée et se remit sur ses jambes, qu'elle avait longues et musclées, nota Amblevert avec une pointe d'agacement. Pour couper court à ses velléités de les accompagner, Amblevert lui plaqua la main sur le thorax.

— Vous restez ici. Les ambulanciers ont besoin qu'on leur indique le chemin. On se débrouillera.

— Faut museler le corso, on sait jamais, conseilla Zakia dans un filet de voix.

Elle tendit la muselière dont la bride était enroulée autour de son poignet. Avec son efficacité habituelle, Amblevert la saisit et déroula la lanière de cuir en l'enroulant autour de son propre poignet.

— On y va Péon.

Les deux gendarmes trottèrent côte à côte sans parler, remontèrent l'allée, contournèrent la brouette abandonnée au milieu. La courte queue-de-cheval blonde d'Amblevert était ramassée en minichignon dans un filet noir qui faisait très dame de cantine. Son calot dépassait de sa poche et elle avançait aux côtés de Péon, les coudes au corps et les poings serrés. Les chiens mettaient les uns après les autres la truffe au grillage.

— Ça va pas être beau à voir, souffla-t-elle à la fin d'une expiration.

Avec ses cinquante ans bien tassés, Péon avait peut-être le cœur fragile, songeait-elle, il valait mieux le préparer un peu car ça n'était pas tous les jours qu'on découvrait une femme à moitié bouffée dans un chenil. À première vue le chien au fond à droite était calme, vautré sur le côté pour offrir au soleil son ventre cuivré. Péon leva la main pour ouvrir la poignée, et s'assura d'un coup d'œil en arrière qu'Amblevert avait bien en main la muselière, prête à enjamber le molosse pour la lui passer avant qu'il ait eu le temps de montrer les crocs.

La voix d'Amblevert claqua.

— Touche pas la poignée ! On sait jamais.

Elle attrapa dans sa poche un gant en nitrile noir et le lui tendit. Il fourra sa main au fond et, du bout des doigts, il baissa la poignée métallique puis tira vers eux la porte grillagée. Un lourd ressort rendait la tâche difficile à accomplir sans s'aider de l'autre main. Péon plia l'index sur une tige métallique placée tout en haut de la porte, là où la probabilité d'effacer une empreinte intéressante était quasiment nulle, et tira.

Géraldine Amblevert se glissa dans l'ouverture avec une souplesse étonnante, étant donné son ratio taille-circonférence. L'aisance de mouvement de l'adjudante-cheffe était source de commentaires admiratifs dans la salle commune de la brigade, ce qui la flattait et l'exaspérait à la fois. Pourquoi tout le monde se sentait-il obligé de s'exprimer au sujet de sa vélocité ? Faisait-on des gorges chaudes au sujet de l'ouïe fine de Péon qui avait dépassé la cinquantaine ou sur l'hétérosexualité de Frégé qui était frêle et blond ? Non ? Bon, donc pourquoi s'étonner qu'une femme s'habillant en taille 46 se montre agile et pleine d'énergie ? Qu'on lui foute la paix.

Le corso ne fit même pas mine de se lever lorsque Amblevert lui passa la muselière. Elle tendit la laisse à Péon et lui ordonna d'un mouvement de menton de sortir le chien. Bien que rien ne laisse envisager autre chose qu'un accident malheureux, elle ne voulait pas prendre le risque de le voir piétiner quelque chose d'important. Il chaussait du 48, quand même, et sa maladresse congénitale n'était un secret pour aucun de ses collègues.

Katia Gault gisait au fond du chenil, dans une obscurité relative. Amblevert embrassa d'un coup d'œil la tache sombre qui maculait la terre battue au niveau de l'abdomen, l'immobilité absolue du corps, la masse bleutée qui se répandait au sol par une déchirure du ventre. Le chien avait tiré sur l'intestin, excité par l'odeur. Il n'y avait pas grand-chose à espérer, mais Amblevert s'approcha, attentive à faire de grandes enjambées pour minimiser les contacts au sol.

Une mouche bleue se déplaçait de pli en pli sur les viscères lacérés. L'odeur d'excréments prenait à la gorge mais Amblevert la supportait mieux que celle, douceâtre, de la chair avariée. Elle se pencha sur le visage étonnamment intact de Katia. Les lèvres bleutées, les paupières mi-closes ne laissaient planer aucun doute.

— Elle est morte, Péon. Retourne au bureau et donne le chien à la fille. Qu'elle lui trouve un autre chenil où le boucler.

D'un geste bref, Amblevert passa une main sur les mèches raidies de gel de Katia. *Pauvre femme.* Elle suivit du regard les manches du blouson jusqu'aux mains, intactes elles aussi, ce qui la fit tiquer. Le ventre, visible entre les pans écartés du blouson, n'était que charpie. Un large lambeau de chair manquait sur le côté de la cuisse gauche et le jean était troué en de multiples endroits au niveau du mollet, sans pour autant que l'adjudante-cheffe identifie de franche déchirure.

Au loin, la sirène de l'ambulance se fit entendre. Elle se releva. Balaya d'un dernier coup d'œil le corps, le blouson ouvert, le T-shirt noir déchiqueté, les jambes maigrelettes dans le jean, les sneakers blanches, le sol de terre battue. Alors que les brancardiers remontaient l'allée en s'apostrophant, guidés par Péon, Amblevert aperçut au sol un petit caillou de couleur inhabituelle, à demi enfoui sous la poussière. Elle se pencha pour l'attraper et le fit rouler entre son pouce et son index, effectua un mouvement de regard circulaire et, alors que les ambulanciers allaient franchir le seuil du chenil avec empressement, elle aperçut une deuxième petite boule jaune.

— Stop !

Les deux hommes, interloqués, se figèrent.

— Elle est morte. Appelez-moi le toubib, qu'il vienne constater.

— Et nous ?

— Personne n'entre ici. On gèle tout. Désolée les gars, va falloir attendre un peu.

Ses grands bras pendant trop bas le long de ses cuisses, Péon pressa le pas en entendant le cri de son adjudante-cheffe. L'apercevant, Amblevert lui lança :

— Va chercher la bande, on bloque tout.

Dans un mouvement désarticulé, Péon s'immobilisa à un pas du brancard inutile, les yeux ronds.

— Qu'est-ce qui se passe ?

Les deux brancardiers furent écartés d'un mouvement d'épaule, puis Amblevert tendit la main vers Péon. Au creux de sa paume, une petite bille de plastique jaune roula le long de sa ligne de chance.

— C'est quoi, ce petit machin ?

— Pistolet à billes. Basile en a un. Ces petits machins jaunes, j'en retrouve jusque dans mon tiroir à chaussettes, ça me rend dingue.

Perplexe, Péon se pencha, le nez au ras de la paume d'Amblevert, comme s'il allait la renifler. Géraldine reprit, ajustant de sa main libre le ceinturon qui lui enserrait la taille :

— Je peux me tromper, mais on dirait que le chien n'a pas attaqué spontanément.

La machine à café flambant neuve de la brigade ronronnait comme un chartreux. La fenêtre à grands carreaux tremblants était ouverte sur la cour gravillonnée où les gendarmes garaient leur véhicule personnel sous les branches d'un platane tortueux. De retour du chenil, Péon s'était immédiatement attablé au bureau d'Amblevert pour saisir la déposition de Zakia. L'adjudante-cheffe assistait au déploiement de technologie des techniciens en identification criminelle[1] dépêchés par le groupement de gendarmerie. Tant que l'affaire n'était pas attribuée à la BR, la brigade de recherches, elle était directrice d'enquête, en tant que premier officier de police judiciaire[2] arrivée sur place.

Dos à la porte qui donnait dans le couloir, le major Dambérailh touillait pensivement un café noir rendu presque sirupeux par les trois sucres qu'il y avait jetés. L'affaire de la dévorée tombait

1. TIC.
2. OPJ.

franchement mal. Bien sûr, le poids des affaires courantes n'était pas à son maximum en cette mi-avril. Les gens partaient peu en vacances, conséquence d'une mauvaise année pour les vins de l'appellation qui se vendaient à peine au coût de revient. Les cuves étaient pleines et tous les viticulteurs se demandaient comment diable ils rentreraient la vendange. Cela ne poussait pas aux vacances hors les murs. Il n'y avait donc pas de recrudescence de cambriolages dans les maisons vides. Les festivals d'été étaient encore loin, l'afflux de touristes aussi. Bref, en temps normal, enquêter sur une mort suspecte aurait été une rupture bienvenue dans le ronron quotidien de la vie de brigade. Mais ces jours-ci, très clairement, Géraud Dambérailh avait d'autres sujets de préoccupation qui nécessitaient toute son attention. Un sujet principal, en réalité, qui occultait tous les autres.

Il posa sa tasse sur le guéridon bancal que la brigade utilisait en table basse la plupart du temps, bien qu'elle eût été parfois transformée en présentoir à objets donnés ou vendus (exemplaire écorné du dernier Chattam, immonde service à thé reçu en cadeau de mariage par une jeune maréchale des logis, boutons de manchette aux formes improbables), et de temps en temps, en table à tirer les cartes. Amblevert elle-même ne rechignait pas à s'attabler pour se faire dire la bonne aventure par la petite gendarme adjointe volontaire[1] qui les avait rejoints en janvier.

---

1. GAV.

Le major tenta distraitement de faire disparaître une tache parmi d'autres sur la plaque de bois autrefois vernie. L'état de Chloé ne lui laissait aucun répit. Quand il n'était pas à son chevet, craignant qu'elle se réveille avec sur le visage cette grimace de douleur qui lui tordait le ventre, il pensait à cette soirée, à l'incompréhensible appel du CHU : « Votre fille a eu un accident. » Elle qui ne conduisait pas, qui ne buvait pas, qui ne… Une fille de dix-sept ans plutôt sage, qui passait la soirée avec une bande d'amies au cinéma, croyait-il, comment aurait-elle pu avoir un accident ? Depuis cette soirée, quatorze jours auparavant, le même refrain tournait sans faiblir sous son crâne : comment, comment, comment. Et Chloé, lorsqu'elle avait les yeux ouverts et l'esprit à peu près alerte malgré les flots de morphine qu'on lui dispensait en perfusion, Chloé n'expliquait rien. Alors, dans ces conditions, se pencher sur le cadavre éventré d'une pauvre femme et chercher qui, quoi, comment, quand, c'était beaucoup pour lui. Peut-être qu'Amblevert serait mieux à même de gérer l'affaire si on jugeait en plus haut lieu qu'elle ne présentait pas d'enjeu nécessitant une prise en main par la BR. Le procureur était en route pour le chenil afin de suivre les premières constates, évaluer le potentiel scandale qui résonnait douloureusement avec l'affaire Pilarski[1], et veiller à ce que la procédure soit res-

1. En 2019, dans l'Aisne, Elisa Pilarski est morte par suite de multiples morsures de chien. L'affaire impliquant un pitbull a déclenché beaucoup d'émotion et n'est pas totalement résolue sur le plan judiciaire à l'heure où ce roman est écrit.

pectée à la lettre. Géraud tremblait que l'enquête ne lui soit confiée. Impossible de travailler le soir sur les rapports des TIC et de gérer l'enquête de voisinage, forcément en dehors des horaires de bureau. Le soir, il devait être au CHU, sachant qu'Anne n'irait pas. Il le respectait, il était pleinement conscient que sa femme gérait au mieux ses ressources. Elle avait pris une semaine de congés sans solde pour veiller Chloé jour et nuit. L'académie avait été étrangement compréhensive, mais il lui fallait maintenant reprendre le travail... La jumelle de Chloé, Capucine, avait, elle aussi, besoin de sa mère et d'attention, au moment où elle devait formuler ses vœux sur Parcoursup, se projeter dans une nouvelle ville. La vie ne s'était pas mise sur pause et Géraud avait du mal à suivre. Donc cette enquête pardessus le...

— Major, c'est pour vous, la commandante de compagnie !

Louis Frégé, boutonné sans un pli jusqu'au cou et rasé de frais, lui tendait le téléphone à bout de bras, hésitant à entrer dans la salle commune. Dambérailh prit une seconde pour avaler d'un trait son café tiède avant de saisir le téléphone. Il essuya sa lèvre supérieure du dos de la main et tendit l'oreille.

Et voilà, c'était pour lui. La nouvelle commandante de compagnie mourait d'envie de le voir à l'œuvre, et, cerise sur le gâteau, elle avait quelqu'un de très bien à lui envoyer, une jeune recrue qui venait de débarquer à la BR à qui il fallait tanner un peu le cuir. « Lui faire les griffes », tels avaient été les mots exacts de la commandante. Le pompon. En matière de fauves griffus, Dambérailh avait déjà de quoi faire à la brigade en la personne de son bras droit, Géraldine Amblevert, fière et farouche adjudante-cheffe qui rêvait qu'on lui confie une enquête digne de ce nom. Si on la laissait de côté sur ce coup-là, le major craignait qu'elle ne postule à la brigade de recherches. Or il avait terriblement besoin d'elle pour tenir sa petite unité, plus si petite, qui grossissait au fur et à mesure que la communauté de communes enflait. Ils étaient déjà vingt-deux, poussaient les murs, et Géraud n'avait de cesse de réclamer la réouverture de la brigade de Lacapel-sur-Busson, fermée huit ans auparavant, avant que tout n'explose. Aujourd'hui, le tram arrivait aux portes de Lafontac, des lotissements poussaient comme cèpes sous la pluie de juillet, les coutures de la zone rurale craquaient. Il voyait avec appréhension les créations de postes se succéder et l'effectif de la brigade flirter avec les vingt-cinq gendarmes. À vingt-cinq, la commandante de compagnie parachuterait un officier au-dessus de lui. À moins qu'il ne devienne lui-même officier, ainsi qu'elle le lui avait suggéré lors du cocktail au cours duquel elle avait été accueillie en remplacement de Thierry Delval. Elle avait bossé son arrivée.

Dambérailh se passa la main sur le crâne, tâtant au passage la densité capillaire du sommet de sa tête. De pire en pire. Il inspira profondément, rentra le ventre et expira. Le pioupiou de la BR le rejoindrait sur place. Il allait démarrer les constates et l'enquête de voisinage et renvoyer Amblevert à la brigade. Les TIC auraient probablement terminé de mettre le chenil en sachets. Il espérait avoir un compte-rendu assez précis de la part de son adjudante-cheffe, sans quoi il serait obligé d'attendre leur rapport et il perdrait deux jours. Il prit quelques secondes pour nourrir le poisson rouge qu'on lui avait offert à l'issue d'un précédent détachement[1]. Il l'avait appelé Saint Jacques, en hommage à Jacques Peramel, le chef de brigade qu'il avait remplacé le temps de résoudre une de ses affaires les plus éprouvantes. Amblevert trouvait cet anthropomorphisme ridicule et appelait le poisson Bubulle, ce qui divisait la brigade en deux camps.

Par la porte entrouverte du bureau d'Amblevert, le major entendit la fin de la déposition de la jeune Zakia. Elle croisait et décroisait les jambes contre le bureau et se rongeait l'ongle du pouce avec furie. Il attendit le crachotement de l'imprimante, le bruit sec du crayon reposé sur le bureau, puis il ouvrit la porte.

— Vous me copiez la déposition, Péon ? Je vais sur le lieu, je la lirai en route.

— En conduisant ? questionna Péon, soupçonneux.

— Bien entendu, je tiens les feuilles sur le volant, ça va très bien comme ça, railla Dambérailh. Allez, je voudrais éviter que le proc ne soit reparti avant que j'arrive.

Timidement, Zakia proposa de montrer le chemin au major. Elle devait récupérer son manteau au refuge. Il acquiesça et lui tint la porte, ce qui sembla la surprendre.

---

1. Voir *Piqûres de rappel*.

— Péon, la BR m'envoie un adjoint sur l'enquête, vous le réceptionnez et vous l'envoyez au refuge s'il n'arrive pas trop tard.

La réponse de Péon se perdit dans le couloir.

Dans la cour, le platane semblait offrir le gîte à une quinzaine d'espèces d'oiseaux tous plus ardents les uns que les autres. Le pépiement des mésanges faisait chorus avec celui des moineaux et un martinet poussait de temps en temps un cri strident qui se répercutait sur la façade blanche de la brigade. Ce son rappelait douloureusement au major les beaux jours de mai passés cloîtré dans des salles de classe alors que le printemps battait son plein au-delà de l'enceinte du pensionnat. Les migrateurs arrivaient de plus en plus tôt dans la saison.

Les douze kilomètres qui séparaient Lafontac du refuge passèrent en un éclair. Il n'avait pas laissé une seconde ses pensées s'égarer loin de leur sujet de préoccupation principal. Chaque ligne droite était pour lui prétexte à imaginer comment, *comment bon Dieu*, un scooter sur lequel deux gamins faisaient les jolis cœurs en centre-ville pouvait faire une sortie de route. Pas d'obstacle, pas de gravillons, pas de chat qui traverse. Il avait le nom du propriétaire du scooter. Il mobilisait toute sa volonté pour ne pas aller toquer à la porte de ses parents, en uniforme de préférence, le prendre au col et le secouer jusqu'à ce qu'aveux s'ensuivent. Comment. Comment est-ce qu'il avait pu perdre le contrôle de son deux-roues, qu'est-ce qui s'était passé, qu'est-ce qui justifiait les trois opérations qu'avait subies sa fille pour reconstruire ce qui pouvait l'être, qu'est-ce qui expliquait sa douleur, son regard flottant, ses semaines de rééducation en perspective, son bac foutu… Géraud ne voyait qu'une explication possible : une de ces figures idiotes, un *wheeling* sans doute, tenté par un ado boutonneux rendu débile par la proximité tout contre lui de sa troublante Chloé. Et la roue qui se repose de travers, sous le poids du scooter, cette masse multipliée par la vitesse et mal équilibrée sur ses roues sous-dimensionnées, qui dévie brutalement.

La petite voiture de Zakia devant lui s'arrêta, le forçant à piler pour ne pas l'emboutir devant un stop qu'il n'avait pas vu arriver. Il se frictionna les joues pour se sortir de cet état d'hébétude dans lequel l'entraînait le flux circulaire de ses pensées. Une véritable fixation.

La surface de stationnement mal asphaltée qui tenait lieu de parking devant la grille du refuge apparut sans préavis à sa droite. Les pissenlits y faisaient sauter de petites croûtes de bitume et des touffes de plantain s'engouffraient dans les fissures et agitaient leur fleur brune au gré des déplacements d'air provenant de la route. Zakia s'y gara en deux coups de volant. Il devait faire l'effort d'évacuer ses préoccupations pour créer de l'espace dans sa tête afin d'y stocker les nouvelles informations qu'il allait devoir collecter, ordonner, articuler. Une lutte dans laquelle il jouait les deux côtés à la fois puisqu'il n'avait pas envie de cesser de se torturer au sujet du scooter, de sa trajectoire, des quelques secondes qui précédaient l'impact… mais il ne pouvait décemment pas enquêter sur la mort de cette Katia Gault sans s'impliquer. Il lui fallait mobiliser toutes ses ressources, qu'elles soient intellectuelles, physiques, émotionnelles. Il vivait un écartèlement insoluble et se surprit à espérer que la scène soit suffisamment choquante pour le rappeler à ses devoirs professionnels.

L'odeur lui parvint en premier, comme pour s'assurer d'avoir son attention pleine et entière. Un peu en retrait, Amblevert se tenait carnet à la main et discutait avec l'équipe de techniciens en tenue de cosmonautes sous le regard sévère du procureur, un petit homme sec et morose qui avait la réputation de rester en retrait dans le feu de l'action mais de pinailler sur le moindre détail de procédure. Dambérailh captait quelques mots qui lui semblaient hors sujet, avec en fond sonore le chant d'un coucou têtu qui se fichait de ce qui se jouait huit mètres en dessous de la branche d'où il chantait. Le corps avait été chargé avec mille précautions sur le brancard. La médecin qui venait de signer l'acte de décès serra la main des ambulanciers et se dirigea vers le major.

— Bon, tout ça vous sera détaillé par le légiste, je vais pas trop vous submerger de conclusions personnelles, commença la jeune femme brune qui ficha son stylo dans la poche extérieure de sa sacoche.

— Et, à chaud, vous diriez que..., encouragea Dambérailh qui connaissait la gourmandise parfois étrange des généralistes de campagne pour tout ce qui touchait aux morts violentes.

Après tout, dans la majeure partie des cas, c'était le bon docteur du coin qui avait le privilège d'examiner le corps *in situ*. Il avait donc un regard contextualisé que n'aurait jamais le légiste, malgré toute sa science. Quel dommage que la plupart ne soient pas formés à la médecine légale.

— Elle est morte ce matin, entre 6 heures et 8 heures. Il est 13 heures, elle est très mince, pas très couverte... Touchez vous-même, elle est à vingt-trois degrés et demi.

— Ça me semble plutôt frais, déjà, commenta Géraud.

— Elle n'a pas fini de chuter. Il fait dix-neuf degrés, elle n'a pas atteint la température extérieure. J'adore la médecine légale, j'ai même une sonde, c'est très précis, assura la médecin qui fit un mouvement vers sa sacoche pour montrer à l'officier dubitatif combien son estimation était digne de foi.

Il déclina l'offre implicite d'examiner la sonde, elle poursuivit :

— Sans déplacer les cervicales, bien sûr, j'ai quand même pu me rendre compte que ses muscles digastriques et mylo-hyoïdiens, sa mâchoire, en gros, étaient déjà rigides. Ça place la mort à plus de cinq heures. Le corps a été découvert à 11 heures par Zakia. Je dirais donc mort entre 7 heures et 8 heures.

— Vous avez dit 6 heures tout à l'heure, rebondit Dambérailh qui examinait en même temps le grillage fermant le chenil du corso.

— Oui, 6 heures c'est la fourchette basse, mais Katia n'arrivait qu'à 7 heures au refuge. Elle a allumé l'ordinateur à 7 h 10.

— Comment vous savez ça ?

— Parce qu'elle a répondu au mail du véto à cette heure-là et que c'est certainement la première chose qu'elle a faite en arrivant puisqu'elle y lit la posologie des médicaments qu'elle doit donner aux animaux que le véto voit tous les mercredis soir. Et on est jeudi.

Tenté un instant de laisser échapper un sifflement admiratif, le major se reprit et fronça le sourcil.

— Vous voulez dire que vous êtes allée mener votre petite enquête dans le bureau ? Vous savez que c'est totalement déplacé et hors de vos prérogatives, docteure…

— Bressigny.

D'un mouvement vif, Amblevert claqua la portière du fourgon des TIC, contourna le procureur qui notait une observation, et s'approcha d'une enjambée.

— Arrête tes bêtises Olga, le major va tourner de l'œil. C'est moi, major, qui ai déduit l'heure d'arrivée de Katia Gault au refuge. Olga venait de terminer son examen du corps et on papotait dans le bureau. C'est la médecin qui suit Basile, on se connaît bien, expliqua-t-elle pour dissiper le regard soupçonneux que Dambérailh fixait encore sur le docteur Bressigny.

La généraliste esquissa un sourire amusé et clipsa la boucle de sa sacoche. Elle n'essaya pas de serrer la main du major mais lui adressa un clin d'œil qui le fit rougir jusqu'à la racine des cheveux. Puis elle embrassa Amblevert sur les deux joues et remonta l'allée d'un pas énergique.

— Elle aime bien faire de l'humour, excusa l'adjudante-cheffe qui avait le tact de regarder ailleurs pendant que le major reprenait ses esprits.

Il se racla la gorge et prit le temps d'aller saluer le procureur qui revissait avec application le capuchon de son stylo plume.

— Je ne reste pas, on m'attend, susurra le magistrat, la sacoche bloquée sous l'aisselle. Évitez les fuites, les histoires de chien qui attaque ça rend les gens hargneux en ce moment.

— Nous ferons au mieux, assura le major avant de se tourner de nouveau vers Amblevert. Quoi d'autre, Amblevert ? Qu'est-ce qui vous a fait penser que ce n'était pas un accident ?

D'un geste rapide, Amblevert sortit de sa poche-poitrine une feuille pliée en quatre et énuméra, main levée et doigts dressés les uns après les autres :

— Aucune blessure au visage, aucune marque sur les avant-bras. Elle ne s'est pas défendue.

— Vous pensez qu'elle était déjà morte quand…

Le sourcil froncé d'Amblevert le dissuada de l'interrompre à nouveau dans son énumération.

— Pas de déchirure au mollet. Le chien ne l'a donc pas fait tomber en la prenant à la jambe. Oh, il y a bien des trous-trous parce qu'il s'est amusé mais rien qui fasse penser à une chute à cause d'une prise au mollet. Ensuite, parce que je vous vois déjà me dire qu'elle est peut-être tombée toute seule en entrant dans le chenil, et que le chien n'a fait que sauter sur l'occasion…

— Oui, c'est une poss…

— Eh bien non, claironna Amblevert, le bras levé telle la Liberté guidant le peuple. Aucune pierre, aucun dénivelé traître sur le sol du chenil.

— Oui mais…

— Et, rugit-elle, elle a les lacets bien noués et, le plus important, parfaitement propres. Elle n'est donc pas tombée en marchant dessus.

Il n'y avait plus qu'à s'incliner. Dambérailh se retint juste à temps d'applaudir, pas tout à fait certain que son adjudante-cheffe goûte une réaction outrée. D'un hochement de tête à la lenteur parfaitement dosée, il manifesta son appréciation. Il était convaincu.

— Bon, et je ne vous ai pas tout dit, susurra Amblevert, qui grattait la terre du bout du pied avec un air de fausse modestie qui sembla presque touchant au major.

Trop affairée à repasser derrière les techniciens, elle n'avait pas hésité à se traîner à genoux, ainsi qu'en témoignaient les marques de terre sur son pantalon, et les boutons de son polo s'étaient ouverts jusqu'au dernier, ce qui donnait à l'adjudante-cheffe un petit air débraillé tout à fait inédit.

— J'ai trouvé deux petites billes de pistolet. Probablement un jouet pour enfant.

— Ce qui à votre avis…

— Laisse penser que le chien a été volontairement excité. La fille a été probablement assommée et jetée dans la cage, la porte refermée et comme ça ne suffisait peut-être pas à ce que le corso attaque, on a bombardé le chien au pistolet à air comprimé. Ça fait très mal ces petits machins-là, surtout à faible distance. Basile m'en a envoyé un dans l'œil une fois, je lui ai dit : « Mon gars, une fois mais pas deux. » Enfin, je n'allais pas non plus le traumatiser. Après tout, Maman se balade au boulot avec un pistolet, et pas en plastique.

Dans l'esprit du major, un chien n'était jamais dangereux ni agressif en soi. Il voulait bien concevoir qu'un corps à terre déclenchait chez certaines races une réaction de domination parfois musclée. De là à dévorer une masse de viande inanimée enrobée de vêtements plus ou moins synthétiques… il trouvait l'hypothèse d'Amblevert plus qu'intéressante.

Les deux gendarmes remontèrent l'allée côte à côte, échangeant des théories qui toutes avaient pour but d'expliquer l'agressivité du corso.

— Vous avez regardé s'il y avait une caméra de surveillance, j'imagine ? demanda pour la forme le major, qui n'en avait remarqué aucune.

— Oui, rien. C'est une structure associative, pas de gros moyens, ils fonctionnent surtout à l'huile de coude…

— J'ai du mal à comprendre comment on peut déployer une énergie pareille pour des animaux alors que tant d'êtres humains souffrent aux portes de nos maisons, marmonna le major.

Amblevert se tint coite quelques secondes puis s'humecta les lèvres, prit son élan et répondit d'une voix dangereusement douce.

— Parce qu'il faut bien que tous ceux qui sont déçus de l'espèce humaine trouvent un débouché à leur tendresse. Et qu'est-ce qu'il y a de plus vulnérable qu'un animal, dont personne ne défend les droits et qui n'ira jamais se plaindre de ses conditions de vie ?

— Un enfant, Amblevert. Un enfant…

— Pourquoi opposer les deux comme si les causes animales et humaines ne pouvaient être défendues de front ? Vous êtes tellement manichéen…

— Parce qu'une journée ne compte que vingt-quatre heures, et qu'il faut choisir ses combats. Je ne comprends pas la hiérarchisation qui est faite, c'est tout.

Le souffle qui s'échappait des narines d'Amblevert commençait à produire un son inquiétant. Le major s'en voulut de l'avoir poussée jusque-là, elle qui accueillait sans compter tous les chats boiteux de son quartier… et qu'on ne pouvait pas soupçonner de manquer d'attention aux plus faibles de sa propre espèce.

— Et faudrait faire quoi alors, major, tous les piquer ? C'est ça votre solution ?

— Ça va, Amblevert, ça va… je réfléchissais à voix haute.

— Alors faites-le sans me prendre à témoin, je préfère.

Les quelques minutes suivantes furent un peu pesantes. Chacun remâchait une réplique qu'il aurait dû placer à tel ou tel moment de l'échange. L'attitude d'Amblevert ne surprenait pas Dambérailh, qui n'en était pas à son premier coup de grisou avec son irascible adjudante-cheffe. Elle lui renvoyait systématiquement à la figure toutes les réflexions à présupposé, selon elle, machiste, patriarcal, petit-bourgeois et autres abominations, là où lui ne voyait qu'un plat bon sens. Amblevert lui rappelait sa femme, avec en prime une dimension fulminante et explosive que, Dieu merci, Anne Dambérailh maîtrisait la plupart du temps. Il était né vingt ans trop tard et se sentait appartenir à une époque qui disparaissait à toute allure. Heureusement que sa tante Daphné lui permettait de se complaire dans l'évocation des évidences qui lui semblaient mener le monde, quoi qu'on en dise.

— Et l'enquête de voisinage ? relança-t-il au moment où ils arrivaient devant le bureau avec la même attitude que s'il agitait un drapeau blanc.

— Regardez vous-même, répondit Amblevert en écartant les bras telle Evita Perón haranguant la foule au balcon de la Casa Rosada.

Le bureau du refuge était un préfabriqué posé juste derrière la grille d'accès. Au-delà de la grille, il n'y avait que le parking désert en bordure de départementale puis un champ de colza jaune canari, une lisière au loin de ce qui semblait être un bois de chêne… La route disparaissait à gauche après un tournant qui plongeait vers une parcelle de vigne. À droite, elle continuait tout droit sur deux ou trois cents mètres puis elle s'effaçait sans qu'il soit possible de distinguer si elle tournait à gauche ou à droite. Le refuge était installé au milieu de nulle part, hors de vue du premier voisin. La route était passante aux heures d'embauche et de débauche, le reste du temps on y croisait rarement plus de deux ou trois voitures toutes les dix minutes.

— On va passer un appel à témoin dans *L'Écho gascon* et *La Tribune de l'Estuaire*, je ne vois que ça, soupira le major. Vous vous en chargez ?

— Bien sûr, les relations presse c'est mon fort, grinça Amblevert.

Mais il perçut que la tension était retombée et il battit le fer tant qu'il était chaud en abordant de menus détails au sujet du corps qu'il n'avait vu qu'une fois glissé sur son brancard. Quel était l'angle du corps par rapport au mur ? Et par rapport à la porte ? Les jambes étaient-elles recroquevillées ou non… Amblevert lui montra les clichés qu'elle avait pris par-dessus l'épaule des techniciens mais, sans ses toutes nouvelles lunettes, le major ne distinguait pas grand-chose. Encore un outrage du temps auquel il avait du mal à se faire. Amblevert s'en souvint, elle éloigna l'écran du téléphone sans faire de commentaire, ce qui lui valut une reconnaissance muette.

Ils se tinrent encore un moment, face à face sur le parking. Péon était rentré à la brigade avec le fourgon. Amblevert était forcée de voyager avec le major dont la réputation de conducteur médiocre n'avait pas tout à fait disparu.

Dans l'habitacle, le terminal de la radio RUBIS crachotait un trafic incompréhensible qui emplissait le véhicule d'un bruit de fond pénible. Dambérailh ouvrit la portière et se pencha, une main posée sur le volant. Ses larges épaules lui donnaient une allure assez athlétique, de dos seulement, car la cinquantaine se profilant lui chargeait un peu l'abdomen, à son grand désespoir. Il ne trouvait plus le temps de courir le soir, et le courage lui manquait à l'aube. L'empâtement était inévitable.

« Signalement de vandalisme à Mayenac, monument historique concerné, demande d'intervention, la DRAC envoie un conservateur. »

Le sens de l'orientation sans faille d'Amblevert lui fit pointer du doigt vers le sud, par-delà une ligne de peupliers penchés qui avaient dépassé depuis quelques années l'âge d'être prélevés.

— On doit être à cinq kilomètres. On s'en charge ?

— Espérons que le café sera ouvert, qu'on puisse au moins grignoter un casse-croûte, soupira le major en s'installant derrière le volant.

— N'y comptez pas, major. Mayenac compte cinquante habitants, le café n'ouvre pas avant les ponts de mai !

Alors qu'ils s'attendaient l'un et l'autre à débouler dans un village désert, ils furent accueillis par une grappe d'habitants et d'individus en tenue de ville, tous plus excités les uns que les autres. Dambérailh referma à grand-peine sa portière, craignant d'écraser les doigts qui s'y seraient glissés. La maire, fille du maire précédent et nièce du candidat au mandat suivant, écarta sans ménagement trois hommes en chemisette blanche et une femme en blazer bleu marine et blond délavé du dernier chic.

— Ça ne pouvait pas tomber plus mal, soupira l'élue, tirant avec désespoir sur sa boucle d'oreille gauche.

Le major ne put s'empêcher d'imaginer le lobe se déchirer et ferma les yeux une seconde pour chasser l'image sanglante qui s'imposait à lui.

— Suivez-moi, on va tenter de s'isoler un peu.

Les douze ou treize curieux qui s'étaient collés à la voiture du major leur emboîtèrent le pas tandis que la maire agitait la main comme pour chasser une nuée de mouches.

— C'est le tournage, ça rend tout le monde un peu marteau, excusa-t-elle.

Elle repoussa avec vigueur les deux mamies qui l'empêchaient d'ouvrir la lourde porte en bois clouté de l'église qu'elle referma immédiatement sur eux, puis sortit de sa poche un badge bleu accroché au trousseau de clés de la mairie et l'appliqua contre un boîtier blanc fixé à un mètre à droite du bénitier. Une fois l'alarme désactivée, elle expira comme si elle était restée en apnée depuis leur entrée dans les lieux, se tourna vers eux et leur indiqua la porte.

— La serrure a été forcée. Ce n'est pas très compliqué, l'orifice est assez large, c'est une grosse clé, donc le ou les vandales se sont servis d'un machin recourbé. Je pensais à un cintre peut-être ?

La nef et le chœur étaient plongés dans l'obscurité. Il serait toujours temps de prendre des photos à la lumière du jour une fois que les curieux se seraient dispersés.

— L'alarme n'a pas sonné ? demanda Amblevert qui frissonnait dans son polo.

La température de l'église était polaire. Les murs du XIIe siècle gardaient le froid de l'hiver jusqu'à la fin mai, mais restituaient de la chaleur jusqu'à la mi-novembre. On y vivait à contre-saison, et Anne, sa femme, aurait ajouté « à contretemps ». Quant à Amblevert mieux valait ne pas lui demander son analyse. L'odeur qui flottait au-dessus des chaises évoquait la cire fondue et le grimoire, avec en arrière-plan un parfum plus sucré et plus vivant qui provenait d'un minuscule bouquet de roses qu'on avait placé sous la statue d'une vierge au sourire mièvre.

— Non, ça n'a pas sonné. C'est bien ce qui nous interpelle.

— Combien de badges en circulation ?

— Sept. Un pour moi, un pour la DRAC, un pour le curé, un pour la sacristine, enfin, la dame qui s'occupe des fleurs, de dresser l'autel et du ménage, un pour l'adjointe aux affaires culturelles, un pour le président de l'AREM, l'Association de restauration de l'église de Mayenac, et un de secours qui reste à la mairie et qu'on prête à l'équipe de tournage.

— Qu'est-ce que c'est que ce tournage, d'ailleurs ? demanda Amblevert qui luttait du dos de la main contre une goutte au nez qui semblait se régénérer en continu.

— Vous n'êtes pas au courant ?

La maire lutta visiblement contre l'envie de se rengorger.

— On participe à l'émission *Village Battle*. L'an dernier ça opposait deux villages insulaires bretons et c'est le plus petit qui a gagné grâce à l'animation en costume des ostréiculteurs, avec les filles déguisées en moules, ou en huîtres, je ne sais plus... Vous ne vous souvenez pas ? Nous, ça passera fin juillet, six épisodes en prime time, et on est contre Bellegrue. Ils s'y croient tellement, ceux-là, depuis qu'ils ont obtenu l'ouverture de la caserne que ça nous démange de leur rabattre le caquet. On a des arguments, vous savez, s'emballa la petite femme brune qui continuait à se triturer l'oreille.

Ses lunettes carrées lui faisaient des yeux de raton laveur et elle ne cessait de les repousser au sommet de l'arête de son nez de sa main libre. L'émission semblait en effet déclencher les passions.

— Dans ce contexte-là, on n'est pas très étonnés de ce qui vient de se passer, mais quand même aller jusque-là, c'est moche. C'est... je crois bien que c'est un drame, ce qui vient de se passer.

L'obscurité ne permettait pas aux deux gendarmes de prendre la mesure du drame en question. Tout semblait à sa place. La maire les entraîna vers le fond de l'église. Ils remontèrent tous les trois la courte nef entre les deux rangs de chaises neuves, pour les concerts, précisa l'élue, et s'arrêtèrent devant l'autel sculpté avec un souci du détail qui accrochait le regard.

— Une belle pièce, commenta la maire, taillée dans de la pierre de Frontenac, on nous l'a authentifié comme un maître-autel du XVe siècle et on a un document qui dit qu'il a été offert à la paroisse par un duc de Guyenne, qui était le fils d'un roi de France... On aime ou on aime pas, mais ça pose la commune, quand même.

— Et le vandalisme porte sur..., encouragea Dambérailh tandis que son adjudante-cheffe se perdait dans l'interprétation des saynètes sculptées dans la pierre demi-dure coquillée.

Le doigt pointé vers le fond du chœur, la maire dit d'une voix vibrante :

— Là.

Avec une certaine perplexité, le major contourna l'autel et ne vit d'abord qu'un mur incurvé qui semblait très proprement blanchi à la chaux. Puis il perçut sous son pied une couche poudreuse qui amortissait le son de son pas.

— Tout là, appuya la maire qui semblait de la main mimer le geste circulaire d'un nettoyeur de carreaux. Il y avait sur tout le mur du chœur une fresque qu'on venait de faire restaurer. C'était la scène de l'Annonciation, avec Marie et l'archange Michel…

— L'ange Gabriel, ne put s'empêcher de corriger le major.

— Oui, le grand avec des ailes dorées. Tout a été frotté à la brosse dure. Tout. On voit plus un seul pigment, même pas les dessins préparatoires en dessous. Plus rien.

— Nettoyé à blanc, constata Amblevert, le nez levé.

Les deux bras de la maire pendaient à présent le long de ses courtes cuisses. Elle clignait des yeux avec ardeur.

— Je ne suis pas la plus cultivée, mais je sais que c'est une très grande perte. Que des fresques conservées comme ça, il n'y en a pas beaucoup. Bellegrue nous les envie, ça, eux, ils n'ont pas ce genre de vestige. La conservatrice de la DRAC que j'ai eue au téléphone juste après vous, j'ai bien cru l'entendre renifler. J'ai pu me tromper, ça peut sembler excessif de pleurer pour un mur de dessins… mais j'imagine que si c'était arrivé à Lascaux, ça remuerait pas mal de gens. Enfin, c'est pas Lascaux, c'est pas ce que je veux dire…

Et à court de comparaison, la maire s'arrêta de parler. Le major et son adjointe regardaient, consternés, le petit tas de poussière vaguement colorée où l'empreinte de pas du major semblait être un affront à la gravité du moment. Il aurait bien voulu l'effacer. Il y avait quelque chose de pathétique dans ce mur trop blanc et Amblevert elle-même ne disait rien.

La porte d'entrée s'entrouvrit et laissa entrer un rai de soleil qui fila sur le sol jusqu'au maître-autel. Une grande femme pénétra dans l'église et marcha avec autorité dans leur direction, une mallette à la main dont la pastille tricolore attirait le regard, ses talons battant le sol comme un métronome. Mais plus elle s'approchait, plus elle ralentissait le pas, plus elle semblait s'affaisser. Lorsqu'elle arriva à leur hauteur, elle posa sa mallette, retira ses lunettes et se tint face au mur, toute petite. Puis elle appliqua ses paumes sur la surface désormais vierge et chacun se demanda si elle allait pleurer.

Le retour à Lafontac se déroula dans un silence singulier. Une forme de connivence muette les unissait, une gravité un peu pesante pour marquer le moment, pour se pénétrer de ce qui ne peut être réparé. Le menton tremblant de l'austère conservatrice de la DRAC leur avait fichu un coup et le major s'étonnait d'être davantage bouleversé par la perte d'une fresque que par la mort atroce d'une pauvre femme. Peut-être faisait-il un transfert ?

Le pont se profila au dernier moment, petit trait d'union entre leurs territoires qui s'étiraient en amont et en aval du fleuve. Le gravillon de la cour les accueillit de son crissement familier et ils se sentirent de nouveau prêts à parler.

— On n'a plus le temps de déjeuner, j'imagine, soupira Dambérailh en défaisant sa ceinture.

— J'appelle Astrid, elle va nous envoyer quelque chose de chaud.

— Astrid ?

— La nana qui tient le Kitchen Kitsch.

— Vous connaissez tout le monde ici, ma parole ! Je vais finir par croire que vous allez vous présenter aux municipales.

— Ne me chatouillez pas trop là-dessus, major, ça me gratouille parfois.

Les deux sous-officiers fermèrent leur portière dans un geste parfaitement synchrone et ce ne fut que sur le pas de la porte que le major s'aperçut d'un détail frappant : il n'avait aucunes nouvelles de l'enquêteur tout frais que la BR était censée lui envoyer.

Affamé et très agacé, le major entra dans son bureau avec l'énergie de l'eau s'engouffrant à marée contraire dans l'estuaire de la Gironde, prêt à décrocher son téléphone pour tempêter contre l'aléatoire circulation des informations à la brigade de recherches. Au lieu de quoi, il découvrit son adjoint sur l'enquête sagement assis sur une chaise face au bureau, les genoux bien serrés l'un contre l'autre et la mèche lissée sur le côté. Le major ne put s'empêcher de repenser à sa mission de lui « tanner le cuir » lorsqu'il fut face à ses deux joues roses et imberbes. Le jeune homme baissait les yeux avec un air de soumission qui sembla presque suspect. Il se leva calmement.

— Mes respects, major. Adjudant Elian Ricou.

— Mais Ricou, depuis quand attendez-vous sur cette chaise ? J'avais dit qu'on vous donne l'adresse du refuge.

— Je suis là depuis…

Le longiligne bonhomme tira sur son bras pour dégager sa montre de l'emprise de sa chemise à boutons de manchettes. Surréaliste.

— 13 h 30.

— Mais c'est idiot enfin, je... Péon ! rugit le major par sa porte ouverte, notant du coin de l'œil que le jeune Elian avait fait un bond.

Péon débarqua quelques secondes après avoir été convoqué, ses cheveux en brosse gris fer ondulant sous l'effet de la vitesse.

— Major ?

— Je vous avais dit de m'envoyer le gars de la BR !

— On ne l'a pas vu.

— Et lui alors ?

— Elian. Il a rendez-vous avec vous. On lui a servi un café.

— Mais nom d'un chien, c'est *lui* le gars de la BR.

Les yeux bruns de Péon papillotèrent quelques secondes, puis il arrondit la bouche.

— Mais vous n'avez pas dit que vous étiez l'adjudant de la BR ! Vous avez dit « Elian Richou, j'ai rendez-vous avec le major » ! Moi j'ai pensé que vous alliez attendre un bon bout de temps mais j'ai pas imaginé... Fallait le dire ! Un gars en civil, je ne peux pas deviner ! protestait Péon, confus et furieux contre lui-même.

— Ricou. C'est Ricou son nom. On reprend tout depuis le début. Péon, vous m'amenez tout le monde dans la salle de pause, on présente l'adjudant Ricou et on part sur de bonnes bases.

Le major fulminant observa entre ses cils blonds ce garçon qui lui paraissait avoir vingt-cinq ans à peine et semblait sortir tout frais repassé d'une housse de pressing. En voilà un qui devait pas mal se faire chahuter par les gros bras de la BR. Il avait de longs doigts, le col propre et des cils noirs en balai de cantonnier. Qu'est-ce qu'un bonhomme pareil venait fabriquer sur des scènes de crime… Avec le corps éventré qu'ils avaient sur les bras, Ricou n'allait pas être déçu de son initiation. Peut-être qu'il lui épargnerait l'autopsie. Il fallait y aller doucement, sans quoi le garçon risquait de se reconvertir dans le civil.

— Vous me suivez, Ricou ? invita le major.

Dans la salle commune, on se poussait du coude au sujet de la dernière bourde de Péon qui prenait les choses avec son habituelle bonhomie. Il ne cherchait même pas à se justifier, certain peut-être que la jolie veste cintrée du jeune Ricou expliquerait à elle seule son erreur.

— Je vous présente l'adjudant Ricou, qui vient nous renforcer sur l'enquête du refuge. Pour le moment nous travaillerons en binôme.

Amblevert, le sourire de guingois et les bras croisés sur la poitrine, jaugea le nouveau et murmura quelque chose qui sembla hilarant à ses proches voisins. Il semblait inenvisageable au major de laisser s'installer une ambiance délétère dans sa propre brigade. Que chacun fasse ses preuves, et on rigolerait après.

— Quelque chose à dire, Amblevert ?

— Bienvenue.

Il hésita un instant à lui demander d'accompagner Ricou dans la tournée des bureaux. Cela serait comme confier le canari au chat. Il lui tapa paternellement sur l'épaule et pointa du doigt chaque gendarme en lui citant nom et grade, spécialité s'il en avait une, ancienneté quand elle méritait d'être soulignée. Chacun ressortit de ce petit tour de la maison enchanté et le major en souriait secrètement car il remarquait combien tous se sentaient valorisés. Il se mettait au défi de trouver à Ricou une place en leur sein, temporaire mais gratifiante. C'était la bonne manière pour que chacun libère tout son potentiel.

Une fois rentré dans son bureau, suivi de Ricou, le major rassembla dans une chemise cartonnée les premiers éléments de l'enquête : déposition de Zakia et mail récapitulatif de la perturbante docteure Olga Bressigny ainsi que les photos artisanales d'Amblevert en attendant l'album des techniciens, puis il appela la BR pour savoir dans quel centre le corps avait été envoyé en vue de l'autopsie. Connaissant plus ou moins les habitudes des légistes, il en déduisit que le corps de Katia Gault allait probablement être examiné dans les quarante-huit heures, un délai relativement court mais expliqué par l'efficacité sans égale du docteur en médecine légale réquisitionné.

— Je vous propose un café pour repasser les éléments et ensuite on va annoncer le décès à la famille. Ça peut être très… c'est toujours dur. Vous avez déjà pratiqué ?

— Oui.

Lorsqu'il fut évident que Ricou n'allait pas s'étendre davantage, le major se racla la gorge et emporta le dossier dans la salle commune redevenue déserte. Le poisson rouge tournait dans son bocal et Ricou n'en détachait pas le regard.

Il suffit de quelques coups de fil pour identifier l'adresse du plus proche parent de Katia Gault.

Le major la griffonna sur un Post-it dont le logo « Gendarmerie nationale » ne laissait plus beaucoup de place aux annotations, puis inspira.

— Nous y voilà, Ricou. Katia Gault vit seule. Enfin, seule, pas vraiment, elle vit chez son père. Logiquement il a l'âge de la retraite, on devrait le trouver chez lui. Pauvre vieux, il ne sait pas ce qui va lui tomber sur le crâne.

Ricou se leva, droit comme un I dans sa veste à coudières en cuir. Il tira d'un geste sec le pli de son pantalon cigarette qui tombait parfaitement sur les lacets de ses Veja. Puis il planta son regard clair dans les pupilles du major qui cligna pour rompre un contact trop direct.

— Si vous le permettez, je m'en chargerai.

Surpris, le major prit le temps de rabattre l'élastique des deux coins de sa pochette en carton. Il se demandait si Ricou avait compris son appréhension. Sans attendre que le major ne formule sa question, Ricou poursuivit, désignant du menton un cadre posé sur son bureau où les mines réjouies de Baptiste, Chloé et Capucine lui rappelaient combien le temps passait vite :

— Quand on est père soi-même, j'imagine qu'il est particulièrement difficile de provoquer une telle détresse.

Les émotions du major défilèrent à une vitesse déroutante. D'abord il se rendit compte qu'il n'avait jamais formulé aussi simplement ce malaise qu'il ressentait à chaque fois qu'un père, une mère ouvrait la porte et qu'il devait trouver une formule à la fois douce et pourtant sans équivoque pour annoncer la mort d'un enfant. Il avait la chance, lui, de savoir que sa progéniture était à l'abri, tandis qu'il annonçait à un étranger que la sienne ne l'était plus. D'ailleurs, à chaque fois, il s'assurait sur WhatsApp que ses filles s'étaient connectées peu de temps auparavant avant d'aller frapper chez l'un de ces affligés. Dans ces moments-là, il avait honte de sa chance et s'efforçait de ne pas baisser le regard en parlant, parce que la douleur d'un autre méritait qu'on ne se défausse pas. Face au regard direct de Ricou, il se moqua de lui-même : il avait toujours bêtement pensé qu'un adulte de moins de quarante ans ne pouvait pas faire preuve d'empathie parce que cette faculté rare ne pouvait se développer qu'avec la maturité. Cette certitude lui servait en général à excuser la jeunesse pour sa cruauté involontaire. Enfin, il réalisa que cela faisait trois heures qu'il n'avait pas pensé à Chloé et il fut incapable de nommer l'émotion qui s'empara de lui à cet instant.

Le terrain d'Ulysse Gault se situait à la sortie d'un village isolé, sur la route de Lacapel-sur-Busson. Les deux gendarmes se garèrent sur le bas-côté puis se présentèrent au portail fermé. Un œil électronique se tenait pointé sur eux, inséré dans un boîtier gris au-dessus de la sonnette. Un laps de temps relativement long s'écoula avant qu'ils n'entendent la porte de la maison s'ouvrir, invisible depuis l'endroit où ils se trouvaient. Un fouillis de buissons bouchait la vue entre le portail et la maison mais le major, en glissant un œil par-dessus les panneaux de bois, se fit une idée assez rapide de l'endroit et du personnage.

L'allée disparaissait sous un monceau de planches et de palettes empilées les unes sur les autres sans ordre et sans cohérence. Des bidons de plastique bleu voisinaient avec des jantes de mobylettes. Il semblait y avoir eu, longtemps auparavant, une logique dans cet entassement, logique aujourd'hui indéchiffrable. Les roues de vélo étaient jetées à proximité de vieux pneus de voiture lisses et d'ossatures de remorques en bois ou en métal. Il y avait là une volonté de rassembler ce qui roulait ou avait roulé. Sous un maigre saule, le major aperçut une bétonnière, des tubes métalliques provenant d'un vieil échafaudage, des barrières de chantier, et des gaines de plastique en bobines inégales qui s'émiettaient dans l'herbe haute. Une multitude de pissenlits et de pâquerettes, qui oscillaient sur des tiges démesurées pour se hisser au-dessus de l'herbe, égayaient cette déchèterie à ciel ouvert où le major n'aurait pas été surpris de croiser des rats.

— C'est pour quoi ? leur lança de loin une voix autoritaire.

— Nous avons besoin de parler à M. Gault, annonça Elian Ricou, forçant un peu la voix, c'est la gendarmerie de Lafontac.

S'annoncer sous l'étiquette de la brigade territoriale sembla au major un choix avisé, à porter au crédit de Ricou qui faisait preuve une fois de plus d'une solide jugeote. Éructer un « gendarmerie ! » était peut-être le doux rêve de tous les jeunes enquêteurs, mais c'était l'assurance de créer un climat d'angoisse et de panique avant même d'avoir parlé de quoi que ce soit, ce qui, dans le cas présent, aurait été inutile et même malvenu. Dambérailh songea que le cuir du petit Ricou n'avait peut-être pas tant besoin d'être tanné. D'un pas, il se plaça en retrait par rapport à son directeur d'enquête adjoint[1] tandis que des renâclements furieux retentissaient derrière les buissons. Un visage renfrogné apparut enfin au-dessus du portail et le major se demanda s'il

1. DEA.

ne se trouvait pas face à un spécimen druidique. Les cheveux d'Ulysse Gault pendaient de part et d'autre de sa calvitie, lui dissimulant les oreilles, et se répandaient en mèches ondulantes sur ses épaules maigres. Ses yeux, deux billes noires, se mouvaient sous une forêt de sourcils gris et brillaient avec force. Sa barbe lui montait jusque sous les yeux, sans qu'elle fût touffue, disons plutôt que de longs poils épars lui retombaient sur les joues qu'il avait creuses. Il leur fit signe par-dessus le portail.

— Vous me montrez vos plaques, les gars. Sans ça, j'ouvre pas.

De bon gré, Ricou lui tendit son porte-carte de la BR et le major, pensant que son uniforme suffirait à garantir sa juste identité, ne sortit pas la sienne.

— Vous aussi. Chez Boumba Fiesta on vend des uniformes très ressemblants. Plaque, s'il vous plaît.

Dambérailh obtempéra, cherchant à anticiper la suite des événements. Il espérait que Ricou s'en sortirait.

— OK. Vous voulez quoi ?

— Entrer, si vous le voulez bien, répondit Ricou qui rangeait posément son porte-carte dans une poche intérieure de sa veste à chevrons. Nous avons besoin de vous parler quelques minutes et vous préférerez être chez vous, pas sur le trottoir. Faites-moi confiance.

— Confiance, grommela Ulysse. Suivez le grillage jusqu'au saule à gauche. C'est par là qu'on entre.

— Pas par le portail ? s'enquit Dambérailh, sans chercher à cacher son étonnement.

— Ben non, c'est trop évident le portail. D'ailleurs vu ce que j'ai installé derrière je vous déconseille de passer par là si d'aventure j'étais pas là pour vous ouvrir.

Les deux gendarmes marchèrent une vingtaine de mètres dans l'herbe drue du bas-côté, longeant le grillage rouillé, tandis qu'Ulysse faisait le même trajet de l'autre côté. Le major put observer le vieil homme, son pantalon usé, ses chevilles nues et ses espadrilles crasseuses. Sous le saule, un pan du grillage était proprement sectionné le long d'un piquet et Ulysse le repoussa pour ménager un passage aux deux gendarmes.

La traversée du jardin fut un parcours semé d'embûches. Ulysse leur indiquait parfois une planche criblée de clous les pointes en l'air, sorte de piège à intrus dont il semblait craindre les incursions. Le perron de la maison, un bel exemple de l'art du béton des années cinquante, était lui aussi encombré d'objets plus ou moins identifiables. Toile de balancelle ou d'auvent mangée aux mites, caisses en bois pyrogravées du nom de petits crus locaux, rouleaux inégaux de fil de fer et autres objets étranges, comme cette piscine pour enfants remplie de Lego et de sciure. Ulysse louvoyait sans difficulté, puis il s'arrêta devant sa porte d'entrée lourdement cadenassée. Il sortit de sa poche une série de clés et jeta un regard soupçonneux par-dessus son épaule. Ricou regarda ses ongles et Dambérailh admira un chenet à boule en laiton fourré sous une planche en décomposition.

— Vous voilà chez moi. Maintenant de quoi faut-il causer ? leur demanda-t-il une fois passé le seuil.

Curieusement, l'odeur n'était pas insoutenable ainsi que l'avait craint le major. Le capharnaüm monstrueux qui occupait l'espace du sol au plafond ne dissimulait pas de cadavres d'animaux ni de poubelles pourrissantes. Le syndrome de Diogène qui semblait tenir Ulysse Gault n'allait pas jusqu'à l'incurie morbide. Seule flottait une odeur fade de corps négligé, de moisissure et de laine mouillée. Peut-être le pauvre homme ne prenait-il pas ses repas chez lui. L'absence de stocks de nourriture aidait grandement à préserver un minimum de propreté. Un minuscule minimum. Ulysse leur indiqua une chaise et un fauteuil pareillement encombrés de linge douteux qu'il poussa d'un revers de la main sur le sol dont on ne pouvait plus deviner la nature. Dambérailh pariait pour un lino mais ç'aurait aussi bien pu être du parquet.

— Alors. On y vient ?

Comment Ricou allait-il s'y prendre ?

— C'est au sujet de votre fille, Katia.

— Dans quel pétrin elle s'est encore fourrée, celle-là..., soupira Ulysse qui trouva un accoudoir sur lequel poser sa fesse creuse.

— Elle s'attire souvent des ennuis ? glissa Ricou, la mine compatissante.

Le jeune OPJ se pencha, les avant-bras appuyés sur les cuisses, pieds ouverts et regard pur braqué sur Ulysse qui se grattait l'arrière de l'oreille.

— Elle veut trop se mêler de toutes les misères du monde, assena-t-il. Je dis pas que c'est pas bien de vouloir aider, mais elle c'est tout le temps, à propos de tout. Déjà, ça l'épuise, et puis c'est aussi très envahissant. Quand elle m'a dit qu'elle allait s'installer dans le bungalow pour prendre soin de moi, *Oh mamma mia !* Ça aurait pas été ma fille j'aurais dit « merci bonsoir », mais bon… elle avait besoin d'un point de chute, je suis son père quand même.

— Elle ne vit pas dans la maison ?

— Non, j'ai pas la place ici, fit Ulysse en embrassant d'un vaste mouvement du bras la pièce où il était impossible de marcher à deux de front.

— Donc elle s'occupe de ce qui ne la regarde pas, encouragea Ricou.

— Elle se trouve surtout des causes toutes plus foireuses les unes que les autres. C'est comme son copain, un bon loser celui-là. Il a même réussi à se faire enfermer en prison, à force d'être nul dans ses combines. Mais elle ne le lâchera pas, ça non, c'est une fidèle ma Katia. Un fidèle roquet.

Un sourire flotta quelques secondes sur les lèvres minces d'Ulysse. Puis il se reprit.

— Vous voulez dire quoi au juste, à propos de Katia ?

Ricou inspira, s'agrippa les genoux et se lança.

— Nous avons une nouvelle difficile. Votre fille semble avoir été attaquée par un chien du refuge où elle était bénévole.

Un silence, que Ricou laissa s'étirer, pour laisser à Ulysse la possibilité de demander davantage de détails, s'il en avait envie. Les yeux brûlants du vieil homme se posèrent sur Ricou, quelque part au milieu du front, il devait vouloir y percer un trou à force d'intensité.

— Où elle *était* bénévole. Elle est morte. Ma fille est morte.

— Je suis désolé, monsieur Gault.

Les poils qui obstruaient les narines d'Ulysse Gault encombraient son souffle. Il y eut quelques secondes pénibles. Il se leva, marcha à pas hésitants jusqu'à un carton d'où il sortit un magnum de rosé de Bordeaux déjà ouvert, arracha le bouchon d'un coup de dent. Il trouva un verre collant au fond d'un seau qui devait lui servir de bassine pour la vaisselle, à l'occasion.

— Si vous avez rien d'autre à me dire…

Il leur indiqua la porte d'un menton tremblant, le goulot suspendu au-dessus du verre.

— Justement… Le corps de votre fille a été… accueilli dans un centre de médecine légale. Il faudra attendre que le parquet décide si vous pouvez venir la veiller une fois qu'aura eu lieu l'autopsie.

— Vous l'autopsiez pour savoir si le chien mérite d'être piqué ? Quelle société…, railla le vieil homme, l'œil morne et la bouche amère.

— Nous avons des doutes sur le caractère accidentel de sa mort, monsieur Gault, expliqua avec douceur Ricou. Il nous faut explorer chaque éventualité. Je ne sais pas si c'est susceptible de vous apporter la paix, mais il semblerait que votre fille n'ait pas été consciente au moment de sa mort. Elle n'a sans doute pas eu le temps ni d'avoir peur ni de souffrir.

— Quelle consolation ! siffla Ulysse, se versant un verre généreux. Maintenant si ça ne vous fait rien, je vous laisse retrouver la sortie. Et faites attention aux lames de rasoir que j'ai suspendues dans le saule.

Alors que Ricou allait se lever sans insister, le major se délogea du coin exigu d'où il avait suivi l'échange. Il sentait le long de sa jambe une étrange humidité et s'aperçut qu'une serpillère gouttait tout près de son mollet, pendue à un pare-feu noirci.

— Si vous nous le permettez, nous avons besoin de jeter un coup d'œil chez votre fille…

— Katia.

— Katia, oui.

— Vous avez un mandat ? réclama le vieil homme, qui avait froncé les sourcils dans une mimique soupçonneuse qui semblait être son expression habituelle.

— Pas de mandat, nous sommes dans le cadre d'une enquête de flagrance. Le mandat est, comme qui dirait, inclus. En revanche, nous demandons votre présence.

— Comme c'est bien exprimé, ironisa Ulysse Gault, qui se leva pourtant pour les guider à travers la jungle de son jardin jusqu'au bungalow où vivait sa fille.

Un espace clôturé de canisses garantissait à Katia Gault un petit carré d'herbe vierge de planches et de rebuts de déchèterie. Son bungalow, une maisonnette en kit qui devait dater des années quatre-vingts, était posé sur un soubassement de palettes en pin. Elle avait pris soin d'accrocher des rideaux derrière les minces carreaux et le lambris extérieur commençait à peine à s'écailler. À l'intérieur, il régnait un calme clair.

Peu de meubles, pas de bibelots, aucun cadre ni objet personnel mis à part une affiche de concert de Véronique Sanson. Katia laissait dans sa vie une place immense que d'autres étaient trop heureux d'investir, avec leurs plaies à panser, leurs malheurs à raconter, leurs services à quémander. Un range-CD tout en hauteur occupait un angle sous l'unique fenêtre de la pièce principale. Dambérailh y lut quelques titres ou noms d'interprètes. Françoise Hardy, Jean-Jacques Goldman, Sheila, France Gall... Katia avait épousé les goûts de la génération précédente. Peut-être par fidélité à quelqu'un qu'elle aimait. Sur la chaîne stéréo, un boîtier de CD vide était ouvert. Le major le referma. Sur la jaquette vierge typique des CD gravés artisanalement était inscrit à la main « Bizet ».

— La mère de Katia ne vit pas avec vous ? demanda Ricou qui ouvrait les tiroirs à la recherche d'un agenda, d'une tablette qui aurait livré quelques détails personnels.

— Katia a perdu sa mère à huit ans. On a fait comme on a pu, après.

D'une main usée, le vieil Ulysse caressait un montant de la porte. Il n'entrait pas, respectueux peut-être d'une intimité qui devait être parfois compliquée à préserver, pour l'une comme pour l'autre, à vivre ainsi à moins de trente mètres de distance.

La chambre de Katia n'offrait pas plus d'informations. Une photo d'homme qui devait être celle de son amoureux. Haussant la voix, le major demanda :

— Comment vous avez dit qu'il s'appelait, le compagnon de votre fille ?

— Je vous l'ai pas dit.

— Alors si ça ne vous fait rien, nous sommes tout ouïe, répliqua Dambérailh, souriant dans la demi-obscurité des défenses dérisoires qu'Ulysse Gault leur opposait par principe.

— Ludovic Machado. Pas un futé, si vous voulez mon avis.

— Votre avis nous intéresse, apprécia Dambérailh qui sortit de la chambre, un livret à la main intitulé *Accès à la culture en milieu carcéral*. Votre fille était impliquée dans la vie de la prison ?

— Elle s'était mise dans une association, le Service d'aide sociale aux détenus. Vous pensez pas que ça a un rapport ? À part des mamies cathos et des syndicalistes à la retraite, elle n'y croisait pas grand monde.

Avec une moue qui pouvait signifier qu'il adhérait aux réserves d'Ulysse ou bien qu'il les mît en doute, le major répondit :

— On verra.

Le bungalow n'offrait pas d'autres perspectives. La partie à droite était consacrée aux pièces d'eau, kitchenette avec un poêle à bois et salle de bains aveugle qui sentait le champignon. Le reste à gauche avait déjà été exploré par le major puis par Ricou qui tenait à soulever les oreillers et à tâter le dessous des tiroirs en mélaminé dans lesquels Katia rangeait son petit linge. Il ne trouva rien de plus que le fascicule gris et bleu de la maison d'arrêt. Katia Gault n'était pas une personne à secrets.

De nouveau à l'extérieur, le major inspira profondément. L'humidité du matin bue au soleil de midi et le son des mésanges travaillant à leur nid lui permirent un instant d'oublier la décrépitude humaine et matérielle de l'endroit qu'il quittait. Ricou l'avait littéralement épaté. Il n'aurait pas fait mieux.

— Il faudra entendre de nouveau Ulysse. Vous le convoquerez demain, marmonna le major qui veillait à ne pas s'embrocher le pied sur une planche criblée de clous.

— J'ai hésité à lui demander…

— Ce qu'il faisait ce matin entre 6 et 8 heures ?

— C'est ça. S'il a tué sa propre fille, je lui offre vingt-quatre heures supplémentaires pour bricoler un alibi. Mais s'il ne l'a pas tuée…

— Vous lui accordez un peu de considération… d'humanité.

— Et peut-être que j'ai eu tort.

Dambérailh ouvrit le passage dans le grillage et fit signe à Ricou de sortir sur la route, ce qui lui laissa le temps de peaufiner sa réponse.

— Les seuls regrets que j'ai pu nourrir au cours d'une enquête, c'est d'avoir malmené quelqu'un qui ne le méritait pas. Jamais d'avoir épargné quelqu'un qui aurait dû être secoué. Parce qu'on peut toujours rattraper le coup, et que soient punis les méchants. Mais jamais on ne peut rendre sa dignité à quelqu'un d'injustement malmené. Regardez les non-lieux, les acquittements. Sont-ils relayés dans la presse ? Jamais. Ou bien en lettres minuscules.

Ricou s'essuya le côté du pied dans l'herbe haute du talus. Il semblait digérer ce que venait de lui dire le major qui, de son côté, se demandait s'il n'avait pas été trop pontifiant, trop paternel.

Il avait même failli le tutoyer. Le menton de nouveau bien à l'équerre avec son long cou, le regard perdu au-delà de la route et de la parcelle de vigne en pleine végétation qui leur faisait face, Elian lui demanda :

— Prochaine étape, la prison, j'imagine ?

— Je vous laisse téléphoner au procureur pour obtenir la réquisition, j'espère qu'on pourra parler à Machado demain dans l'après-midi. D'ici là, on va gentiment faire la saisie de nos PV d'investigation et je devrai filer ensuite.

— Vous avez rendez-vous ? sourit le jeune OPJ qui se glissa dans la voiture du major après avoir obligeamment épousseté les jambes de son pantalon.

— En quelque sorte...

VENDREDI

Depuis 7 heures du matin, Daphné Dambérailh se tournait et se retournait dans son lit, travaillée par l'indignation et, dans une moindre mesure, par l'angoisse. Le courrier qu'elle avait reçu la veille, portant le tampon gras de la mairie de Lafontac, l'avait mise dans un état difficile à décrire. Elle en avait laissé glisser une boucle d'oreille dans un massif d'iris et ne l'avait pas retrouvée. Quant à cette lavette d'entrepreneur, il n'avait pas demandé son reste, et, toutes affaires cessantes, il avait fait remonter sa pelleteuse sur une plateforme et il avait déserté le chantier dans les vingt minutes. L'acompte qu'elle avait déjà versé pour faire creuser cette épouvantable piscine devait largement couvrir les frais engagés par l'entreprise.

Incapable de se rendormir, Daphné glissa hors de son édredon ses deux pieds qui trouvèrent sans même les chercher les deux pantoufles assorties à sa robe d'intérieur. Elle en possédait trois, avec chacune ses pantoufles assorties. Dire « chaussons » lui semblait d'un commun impardonnable, elle préférait encore dire « mules ». Coiffée à 7 heures du matin presque aussi bien qu'à 20 heures pour sortir dîner, Daphné se brossa les dents avec énergie devant sa fenêtre de salle de bains. Elle pouvait apercevoir le verger de l'Abbaye, au-delà du cloître attenant à sa cuisine où elle faisait laborieusement pousser les fruits et légumes que sa mère avait en son temps choisi de planter. La fosse béante de la piscine à moitié creusée tout près de son cabanon à outils, qui devait être remanié en local technique, la fit frémir d'indignation. Elle se précipiterait à la brigade dès l'ouverture, courrier d'injonction de cesser les travaux en main, pour obtenir justice. Géraud aurait bien sous la main un texte de loi à balancer à ces gratte-papier de la mairie et de l'urbanisme. Alors quoi, on laissait la propriété située un peu plus haut sur le sentier faire venir grues, camions de chantier à roues d'un mètre cinquante de diamètre, et elle, malheureuse propriétaire célibataire qui ne demandait rien à personne, n'aurait pas le droit de faire venir une minipelle et un ouvrier portugais pour l'agrément de ses hôtes Airbnb ? Scandaleux. D'indignation, elle en cracha son dentifrice sur le bord de la vasque qu'elle essuya d'un revers de manche rageur.

La cuisine de l'Abbaye où vivait Daphné Dambérailh depuis soixante-six années s'emplit rapidement de l'odeur familière et enveloppante du café. Habituellement elle préférait le thé, mais son stock de sachets était exsangue et elle avait déjà fait infuser trois fois le seul sachet dont le parfum la tentait le matin : Russian Earl Grey. À ce stade de réinfusion, le sachet n'avait plus à offrir qu'un soupçon de couleur à son eau chaude.

La vibration de son portable, qu'elle avait très imprudemment posé près de son évier en pierre, qui fuyait dès qu'elle ouvrait le robinet, la tira de ses réflexions sur le bon recyclage du thé. Elle se leva, tasse en faïence de Delft à la main, et lut en faisant défiler du bout du doigt un e-mail qui lui fit manquer deux battements de cœur. Le message d'un revenant, qui, pris de remords peut-être après un silence long de plus de deux décennies, se rappelait à son bon souvenir. Et lui annonçait une visite.

Il était 7 h 30, Daphné avait les mains qui tremblaient et le cœur affolé. La problématique de sa piscine creusée sans autorisation et abandonnée en l'état par un entrepreneur peu soucieux de la laisser avec un trou de quinze mètres cubes à combler lui semblait bien lointaine. Il lui restait quelques heures pour se trouver une toilette chic mais pas trop, confortable mais pas mémère, dans laquelle elle ne se sentait ni boudinée ni endimanchée, pour préparer une chambre, parce que la décence le réclamait ainsi, et pour arroser ses semis d'une semaine, parce que les priorités ne devaient pas voler en éclats sous prétexte qu'un e-mail émergeait des limbes.

Elle inspira profondément, épongea au passage la rigole d'eau ruisselant à l'extérieur de son évier qui ne comportait pas de bonde de trop-plein, ce qui était normal pour un évier du XIVe ou XVe siècle, puis elle décida de ne rien changer à son programme de la journée. Après tout, on ne s'annonce pas le jour même après n'avoir donné aucun signe de vie pendant vingt années. Elle commença donc sa journée par l'inspection scrupuleuse de son potager, en mules et tasse de café à la main. La petite porte de sa cuisine donnait dans le cloître potager et elle aimait plus que tout s'asseoir sur les trois marches qui descendaient dans l'espace clos. Elle s'accorda quelques secondes les yeux fermés pour humer l'air d'avril, écouter le coucou qui nichait chaque année dans un vieux tilleul dont elle apercevait les branches hautes par-dessus la toiture. Avril était son mois préféré, celui d'Elizabeth von Arnim, celui des semis et des angoisses (les limaces lui laisseraient-elles de jolies plantules de zinnia ?), des draps et des nappes séchés sur le fil et qui sentaient le vent et l'herbe fraîche dans les armoires. C'était le retour du loriot, celui du lilas, des anémones de Caen qui prenaient un malin plaisir à se déplacer hors de leur zone de plantation, des pivoines qui s'ouvraient toujours en avance contre le mur chaud de sa cuisine. Elle se dirigea d'un pas décidé jusqu'à la sortie du cloître, entre deux vasques de pierre qui ne débordaient pas encore des fleurs de mai, et s'arrêta au pied du mur extérieur. Orienté plein ouest, l'espace était hors de vue des fenêtres de la maison, à l'abri des gelées d'est, et gardait la chaleur du soir une bonne partie de la nuit. Daphné appelait cet espace long d'une vingtaine de mètres, sa « nursery ». Elle y avait disposé des caisses en bois ayant contenu ses vins préférés (excellent chiroubles, saint-péray fruité, châteauneuf-du-pape haut de gamme qu'elle ne buvait que seule par peur de donner de la confiture aux cochons). Pas un seul vin local. Elle en avait un peu honte mais s'arrangeait pour ne jamais divulguer aux viticulteurs du coin ces préférences inavouables.

Dans chaque caisson levaient tranquillement des graines en rangs serrés ou semées à la volée selon leurs préférences. Monnaie-du-pape, lupins, pieds-d'alouette majestueux prévus pour l'année suivante. Zinnia, cosmos blancs, œillets d'Inde pour l'été même. Elle en surveillait l'évolution avec un soin jaloux, n'hésitait pas à jeter hors de sa vue les petites limaces qui escaladaient à leurs risques et périls les bords des caissettes. Quant aux escargots... Chaque année, elle vivait une ou deux vives déceptions. Un lot de graines qui ne germait pas, par exemple. Elle avait déjà rapporté quelques sachets stériles au magasin de jardinage de Lafontac où on lui avait ri au nez. Entre les caissettes s'épanouissait la ravissante et sauvage véronique de Perse, avec ses fleurs bleu porcelaine à quatre pétales.

Résistant à l'envie d'extirper du bout des ongles quelques pousses intruses qui se goinfraient de son terreau à semis, Daphné se redressa. Elle allait tout de même raviver le châtain de ses boucles. Une visite pareille ne se présentait pas tous les quatre matins. Ensuite, elle irait à la brigade se défouler un peu contre la mairie afin d'accueillir son visiteur fraîche et dispose à l'heure de l'apéritif.

Les visites de tante Daphné à la brigade causaient une vague d'animation qui mettait parfois plusieurs heures à retomber. Elle ouvrait sans façon la porte qui donnait sur les bureaux et distribuait à chacun un commentaire aimable ou un bonjour sonore, jusqu'à ce qu'elle débusque son neveu, le plus souvent absorbé dans l'examen d'un planning impossible ou dans la lecture d'une nouvelle note du ministère de l'Intérieur. Cette fois, tante Daphné s'était illustrée par un maniement de l'argot des années soixante-dix frisant l'expertise lexicologique. Elle avait commencé en douceur, en rebaptisant Saint Jacques « Saint Bubulle », de manière à trancher une bonne fois pour toutes les dissensions qui régnaient à la brigade. Puis elle avait embrayé sur les libertés individuelles, l'outrage à contribuable honnête, l'infernale bureaucratie et elle avait terminé par un réquisitoire enflammé où les menaces de sévices à l'encontre de l'urbanisme pleuvaient plus vite que les revers de Nadal sur le court Philippe-Chatrier. Le major était épuisé, avait usé de diplomatie et de fermeté tour à tour, avant de finir par promettre de venir lui-même reboucher la fosse délictueuse. Ricou observait l'échange, imperturbable, puis comprenant que la situation risquait de durer un peu, eut le bon goût de sortir se faire un café.

— Pas mal ton petit adjoint, commenta Daphné, une fois calmée par la promesse de son neveu.

— Très adroit, en tout cas. Tante Daphné, je n'aime pas à vous le rappeler mais ce bureau est mon...

— Espace de travail. Je sais, je sais mon chéri. Il me semblait simplement que la protection de la population faisait partie de tes missions. Je vois que j'ai épuisé mon temps de parole, je t'embrasse donc et t'attends de pied ferme sur le chantier, disons, demain ?

Avec un soupir, le major acquiesça, les yeux mi-clos, et poussa avec respect sa tante dans le couloir où elle trouva de nouveau à papoter avec Amblevert au sujet de plants de rhubarbe et de boutures qui n'avaient pas pris.

Une fois le calme revenu, Géraud s'autorisa un rapide coup de téléphone à sa femme dont il savait qu'à cette heure-ci, elle profitait de l'intercours pour avaler une demi-plaque de chocolat aux éclats de noisettes en salle des professeurs.

— Tu es partie tôt ce matin, je ne t'ai pas entendue !

— J'avais un rendez-vous avec les parents d'Elheiana. Pour une fois qu'on avait trouvé une date possible...

— Et ?

— Et ils ne sont pas venus. Je crois qu'ils ne réalisent pas la pente sur laquelle leur fille est en train de s'engager. Comme s'il suffisait de la gratifier d'un prénom de princesse de fantasy pour qu'elle s'en sorte dans la vie... Enfin...

— Tu comptes passer voir Chloé ce soir ?

— Géraud...

— Non mais j'y vais sinon, ne t'inquiète pas. Je vais y passer, on fait un point dans le bureau du proc en fin d'après-midi, c'est tout près.

Un silence troublé par un froissement de papier emplit le combiné.

— Il n'est pas nécessaire que nous la voyions tous les jours. Elle se retape, elle sort dans trois jours. Il faut...

— ... qu'elle s'ennuie à mourir dans sa chambre d'hôpital un ou deux soirs par semaine ?

Il avait parlé avec plus d'agressivité qu'il ne l'aurait souhaité.

— Non, il faut la laisser un peu respirer, Géraud. Ta fille a besoin d'air. Elle a des choses à régler avec elle-même, ce qu'elle ne peut pas faire si tu viens constamment lui réclamer un compte-rendu de l'accident, le numéro de son copain, la marque du scooter et j'en passe. Elle doit... Elle doit prendre des décisions et le faire loin de notre regard.

— Mais nous sommes ses parents, protesta le major, qui d'autre que ses parents pourraient mieux l'éclairer, défendre ses intérêts, la protéger ?

La voix d'Anne se fit plus douce, plus proche du micro. Des collègues venaient peut-être d'entrer dans la pièce.

— Mais justement, nous sommes les dernières personnes qu'elle a besoin de consulter. Laisse-la, Géraud. S'il te plaît. Dans trois jours elle est à la maison. Rentre tôt et on prendra un verre tous les deux. Capucine veut nous parler de son orientation, j'ai peur qu'elle veuille nous annoncer un changement radical de filière. Je t'ai toujours dit qu'elle devrait bosser dans la déco.

La tentative d'Anne pour changer de sujet ne porta qu'à moitié ses fruits et Géraud raccrocha, profondément perturbé. Ricou choisit cet instant pour passer la tête par la porte du bureau et lui annoncer que la maison d'arrêt attendait leur visite à 14 heures. Il rédigea l'appel à témoins qu'Amblevert devait diffuser auprès des rédacteurs en chef des deux quotidiens locaux qui couvraient le territoire où était implanté le refuge. Il but un café, donna double ration de daphnies à Saint Jacques, puis il pianota sur le rebord de la fenêtre de la salle commune. La déposition de Zakia, la collègue du refuge, était complète. Elle donnait le nom et le numéro des personnes avec lesquelles elle avait passé la soirée dans une boîte crasseuse des quais. Il donna à Ricou deux numéros à appeler, se chargea des trois suivants et tous deux arrivèrent à la conclusion que, déchaînée sur la piste jusqu'à la fermeture puis avachie sur un banc du jardin public dont elle avait escaladé les grilles avec ses copains pour regarder le soleil se lever, la jolie Zakia n'avait eu aucune occasion de pousser Katia Gault à 7 heures du matin dans la cage d'un corso déchaîné. Il était même assez admirable qu'elle ait réussi à arriver pour 11 heures.

— Elle a un alibi, et pas de mobile, conclut Ricou qui organisait tout en parlant de petits tas de feuilles aux coins bien alignés sur le bureau du major.

— Le mobile, on peut toujours creuser et trouver quelque chose qui ne sautait pas aux yeux à première vue. Mais avec un alibi comme celui-ci, ce serait du temps perdu, soupira Dambérailh.

— On continue sur quoi, alors ? demanda Ricou, un peu perdu.

— C'est le ventre mou, mon Ricou ! On a épuisé les premières pistes, on n'a pas de matière pour les suivantes... à la limite on peut creuser dans la direction d'Amblevert.

— C'est-à-dire ?

Avec une mine de conspirateur, Dambérailh repoussa la chaise de son bureau et toqua à la porte entrouverte du bureau contigu.

— Adjudante-cheffe, un moment pour nous éclairer sur vos petites billes jaunes ?

Géraldine Amblevert releva la tête et toisa son chef de brigade, l'air de ne rien comprendre à ce qu'il venait de lui demander, puis son visage s'éclaira et elle le rejoignit d'un bond souple. Ricou admira la fluidité du mouvement ce qui, le major en était à peu près certain, flattait et agaçait à la fois son irascible bras droit. Tous trois prirent place derrière l'écran du major et Amblevert tapa à deux doigts une requête Google qui fit écarquiller les yeux à Ricou : « magasin de jouets ». Elle imprima la liste d'adresses proposées par Google dans un rayon de trente kilomètres autour de Lafontac, ce qui incluait toutes les boutiques du centre-ville de la préfecture, une vingtaine de points de vente en tout. La liste tenait sur trois pages qu'elle tendit à Ricou avec un sourire goguenard.

— Commencez par montrer à Ricou de quoi il s'agit, lui enjoignit le major avec une pointe d'impatience.

L'adjudante-cheffe se pencha de nouveau sur le clavier et obtint en quelques clics une série d'images de pistolets en plastique noir accompagné de billes jaune canari.

— Voilà la bille qu'on a trouvée sur le lieu. Mais Ricou a déjà dû lire ça dans mon rapport ? demanda Géraldine, l'œil torve.

— En effet, répondit tranquillement l'OPJ. Mais j'imaginais plutôt un dispositif d'armurier, ou de club de tir. C'est plus puissant et ça utilise le même type de billes. Le meurtrier potentiel a pu se fournir dans ce genre d'endroit aussi.

Mouchée, Amblevert avait perdu son petit air supérieur. Le major suivait d'un œil amusé l'évolution de son attitude. Pour rétablir l'équilibre et renvoyer l'OPJ à son jeune âge, Amblevert le tutoya, ainsi qu'elle le faisait d'ailleurs avec Péon et Frégé qui continuaient, eux, à la vouvoyer :

— Ça va te faire quelques fichiers clients à passer à la moulinette, en espérant qu'un nom matche avec le fichier des infractions... Bon, je crois que je n'ai plus grand-chose à vous apporter, messieurs, si vous le permettez, je retourne à mon vandalisme.

— Vous avez un retour de l'entreprise de surveillance à ce sujet ? demanda le major.

— Leur système informatique est localisé en Inde et c'est le jour de l'An tamoul, la boîte est fermée. On aura une réponse dans un jour ou deux, j'espère. D'ici là on ne peut que conjecturer sur le petit malin qui a utilisé son badge pour neutraliser l'alarme.

Parfaitement immobile, Elian Ricou écoutait et tentait probablement de combler les vides de cette conversation qui devait lui échapper en grande partie.

— Est-ce que chaque porteur de badge vous a confirmé l'avoir toujours en sa possession ? demanda-t-il d'une voix égale, les mains posées à plat sur ses genoux.

— C'est-à-dire..., hésita Amblevert.

— Personne ne l'a perdu ? Vous avez parlé d'effraction, donc la personne qui a forcé la serrure n'avait pas la clé. Mais elle avait le badge. Ça laisse penser que ce n'est pas une personne ayant habituellement accès au lieu. Et pour identifier dans quel cercle évolue votre coupable, il faudrait savoir quel est le point de départ : qui a perdu ou s'est fait voler son badge. Pas besoin d'attendre la fin du jour de l'An tamoul, à moins qu'il y ait une centaine de badges en circulation..., conclut Ricou, qui s'abstint avec beaucoup de délicatesse de terminer son intervention avec une mimique de triomphe à la Hercule Poirot.

Les sourcils haussés jusqu'à la racine de ses cheveux blonds tirés en arrière, Amblevert se retint de justesse d'émettre un petit sifflement. Elle s'en serait probablement voulu d'avoir exprimé trop ouvertement son admiration. Le fait est que le major et elle prévoyaient de laisser la technologie faire le gros du boulot. C'était censé être le plus rapide. Mais la nouvelle année tamoule les avait fichus dedans.

— Bien, bien, annonça-t-elle. Je vais passer quelques coups de fil…

— Et moi j'ai quatre heures pour faire la tournée des magasins de jouets avant de vous retrouver à la maison d'arrêt.

Ricou brandit les feuilles imprimées par Amblevert et lui adressa un sourire désarmant.

— Merci adjudante-cheffe.

— Géraldine, ça ira très bien, grommela-t-elle en quittant le bureau de son pas chaloupé.

Une fois le calme revenu dans son bureau, le major esquissa un sourire. Le fonctionnement Ricou-Amblevert promettait d'être intéressant à observer. Quant à lui, il prenait acte de chaque intervention de Ricou qui parlait peu mais bien, habilement camouflé sous des dehors très – trop – sophistiqués. Il prenait son monde par surprise, le petit Elian. Dambérailh disposait quant à lui de quatre heures pour mettre son nez dans les affaires courantes, s'assurer que les PV étaient rédigés en temps et en heure et parvenaient aux bons destinataires. Il avait également à planifier la visite de la classe de CM2 de la commune, la mise en place du service d'ordre de l'élection de la « rosière » et du « rosier », qui devait avoir lieu à Lafontac aux premiers jours de mai, ainsi que l'inauguration d'un somptueux Happy Park qui promettait aux parents des heures d'amusement pour leurs enfants, dans une ambiance parfaitement insonorisée et « à proximité de toutes les commodités », ce qui annonçait à mots couverts une implantation dans la nouvelle zone commerciale qui s'étendait au sud de Lafontac comme une tache de gras sur une chemise en lin.

Le téléphone sonna sur son bureau avant qu'il ait ouvert le premier e-mail d'une série de cinquante.

— Dambérailh.

— C'est Péon, à l'accueil, major, on a un monsieur qui vient signaler une disparition inquiétante. Sa femme.

— Est-ce que vous pouvez gérer avec Amblevert, Péon, j'ai un retard monstre dans les affaires courantes.

— Elle me dit de voir avec vous.

Le major leva les yeux au ciel, puis décida de regarder le bon côté des choses, Péon avait eu le réflexe de s'adresser d'abord à Amblevert.

— Il y a une raison précise ?

— Ben, la personne qui a disparu était... est médiatique. Enfin, je connais pas personnellement, mais le mari me dit que c'est une star.

Il baissa la voix et chuchota respectueusement :

— Vous saviez, vous, qu'on avait des stars dans le secteur ?

— J'arrive Péon, j'arrive, soupira le major qui referma le clapet de son nouvel ordinateur portable.

Dans la salle d'attente où se pressaient une mamie venue probablement signaler un vol de son aide-ménagère, un jeune homme qui tenait son permis à la main, l'air inquiet, et une viticultrice en bottes qui tenait par le coude un saisonnier prêt à s'échapper à tout instant, un homme se détachait nettement du lot. Pas très grand, les cheveux un peu longs qui bouclaient dans la nuque, plutôt replet, un foulard lui bouffait dans le cou et semblait proclamer silencieusement : j'en suis. Auteur, peintre, journaliste culture, il était de cet entre-soi que tous ceux qui en sont exclus dénigrent et dont les contours sont si flous que même les introduits se demandent s'ils ont bien l'air d'en faire partie.

— Vous êtes le commandant de la brigade ? Ma femme a disparu. Elle ne disparaît pas, en général, je veux dire ce n'est pas dans ses habitudes, c'est à prendre au sérieux, vous voyez, je suis inquiet, vraiment inquiet, et son fils n'en parlons pas, il est intenable, vous imaginez, deux nuits, deux nuits sans nouvelles, et moi je croyais qu'elle était auprès de son fils, la première nuit, je ne me suis pas inquiété, mais là, c'est trop, deux…

— Je vous propose qu'on en parle dans mon bureau, monsieur…

— Cossard. Mais ma femme s'appelle Opras. Vous connaissez sans doute, Myriam Opras.

Dambérailh fut contraint de poser une main dans le dos du personnage manifestement atteint d'une logorrhée post-traumatique, ainsi qu'il arrivait parfois à certaines personnes qui relataient tout à trac des détails de l'accident dont elles venaient d'être témoins, mêlés à des réflexions personnelles et qui finissaient par enchaîner les mots sans même terminer leurs phrases. Il le poussa dans le couloir jusqu'à son bureau dont il regretta de ne pas pouvoir ouvrir le carreau dépoli. M. Cossard avait chaud.

Comme un sac qui s'affaisse, le petit homme s'écroula sur la chaise qui faisait face au bureau. Il dénoua son foulard qu'il fourra dans la poche-poitrine de son veston trop juste, après s'être tamponné le front et les ailes du nez.

— Je suis maître de chœur, commença-t-il.

Patiemment, Dambérailh s'installa, ouvrit son ordinateur, puis laissa le document type se charger avant de regarder de nouveau son interlocuteur. Il espérait, en laissant quelques secondes de silence flotter, que M. Cossard descende en pression et en température. Malheureusement, le maître de chœur s'agita sur sa chaise, impatient de voir le major commencer à saisir sa déposition. Il frottait l'une contre l'autre ses mains que le major imaginait moites.

— Commençons par le commencement. Votre nom complet et adresse, s'il vous plaît.

— Cossard, Laurent, rue Flatière, Mayenac. Il n'y a pas de numéro.

— Vous venez déclarer la disparition inquiétante de votre épouse, Mme Opras.

— Myriam. Myriam Opras.

— Qui n'est pas revenue à votre domicile depuis…

— Je l'ai vue pour la dernière fois mercredi soir. Nous dînions à la tonnellerie, vous connaissez sans doute, la tonnellerie Opras, où je l'ai rejointe après un filage à l'auditorium. Je monte *Didon et Énée,* une pièce magnifique où la voix de Myriam aurait pu s'épanouir avant…

— Qu'elle ne disparaisse ? termina Dambérailh, compréhensif.

Laurent Cossard émergea de sa digression et lui jeta un regard méprisant.

— Bien sûr que non : avant qu'elle n'ait son accident. Myriam Opras, mezzo-soprano, deux Victoires de la musique classique, vous situez j'imagine ? Son accident a été relaté par la presse en long en large et en travers.

D'un mouvement de lèvres, le major émit un son que Laurent Cossard interpréta comme un oui. Il allait poursuivre, aussi Dambérailh reprit-il la main *in extremis* :

— Vous ne signalez sa disparition que maintenant, pourquoi ?

— Parce que mercredi soir, Myriam a pris la route pour apporter à son fils l'ordinateur portable qu'il avait oublié à la tonnellerie. Il en avait besoin pour un travail de groupe. Myriam s'est donc rendue chez l'ami de Sacha. Comme ses parents sont de bons amis à elle, j'ai pensé qu'elle s'y était attardée.

— Vous n'avez pas essayé de joindre votre épouse ?

— Si, bien sûr, mais son portable était éteint. Elle n'est pas très rigoureuse avec la gestion de sa batterie, je lui dis toujours, Myriam, branche-le tous les soirs, ton téléphone !

— Ensuite…

— J'ai appelé nos amis le jeudi matin en réalisant que Myriam n'était pas rentrée. Et ils m'ont dit qu'ils ne l'avaient pas vue. Elle n'est pas allée rendre l'ordinateur à son fils. Ensuite j'ai essayé de joindre son frère qui n'a pas répondu, je ne voulais pas l'affoler avec un message vocal alarmiste.

— À ce moment-là, pourquoi ne pas nous avoir appelés ?

— Eh bien...

Laurent Cossard tritura le bouton de son col, l'air de chercher quelle bonne raison il avait eue de ne pas avertir la gendarmerie.

— Parce que ça ne faisait pas vingt-quatre heures ! Je me suis dit « elle va revenir, elle s'est offert une petite virée ». Je ne voulais pas sonner le tocsin pour rien. Ma femme a été très médiatique, son accident a été relaté avec un luxe de détails sordides, ce qui l'a bouleversée à l'époque. Je voulais l'épargner, conserver un minimum de discrétion. C'est pourquoi je compte sur vous, monsieur, pour ne pas alerter le ban et l'arrière-ban lorsque vous enquêterez. Ma femme est restée fragile.

Avec ses bajoues tremblotantes, Laurent Cossard inspirait une forme de pitié et le major se fit la réflexion que ce type d'homme devait avoir plus ou moins l'habitude d'avaler des couleuvres. Voir leur femme partir en goguette avec un ancien collègue pour un jour ou deux, par exemple, voilà pourquoi il ne s'en était pas vanté auprès de la famille de sa femme. Cependant quelque chose dans l'attitude de l'époux éploré créait une dissonance à peine perceptible. Il était sincèrement inquiet et clignait des yeux avec une expression implorante qui ne pouvait qu'émouvoir. Mais sa sudation excessive, son soulagement lorsqu'il avait trouvé une explication au temps qu'il avait laissé s'écouler avant de donner l'alerte... Le major nota dans un repli de son esprit ces premières impressions fugaces puis se corrigea. Ne se laissait-il pas influencer par l'allure d'artiste médiocre de Laurent Cossard, marié qui plus est à une ancienne star internationale ? « Myriam Opras » ne lui disait rien, mais le major connaissait ses propres lacunes en matière d'opéra et de musique en général. En dehors de la country... Ah, si, il était assez fier de connaître Jamiroquai, qui lui semblait le top de la modernité.

— Le téléphone de votre épouse...

— ... est toujours sur répondeur. Je n'ai aucunes nouvelles.

— Avez-vous pu vous connecter sur ses réseaux sociaux, sa boîte mail ?

Cossard assumait-il mal d'avoir fouiné ? Il était fuyant, le regard irrésistiblement attiré par l'affiche « La gendarmerie recrute » qui bleuissait depuis des années dans un coin du bureau. Il finit par répondre, d'une voix parfaitement unie :

— Je n'ai pas l'habitude de fouiller dans la vie privée de ma femme. Cependant je pense qu'elle a enregistré ses mots de passe dans sa tablette, je peux vous l'apporter à la brigade.

Dambérailh évalua la proposition et jugea qu'il serait plus avisé de venir constater sur place. Il devait être possible de retrouver un agenda, peut-être une lettre même si, malheureusement, les gens avaient perdu l'habitude de correspondre par voie postale. Lettre d'amant, peut-être. Ou lettre d'adieu ?

— Sa voiture ? demanda-t-il, tout en continuant à remplir le document qu'il ferait signer à Laurent Cossard.

— Disparue. C'est une Mini décapotable jaune. La copie de la carte grise est enregistrée sur l'espace Drive de ma femme, je vous retrouverai l'immatriculation, je ne la connais pas…

Est-ce que Myriam Opras n'avait pas tout simplement décidé de prendre la poudre d'escampette… Bien entendu le major demanderait au procureur son inscription au fichier des personnes recherchées et formulerait une réquisition auprès de la banque pour tracer un éventuel retrait ou paiement, mais il ne déploierait pas davantage de moyens pour ratisser le secteur. Il n'était pas impossible que Myriam Opras réapparaisse à la fin de la semaine comme si de rien n'était.

— Et son fils ?

— Sacha.

— À quand remonte son dernier contact avec sa mère ?

— Il faudrait le lui demander directement…

— Et quelles sont leurs relations ? Quel âge a-t-il ?

— Si vous cherchez à savoir si Myriam aurait pu tout quitter en laissant derrière elle son mari et son fils, je vous détrompe immédiatement. Sacha a dix-neuf ans, son père ne s'occupe pour ainsi dire pas de lui, et il a toujours été beaucoup trop proche de sa mère. Elle l'emmenait en tournée avec elle quand il était petit. Il est resté très fusionnel avec elle.

On avait déjà vu des femmes très équilibrées étouffer sous les quintaux d'amour poisseux qui étaient déversés chaque jour sur elles, comme du lisier dans une fosse d'épandage, et qui fuguaient pour respirer un peu.

La déposition fut relue minutieusement par Laurent Cossard qui y appliqua une signature ronde à l'aide de son propre stylo, qu'il sortit de sa poche intérieure.

— Quand comptez-vous venir ? J'ai besoin de m'organiser pour être là. J'ai une représentation de *Didon et Énée* dans quinze jours, je suis peu chez moi. L'auditorium nous concède une date, je ne peux pas faire défaut.

— Monsieur Cossard, cette affaire va être confiée à l'un de mes bras droits qui enquête sur une autre affaire à Mayenac. Elle prendra contact avec vous.

— Ah, l'affaire des fresques ? Une honte, un acte décérébré qui ne peut être que l'œuvre d'un inculte crasse. Myriam sera dévastée quand elle l'apprendra.

Laurent Cossard se leva, frotta ses avant-bras comme si le bureau sur lequel il s'était appuyé avait été couvert de poussière, ressortit de sa poche son foulard qu'il noua avec soin autour de son cou puis il salua le major d'un hochement de tête.

— Je vous tiens au courant si Myriam prend contact. Je tiens tellement à elle.

Dambérailh se tapota les lèvres du bout de l'index avant de saisir la déposition sur son bureau et de la relire. Un sourire flotta quelques instants sur ses lèvres et il ouvrit la porte de son adjudante-cheffe avec la certitude de faire une heureuse.

— Amblevert ? J'ai quelque chose de sérieux pour vous.

De sa tournée des armuriers et des magasins de jouets, Elian Ricou était sorti avec la liste des derniers clients s'étant procuré un pistolet à billes sur une période de dix jours. Il ne disposait bien entendu que de la liste des paiements par carte ou par chèque, le liquide demeurant intraçable, mais il lui fallait tenter le coup. Il lui avait semblé inutile de remonter plus en amont pour la simple raison que l'ample liste prendrait déjà plusieurs jours à être décortiquée et passée au TAJ[1]. Ricou avait peu d'illusions quant à l'efficacité d'un tel recoupement, mais l'enquête en était au stade du Pot-au-Noir, il fallait bien creuser dans une direction, et celle-ci avait l'avantage de lui obtenir sans trop de difficultés les bonnes grâces d'Amblevert. L'analyse du téléphone portable de Katia dont il s'était chargé en parallèle n'avait rien donné, et Ulysse Gault ne connaissait pas le mot de passe de la boîte mail de sa fille, ni même son adresse. Impossible de lancer une

1. Traitement des antécédents judiciaires.

réquisition auprès des fournisseurs d'accès sans adresse à sonder.

Les prochains développements de l'enquête étaient censés naître de leur rencontre avec le compagnon de Katia. Dans la moiteur de sa cellule, Ludovic Machado détenait probablement une ou deux informations sur la victime qui permettaient d'orienter la suite. Ricou patienta sur le parking de la maison d'arrêt, casque Star Motors sous le coude, posé sur la selle encore chaude de sa Triumph Scrambler. Il avait chaud dans sa veste renforcée et ouvrit la boucle qui lui fermait le col. L'espace était animé, jour de parloir oblige, et Ricou tentait de suivre du regard chaque visiteur. Beaucoup de visiteuses d'ailleurs, mères alourdies qui portaient à pleines mains des assiettes couvertes de papier alu et laissaient derrière elles un sillage épicé, midinettes très court vêtues qui sautillaient en grillant une cigarette avant de passer sous le portique, et femmes fatiguées, habituées, grises, qui venaient au parloir sans ceinture, sans bijou, pour ne pas avoir à les retirer et les remettre une fois de plus, les femmes du provisoire qui s'éternise, des peines interminables qui s'effectuaient pour la majeure partie à la maison d'arrêt par manque de place en centre de détention, puisque l'entassement en maison d'arrêt était temporaire, bien que constamment renouvelé. C'était celles-ci sur lesquelles l'œil de Ricou s'accrochait le plus longtemps. Les fidèles, les résignées. Katia leur avait probablement ressemblé. Ricou se secoua, agacé de s'être laissé prendre à des divagations poétiques qui, par leur puissance et leur pathétique, le laissaient parfois amer et dégoûté d'un système qu'il contribuait par son métier à faire fonctionner. Son boulot était de faire entrer le maximum de déviants ici. S'il commençait à penser aux mères, aux filles, aux copines, il n'avait pas fini de s'attendrir. Qu'est-ce que Dambérailh fichait, aussi, à le laisser seul, le derrière en appui sur sa moto et le cerveau en roue libre ?

La voiture du major s'engouffra sur le parking envahi d'herbes déjà jaunes auxquelles s'accrochaient de petits morceaux de plastique transparent ou bleu, déchiquetés et flottant au gré des appels d'air. À peine fut-il dehors que le major lui annonça en guise d'excuse pour son interminable retard :

— Le proc est ravi de ton rapport, et presque autant de te savoir en train d'écumer les magasins de jouets. C'est toujours compliqué d'avoir l'impression que rien ne peut avancer, il apprécie ton sens de l'action.

Un demi-sourire échappa à Ricou lorsqu'il s'entendit tutoyé. Un sursaut paternaliste qui n'était probablement pas sans rapport avec l'air harassé du major dont Ricou avait bien compris, au fil des conversations téléphoniques surprises malgré lui, qu'il souffrait dans son âme de père. D'une brève inclinaison de tête, il accepta de jouer le jeu et de se placer sous une protection dont il n'avait nul besoin. Ils se mirent épaule contre épaule pour avancer ensemble jusqu'à l'entrée de la maison d'arrêt. Le major déposa son arme sur le comptoir et laissa Ricou rappeler au personnel pénitentiaire la raison de leur présence. La femme entre deux âges qui tenait l'accueil décrocha son téléphone et appela le surveillant chargé de faire entrer les avocats, les visiteurs de prison et, le cas échéant, les enquêteurs de la police ou de la gendarmerie.

— C'est Véro. Je te fais monter les deux enquêteurs pour le numéro d'écrou 456 812, Machado Ludovic.

D'un geste elle leur indiqua un escalier de béton qui sentait le produit d'entretien. Il fallut monter, suivre un couloir où flottaient encore des effluves de cuisine collective, oignon et chou douceâtre, descendre, passer un sas, continuer au ras du sol, attendre l'ouverture d'une nouvelle grille, puis d'une autre, saluer les employés pénitenciers, certains affables, d'autre clos, humer l'odeur d'hémoglobine du métal glacé, les relents de fraise chimique qui montaient du sol fraîchement lessivé et pourtant gris encore, le parfum aigre et chaud des corps confinés. Il était inutile de tenter de converser, chacun à l'affût de l'écho de ses pas répercuté le long des couloirs.

Après les salutations d'usage, cordiales, toujours, que chacun se sente respecté dans son boulot – Ricou y tenait et apparemment Dambérailh aussi –, les deux hommes s'installèrent dans un espace vitré qui donnait sur la cour intérieure de la maison d'arrêt. Un étage plus bas, une grappe de détenus en joggings avachis se tenaient, dos contre un mur exposé au sud, aspirant l'air d'avril et se partageant une cigarette. Quelques minutes plus tard, alors que retentissaient dans l'espace qui tenait lieu de couloir des éclats de voix où l'on percevait très nettement des « mais j'ai rien à voir avec ces conneries, moi », probablement adressés à un commis d'office résigné, Ludovic Machado leur fut amené, mains libres et épaules tombantes.

— À toute, Matcha, lâcha le surveillant avec un bref coup de menton, pas particulièrement chaleureux mais pas indifférent non plus.

Se frottant l'avant-bras d'un air absent, Ludovic Machado semblait se réveiller. Il était 14 h 30. Ses cheveux noirs poussaient dru et avaient besoin d'une coupe franche. Il portait une barbe de quelques jours, sentait l'ail mais pas cette odeur écœurante de crasse moite.

— Major Dambérailh.

— Adjudant Ricou.

— Ludovic Machado, répondit l'autre, par réflexe, avant de s'asseoir, le regard en éveil façon essuie-glace.

— Nous sommes ici au sujet de Katia Gault, commença Dambérailh qui marqua volontairement un temps d'arrêt.

Ricou nota les mains croisées du major, son regard direct et volontairement sans expression, la légère inclinaison de son buste au-dessus de la table, comme une volonté de proximité avec Machado qui s'agitait sur sa chaise.

— Katia ? Pourquoi, qu'est-ce qu'elle a dit ?

— Elle n'a rien dit, répondit le major, les yeux mi-clos, guettant peut-être un signe de soulagement.

Machado écarta les mains en signe d'incompréhension. Que faisaient-ils ici si ce n'était pas pour le cuisiner une fois de plus sur un détail de son dossier ? Il ne paraissait ni plus ni moins tendu qu'à son arrivée, genoux écartés, un peu voûté, les avant-bras posés sur la table minuscule et les poignets tournés vers le plafond, peut-être par habitude.

— Qui est Katia Gault pour vous ? demanda le major.

— Ma compagne. Ça fait trois ans, plus ou moins. Forcément depuis huit mois c'est moins simple, on va dire ça comme ça... Mais quand ça sera clair que tout ça, c'était un malentendu... Mon avocat a les pièces, vous savez. J'aurai au max mon sursis de la fois d'avant à terminer et puis on se retrouve dehors...

Machado laissa mourir sa phrase, il n'y croyait pas lui-même. D'un tapotement sur la table, index, majeur et annulaire joints, il invita le major à poursuivre.

— Votre compagne a eu un accident.

Le regard auparavant flottant de Ludovic Machado se figea. Il cligna nerveusement des yeux quatre ou cinq fois, il avait les cils longs et le bord des paupières bleuté.

— Mais... c'est grave alors ? Vous seriez pas là, sinon. Elle va comment ?

— Votre compagne est décédée de ses blessures. Une autopsie est en cours, annonça le major après un bref échange de regard avec Ricou pour savoir lequel des deux se lançait.

D'un mouvement d'arbre qui tombe, Machado s'adossa brutalement et sa chaise donna contre la cloison. Il avait les lèvres serrées mais la peau de son menton tressaillait à intervalles réguliers comme si les battements de son cœur se répercutaient à travers tout son corps.

— Elle sera enterrée quand ? Vous pensez que je pourrai sortir ? On n'était pas mariés... je savais qu'il fallait pas attendre, ça sert jamais à rien d'attendre. Et maintenant on est comme des cons... ils me laisseront jamais sortir. Merde, merde, merde !

Il secouait la tête, blanc de frustration et de chagrin, trouvant dans ces préoccupations organisationnelles un moyen de faire barrage, marmonnait et tentait de trouver les dates d'enterrement les plus simples, pas le jeudi parce qu'il travaillait à l'atelier, mais le vendredi c'était bien, ou plutôt le mardi parce que son codétenu était toujours tellement agressif le mardi, avant l'arrivée de la cantine, est-ce qu'il pourrait s'arrêter pour des fleurs, des marguerites, en avril, c'était un peu tôt, non ? Elle aimait les marguerites, les autres fleurs elle les trouvait chichiteuses, bah merde, elle n'aurait pas le temps de monter son spectacle, elle s'était tellement donnée, oui des marguerites ça serait le mieux, ce vieux con d'Ulysse ne penserait jamais à ce genre de chose...

Dambérailh joignit les mains et se pencha en avant.

— On est désolés de vous apprendre ça comme ça, monsieur Machado. Pour la suite, il faut voir avec votre avocat ce qu'il peut vous obtenir. Est-ce que vous avez en tête une idée de ce qui peut avoir causé la mort de votre compagne ?

— Bah, vous ne m'avez pas dit comment elle est morte, comment je peux savoir, moi ?

— Sa mort a probablement été provoquée. On cherche des pistes, des gens qui auraient pu lui en vouloir, ou la faire taire peut-être... Des idées ?

— Provoquée ? Mais elle est morte comment ? Vous avez dit accident, mais accident de quoi ?

Ludovic Machado s'échauffait, deux pastilles vermillon lui montaient aux joues et il respirait sans ordre. Ricou craignait un étourdissement, à force de surventiler dans cet espace sans oxygène...

— C'est un chien de son refuge qui l'a attaquée. On cherche qui a pu la pousser dans le chenil.

— Le chenil, le chenil, murmurait Ludovic qui essayait manifestement de faire surgir des images pour reconstituer la scène.

— Katia avait-elle des activités qui pouvaient lui causer des problèmes ? tenta Ricou, qui se retenait de lisser sa mèche sur son front, histoire de mettre un peu d'ordre à tout ça, conscient que le geste tenait davantage du tic que de la nécessité.

— Vous voulez dire, est-ce qu'elle trempait dans des trucs aussi louches que son compagnon qui, lui, se trouve en prison ?

Machado eut un ricanement amer et écarta les mains.

— Mais même pas, les gars, je ne suis même pas un caïd, vous voyez ? Mon créneau c'est le gagne-petit : arnaque à l'assurance, falsification de mes fiches de paie pour toucher plus à Pôle emploi... Katia n'a jamais été impliquée, je ne m'en vantais pas, figurez-vous. Maintenant, si vous croyez que quelqu'un tuerait pour ça, je sais pas moi, mon conseiller Pôle emploi, peut-être, moi je ne peux plus rien pour vous...

— Alors des relations ? Dans le cadre de ses engagements associatifs par exemple ? renouvela Ricou.

— À part les mamies qui voulaient qu'elle monte *Notre-Dame de Paris* pour le spectacle de Noël, alors qu'elle préférait de la grande musique...

Devant l'expression perplexe des enquêteurs, Machado ajouta :

— Elle s'était mise au Service d'action sociale, elle voulait faire une sorte de comédie musicale, avec des bénévoles et tout, les costumes... et elle était tellement fière d'avoir embarqué l'école de musique, elle parlait plus que de ça, et de sa tête d'affiche.

— Quelle tête d'affiche ?

— Moi et les noms...

— Pas de dettes, de conflits avec son père ?

De nouveau Machado ricana et frappa du plat de la main sur la table.

— Le vieux ? Il est complètement fêlé, il y a pas à dire, mais je suis sûr qu'il est dingue de chagrin au moment où on parle. À part Katia il avait pas de raison de se lever le matin. Ça va être la débistraque totale.

Après deux inspirations profondes, Machado haussa les épaules.

— Je vois rien. C'est con à dire, comme à chaque fois j'imagine, mais tout le monde l'aimait bien. Demandez à ses petits vieux qu'elle torchait matin et soir, ils l'adoraient. Sa collègue au chenil, pareil. Et puis moi, bah...

Il cligna de nouveau des yeux, furieusement.

— Bah j'ai plus qu'à me laisser crever ici, avec mes petites fiches de paie bricolées et mon codétenu qui va pas tarder à m'éclater le crâne sur l'angle de sa couchette.

De retour à la brigade, Dambérailh reconnut la voix fulminante d'Amblevert, qui traversait sans peine les cloisons. Il fit à Ricou un signe de la nuque, tête baissée, rentrée dans les épaules, et emprunta le couloir qui desservait les bureaux et la salle commune, au fond. D'après ce qu'ils perçurent, un inconscient avait administré à Bubulle double dose de daphnies, et le poisson semblait amorphe, donnant mollement de la nageoire.

— Non mais les gars, c'est pas possible, on a dit trois ou quatre paillettes par jour, vous voulez que ce pauvre animal crève d'indigestion ?

Le major, qui connaissait la fulgurance et la puissance des gueulantes d'Amblevert, évita soigneusement de stationner devant la porte ouverte de la salle commune où les excuses piteuses d'un GAV acnéique furent aussitôt noyées sous une nouvelle bordée de reproches. Ricou se faufila lui aussi dans le bureau du major, et s'installa, tablette sur les genoux, pour démarrer son travail de fourmi : entrer les noms d'acheteurs de billes en plastique jaune dans le TAJ. Malheureusement, le major fit tomber le presse-papiers en pâte à sel que ses jumelles lui avaient offert dix ans auparavant en essayant de glisser dans sa chemise « Katia Gault » les quelques notes prises en sortant de la maison d'arrêt. Amblevert s'interrompit net et marcha d'un pas lourd jusqu'au bureau de son supérieur. Les deux hommes affichèrent un front serein et un dégagement qu'ils ne ressentaient pas tout à fait. Il fallait voir l'imposante carrure d'Amblevert remplir l'embrasure de la porte.

— Je vous attendais pour aller chez la femme disparue.

Elle entra et poursuivit.

— Vous n'allez pas me dire que vous croulez sous le boulot, major. Tant que vous n'avez pas reçu le rapport du labo et que l'autopsie n'a pas eu lieu, vous brassez du vent, avec tout le respect que je vous dois. C'est vous qui avez reçu le mari, je comprends un mot sur deux de votre PV, aidez-moi à démarrer… s'il vous plaît. Et puis le petit Ricou a de quoi s'occuper, pas vrai ?

— Vous me prenez par les sentiments, adjudante-cheffe, répondit Dambérailh, qui ne chercha même pas à mimer l'indignation.

Travailler avec Amblevert depuis bientôt quatre ans nécessitait un savant dosage d'exigence et de lâcher-prise, dosage dont il pensait aujourd'hui détenir la recette. Ricou les salua distraitement, déjà absorbé dans son listing, surnageant au milieu de dizaines d'homonymes dont il ne pouvait jamais être certain d'éliminer les mauvais.

Une fois à l'air libre, leurs pieds foulant le gravier de la cour, le major glissa un regard en biais à son bras droit. Elle marchait, coudes plantés dans les côtes, avec dans la nuque une tension qu'il reconnaissait.

— Venons-en à la vraie raison de cette invitation à vous accompagner. Qu'est-ce que vous voulez me dire, Amblevert ?

La jeune femme claqua la portière côté passager sans répondre. Elle se contorsionnait sur son fauteuil, cherchait une position qui lui permette d'étendre ses jambes dans l'habitacle, soulager ses genoux gonflés, tout en conservant l'allure digne qui lui tenait tant à cœur. Dambérailh laissait venir, profitait par la fenêtre ouverte de la brise qui s'engouffrait dans la voiture, observait les bas-côtés pas encore fauchés où poussaient les pieds dans l'eau la cardamine des prés, les orchidées sauvages et de petites fleurs étoilées dont il ignorait le nom. Il songeait à sa tante qui devait combattre avec acharnement les limaces, encouragées à la voracité par le temps humide et doux.

— Je vais poser ma candidature à la BR, major, lâcha brutalement Géraldine.

Par une providentielle contraction des épaules, il réussit à maintenir le volant droit.

— Je sais que vous allez me dire que c'est idiot, que je viens de passer adjudante-cheffe, que la territoriale c'est ma vocation… Mais (et Géraldine donna un coup du plat de la main sur sa cuisse gauche) ce que j'aime, moi, c'est enquêter. Et tant que vous dirigerez la brigade, je n'aurai jamais l'occasion de le faire, parce que vous avez fait vos preuves et que vous avez la souplesse nécessaire pour vous coltiner un nouvel adjoint de la BR à chaque enquête. Alors, si je veux être moi aussi un jour votre adjoint, je n'ai pas le choix, hein major, c'est vers la BR que je dois évoluer.

Le raisonnement d'Amblevert ne manquait pas de logique. À chaque fois qu'un meurtre adviendrait sur leur secteur, il serait désigné comme enquêteur et Amblevert prendrait la tête des affaires courantes. Il n'avait pas le droit de soupirer, encore moins celui de la dissuader. Que chacun mène sa barque comme bon lui semblait. Il se redressa, s'empêcha de se gratter le nez, appendice exaspérant qui le démangeait aux moments les moins opportuns, et hocha la tête.

— Vous avez posé votre demande ? Je serai heureux de vous appuyer, Amblevert.

— Pas encore. Je voulais voir si vous alliez vous traîner à mes pieds en me suppliant de rester.

Un sourire passa sur les lèvres du major. La perspective de se passer d'Amblevert au quotidien ne l'enchantait pas. Les périodes d'enquête restaient après tout du domaine de l'exceptionnel et à quoi ressembleraient les jours de routine sans les explosions d'Amblevert, sa repartie, son impertinence et son cœur immense ?

— Je sais bien que vous auriez été intraitable, Amblevert. Vous comptez changer de région ?

— Pas pour le moment. Basile est bien suivi ici, je ne vais pas me risquer à bosser dans un désert médical.

— Votre copine Olga Bressigny pourrait vous recommander quelqu'un !

— Vous ne l'avez pas oubliée, je vois, persifla Amblevert qui, de soulagement, se laissa aller contre le dossier de son siège. Blague à part, et vous, major ?

— Quoi, moi ?

— Ne me dites pas que les appels du pied de la nouvelle commandante de compagnie ne vous titillent pas un peu…

— Je ne suis pas ce genre d'homme, protesta le major, tentant de maintenir le registre de l'humour qui lui permettait d'esquiver la question de son adjudante-cheffe.

— Vous savez très bien de quoi je parle.

Dans le but évident de l'agacer, Amblevert se mit à ouvrir et fermer la boîte à gants. La stratégie de l'exaspération fonctionnait à plein avec lui et il céda.

— Repasser un examen, à mon âge, Amblevert…

— Vous avez quarante-cinq ans.

— Quarante-six. Et évoluer pour quoi ? Pour raconter que je suis officier, gagner trois kopeks de plus, et me faire muter tous les trois ans ?

Il appuyait involontairement sur la pédale d'embrayage pour ponctuer chaque phrase, faisant gronder le moteur, percevant parfaitement l'irrationnel de son agacement, de son exaspération, même. Grimper, progresser, et pour quoi en fin de compte ? Moins voir sa femme, dépenser son temps en politique interne, perdre de vue le terrain où il se sentait utile, même dans les petites choses, dans les modestes interventions… Surtout d'ailleurs. Comme le fatiguait cette course à l'échelon supérieur, comme le blessait aussi cette condescendance informulée – « Major ?

Mais voyons Dambérailh vous valez bien mieux » – alors qu'il avait accompli, avec l'obtention de ce grade, un rêve de gosse, de gosse pas très bon élève, un peu laborieux, qui compensait par son exactitude, son recul, son empathie souvent, et parvenait aujourd'hui à des résultats que de brillants techniciens n'obtenaient pas. Il n'acceptait pas qu'on lui fasse honte d'être si fier, honoré, même, de son grade.

— Vous avez trop d'orgueil, major, murmura Amblevert.

— Ou pas assez, peut-être ?

— C'est une coquetterie de l'âme, de refuser l'avancement. Mais c'est vous qui voyez, vous êtes un grand garçon.

L'atmosphère qui régnait sur la microscopique place de Mayenac avait changé. Le tournage de cette navrante émission télévisée se poursuivait, mais l'ambiance bon enfant qui régnait lors de leur première visite s'était évanouie. On y croisait toujours des types en col roulé noir et des femmes en chemises blanches, sophistiqués et incongrus dans ce paysage de glycines en fin de floraison et de pavés désassortis, mais l'air vibrait d'une onde tragique. Un rail de travelling courait en travers de la place et l'ensemble des projecteurs étaient braqués vers la porte de l'église, bardée de rubans blanc et rouge. L'équipe de tournage de *Village Battle* comptait bien exploiter à fond ce « moment de télévision » et s'employait à faire larmoyer les habitants sur leurs fresques évanouies. Un fond de violons ou de percussions angoissantes, selon l'effet souhaité, serait certainement ajouté en post-prod, la production buvait du petit-lait.

Amblevert s'extirpa de la voiture et haussa les épaules devant ce déploiement de moyens, contourna les curieux agglutinés derrière la caméra, et se pencha devant chaque boîte aux lettres pour y lire le nom des propriétaires. La rue Flatière partait d'un angle de la place, à gauche de l'église, changeait de nom dix maisons plus loin en faisant une courbe, puis revenait pratiquement à son point de départ, à droite de l'église.

Toutes les maisons se touchaient, organisées en demi-cercle le long de la rue qui contournait l'église, une façade sur la rue, l'autre sur la vue qui s'étendait en contrebas. La maison de Laurent Cossard et de Myriam Opras était constituée de deux bâtiments qui avaient été connectés en perçant des ouvertures dans le mur mitoyen. La différence de niveau était masquée derrière un rosier grimpant dont les fleurs jaunes penchaient la tête vers le sol, gorgées d'une pluie d'avril presque évaporée.

— Vous toquez ? encouragea Dambérailh qui, les bras croisés, observait les maisons voisines, notant la proximité avec les habitants d'en face qui semblaient vivre le nez collé derrière leur voilage en dentelle du Puy.

La porte peinte en bleu nuit, assortie aux volets, s'ouvrit sur le visage préoccupé de Laurent Cossard. L'entrée donnait directement sur un salon étroit dont les fenêtres, au fond, laissaient apercevoir la cime des arbres qui poussaient au pied de l'éperon rocheux sur lequel le village était perché. Un ordre maniaque régnait. Sur la table en demi-lune qui devait servir de vide-poche, rien ne traînait, seul un bouquet déjà bien mûr occupait l'espace. Quelques pétales étaient tombés sur le bois lustré. Les canapés en cuir se faisaient face dans le prolongement d'une cheminée en calcaire. Un miroir en trumeau démultipliait les affiches encadrées, toutes surmontées d'un nom récurrent, en lettres gothiques ou Art déco, souligné d'or ou en italique : « Myriam Opras ». Dambérailh déchiffra rapidement les autres mentions « Dirigée par William Christie », « Chorégies d'Orange », « La Scala », « The Fairy Queen »... Ces noms lui étaient parfois familiers, parfois non, et il percevait dans l'accumulation de preuves de la notoriété de Myriam Opras une inquiétude obsessionnelle. Celle d'être oubliée, peut-être ?

— J'accompagne l'adjudante-cheffe Amblevert, qui est responsable de l'enquête sur la disparition de votre épouse. Elle a bien entendu lu votre déposition. Avez-vous pu obtenir des informations depuis ce matin, monsieur Cossard ?

Le petit homme semblait agité. Il leur indiqua le canapé, prit place puis se leva de nouveau.

— Comme vous savez, ma femme a disparu avec sa voiture et son téléphone. C'est plutôt à moi de vous poser la question...

— La réquisition est en cours auprès de son opérateur, opposa Amblevert qui ouvrit son calepin et le posa sans douceur sur la table basse. Vous avez parlé au major d'une tablette ?

Cossard se tourna vers une console étroite poussée contre le mur face à la cheminée, et sortit d'un tiroir un étui noir.

— La voici. Son mot de passe pour la déverrouiller est Sacha2001.

— Vous avez repéré quelque chose d'anormal dans ses derniers e-mails reçus ou envoyés ?

— Je n'ai pas regardé, vous me prenez pour qui ?

D'un haussement d'épaules, Amblevert manifesta son indifférence et rangea la tablette dans sa propre mallette. Dambérailh la trouvait presque agressive. Elle devait percevoir chez Laurent Cossard une forme de servilité qui la hérissait. Dambérailh, quant à lui, tardait à se faire une idée précise sur le personnage qu'il trouvait un peu… visqueux, sans savoir si cela devait interférer ou non avec sa lecture des faits.

— Votre femme et vous êtes en bons termes ?

— Bien sûr.

— Pas d'accrochage récent ?

— Aucun.

— Avez-vous quelqu'un d'autre dans votre vie ?

— Pardon ?

— Je fais mon boulot. C'est non ?

— C'est non, évidemment.

— Quelle est votre relation avec votre beau-fils ? Sacha ?

— Vous en avez d'autres ?

— Nous nous entendons bien. C'est apaisé, si vous voulez savoir.

Une fine pellicule de sueur se formait au-dessus de la lèvre supérieure de Cossard. Là encore, le major refusait d'en tirer des conclusions, le feu nourri des questions d'Amblevert l'aurait mis lui aussi sur des charbons ardents.

— Pouvez-vous nous indiquer les lieux où votre épouse passe du temps dans la maison ?

— Eh bien… la cuisine.

Dambérailh put presque entendre Amblevert grincer des dents.

— Ne vous méprenez pas, reprit Cossard, mal à l'aise, elle aime passionnément la gastronomie. Elle suit mille comptes spécialisés sur Instagram, teste des recettes sans arrêt, dépense des fortunes en équipement… La cuisine est son domaine par goût, par choix.

— Comme nous toutes, siffla Amblevert. Je pensais plutôt à un bureau ?

— Elle a un secrétaire dans sa chambre.

— *Sa* chambre ?

Avec un sourire piteux, le pauvre Cossard écarta les bras :

— Je ronfle…

Amblevert se leva, interrogea du regard l'époux désemparé et trouva la cuisine après avoir traversé une salle à manger tout en long également, parallèle au salon, où un portrait immense de Myriam Opras dominait la table dimensionnée pour douze couverts.

Avec un sifflement admiratif, elle fit quelques pas dans l'espace immaculé, plus net que ce qu'elle obtiendrait jamais même après avoir récuré son plan de travail jusqu'à s'en faire saigner les articulations. Les chromes des appareils électroménagers luisaient uniformément, sans trace de doigt, la crédence blanc crème était vierge de toute éclaboussure… Seuls les livres de cuisine placés de part et d'autre de la hotte en aluminium apportaient une touche colorée à la pièce.

— C'est grandiose, apprécia Géraldine. C'est grandiose et c'est parfaitement désincarné. Votre femme a le sens de l'ordre, non ?

— C'est une angoissée, comme toutes les artistes. Tous les artistes, se reprit Cossard qui avait perçu un raidissement chez Amblevert. L'ordre lui permet de dominer son monde, elle en a eu besoin après son accident. Vous avez dû en entendre parler, non ?

— Pas particulièrement, non.

— Mais si, ce drame qui l'a privée de sa voix, tous les journaux en ont parlé, même vous, vous avez dû le voir. Ce fut terrible.

— Désolée, j'ai dû oublier, tenta de couper Amblevert qui voyait bien que l'émotion s'emparait du petit bonhomme.

— Un drame d'envergure nationale, internationale même. Ils ont tous envoyé des fleurs, Sydney, Milan, avec leurs bons vœux de rétablissement... mais bien entendu, elle était trop atteinte, elle...

La voix d'Amblevert claqua :

— S'il vous plaît.

Il eut un ricanement d'excuse. Par acquit de conscience, Amblevert ouvrit quelques tiroirs, qu'elle découvrit aussi bien rangés et propres que le plan de travail, puis elle se tourna vers Cossard et le major, qui se tenait en retrait.

— La chambre ?

— C'est à l'opposé de la maison. Tout est de plain-pied.

Laurent Cossard repoussa un tiroir mal refermé par Amblevert et emprunta de nouveau le chemin qui desservait la salle à manger puis le salon, passa devant la porte d'entrée, s'engagea dans un couloir lui aussi décoré d'affiches à la gloire de sa femme, puis indiqua une porte à sa gauche. La chambre était grande, claire et presque vide. Deux fenêtres donnaient sur un horizon boisé, le grand lit faisait face à un secrétaire et un dressing aux façades blanches se fondait dans la cloison.

— Je vous parie que nous ne trouverons pas grand-chose ici non plus, grommela Amblevert qui explora rapidement les tiroirs de la table de nuit.

Quelques romans étaient empilés au pied du lit : *Shibumi* de Trevanian, *Rosa Candida* d'Audur Ava Ólafsdóttir, *Des Grives aux loups* de Claude Michelet. Papier à lettres et enveloppes vierges dans le secrétaire. Rien de plus, aucun Post-it griffonné, uniquement de l'indispensable et de l'impersonnel.

— Indéchiffrable, murmura Amblevert en passant à proximité du major qui restait, là encore, immobile et en pleine observation de son adjudante-cheffe.

À ses côtés, Laurent Cossard se tenait debout, transférant parfois son poids d'une jambe sur l'autre, sans manifester d'inquiétude ni d'agacement de voir Amblevert fouiller. Il portait une chemise très près du corps qui épousait sans complaisance l'arrondi de son abdomen, un pantalon à pinces un peu court et des mocassins sans chaussettes. *À la fois soigné et à côté de la plaque*, songea le major qui aurait préféré à sa place un tissu raide et surtout pas élastique pour masquer son embonpoint. Cet homme n'avait pas l'habitude ni l'objectif de susciter l'attention ni le désir. Il devait manquer cruellement d'estime de soi, ce qui pouvait s'expliquer par le souhait de son épouse de faire chambre à part. Le major, quant à lui, aurait préféré mourir plutôt que de se voir chassé du lit conjugal où il se sentait parfaitement légitime et en droit de coller ses mollets glacés contre les jambes tièdes de sa femme.

Alors qu'ils allaient prendre congé, le major se rappela l'existence de Sacha.

— Sacha ? Ah, oui… il doit être dans sa chambre, marmonna Laurent Cossard qui se tenait déjà la main sur la poignée de la porte d'entrée.

Il repartit vers les chambres, d'un pas d'oie grasse, et toqua du revers de l'index à la première porte à droite.

— Sacha ? Les enquêteurs voudraient te parler.

La porte s'entrouvrit et un adolescent haut comme un basketteur se profila dans l'embrasure. Après une seconde d'hésitation, Sacha s'engagea dans le couloir, ferma sa porte et contourna son beau-père comme s'il s'agissait d'un meuble. Il était très brun, le sourcil dru, les épaules largement développées. Il était encore dans le couloir qui relie l'enfance à l'âge adulte et il était difficile de savoir s'il valait mieux le tutoyer ou non.

— Est-ce que vous voulez vous asseoir ? proposa Amblevert.

L'adolescent fit signe que non et s'appuya contre la cloison du couloir, ni tout à fait entré ni tout à fait en dehors du salon. Il attendait qu'Amblevert parle.

— Vous avez parlé à votre mère mercredi soir ? Vers quelle heure ? demanda-t-elle, calepin appuyé contre le dossier du canapé.

— On s'est vus au dîner à la tonnellerie. Je gardais mes neveux dans la maison à côté. Et je suis passé dire bonsoir en partant, vers 20 h 30, après les avoir couchés. Ils s'endorment vite.

— Vous l'avez eue au téléphone ensuite ?

— Oui, parce que j'avais oublié mon ordi portable en venant donner le babyphone à Laure. J'en avais besoin pour bosser sur une présentation avec mon binôme chez qui je passais la soirée.

— Et depuis ?

— Rien. Elle n'est pas venue.

D'une main appliquée, Amblevert entoura l'heure du dernier contact de Sacha et sa mère puis le regarda bien en face.

— Ton avis sur la disparition de ta mère ? Tu vois une raison à son départ ?

Mal à l'aise, le garçon poussa du bout de sa tennis un caillou imaginaire et haussa les épaules. Il gardait le visage résolument fermé, indéchiffrable, l'œil fixé sur un détail du canapé, un bouton du capitonnage peut-être… Il regarda par-dessus son épaule, dans le couloir, s'assurant sans doute que Laurent Cossard était bien entré dans sa propre chambre, puis il secoua la tête, se décolla avec effort de l'arête du mur et se dirigea sans un mot en direction de la porte de communication de la salle à manger. Amblevert et le major lui emboîtèrent le pas, silencieux eux aussi. Arrivé à la cuisine, Sacha hésita, fixant le sol, puis un élan soudain lui fit prendre une décision et il se dirigea vers la hotte, tendit le bras et attrapa un cahier à couverture en tissu noir, cahier de recettes maison, probablement bourré de fiches cuisine arrachées dans les magazines, qu'il tendit à Amblevert.

— S'il y a quelque chose à comprendre, vous le trouverez là-dedans.

Sans attendre leur réaction, il lâcha le cahier et se dirigea d'un pas traînant vers la sortie, épaules larges et pourtant affaissées, cou ployé comme cédant sous le poids de la tête. Amblevert soupesa le cahier et le rappela alors qu'il disparaissait par la porte.

— Tu crois qu'elle est partie ?

De dos, Sacha hocha la tête, ni franc oui ni franc non. Il expira bruyamment par le nez.

— Ça se pourrait.

Puis il disparut dans la salle à manger et on entendit une porte se refermer.

Le dernier à partir fermait la grille de la brigade, toujours pas automatisée. Amblevert s'occupa du battant droit, Dambérailh du gauche, après avoir sorti sa voiture sur le trottoir. La maison de l'adjudante-cheffe se situait sur le quai qui démarrait en bas de la rue, elle rentrait à pied.

Ils avaient longuement parlé du mystère Opras, en voiture puis dans le bureau d'Amblevert pour ne pas déranger Ricou qui enchaînait toujours, les yeux comme des soucoupes devant sa tablette, les noms des acheteurs de pistolets à billes à entrer au fichier. Amblevert était persuadée que Myriam Opras avait filé, loin de son médiocre mari, pour retrouver un amant peut-être, maintenant que son fils était grand et presque autonome. Ils s'étaient penchés tous les deux sur l'écran bombé du vieux PC d'Amblevert pour consulter une série d'articles en ligne. Myriam Opras, la mezzo-soprano la plus prometteuse de sa génération, la talentueuse, la prodigieuse, la nouvelle Callas, l'égale de Jessye Norman, tessiture inouïe, puissance d'interprétation digne de tragédiennes émérites…

— Pourquoi on n'a jamais entendu parler d'elle ? marmonna Amblevert, ébahie de découvrir 305 000 résultats.

— Parce qu'on n'écoute jamais d'opéra, sans doute.

— Mais, je veux dire, même si on y connaît rien, tout le monde sait qui est la Callas…

— Vous parlez d'un mythe absolu, là, Amblevert.

— Ou Andrea Bocelli, ou Roberto Alagna, ou Pavarotti !

— Vous en connaissez un rayon, apprécia le major, moi, en dehors de Freddie Mercury…

— Non, mais je veux dire que ce sont des noms qui nous parlent, ils sortent un album à Noël dont on parle à la télé, quoi. Mais elle…

Elle émit un bruit de bouche peu élégant et reprit sa lecture des titres d'articles concernant « l'Oprasina », celle qui avait triomphé à La Scala, magnifié Didon, dépoussiéré de multiples pièces écrites pour castrat… un monument, d'après la presse spécialisée.

— La musique classique est un petit monde qui fonctionne hors des radars de la culture populaire, ça ne m'étonne pas qu'on ne connaisse pas ni vous ni moi. Vous n'êtes pas du genre à écumer les festivals d'opéra ? Moi non plus. Tenez, retirez « carrière » de votre requête, Amblevert, et ajoutez « accident », qu'on en sache un peu plus !

— Le mari qui parlait de drame national…, ricana Amblevert.

« Myriam Opras, mezzo prodige, annule sa tournée 2010-2011 aux États-Unis. Un traumatisme trachéal compliqué à opérer. »

« Des mois de rééducation vocale pour Myriam Opras qui se fait remplacer pendant les festivals de l'été. »

« Myriam Opras annonce : “Je ne me produirai plus, j'ai fait le deuil de ma voix.” »

— Bon, OK, admit Amblevert, ça a dû être un coup dur cet accident. Quand on construit sa carrière…

— Plus que sa carrière, Amblevert, corrigea Dambérailh, c'est toute sa vie qui s'était organisée autour de sa voix… Souvenez-vous de ce qu'a dit Cossard, elle emmenait Sacha en tournée. Vous imaginez, construire votre vie autour d'un épicentre qui, du jour au lendemain, s'effondre ?

— C'est la cause de sa disparition, vous pensez ? Ça fait quand même… dix ans, cette histoire. Elle a dû passer à autre chose, « l'Oprasina ».

Amblevert s'étira et son estomac émit un gargouillement sonore.

— Il est temps de dîner, major. Je file au Kitchen Kitsch avant qu'Astrid ne ferme la cuisine.

— Et Basile ?

— Chez ses grands-parents, il y passe le week-end. Et vous, vous avez quelque chose de prévu ?

Passer voir Chloé au CHU, répondit intérieurement le major. Mais il se sentait inconfortable à cette perspective, piqué par la réflexion de sa femme. Laisser de l'air à leur fille, lui permettre de prendre du recul, des décisions, quelles décisions on se le demandait bien… Finalement il allait peut-être ronger son frein un soir, de toute façon Chloé leur était rendue lundi. Un soir de liberté sans son père, c'était certainement suffisant. Suffisant en tout cas pour montrer à sa femme qu'il prenait en compte son analyse de la situation, analyse qu'il ne partageait pas, pas du tout, mais on est un couple, on fait des concessions…

— Oh, major, alors ? Vos plans ? Top secret ?

— Pas du tout, Amblevert. Moi aussi, j'ai quartier libre. Anne préside l'assemblée générale de la Cabane à projets, Capucine est chez une amie avec qui elle envisage de monter une coloc… Je suis seul et désœuvré.

— Alors venez dîner, je vous emmène.

Devant l'expression indécise du major, la solide adjudante-cheffe se leva, poings sur les hanches.

— Vous n'allez pas me faire croire que vous préférez vous cuire un œuf sur le plat et dîner tout seul devant *The Voice Kids* ? Alors que le menu du jour d'Astrid c'est… tournedos Rossini, petits légumes rôtis et paris-brest façon Conticini ?

— Vous avez gagné, j'ai l'estomac dans les talons, sourit le major qui éteignit dans le bureau avant de suivre Amblevert qui comblait le couloir de sa silhouette volontaire.

Les grilles raclèrent sur le sol, faisant râler l'adjudante-cheffe qui les fermait plus souvent qu'à son tour, pour la bonne raison qu'elle était à pied et que chacun trouvait normal qu'elle se charge de la corvée, puisqu'elle n'avait pas à descendre de voiture et qu'elle partait en dernier. Le major évalua la distance à parcourir jusqu'à la terrasse du restaurant et décida de laisser sa voiture à cheval sur le trottoir, le temps de dîner.

La salle principale du Kitchen Kitsch était comble, mais les relations haut placées d'Amblevert lui firent obtenir une table au pied du comptoir, face à la cheminée immense dans laquelle brûlait un demi-chêne.

— Vous voulez me faire rôtir ? protesta le major qui se vit obligé de retirer son manteau puis son gilet.

— C'est le dernier feu de la saison, il faut en profiter, sourit Astrid, la patronne, qui tenait fermement le haut de l'ardoise des plats du soir qu'elle avait posée au sol.

— Te fatigue pas, on prend l'affiche.

Le menu « à l'affiche » était mot pour mot celui décrit par Amblevert quelques minutes plus tôt dans le bureau.

— Vous ne dînez jamais ici ? Il faut y emmener votre femme ! Ou Daphné ! Elle adorerait, ils font maturer les viandes dans leur propre chambre froide.

— Je me méfie des chambres froides, vous savez bien[1] ! sourit le major qui détaillait tranquillement la décoration du lieu, le lourd rideau qui masquait l'entrée et donnait l'impression en arrivant de pénétrer dans une maison close, la grande tablée de seize personnes habilement masquée par quelques paravents qui coupaient le brouhaha produit par un groupe bien éméché, la cheminée ouverte, grande à faire rôtir un bœuf entier, les tables bien espacées, les bougies qu'on

1. Voir *L'année du gel*.

y laissait volontairement couler, pour faire un peu tripot…

L'ambiance lui plaisait beaucoup.

— Incroyable de se dire qu'elle n'a ouvert qu'en février, votre copine, apprécia-t-il. On dirait que le resto a toujours été là.

— Et vous n'avez pas vu la terrasse ! Il fait encore un peu frais mais elle a installé des torches, c'est bien plus sympa que ces ampoules guinguette qu'on voit partout… Vous buvez quelque chose ?

— Perrier, j'ai de la route.

Le temps que la serveuse vienne poser sur leur table un verre de gin-tonic pour Amblevert, et un Perrier surmonté d'une rondelle de citron, le major avait eu le loisir d'observer un autre détail. Tous les serveurs, toutes les serveuses, le barman et la sommelière portaient un léger handicap. Certains marchaient avec un décroché de la hanche qu'ils compensaient sans difficulté par un haussement d'épaule, gardant ainsi leur plateau parfaitement droit. Une jeune femme était appareillée, malentendante certainement, un type au sourire ravageur servait à boire de la main gauche, il avait l'avant-bras droit atrophié dont il se servait pourtant avec dextérité pour immobiliser les bouteilles qu'il ouvrait de sa main valide.

— Je comprends d'autant mieux votre attachement à ce lieu, sourit le major.

— C'est un parti pris qui peut chiffonner, rétorqua Amblevert. Pour ma part j'apprécie qu'Astrid ne surfe pas sur une étiquette lourdingue de restaurant *handicap friendly*. Ici, on est servi par

Théo, le barman, Dalila, au service, Marion, la sommelière.

— Ça vous meurtrit quand on évoque le handicap de Basile ?

— Bien sûr que non, le handicap fait partie de mon fils. Il n'*est* pas mon fils. C'est toute la différence. Quand j'entends dans les couloirs de l'école « mais si, tu sais, le petit handicapé de la classe de Mme Noaille », oui, ça me tue. Mais quand c'est « si tu invites Basile à ton anniversaire, ça serait plus sympa de ne pas prévoir de course en sac », c'est très différent.

Ils burent en silence, se laissant l'un et l'autre bercer par le brouhaha feutré des conversations. Les fenêtres à petits carreaux étaient encadrées de rideaux de velours, choix courageux car lorsqu'il ferait quarante degrés, l'ambiance semblerait plus étouffante que douillette.

— Elle compte décrocher les rideaux l'été, commenta Amblevert qui avait suivi son regard. Et Chloé ?

— Quoi, Chloé ?

— Ne me mordez pas tout de suite, major. Je prends juste des nouvelles.

Le visage fermé, le major reposa son Perrier et se recula sur son dossier.

— Sachant que le fil conducteur de votre pensée c'est le handicap, comment voulez-vous que je le prenne ?

Blessée, Amblevert lui jeta un regard noir.

— Le fil conducteur de ma pensée, c'est les enfants. Je vous parle de mon fils, je m'enquiers de votre fille. Point barre. Maintenant, si vous voulez faire l'offensé, pas de problème, on sort nos calepins et on discute de Myriam Opras.

Dalila posa devant eux deux assiettes fumantes, dans un silence épais. Les petits légumes rôtis jetaient dans l'assiette de réjouissantes couleurs, petits pois vert tendre, carottes à l'orange pétillant, minuscules fleurettes de brocoli et tartare de tomates vertes, jaunes et rouges. Alors que le major cherchait une formule qui lui permette de redémarrer une conversation normale, le portable d'Amblevert se mit à gronder dans sa poche. Elle décrocha, soulagée peut-être de la diversion.

— Amblevert ! Oui, je situe. Oui, *yes*. Ah… Bon, *thank you* hein, et bonne soirée, *good night*.

Elle raccrocha, la mine fripée, rangea le portable dans la poche de son manteau, empoigna ses couverts et renifla, comme pour marquer la trêve.

— C'était l'opérateur indien de la boîte de sécurité de l'église. Le badge qui a désactivé l'alarme la nuit du vandalisme est celui de l'adjointe aux affaires culturelles. Je vous le donne en mille, elle s'appelle Myriam Opras.

La nuit n'était pas encore complètement tombée et Daphné tentait de se distraire de l'attente. Elle était parée comme une ravissante sexagénaire doit l'être lorsqu'elle reçoit un vieil amant. Elle portait aux oreilles ses boucles dorées en forme de coquille Saint-Jacques, un chemisier à col Mao qui masquait ce qu'il fallait de son cou dont la peau avait tendance à pocher, et une veste en lin doublée qui lui donnait un petit air *Out of Africa*. Le soleil une fois passé de l'autre côté du toit du cloître, la température fraîchissait nettement et elle se résolut à remporter au salon les ramequins qu'elle avait disposés sur une table de jardin en fer au pied de sa glycine blanche. Elle n'avait aucune envie de frissonner, pire, d'éternuer et de se montrer la goutte au nez devant Michel Fouilloux-Saxe, qu'elle n'avait pas revu depuis vingt ans. Était-elle encore présentable ? Elle se passa l'index sur le nez qui avait conservé sa courbe « très Bourbon ». Mais les paupières, la ligne fière de son sourcil gauche, son menton volontaire, ses lèvres qu'elle avait de plus en plus de mal à maquiller, à croire qu'elles étaient aspirées à l'intérieur de la bouche, chaque année un peu plus ? Sans parler des hanches, des chevilles qui avaient tendance à… et le décolleté qui… Quelle angoisse, quelle torture s'était-elle infligées en se prêtant au jeu des retrouvailles. Mais Michel ne lui avait pas tout à fait laissé le choix. Dans le salon, il lui sembla que la cheminée nettoyée de ses cendres la regardait d'un œil morne. Après quelques journées particulièrement chaudes, le temps avait fraîchi et elle se persuada qu'un bon feu créerait une atmosphère propice… propice à quoi, Dieu seul le savait.

Daphné chercha dans le coffre à bois de quoi démarrer son feu, accrocha la poche de sa veste à une écharde qu'elle se promettait d'arracher depuis des semaines, eut un mal fou à faire s'engouffrer l'oxygène nécessaire à la combustion dans le foyer, la cheminée fuma, elle larmoya et finalement se cogna le crâne au manteau en pierre en se relevant brutalement après avoir cru entendre le heurtoir. La tête lui tourna un peu, elle trouva un fauteuil tout près dans lequel elle s'affala, furieuse contre elle-même et ses sottes idées, exaspérée par son appréhension ridicule, Michel aussi avait pris de l'âge, flûte ! Un peu étourdie à force d'avoir respiré de la fumée, elle se pencha vers la table basse, déboucha la bouteille d'alcool de prune qu'elle réservait aux grandes occasions et se versa l'équivalent d'un dé à coudre dans un joli verre en corolle. Un peu ragaillardie, elle se leva pour ouvrir la fenêtre, laisser s'échapper la fumée qui lui piquait les yeux, et elle se versa un second dé à coudre. Lorsque le heurtoir s'abattit sur son clou carré, elle ne savait plus bien si la brume qui lui envahissait l'esprit était due au monoxyde de carbone ou bien à l'accumulation de dés à coudre. Elle chancela vers la porte du salon qui donnait dans la sombre entrée de l'Abbaye, dont le silence n'était troublé que par le tic-tac de l'horloge familiale. Un accrochage du pied dans le tapis lui causa une décharge d'adrénaline qui la remit d'aplomb et elle ouvrit la porte en pleine possession de ses moyens, les joues un peu roses et les yeux brillants.

Derrière la porte se tenait celui dont elle n'avait jamais cessé, année après année, d'enjoliver le souvenir. Elle s'était préparée, bien sûr, à être déçue, à le trouver ridé, amaigri peut-être ou au contraire, empâté, dégarni c'était presque certain, vu sa densité capillaire de l'époque, grisonnant forcément… Devant elle se tenait un type aux drus cheveux de neige, plus bronzé qu'un saisonnier, au sourire d'un blanc presque agressif, un maintien d'officier, une veste sur mesure, un bouquet de pivoines poussées sous serre chauffée à la main, deux yeux d'un bleu glacier, toujours le même, qui la percèrent avec une aisance déconcertante.

— Daphné, ma chère, rayonnante comme toujours.

Michel Fouilloux-Saxe avait pris vingt ans, mais pas du tout comme elle l'imaginait, et dans sa veste qui sentait le feu de bois et ses souliers plats, elle se sentit parfaitement obsolète.

Elle cherchait encore quoi lui répondre de spirituel quand il lui fourra le bouquet dans les bras, l'embrassa sur la joue, au coin de la bouche, peut-être avait-elle rêvé, et lui fit faire un pas en arrière, d'un simple haussement de sourcil.

Dans l'entrée sombre qui embaumait la cire, Michel Fouilloux-Saxe semblait projeter sur les murs des rayons lumineux, rafraîchissant par sa seule présence le tapis aux couleurs passées, la rampe en chêne presque noir à force d'être ciré… Même l'horloge sembla battre plus vite les secondes.

— Te retrouver dans ton élément me cause une émotion très étrange, sourit Michel, il ne me déplairait pas de boire quelque chose de bien fort, pour me remettre !

Elle lui fut reconnaissante de prendre à son compte la partie émotionnelle de leurs retrouvailles, posa le bouquet dans un vase qu'elle avait adroitement laissé libre mais rempli d'eau sur le buffet qui servait de meuble d'entrée, et indiqua à son invité la porte du salon, percée dans le mur de gauche tout près de l'horloge. La porte de droite, celle de la cuisine, était réservée aux intimes, se fit-elle la réflexion. À ceux qui, comme Géraldine Amblevert ou Géraud, son neveu, ne s'attendaient pas à être accueillis à la porte comme des invités de marque, ou comme des étrangers. Le sémillant Michel Fouilloux-Saxe allait-il appartenir à cette catégorie ? s'interrogea Daphné en lui emboîtant le pas.

— Prune, cognac, whisky ?

— Cognac, je sais que tu te fournis toujours auprès des meilleurs.

Une fois son verre rempli, Michel Fouilloux-Saxe croisa les jambes, il portait de fines chaussettes Ralph Lauren vert gazon, et sourit de nouveau en se rejetant contre le dossier de son fauteuil. Dieu merci, la cheminée avait cessé de fumer et les flammes dispensaient dans l'âtre une lumière que Daphné espérait flatteuse pour son teint. Elle avait beau passer le plus clair de son temps dehors, elle n'était pas aussi dorée que son ancien amant.

— Je me suis imaginé dix fois nos retrouvailles, démarra-t-il, faisant tourner dans son verre l'alcool roux. Je me disais que le temps passe, alors qu'en réalité, c'était hier.

Daphné rit nerveusement, lissa sur son genou un pli qu'elle seule voyait.

— Ça fait une longue journée, tout de même. J'ai été un peu surprise de recevoir ton e-mail ce matin.

— Surprise ?

— Heureuse, heureuse aussi bien sûr, mais je ne m'y attendais pas, balbutia la pauvre Daphné, tout empruntée dans son propre salon.

— J'espère… parce que te revoir me réjouis, vraiment, Daphné, et tout ce que nous avons vécu me semble tellement proche, tellement vif…, murmura Michel qui posa son verre et se pencha par-dessus la table basse pour saisir la main de Daphné.

Elle se laissa faire mais ne répondit pas à la pression de Michel.

— Tu ne m'en veux plus alors ? demanda-t-elle, les cils baissés et le visage tourné vers le feu.

Il éclata d'un rire qui dura quelques secondes de trop.

— Il faudrait être un sale égoïste pour ne pas comprendre que ta priorité à l'époque était louable. Admirable, même. J'ai toujours pensé que tu avais fait preuve d'une abnégation sublime en acceptant de renoncer à ta carrière pour t'occuper de ta mère. C'était très courageux, et si j'ai été assez idiot à l'époque pour te faire sentir que je t'en tenais rigueur, c'est que j'étais fou de chagrin à l'idée d'être privé de toi.

Tandis que les bûches se fendaient d'un coup sec sous l'effet de la chaleur qui devenait de plus en plus dense, Daphné se détendit peu à peu. Elle regardait son salon d'un œil nouveau, tentait d'adopter le regard neuf de Michel Fouilloux-Saxe qui pénétrait pour la première fois dans l'Abbaye, malgré leur proximité passée. Vingt ans auparavant, l'Abbaye était le domaine de Mme Dambérailh mère, où Daphné n'était que tolérée. Elle n'avait finalement lié véritablement connaissance avec sa mère que dans les dernières années, d'adulte à adulte, tant que la maladie avait laissé à sa mère un minimum d'autonomie. Puis leurs relations avaient glissé vers un nouvel équilibre, assez lentement d'abord, très vite à la fin. Sans s'en rendre tout à fait compte, Daphné avait peu à peu changé de camp, de celui de l'enfant à charge elle avait gagné progressivement celui de l'adulte responsable, lourdement responsable même, et lorsqu'elle s'était réveillée un matin dans sa chambre de jeune fille avec l'écrasante conscience que la jeunesse s'était dissoute dans un bouillon de responsabilités filiales, elle avait été étonnée de s'en trouver presque bien. Les derniers mois avaient été épuisants, elle se réveillait déjà éreintée et trouvait dans un repli de chair, un repli de cœur, une énergie suffisante pour mener la journée à son terme et se coucher rompue mais pas mécontente d'avoir tenu. Comment aurait-elle pu dans ces conditions se complaire dans le souvenir de ses anciennes amours, qui avaient pris tant de place, tant d'oxygène et de lumière dans son existence avant d'être éclipsées par la nécessité de s'occuper de sa mère veuve et totalement dépassée ? Elle était passée d'un épuisement à l'autre, finalement. La vie aux côtés de Michel Fouilloux-Saxe, dans l'ombre, cachée aux yeux et aux oreilles de Mme Fouilloux-Saxe, lui avait procuré autant de joie d'une indicible intensité que de désespoir d'une noirceur insondable. Elle avait pendant dix-huit ans occupé la position de « l'autre femme », celle qui passe Noël en célibataire, avec en cadeau sous le sapin un gros vison enrubanné de culpabilité, celle qui vit les ponts de mai en apesanteur, cachée dans les calanques avec son amant, se délectant de champagne tout en tenant éloignée la vision de Madame, laissée seule dans la maison secondaire avec ses enfants. Elle évitait dans ces moments-là de penser à son petit Géraud, seul lui aussi, mais au pensionnat Saint-Joseph, et qui ne comprenait pas pourquoi elle n'arrivait pas pour l'emmener quelques jours loin des couloirs gris et des draps humides. Elle avait aimé vivre les montagnes russes, savourant sa tranquillité, parfois buvant sa solitude jusqu'à la lie, virevoltant de bonheur à chaque déplacement du sénateur qu'elle suivait, calepin en main. Elle avait tenu deux mandats, une belle performance finalement. Et en dix-huit années, Michel n'avait jamais mis les pieds chez elle.

Elle en apprécia autrement la lumière du soir qui baignait les hautes fenêtres en ogive d'un chatoiement mauve, le meuble à liqueurs en bois sombre, le manteau de la cheminée de granit brun, les fauteuils tapissés d'un solide tissu français des Toiles de Mayenne et qu'elle avait fait restaurer avec les premiers bénéfices de son activité Airbnb. Elle était plutôt fière de son nid, heureuse de ne pas offrir à son ancien amant l'image d'une vieille fille éplorée qui se serait laissé enfouir sous un capharnaüm poussiéreux, vivant de souvenirs lointains et ruminant une indigeste aigreur.

Ils dînèrent sans façon sur la table en merisier qui occupait le centre de la cuisine, plaisantèrent sur leurs nouvelles petites habitudes et celles qui avaient résisté au temps, il salait toujours avant de goûter aux plats, elle terminait toujours son verre d'eau avant de se faire servir en vin… La soirée glissait, heureuse, et Daphné finit tout de même par demander :

— Et… ta femme ?

Elle s'était toujours refusée à l'appeler par son prénom, qu'elle avait d'ailleurs pratiquement oublié.

Michel Fouilloux-Saxe repoussa son assiette à dessert, lui prit les mains, un sourire un peu contraint, une gravité nouvelle sur le visage, et lui annonça :

— Elle m'a quitté il y a onze mois. Je suis veuf. Et parfaitement libre.

Un frisson de panique parcourut l'échine de Daphné.

Philippe Opras s'abattit sur le lit comme un sycomore centenaire un soir de tempête. Laure bondit et laissa échapper son roman sur le patchwork du couvre-lit. On n'était pas toujours délicat chez les Opras.

— Je n'en reviens pas qu'elle nous ait plantés un jour comme aujourd'hui ! gronda Philippe, les yeux rivés sur les poutres brunes qui parcouraient leur chambre.

— Myriam ?

— Pourquoi, on a d'autres directrices de la com à la tonnellerie ?

Philippe roula sa carcasse immense sur le ventre et rampa jusqu'à sa femme dont il jeta le livre sur la table de nuit avant de lui mordiller le gras du bras. Elle éclata de rire et remonta le couvre-lit pour se protéger. Pensif, Philippe, redevenu sérieux, se cala une joue dans la main gauche et chercha le regard de sa femme.

— Qu'est-ce qu'elle fait, tu penses ?

— Elle a oublié, peut-être ?

— Oublié les Californiens ? Tu plaisantes ? Ce sont nos premiers clients historiques, ceux qui nous ont ouvert les portes de l'export… Elle ne se serait jamais permis de faire faux bond comme ça si Papa était encore parmi nous.

— Philippe, tu m'écrases.

— Pardon.

Il bascula sur le côté, poursuivant son idée première, nourrissant sa rancœur contre sa sœur comme un enfant boudeur, tout en retirant ses chaussures, bout du pied poussé contre la semelle, d'un côté puis de l'autre, les laissa tomber sur le parquet brut recouvert d'un mince tapis de coton. La chambre était immense, occupant tout l'étage de l'aile ouest de la maison. Six fenêtres, un parquet d'origine qu'ils avaient poncé et décapé mais jamais ciré. Laure adorait leur espace à eux, tellement vaste que le plafond semblait bas, soutenu par une poutre monumentale sur laquelle s'appuyaient toutes les transversales. Ils avaient investi le corps du logis d'origine, un bâtiment du XVe siècle, que le fondateur de la tonnellerie, un industriel du Nord en quête de chaleur, avait agrandi et passablement défiguré pour en faire un gros pavé carré très 1850, fenêtres à guillotine, petites cheminées en marbre pour lesquelles il fallait découper les bûches en tronçons de quarante centimètres, chauffage central grillagé de laiton, clochettes qui se tiraient de l'office et sonnaient dans les combles… une vraie maison bourgeoise de Lambersart ou de Croix, avant les bombardements, où le calcaire avait remplacé la brique, avec couloir de service où les enfants jouaient aux quilles et vue sur la tonnellerie.

On vivait sur zone, à l'époque. Aujourd'hui encore, le vrombissement des camions qui embarquaient les barriques neuves berçait la vie de la maison.

— Tu te rends compte qu'on lui a fait une place à la tonnellerie, qu'on lui a inventé un poste alors qu'il n'y avait aucun besoin, histoire qu'elle se sorte de sa déprime ?

— Poste qu'elle a tellement bien réussi à étoffer que tu ne peux plus te passer d'elle, rétorqua Laure Opras qui tentait de récupérer son roman sans renverser sa lampe de chevet.

— Raison de plus pour ne pas me planter… Ou alors elle n'a pas digéré notre affrontement lors du comité de direction.

— Mercredi soir il m'a semblé que vous vous parliez normalement. C'est toujours comme ça avec vous deux : ça crie, ça tempête, et c'est vite oublié.

— Va savoir. Elle a peut-être juste fait bonne figure devant les Hashimoto.

— Tu ne crois pas ce que tu dis, Philippe.

— Oui, bon. Du coup ça rend son absence d'aujourd'hui incompréhensible.

— Tu as appelé Laurent ? Il sait peut-être où elle est ?

— Ce dandin… tellement aveuglé par le mythe de ma sœur qu'il n'ose pas coucher avec elle…

— Philippe…

— Quoi, c'est vrai, non ?

Les bras et les jambes écartés en travers du matelas, Philippe Opras tapait du poing fermé sur le cadre du lit à intervalles réguliers, comme à chaque fois qu'il réfléchissait intensément.

— Elle m'a dit quelque chose d'étrange quand même l'autre soir. Elle m'a dit… « Si tu savais que l'un d'entre nous avait fait un truc vraiment, vraiment tordu, ou illégal, mais qu'il n'y avait que toi qui étais au courant. Tu ferais quoi ? Tu en parlerais ou pas ? »

Laure frémit et d'angoisse, son corps entier se couvrit d'une mince pellicule de sueur glacée. Elle s'enfonça les ongles dans le gras de la paume.

— Et ? Tu as répondu quoi ?

— Que je n'avais pas assez d'éléments pour répondre bien sûr !

Pour appuyer son énumération, Philippe dressa ses doigts l'un après l'autre.

— C'est qui « l'un d'entre nous », d'abord. Ensuite, dans quelle mesure est-ce grave ? Et est-ce que ça peut foutre la vie de quelqu'un en l'air si tout est su ? Dans ce cas-là, je ne dirais sans doute rien à personne.

— Elle t'a répondu ?

— Non, elle n'a pas voulu m'en dire plus. Je la voyais réfléchir sec, avec sa petite tête de première de la classe. Tu te rappelles quand elle avait dénoncé son voisin qui brûlait des déchets verts ? Elle était scandalisée qu'il prenne tant de liberté avec la règle. La Rrrrègle, tu comprends.

Rien n'avait été dévoilé, Laure se détendit imperceptiblement. La rectitude presque maladive de Myriam n'allait pas lui faciliter la tâche, elle l'avait perçu dès leur échange mardi matin. Claude Opras avait inculqué à ses enfants l'amour de la vérité, avec cette sévérité presque calviniste qui l'avait fait craindre et respecter par tous. Myriam ne tiendrait pas longtemps dans la dissimulation et quand elle reviendrait, Laure devrait déployer des trésors de persuasion pour s'assurer de son silence. Elle reprit :

— Elle a la discipline chevillée au corps, c'est comme ça. Donc, Laurent ?

— Donc non, je ne l'ai pas appelé. Maintenant que tu le dis, il a essayé de me joindre, c'était peut-être lié à ça. Mais je vais appeler Sacha. Ce pauvre gosse sait sûrement ce qu'il en est. Après tout il a dû la voir mercredi soir quand elle lui a rapporté son ordinateur.

Un soupir profond souleva la large poitrine de Laure. Sacha lui faisait une peine immense. Grand bonhomme qui portait une ombre de moustache pour faire adulte alors qu'il avait encore au fond du regard cette angoisse mal essorée de gamin qu'on a voulu pousser trop vite hors du nid. Elle n'avait pas trouvé sain qu'il suive Myriam en tournée, partageant souvent la même chambre jusqu'à ses quatorze ans. Elle trouvait terrible qu'il soit logé dans un studio à trente kilomètres à peine de la maison de sa mère. L'osmose avec Laurent ne s'était jamais faite et, bien que Sacha eût sa chambre à Mayenac, il n'y passait pas plus d'un ou deux week-ends par mois. Elle compta rapidement. Neuf ans de mariage, tout de même. Pourquoi personne ne s'était-il habitué à Laurent Cossard ? Avec son lacet de satin noir autour du cou et ses bajoues, il faisait pourtant un hamster très sympathique.

— Et pour le contrat avec les Chinois, comment vas-tu faire si elle n'est pas là ? Le délai pour contresigner expire dans deux jours, non ? Ils ne s'impatientent pas ?

Le visage de Philippe se ferma tout à fait. Il s'assit sur le bord du lit, dos à Laure qui tenta de le gratter entre les omoplates, jusqu'à ce qu'il se dégage d'un coup de reins et se lève. Il déboutonna en silence sa chemise qu'il jeta sur un fauteuil, visant avec plus ou moins de succès le dossier. Il défit la boucle de sa ceinture, la même depuis dix ans, achetée chez un cordonnier, à laquelle il faisait des trous lui-même selon qu'il sortait d'un régime draconien ou de semaines d'excès en tout genre. Ses épaules musculeuses et dodues à la fois roulaient furieusement lorsqu'il se baissa pour retirer son pantalon. Un mètre quatre-vingt-dix de hauteur, parfois jusqu'à un mètre quatre-vingts de circonférence, Philippe Opras occupait autant d'espace qu'une bonnetière en acajou. La largeur du lit conjugal avait été prévue en conséquence.

— Je n'ai pas le choix, il faut qu'on signe.

— On a toujours le choix, Philippe..., murmura Laure qui suivait du bout de l'index un motif en zigzag du couvre-lit dont elle ne se souvenait plus comment elle avait réussi à le tricoter. Elle songeait aux choix qui s'offraient à elle, depuis qu'elle avait pris conscience de la signification de cet article de *L'Écho gascon*. Était-elle réellement armée pour enfouir une chose pareille et ne plus jamais y revenir, ne pas laisser l'angoisse filtrer, le souvenir remonter, même en rêve, ne pas laisser l'avalanche de conséquences forcer ses résistances, son barrage têtu ? Et dans une semaine ? et dans cinq ans ? et dans quarante, où en serait-elle avec son secret, sa gangrène invisible ? Malheureusement, et c'était là une insupportable épine dans sa chair, elle n'était pas seule à faire des choix dans cette affaire. Myriam avait aussi le pouvoir de décider ce qui devait être dit et ce qui devait être tu. Elle pouvait tenir un jour, trois mois, dix ans sans parler, puis changer d'avis et faire voler en éclats tout ce que Laure s'apprêtait à construire sur ce silence devenu l'une des fondations de son existence. Myriam qui, apparemment, commençait à tâter le terrain pour mesurer les effets qu'aurait une révélation.

À moins que… Qu'avait-elle dit exactement à Philippe ? « … Mais qu'il n'y avait que toi qui étais au courant. » Parlait-elle vraiment de l'affaire de l'article, de ce secret pesant qu'elles partageaient toutes les deux ? Ça n'avait pas de sens, Myriam n'était pas la seule au courant et le savait, puisqu'elles en avaient longuement parlé toutes les deux. Et si elle faisait référence à tout autre chose ? À un autre secret, une autre histoire, que Laure ignorait, que tous ignoraient ?

Tandis que Laure se débattait dans une angoisse visqueuse, Philippe lui répondit avec une agressivité mal contenue.

— Le choix ? Pas si on veut garder la tête hors de l'eau. Tu crois toujours qu'on peut se contenter de maintenir l'activité, mais la vérité c'est que, soit on progresse, soit on meurt ! Comment, autrement qu'en grandissant, peut-on espérer embaucher les apprentis qu'on a formés, ne pas se faire piquer les marchés clés, encaisser les congés parentaux des petites comptables… D'ailleurs, que compte faire ton assistante ? On cherche un intérim pour la remplacer ou ça vaut le coup de prendre un CDD ?

— Tu noies le poisson.

— De toute façon, tant que Myriam est actionnaire, j'ai besoin de sa signature pour emprunter de quoi construire le bâtiment. Sans bâtiment, pas de Chinois. Sans emprunt, pas de bâtiment. Et sans Myriam, pas d'emprunt. Elle est tellement butée…

Il s'étendit aux côtés de sa femme et continua de regarder pensivement le plafond. Il se frottait le menton, les paupières, dégageait en bougeant une odeur à la fois boisée et citronnée.

— À moins qu'elle soit passée sous un camion, et là tout s'aplanit, hein ?

SAMEDI

Si un jour, elle avait imaginé se réveiller dans cet endroit de rêve, tirée du sommeil par l'odeur du café qui se faufilait par la porte entrouverte… C'était l'idée, très précisément, qu'elle s'était toujours faite du bonheur. Le soleil qui entrait à flots jusque dans le lit par les baies vitrées, les rideaux légers qui ondulaient de part et d'autre d'un paysage de vignes et de bosquets d'épines noires en fleur, le son de la musique irlandaise traditionnelle que Pol aimait tant mettre le matin… Aline Lavozzo n'en espérait pas tant de l'existence. Un homme à combler, une place précise dans le monde, des motifs de fierté, modestes mais réels… Elle s'étira entre les draps blancs et sourit au plafond. Pol l'avait fait peindre en ocre, afin qu'il projette sur les murs blancs une lumière toujours ensoleillée, quel que soit le temps à l'extérieur. Elle n'avait quant à elle aucune prétention en matière de décoration, trop heureuse de s'extasier sur les choix avisés de Pol : le frigo Smeg jaune moutarde dans la cuisine chromée, l'abat-jour en forme de chapeau de paille au-dessus de la table en verre, les verres à vin au pied démesurément fin, elle aimait tout. Elle aimait Pol, qui avait choisi ces objets et qui l'avait choisie, elle. Le formuler ainsi lui causait toujours un vertige de joie, il l'avait choisie. Et il l'attendait pour partir courir. Elle rejeta les draps et déplia ses jambes, posa les orteils sur le parquet tiède et se leva, toute à sa joie de démarrer une journée pleinement comblée de la présence de Pol. Elle adorait le week-end. Elle traversa la chambre en quelques enjambées, ouvrit largement la baie vitrée et sortit sur la terrasse sur pilotis qui dominait le vallon. Dans les vignes en contrebas, deux saisonniers palissaient les premiers rameaux de merlot et tiraient en bout de rang les fils de fer qui n'étaient pas assez tendus. Elle leur adressa de loin un petit signe de la main et rentra vite, se rappelant les commentaires de Pol au sujet du voisinage qui n'avait pas vu d'un bon œil cette construction trop moderne fleurir au bout de leurs parcelles.

Elle enfila ses baskets, une brassière, un short et un T-shirt en tissu technique bicolore, se brossa les dents et attacha autour de son cou la chaîne au bout de laquelle pendait un C majuscule dont les arabesques lui évoquaient maintenant les jeunes rameaux de vigne.

Dans la cuisine, Pol buvait un café, adossé au plan de travail et en pleine observation du ballet des oiseaux qui picoraient sur la terrasse les miettes qu'il y avait jetées. Elle l'observa quelques secondes, le mouvement romantique de ses boucles brunes, la grâce de ses longs bras, l'ombre de ses cils sur ses joues… le privilège d'aimer un tel homme et d'en être aimée…

Il l'entendit et se retourna, lui sourit avec cette adorable lueur dans les yeux, et lui indiqua la cafetière de l'index avec un haussement de sourcil interrogateur.

— Je le boirai au retour, lui répondit-elle en contournant le plan de travail pour l'enlacer. Je t'ai fait attendre longtemps ?

— Pas trop. On file ?

— On file…

Il attrapa entre le pouce et l'index la lettre scintillante qui tressautait dans le creux de sa gorge à chaque mouvement.

— Tu cours avec, tu es sûre ?

— Tu sais bien que je ne la quitte jamais.

Une ombre passa sur son visage.

— Et le pendentif, tu penses le porter quand même ?

— Sur une deuxième chaîne, mon cœur, bien sûr ! Il faut juste que je m'en achète une…

Elle fit voyager la lettre sur la chaîne, avec un sourire d'excuse pour ne pas avoir choisi d'y accrocher plutôt le pendentif qu'il lui avait offert.

— C'est tout ce qui me reste de Maman, tu comprends… Papa… Papa pensait m'épargner, il n'y avait pas une seule photo d'elle à la maison, il ne m'en parlait jamais. « À nous deux, ma poupette, on est plus forts que tout », il me disait tout le temps ça, et je n'ai jamais osé lui dire que Maman me manquait, que j'aurais bien aimé qu'il me parle d'elle parfois… Je ne me souviens même pas de son visage. Alors mon pendentif, c'est tout ce que j'ai, tu vois ?

Il fit signe qu'il comprenait, il comprenait toujours tout, et l'embrassa sur la tempe.

— Alors c'est parti pour vingt minutes de fractionné, en représailles !

Elle éclata de son rire à grelots et le suivit jusqu'à la porte d'entrée en sautillant. Ses longs cheveux blond-roux ramenés en queue-de-cheval sur le sommet de son crâne lui donnaient une allure de ramasseuse de balles à Roland-Garros. Elle aimait se fondre dans ce genre de rôle d'adoratrice zélée. Ramasseuse de balles, c'était parfait. À l'extérieur le soleil chauffait déjà et les parfums de la nuit s'évaporaient avec la rosée. Pol n'avait rien planté autour de la maison et elle s'en était réjouie en arrivant la première fois, il lui offrait par ce manque un espace à combler qui lui permettrait de contribuer à la beauté de leur nid. Mais puisqu'ils allaient partir, peut-être ne planterait-elle finalement rien. Elle aimait tellement les lavandes. Au Québec il était sans doute difficile d'en trouver, il faisait si froid là-bas. Elle accéléra pour suivre Pol qui entamait la première côte.

— Tu penses qu'on aura la réponse de l'immigration quand ? expira-t-elle sur deux foulées.

— Dans une petite semaine, pas plus, lui répondit-il sans se retourner.

Une chevrette broutait dans un creux du champ qu'ils longeaient, elle se tut, essayant d'alléger l'impact de son pied sur le bitume, jusqu'à ce que l'animal lève la tête. Une fois son cri d'alerte lancé, la bête bondit et leur tourna le dos, s'éloigna en sautant avec une légèreté qui lui fit monter le sourire en même temps que les larmes.

— Que c'est joli... Est-ce que tout cela ne te manquera pas trop là-bas ?

— Peut-être...

— Et les Opras ? Ils sont comme des frère et sœur pour toi, je le sais bien.

— Tu parles trop Aline, cale mieux ton souffle !

Cependant au bout de quelques dizaines de mètres, alors que le champ de colza se profilait au loin et que des effluves oléagineux leur parvenaient avec la brise tiède, Pol ralentit et se tint à sa hauteur, adaptant la vitesse de ses impulsions aux siennes. Après tout, elle débutait.

— C'est toi, maintenant, ma famille, Aline. C'est ce que je veux. Avoir ma famille à moi. *Comme* un frère ou *comme* une sœur, ça ne comptera plus. Tu ne seras pas *comme* ma femme, tu seras ma femme.

Il continua encore quelques mètres et lui jeta un coup d'œil tandis qu'elle assimilait l'incroyable beauté de cette déclaration.

— Maintenant que Claude est mort... C'était beaucoup pour lui que je restais. Alors Philippe et Myriam... ils comprendront, ils seront heureux de me voir faire ma vie, enfin. Il faut bien laisser quelque chose derrière soi quand on fait des choix, reprit-il. Il n'y aura plus de place pour le passé dans notre présent, on ne peut pas s'encombrer toute notre vie de souvenirs.

— Tu penses à mon pendentif ?

— Je pense à ce que notre amour peut fonder, aux blessures qu'il guérit, au fait que tu me combles et que je te comble.

Elle faillit fondre en larmes d'émotion.

Les relations avec Amblevert étaient revenues à la normale, fort heureusement. Le major ne supportait pas les ambiances tendues et fut heureux de voir son adjudante-cheffe passer le nez par la porte et leur proposer de leur faire apporter un café par le stagiaire, celui qui avait failli tuer le poisson rouge. Elle ne lui en voulait donc pas, ou plus, de son attitude au Kitchen Kitsch.

Le fichier n'avait permis de sortir aucun nom de la liste des acheteurs de pistolets à billes. Ricou avait encore les yeux rouges d'avoir passé sa soirée sur l'écran. Le major laissa choir quatre sucres dans son café et touilla avec l'extrémité d'un stylo.

— Il fallait tenter le coup, Ricou. Bravo d'être allé au bout.

— Je devais bien ça à Amblevert, sourit l'adjudant, qui portait en ce jour d'avril particulièrement chaud un jean enduit qui ressemblait à s'y méprendre à du cuir, un col roulé à fines mailles noir et un blaser bleu roi à doublure en satin bleu ciel assorti à ses derbys en nubuck. Ce devait être du dernier chic. Ce qu'il y avait de confortable avec l'uniforme, c'est qu'il n'y avait aucune question à se poser. Avec un sourire gourmand, le major cueillit du bout de l'index les grains de sucre qui n'avaient pas fondu au fond de sa tasse et les fit crisser sous ses molaires. Puis il se rappela qu'il ne rentrait plus dans son costume de mariage qu'il avait imprudemment essayé en vue d'une réunion de famille très apprêtée chez sa sœur qui vivait à Saint-Cloud. Il s'en voulut et se promit de courir au moins trente-cinq minutes sur le parcours santé du lac artificiel près de chez lui.

— Si on récapitule, murmura Ricou, qui faisait les cent pas dans le bureau, on a Katia Gault, compagne d'un escroc à la petite semaine, pas d'amis notables, investie dans l'association de la maison d'arrêt, qui vit chez son père, un veuf souffrant d'un syndrome de Diogène et qui ne sort pas de chez lui – d'ailleurs il n'a pas de voiture, je me suis renseigné au fichier des immats hier soir –, et cette jeune… cette femme meurt vers 8 heures du matin, très probablement poussée dans le chenil d'un chien agressif. La collègue sort à peine de boîte de nuit, personne ne passe habituellement dans ces horaires-là, le refuge est isolé sur une départementale nue comme un crâne chauve.

Le major se passa machinalement une main sur la tête. Ricou avait résumé en quelques secondes leur affaire. Vide, plate, sans point d'accroche. Il fallait bien entendu rencontrer les autres bénévoles de l'association de la maison d'arrêt, mais le compagnon, Ludovic Machado, l'avait dit : on y trouvait des petites dames cathos et des syndicalistes à la retraite.

— Elles peuvent être mauvaises, les grenouilles de bénitier, lança Ricou qui le regardait attentivement.

Ce gamin savait lire dans les pensées, c'était perturbant.

— On peut recouper avec l'avocat de Machado, il n'est peut-être pas aussi Pied Nickelé qu'il veut bien le raconter.

— L'avocat, Pied Nickelé ?

— Machado.

Les deux hommes regardèrent leur tasse vide et se mirent silencieusement d'accord pour retourner la remplir. La salle commune était déserte. Saint Jacques, redevenu alerte, salua leur arrivée par quelques cercles frénétiques. La machine leur cracha deux cafés égaux en un jet impeccable.

— Pour le pistolet à billes, ça ne m'étonne pas que l'analyse des achats sur les dix derniers jours n'ait rien donné, marmonna Ricou qui venait de se brûler le bout de la langue.

— Pourquoi ?

— Parce que rien n'indique que le meurtrier soit un pro qui figure au fichier... Je parie sur un M. Tout-le-Monde. Je peux me tromper, tant que l'autopsie n'a pas eu lieu, bien sûr, mais le rapport d'Amblevert était assez complet.

— C'est lundi matin, d'ailleurs, l'autopsie, glissa le major.

— Alors on en saura plus. Mais, regardez, la fille a été poussée sans violences préalables dans la dernière cage de l'allée. Je suis assez persuadé que l'assassin l'a accompagnée tout le long et ne s'est décidé qu'au dernier moment à la pousser. Il n'y a pas eu d'énervement, pas de dispute car pas de blessure. Ça s'est passé à froid, mais l'assassin a attendu la dernière minute. Ce n'est pas quelqu'un d'aguerri. La fille ne s'est pas méfiée, s'est laissé accompagner.

— C'était prémédité tu penses ?

— Les billes le prouvent. La personne avait l'intention de tuer et connaissait le terrain de jeu...

— C'est-à-dire ?

— Si vous comptez noyer quelqu'un, vous n'emportez pas une arme factice ! Le meurtrier ou la meurtrière savait qu'il y aurait peut-être besoin d'exciter un chien.

— Et il, ou elle, s'est servi dans le coffre à jouets des enfants ?

Le major secouait la tête, peu convaincu.

— Imaginez : on est le matin, il fait encore frais, la victime portait d'ailleurs son blouson. Il suffit que l'assassin ait prévu un manteau assez large pour y cacher son arme.

— Quand tu dis que la victime ne s'est pas méfiée, reprit Dambérailh, les yeux plissés, tu veux dire qu'elle n'avait pas conscience du danger qu'elle courait ?

— Je ne pense pas, sinon elle n'aurait pas continué ses tâches comme si de rien n'était, en présence de quelqu'un qui lui aurait fait peur. Elle serait restée au bureau, par exemple.

— Donc ce n'était pas quelqu'un avec qui elle avait un passif... On marche sur des œufs, là, Ricou, si ça se trouve le légiste nous apprendra dans deux jours qu'elle a trois côtes cassées et les cuisses couvertes de bleus.

— On est bien obligés de faire des suppositions. Donc si on suit mon interprétation, ça élimine pas mal de mobiles...

Il énuméra, les doigts pointés vers le plafonnier :

— D'abord crime sexuel. Ensuite crime passionnel, chantage, jalousie, dette... Tous ces motifs induisent des contacts préalables et donc une méfiance naturelle.

— Il nous reste quoi, marmonna Dambérailh... le crime gratuit ?

— Non puisque avec la bille jaune on sait qu'il y a préméditation.

— Représailles contre quelqu'un d'autre, le compagnon emprisonné ?

— Si on arrive à trouver qu'il trempait dans des affaires un peu plus graves que des fiches de paie trafiquées, peut-être... Drogue, par exemple, supposa Ricou avec un plissement de lèvre dubitatif.

— Je sèche... Tu as d'autres mobiles en tête ?

— En réalité, non. Mais, sous réserve de ce que nous apprendra le légiste, on peut partir du principe qu'elle ne se méfiait pas. Donc qu'elle connaissait l'agresseur sans connaître ses intentions. À mon avis, Katia elle-même ne se doutait pas de l'existence du mobile pour lequel elle a été tuée.

— Ou alors elle ne connaissait ni d'Ève ni d'Adam l'assassin. Elle n'avait pas non plus de raison de se méfier dans ce cas-là.

Entre ses deux paumes, Dambérailh fit rouler sa tasse, les yeux braqués sur l'affiche punaisée sur son mur.

— En réalité, on n'a rien de rien.

D'un geste impatient, il reposa sa tasse et, au bruit qu'elle fit, eut peur de l'avoir fendue. Pourquoi les légistes ne faisaient-ils pas passer l'autopsie sur le dessus de la pile ? Avec une certaine amertume, Dambérailh répondit lui-même à sa propre question. Ils ne faisaient pas ce genre de chose pour des gens comme Katia Gault. Parce que Katia Gault n'était personne.

Tandis que Ricou appelait par acquit de conscience l'avocat de Machado, furieux d'être dérangé un samedi et qui se révéla être tout aussi mal armé pour la vie que son client, Dambérailh se sentit envahi par une angoisse qu'il tenait à distance avec tous les moyens à sa disposition. L'action en faisait partie, et la journée vide qui les séparait de l'autopsie le paralysait tout à fait. Il ne savait pas de quoi remplir son temps et sentait que la pensée de Chloé revenait par vagues et lui emplissait le cœur, les poumons, il allait bientôt suffoquer. Amblevert ouvrit la porte à la volée et le sauva sans le savoir d'un effondrement intérieur.

— Je m'en sors pas, major. Pour Myriam Opras. On a une femme qui s'est volatilisée, laissant son fils et accessoirement son mari, qui n'emporte pas son journal intime, parce que c'est de ça qu'il s'agit (elle agita le carnet noir qu'elle tenait dans la main gauche), et qui avant de s'enfuir va gratter les parois de l'église dont elle gère la programmation culturelle ? Ça n'a aucun sens.

Ricou, dans son coin de bureau, fit un cornet de sa main gauche autour de son téléphone pour étouffer les éclats de voix qui perturbaient sa conversation.

Amblevert ouvrit le cahier sur le bureau et le tourna vers le major afin qu'il puisse déchiffrer l'écriture parfaitement formée qui alternait avec des coupures de journaux soigneusement collés de manière à laisser le verso accessible lorsque l'article le nécessitait.

— J'ai bien entendu commencé par la fin. Ça n'apprend pas grand-chose, regardez.

Elle pointa du doigt l'article imprimé sur un papier recyclé qui titrait : « Projet social pour les élèves du conservatoire Ravel ». L'article datait de la semaine précédente et Myriam l'avait annoté :

Laurent me pousse à donner des cours de chant. Je ne sais pas si je suis assez masochiste pour me réjouir d'entendre se déployer une voix sur des pièces qui me sont devenues inaccessibles. J'ai tellement perdu confiance dans ma voix. Peut-être le moment est-il venu que la musique revienne dans ma vie, par la petite porte, quitte à redémarrer par du lyrique un peu pompier.

Amblevert fit défiler les pages jusqu'à la toute première.

— Parfois elle colle des articles, parfois elle ne fait qu'écrire. Elle semble assez complexe, cette femme. L'hypothèse de la disparition volontaire me paraît plutôt plausible.

Jeudi 24 mai 2001

J'avais espéré que la vision de Sacha change tout entre Solal et moi. En réalité j'ai bien vu que rencontrer son fils lui importait moins que de savoir si je pourrais assurer la conférence de presse du lancement du festival de Beaune à défaut de chanter. L'état de mon périnée ne me permet pas de tenir un si. Illusions, illusions, je suis très forte dans ce domaine. Je m'autohypnotise, ce qui est bien utile parfois. Mais tellement pitoyable, souvent.

Un article en couleurs sur papier glacé suivait :

LA MEZZO MYRIAM OPRAS, FLAMBOYANTE MARRAINE DU NEUVIÈME FESTIVAL INTERNATIONAL D'OPÉRA BAROQUE DE BEAUNE

[…] « C'est un honneur immense pour moi de contribuer au rayonnement de la musique baroque et du festival de Beaune. J'aurais été tellement heureuse de chanter, j'espère que les organisateurs me pardonnent et me gardent leur amitié ! » confesse la mezzo française la plus demandée sur la scène baroque internationale et dont le producteur, Sandinieri, loue le talent d'interprétation.

Pour les dix ans du festival, c'est à la diva Xcenia Velezneff que le très convoité titre de marraine du Festival vient d'être proposé […]

Bien sûr, une mezzo, aussi reconnue soit-elle, n'est pas suffisamment médiatique pour qu'on lui propose de parrainer un anniversaire aussi important, à moins d'être Cecilia Bartoli. Je ne parle pas des petites morsures de dépit que me causent ce genre d'article, ni à Solal qui les balaierait d'un

revers de la main, ni à ma mère qui trouve elle aussi que la carrière classique que j'ai embrassée m'a définitivement reléguée au second plan... Elle aurait tellement préféré me voir passer sur TF1. Je raconte à Sacha ces petites déceptions et ces amertumes répétées, alors que les critiques rivalisent de superlatifs à mon égard et que je suis bookée jusqu'en 2005. Il s'en fiche, lui, il gazouille. Je suis trop gâtée, me dis-je. Le succès me pourrit et finira par m'écœurer. Mais le frisson de sentir le son jaillir et percer le cœur de ceux qui m'écoutent, je ne m'en lasserai jamais, il est un feu qui m'aiguillonne et pour lui j'ai déjà fait mille sacrifices.

— Ce n'est pas gai, soupira le major. Le journal couvre les vingt années suivantes ?

— Oui, elle n'écrit pas beaucoup mais très régulièrement...

— Retrouvez le passage de son accident.

— Pour quelle raison ?

— Je ne sais pas. Ça doit avoir eu une importance capitale pour elle et ce qui a de l'importance pour elle en a pour nous. Si on ne la comprend pas, on ne pourra jamais deviner ce qui lui est arrivé.

Elle n'a jamais dû faire son deuil, si on en croit les affiches à sa gloire placardées dans toute la maison, remarqua Amblevert qui referma le calepin. J'ai besoin de retrouver la date sur Internet, je ne vais pas me farcir toutes les pages.

— Vous devriez, Amblevert.

— Je n'aime pas lire. J'aime agir. Vous m'accompagnez à la tonnellerie ? Après tout c'est de là qu'elle est partie et c'est là qu'on perd sa trace aussi, puisqu'elle n'est pas allée chez le copain de son fils.

— Vous avez les informations bancaires ?

— Pas avant lundi.

— Et l'endroit où a borné en dernier son téléphone mobile ?

— À Lacapel-sur-Busson, la commune où est installée la tonnellerie Opras.

— Ça nous aide grandement, soupira le major avec une expression qui disait le contraire. De toute façon, si je peux me permettre, Amblevert, ça va quand même faire plus de quarante-huit heures qu'elle n'a pas donné de nouvelles, cette Myriam Opras, et le télescopage avec votre affaire des fresques nous autorise à passer la seconde...

— Vous voulez faire des barrages sur les routes ? ricana Amblevert, qui se recoiffait en tirant vers le haut ses fins cheveux blonds qu'elle attacha sans ménagement au sommet de son crâne, aplatissant quelques épis sous ses larges paumes.

— Non, mais au moins mettre sur pied un premier balayage autour de la tonnellerie... pour le moment rien n'indique qu'elle s'en est éloignée. Vous n'êtes plus sur une affaire de disparition inquiétante, vous cherchez à interroger la principale suspecte dans une affaire de vandalisme...

— OK, soupira Amblevert, qui tira d'un coup sec sur le bas de son polo avant de le rentrer dans son pantalon. Je charge Frégé de briefer les petits. Nous on va prendre la température chez les Opras. On découvrira peut-être que Myriam Opras avait la phobie des scènes bibliques, ou était possédée par le démon...

Le major referma son PC et glissa deux mots à Ricou pour l'avertir qu'il accompagnait Amblevert, tandis que l'adjudante-cheffe continuait en oscillant dans le couloir :

— Une sorte de scène de *L'Exorciste*, vous voyez, avec la cantatrice en transe qui chante des psaumes à l'envers et qui arrache le plâtre peint du mur !

La grille coulissante de la tonnellerie s'ouvrit sans bruit devant eux. Plantés à gauche des trois marches qui menaient à l'accueil, trois drapeaux flottaient au vent : un français, celui des États-Unis, et une bannière que le major n'avait jamais vue, sur laquelle un ours brun marchait vers une étoile rouge.

— C'est le drapeau de la Californie, annonça, très sûre d'elle, Amblevert. On joue souvent au memory des drapeaux avec Basile.

Ils gravirent les trois marches et poussèrent la porte vitrée derrière laquelle un jeune homme tiré à quatre épingles les accueillit. La tonnellerie fonctionnait à plein régime le samedi, seuls les employés de bureau étaient absents.

— Un cousin de Ricou, glissa Amblevert. Pensez-vous qu'il a assorti ses chaussettes à sa pochette de veston ?

— Nous souhaitons voir M. Opras, commença le major, aussitôt interrompu par son bras droit.

— Ou Mme Opras.

— Mme Opras est chez elle le week-end. Je vais tenter de localiser M. Opras.

Tandis que le charmant standardiste multipliait les coups de téléphone, les deux gendarmes se postèrent en arrêt devant un magnifique objet en bois, rond comme un œuf géant, posé à l'angle de l'accueil.

— C'est un ovum, expliqua Amblevert.

— Vous jouez aussi au memory des tonneaux ?

— Non, j'étais au Salon de l'agriculture l'année où il a été présenté. Tellement fière de pouvoir dire qu'il venait de mon village.

— Parce que vous n'habitez plus Lafontac ? persifla le major.

— Vous n'allez pas chipoter pour vingt kilomètres...

— Vous trouverez M. Opras à la mise en robe ou à la chauffe. C'est juste à côté, vous ressortez, vous remontez le parking jusqu'au fond, et c'est le bâtiment à gauche de la zone de déchargement des merrains.

Ils hochèrent la tête de concert et Amblevert, une fois sur le parking, se tourna à demi vers le major sans ralentir le pas.

— Quand je pense que je vous accompagne à la mise en robe, ça me fait tout drôle.

Une voie goudronnée partait de la grille d'entrée et filait le long des bureaux qu'ils venaient de quitter, bordée à droite et à gauche par des places de parking, puis longeait sur quelques mètres une zone de stockage de palettes. À première vue elles étaient empilées les unes sur les autres jusqu'à quatre mètres de hauteur, en rangs stricts qui rappelaient un plan de ville américaine. Alors que le major s'interrogeait sur l'utilité pour une tonnellerie de stocker des palettes sur un hectare, voire plus, Amblevert lui planta le coude dans les côtes.

— C'est ici qu'ils déchargent le bois vert. Vous sentez ? Ça me rappelle l'herbe coupée, la pomme...

Devant eux se dressait une autre série de palettes chargées de planchettes de bois toutes égales, qu'un Manitou venait chercher pour les rentrer dans un bâtiment en tôle. Un type ventru, la main en visière, les interpella.

— Restez pas trop dans le chemin, le transpal va vous écraser ! Vous cherchez qui ?

— M. Opras, répondit Amblevert.

— Bâtiment à gauche.

Puis il rentra, échangeant au passage quelques mots avec un petit groupe d'hommes de tous âges qui s'était massé devant la porte.

L'odeur verte des planchettes gorgées de sève les accompagna jusqu'à l'atelier de façonnage. Ils y pénétrèrent, Dambérailh plus conscient que jamais de son manque de culture concernant tout ce qui touchait aux métiers du vin, inquiet de lâcher un mot à la place d'un autre. Il était certain qu'il existait un terme technique pour « planchette ». Le tempérament d'Amblevert la pousserait certainement à parler sans se soucier de passer pour une ignare, il la laisserait faire et tenterait de capter quelques rudiments techniques. Après tout, il l'accompagnait sur son enquête à elle.

Il régnait dans l'atelier un bruit régulier. Quelques adolescents encore gauches, nez trop fort et épaules en creux, regardaient les bras ballants leurs maîtres d'apprentissage qui tentaient de leur inculquer les bases sans s'agacer de leur passivité.

— Là, sur la tranche du merrain, tu peux voir le grain. Si les cernes sont très proches, comme ici, c'est du grain fin. Sur le dessus tu vois le fil. Si ton fil est pas régulier, c'est sans doute qu'il y avait une branche et ça te fait une fuite de liquide. Le meilleur façonnage du monde pourra pas rattraper ça.

Le gamin hochait la tête, l'air de s'ennuyer profondément.

— Mais nous ça nous arrive pas parce qu'on a de bons merrandiers. On le prend dans quoi, le merrain ?

— Dans la grume.

— La grume c'est le nom qu'on donne au tronc une fois qu'il est abattu. On prend quoi dans la grume ?

— Heu… le billon.

Un autre adolescent s'approcha, l'air plus délié que le premier, en quête sans doute d'un regard approbateur de la part du formateur massif et dégarni qui commençait à perdre patience. De sa voix grêle, il intervint :

— Le merrain, on le prend dans le duramen. On laisse l'écorce, l'aubier parce que c'est jeune et c'est amer, on prend le duramen et on laisse aussi le cœur qui est friable.

— Bien ! tonna le maître d'apprentissage, qui ôta sa main calleuse du sommet de son crâne qu'il rabotait de désespoir. Ça me redonne un peu le moral. Faut que tu bosses plus mon petit Timéo, je passe pour quoi, moi ?

D'une tape dans le gras du bras, le maître congédia le bon élève qui retourna à son poste où il faisait monter entre ses pieds une petite montagne de copeaux dorés.

Les gestes s'enchaînaient, précis, sans fioritures, suivaient une orchestration qui échappait tout à fait aux deux gendarmes. Ils avançaient, attentifs à ne pas marcher au mauvais endroit, un peu saoulés par l'odeur riche du bois qui n'était pas celle perçue sur l'aire de déchargement. La couleur même des merrains, puisqu'il fallait les appeler ainsi, n'était plus la même. Dambérailh comprit alors que l'immense espace extérieur qu'il avait pris pour un empilement de palettes était en réalité le lieu où l'on mettait les pièces de bois à sécher. Un labyrinthe de merrains verts, le cœur du réacteur de la tonnellerie en quelque sorte.

Quelques pas devant eux, le maître d'apprentissage reprenait, tout en les suivant du regard avec insistance.

— Non, sur cette série-là, c'est pour une marque de spiritueux. Le client veut une alternance grain fin, gros grain, et les pièces de fond comme d'hab.

— Grain fin pour le fond alors ?

— Timéo... gros grain pour le fond, merde, quand même, au bout de trois mois faut que ça entre !

Le gamin haussa une épaule et se servit sur une palette, merrains posés à l'équerre les uns par rapport aux autres. D'un mouvement plus vif qu'à l'accoutumée, il colla le nez sur celui qu'il tenait à la main gauche.

— Alain, c'est pas bon, là, non ? C'est presque fendu, ou je sais pas quoi ?

La narine soupçonneuse, le maître d'apprentissage se pencha sur ce que lui montrait son élève, ongle rongé posé au milieu du merrain. Il se redressa, une lueur dans l'œil.

— Bien mon gars, bien ! C'est une encognée, ça va s'ouvrir avec le temps. Tu me balances ça au bois de chauffe. Bon, on a pas tout perdu avec toi, finalement.

Peut-être pour cacher une fierté soudaine, Timéo lança son merrain avec une désinvolture outrée. Amblevert sourit en le dépassant, l'air de ne pas être dupe, et le major lui emboîta le pas, sentant entre ses omoplates le regard d'Alain qui le suivit jusqu'au sas. Un picotement lui vrillait le cou. Le passage du gendarme ne laisse jamais indifférent, les justes se sentent en faute, les mauvais se caparaçonnent, les nez plongent dans les cols et les regards fuient. Celui d'Alain ne s'était jamais posé directement sur eux, il avait soigneusement choisi de ne pas les observer ouvertement, fixant le fil du merrain, la main de son apprenti, le sas de sortie. Mais une fois qu'ils eurent tourné le dos, Dambérailh sentit très nettement la tension du maître d'apprentissage grimper en flèche et se concentrer dans ses orbites dont il ne pouvait qu'imaginer la fixité brûlante. Il hésita à se retourner mais ç'aurait été montrer qu'il avait perçu une émotion qui aurait dû rester invisible. Ils débouchèrent dans l'atelier suivant, écartant des pans de plastique rigide qui se replacèrent derrière eux en brassant l'air. D'autres duos semblables au premier se donnaient la réplique. Dolage, contrôle optique pour écarter les nœuds, les encognées, les défauts de grain, la gerce… Le merrain devenait douelle au fur et à mesure qu'ils s'enfonçaient dans le bâtiment, oreilles ouvertes pour capter le parler précis de la tonnellerie, amusés souvent par les interjections de maître à élève, d'élève à élève, ou de maître à maître, les plus savoureuses parce que incompréhensibles. Alors qu'ils commençaient à percevoir l'ossature de la barrique, douelles étalées sur la table de montage et numérotées à la craie, ils passèrent dans l'espace suivant et furent aussitôt assourdis par un concert régulier de coups portés sur du métal, bruit de forge ou de maréchal-ferrant. Cinq gars penchés sur leur marteau tapaient comme des sourds sur de grands cercles de métal qu'ils faisaient descendre de coup en coup autour de la barrique ouverte en éventail. Ça sentait la sueur et le métal chauffé. On ne s'entendait pas. Sitôt la barrique retournée et achevée d'être formée, lamelles de jonc écrasées entre chaque douelle, elle était roulée sur le fond et présentée à la chauffe. Seul en chemise au milieu de ses artisans, pour la plupart torse nu au-dessus des braseros, Philippe Opras donnait de la voix, questionnait les chiffres affichés sur les écrans qui dominaient les quinze barriques en train de chauffer. Chaque brasero était numéroté et la recette de chauffe demandée par le client, durée du bousinage et température, était pilotée par informatique. Le patron remuait du bout du pied un brasero que ne couvrait pas encore la barrique suivante. Une odeur de brioche flottait dans l'air, parfois éclipsée au gré d'un courant d'air par celle d'une poêlée d'amandes torréfiées. Le major sentit son estomac gronder. Amblevert dut s'y prendre à deux fois pour se faire entendre.

— Monsieur Opras, on peut vous parler ? On a quelques questions à vous poser au sujet de Mme Opras.

— Laure ? Elle n'est pas au bureau le week-end…

Philippe Opras, qui allait reprendre ses vociférations, s'arrêta sur le visage du major, qui frémit. Une loupiote rouge s'était mise à clignoter quelque part dans son esprit, il n'arrivait pas à mettre le doigt sur le danger mais quelque chose allait lui tomber dessus.

— Frelu ! Mais qu'est-ce que tu fous là ?

Un monde de couloirs humides, de draps glacés, de soupe infâme et de stylo grattant le papier sauta au visage du major. Un univers clos au sein duquel les élèves les moins armés subissaient toute leur scolarité durant le sobriquet que d'autres, plus âgés ou plus vaillants, avaient choisi pour eux. Avec ses épaules étroites, ses cheveux blonds et ses genoux cagneux, le major avait écopé de celui de Freluquet, rapidement raccourci en Frelu. Il avait soigneusement effacé ce surnom de sa mémoire, tout comme les noms et sobriquets de ses profs, de ses pions, des autres élèves de l'internat Saint-Joseph où il avait vécu les années les plus lugubres de sa vie. Il n'avait conservé de ce cauchemar interminable que le souvenir de tante Daphné, traversant la cour tous châles dehors pour l'emmener quelques heures hors les murs, et une indéboulonnable peur du noir. Mais Opras, nom d'un chien, comment avait-il réussi à effacer à ce point ce nom ? Comme il restait de marbre, Philippe Opras se tambourina la poitrine, la mine ravie.

— Philax, tu ne te souviens pas ? J'ai bien épaissi depuis, je reconnais... T'as pas trop changé, toi. Qu'est-ce qui t'amène à réclamer ma femme ?

Une fois remis de sa surprise, Opras s'aperçut que le major et Amblevert portaient l'uniforme et se rembrunit instantanément.

— Y a un problème ? client ? fournisseur ? Me dites pas que c'est l'administration qui vous envoie ?

Amblevert, qui n'avait pas perdu le fil, répondit :

— On parle de l'autre Mme Opras. Myriam Opras.

Philippe Opras n'était pas du genre à masquer ses émotions. Sa face rubiconde changea de teinte. Il n'ajouta pas un mot, ne demanda pas de précision, mais les poussa littéralement du plat de la main hors de l'espace de chauffe puis les fit sortir de l'atelier par une porte de secours qui donnait dans un jardin bordé de bâtiments. De l'autre côté de la fontaine centrale et des cyprès qui la ceignaient, ils reconnurent l'ensemble en L abritant les bureaux. Philippe Opras n'attendit pas qu'on termine les présentations.

— Il se passe quoi, avec Myriam ?

Ses petits yeux noirs faisaient des allers-retours entre Amblevert et le major, guettant le début des explications et ne sachant pas qui parlerait en premier. Il était aussi haut que la porte de secours, presque aussi large, et par l'échancrure de sa chemise ouverte au deuxième bouton, on apercevait la naissance d'une touffe de poils noirs et blancs. Comme gêné par la musculature de son cou, il se tenait la tête en avant, ou peut-être était-il simplement tendu dans l'attente, au-delà de l'inquiétude. Il semblait se préparer à ce qu'on lui annonce quelque chose de dramatique, anticipait la série d'émotions qui suivraient, prévoyait le plan d'action à mettre en œuvre ensuite, prêt à parer le coup. Amblevert dégaina.

— Son mari a signalé sa disparition.

— Depuis quand ?

— Mercredi soir.

L'information transita quelque part dans l'esprit d'Opras puis il hocha la tête, attendant la suite.

— Est-ce que vous avez de ses nouvelles ?

— Depuis mercredi ? Aucune. On l'attendait hier pour une présentation client et elle n'est pas venue.

— Est-ce que vous verriez une explication…

Amblevert suspendit sa phrase, laissa Opras s'engouffrer dans l'interprétation qu'il faisait de la situation, à chaud.

— Là, maintenant ? Pourquoi est-ce qu'elle serait partie à ce moment-là ?

Il semblait chercher, sans se douter qu'il venait de livrer à Amblevert et au major une première information, ne s'étonnant pas qu'elle parte, mais qu'elle parte *à ce moment-là*.

— Et elle a laissé un mot à Laurent ? à Sacha, au moins ?

— Rien.

Opras tiqua.

— Et ce n'est pas tout. La nuit où votre sœur a… cessé de donner des nouvelles, la chapelle de Mayenac a été dramatiquement vandalisée.

— Et alors, quel rapport ?

Une posture en recul, le menton qui se relève, Philippe Opras changea d'attitude. De son point de vue un peu en retrait, le major ne laissait rien échapper qui puisse les éclairer sur la nature des relations entre Philippe et sa sœur, sans chercher à les étiqueter dans l'immédiat. Il s'agissait pour lui de consigner, rien de plus, afin d'interroger plus tard les données qu'il avait accumulées et dont il aurait forcément besoin à un moment ou un autre pour créer un lien, éclairer un choix, une attitude obscure... Pour peu qu'Amblevert lui demande ses lumières.

— Le rapport ? C'est le badge de votre sœur qui a désactivé l'alarme cette nuit-là.

Interloqué, Philippe Opras ouvrit la bouche et la referma. Il claquait du bec comme une poule qui glousse, faisant bouffer les plumes de son jabot, comme gonflé de colère, puis il éructa :

— C'est ridicule, elle adore cette petite chapelle. On a dû lui piquer son badge, et puis voilà !

— Où garde-t-elle ce badge ?

— Sur son trousseau de clés de voiture.

Sans attendre de signal de la part d'Amblevert ni du major, Philippe Opras se mit en branle et se dirigea vers les bureaux, écrasant sous son 47 les gravillons qui craquaient et volaient dans la pelouse. Dans son dos, Amblevert fit au major une moue perplexe. Philippe se tourna vers eux, quelques pas plus loin, impatient.

— Alors, vous faites quoi, là ?

Ils suivirent, agacés de se voir traités comme les salariés dévoués qu'Opras avait probablement l'habitude de diriger sans finasseries. Philippe leur tint ouverte la porte qui donnait accès à l'accueil par l'arrière. Ils y retrouvèrent le jeune homme chic assis derrière son comptoir, nuque raide et col de chemise impeccable, puis suivirent Opras dans l'escalier qui montait aux bureaux.

La direction s'était installée dans le petit côté du L, loin du parking d'entrée, vue sur la fontaine, le gazon, et, posé face aux bureaux comme une barre symétrique, sur l'atelier de façonnage dont ils venaient de sortir. Sur la gauche, une haie d'orangers du Mexique séparait le jardin d'une maison bourgeoise de belle taille. Philippe Opras avait également l'avantage de pouvoir contempler le produit fini sortir de l'entrepôt et se faire charger avec mille précautions dans les camions qui quittaient ensuite la tonnellerie en remontant le long des orangers jusqu'à la route communale. Il y avait donc une grille d'entrée et une grille de sortie, afin d'assurer la fluidité de circulation entre les quarante-quatre-tonnes qui venaient décharger les merrains frais, et ceux qui repartaient avec les barriques neuves. Philippe leur indiqua le canapé qui faisait l'angle de son bureau, assise profonde en velours tramé gris chiné qui sentait encore le neuf. Table basse, eau des Abatilles, bloc-notes à disposition, la tonnellerie Opras ne chipotait pas sur l'accueil des visiteurs de qualité, clients et autres importants. Amblevert s'assit du bout de la fesse gauche et posa son propre calepin sur la table, qu'elle n'ouvrit cependant pas.

— La dernière fois que votre sœur a été vue, c'était ici. Son mari et son fils nous ont parlé d'un dîner. Nous avons lancé les réquisitions d'usage mais rien ne donne à penser qu'elle est allée au-delà de Lacapel-sur-Busson. On perd sa trace dès son départ de la tonnellerie, mercredi. Nous l'avons qualifiée en « disparition inquiétante », ce qui reste à prendre avec des pincettes étant donné que votre sœur a été vue il y a seulement un peu plus de quarante-huit heures. Cependant le vandalisme de la chapelle complique un peu la donne, vous comprenez que nous avons besoin de quelques réponses. Est-ce que vous pouvez nous raconter la soirée de mercredi ?

Resté debout, Philippe se balançait d'avant en arrière sur ses talons. Il semblait creuser sa mémoire, fronçait le sourcil, faisait crisser la repousse de sa barbe et se frotta enfin les yeux avec énergie.

— Je veux bien qu'on reparle de la soirée, pas de problème, mais enfin… Ça n'est pas totalement improbable qu'elle soit tout simplement partie.

— C'est-à-dire…

— Ma sœur a fait cinq ou six fois le tour du monde du temps de sa carrière. Elle était acclamée par des salles de cinq mille personnes très régulièrement, champagne dans sa loge, interviews sur France Musique, croisières à thèmes où on la priait entre deux récitals de dispenser ses anecdotes de tournée… Une petite vie pépère, dans un village à cinq kilomètres de sa maison d'enfance (il désigna d'un ample mouvement de bras la maison dont la toiture à la Mansart dépassait de la haie), son fils qui a grandi… Elle devait s'ennuyer ferme, même si ça m'étonne qu'elle ait laissé la tonnellerie en plan.

— Elle vous l'a dit ?

— Qu'elle s'ennuyait ?

Philippe parut surpris, chercha si, oui, elle le lui avait clairement dit, puis secoua la tête.

— Non, elle ne m'a rien dit. Elle était plutôt pudique sur sa vie perso.

— Et son mari ?

— Quoi, son mari ?

— Elle l'aurait quitté sans état d'âme ?

L'air de dire « mais qu'est-ce qu'on pouvait espérer d'autre ! », Philippe expulsa bruyamment une bonne bouffée d'air entre ses lèvres serrées.

— C'est Laurent, quoi. Pas folichon comme mari. Vous l'avez rencontré j'imagine ?

Ils firent signe que oui, attentifs aux sourcils haussés, au regard désabusé, à la moue dubitative.

— Elle nous l'a ramené il y a quoi… neuf, dix ans ? Un amoureux transi qui avait longtemps rongé son frein, un groupie masculin, si vous voulez mon avis. Quand elle a eu son accident, tout son petit monde a valsé, à Myriam, et elle s'est raccrochée à ce qu'elle pouvait. Laurent a su se placer au bon moment. Le mari nounours, en adoration perpétuelle devant ma sœur.

— Elle s'en plaignait ?

— D'être adorée ? Elle ne se plaignait pas de grand-chose. Mais elle n'aimait pas la médiocrité, donc je me suis toujours dit que ça ne durerait pas.

— Ça dure depuis neuf ans, objecta Amblevert, ce n'est pas rien.

— Il devait avoir ses petits trucs, le malin, persifla Opras avant de se rendre compte qu'il avait créé une attente de détail chez les deux gendarmes. Rien de particulier, se défendit-il, je dis ça comme ça hein.

Tandis qu'Amblevert enchaînait les questions sans laisser plus d'une demi-seconde entre une réponse et la question suivante le major s'était levé et faisait le tour du bureau, mains croisées dans le dos. Photos en noir et blanc de la tonnellerie, de la maison de famille, photos plus personnelles aussi, trois gamins debout dans une barrique d'où ne dépassaient que les têtes, ravies, parmi lesquelles le major reconnut « Philax ». Un chien énorme à la langue pendante succédait à la mine réjouie de Claude Opras, main agrippée à celle de Chirac, probablement lors d'un Salon de l'agriculture... Profitant d'une pause d'Amblevert, qui devait bien, elle aussi, respirer de temps en temps, Dambérailh lança de dos :

— Tu peux nous raconter un peu la soirée ? Histoire de voir si quelque chose a pu déclencher une envie d'ailleurs... Ou toute autre explication à son silence prolongé ?

Coupé dans son échange avec l'adjudante-cheffe, Philippe vacilla en se retournant. Il se tenait d'un bloc, sa chemise repoussée dans le pantalon formait un généreux pli sur le devant que le major attribua à la répétition régulière des séances de dégustations qui devaient rythmer la vie de Philippe.

— Je note, vous pouvez y aller, encouragea Amblevert d'un ton sec.

Elle n'avait probablement pas apprécié l'interruption mais il fallait un peu de concret avant d'explorer les méandres des relations familiales.

— Mercredi, donc... On recevait deux clients japonais, les... (il chercha, semblait malaxer des syllabes entre ses molaires) Hashimoto. C'est un peu à chaque fois le même cirque : on fait famille, pour les clients orientaux ça marche toujours. Visite, dîner, classique, quoi... Je vois mal notre traiteur fourrer ma sœur dans sa fourgonnette réfrigérée...

— Vous le connaissez bien ?

— Depuis des années, et il avait un extra, en plus. Pas discret comme plan enlèvement.

Le ton de Philippe ne manquait pas de mordant. Il ne semblait pas inquiet pour un sou. Intéressant. Penché à la fenêtre, le major demanda :

— Ton traiteur était garé côté jardin ou sur le parking ?

Philippe s'approcha de lui, le dominant d'une bonne demi-tête, et pointa du doigt vers la gauche, en direction de l'extrémité du bâtiment dans lequel ils se trouvaient.

— Il se gare ici, la pièce technique est juste au bout, au rez-de-chaussée. Il est arrivé vers 19 heures pendant qu'on faisait visiter l'atelier, et on est passés à table vers 20 h 30.

— Rien de particulier à ce stade de la soirée ?

Les mains bien calées sur l'appui de la fenêtre, Philippe se tenait droit face à la vitre, les pieds écartés comme un lutteur qui cherche son point d'équilibre, mais le major surprit ses phalanges se recroqueviller l'espace d'une seconde.

— Rien qui puisse avoir un rapport. Je suis presque sûr que...

— C'est à nous de voir, Philippe.

Le front soucieux, le frère de Myriam Opras sembla se repasser quelque chose puis secoua la tête et donna le change :

— Sacha, son fils, gardait nos enfants à côté. Juste avant qu'on passe à table, il les a couchés, il est passé donner à Laure le babyphone et il a oublié son ordinateur portable. Il a envoyé un message à ma sœur pour lui demander de le lui apporter le plus vite possible car il était censé travailler sur un dossier avec son binôme, à rendre pour le lendemain. Il avait enregistré la dernière version sur cet ordinateur.

— Et ? s'impatienta Amblevert dans leur dos.

— Eh bien elle s'est un peu agacée, elle a répondu qu'ils n'avaient qu'à reprendre la version précédente sur l'ordinateur du copain. Puis elle s'est rendu compte qu'elle était un peu dure et a dit qu'elle essaierait de passer avant de rentrer à Mayenac. Elle est partie vers 21 h 30, 21 h 45, après le dessert. Puis on a visité le parc à bois aux flambeaux.

— Elle n'est sans doute pas allée jusque chez l'ami de son fils... Son portable a borné à cinq kilomètres et puis plus rien, fit remarquer Amblevert qui souligna d'un double trait une information qu'elle venait de saisir dans son calepin.

Elle cassa sa mine et jura entre ses dents. Par acquit de conscience, parce qu'il avait perçu chez son ancien tortionnaire d'internat une désinvolture qui lui semblait en contradiction avec l'attitude normale d'un frère à qui on annonce que sa sœur a disparu, le major lança :

— Tu n'as pas l'air inquiet.

Le massif directeur général se frotta le menton, émettant un bruit de sachet qu'on froisse dans la pénombre d'un cinéma, et répondit enfin :

— Pas plus que ça.

— C'est déjà arrivé, non ? avança Dambérailh.

— Elle est toujours revenue en tout cas.

— Tu peux nous en dire plus ?

— Vois avec Laurent, son mari, il a la mémoire certainement moins courte que moi. Il faut dire qu'elle a ses fragilités depuis quelques années.

— Vous parlez de son accident vocal ? demanda Amblevert qui venait de trouver un stylo dans la poche de son pantalon d'intervention.

— Oui, oui j'imagine… peut-être même avant, en réalité, quand le père de Sacha l'a quittée. C'est une fille qui en a bavé, malgré le succès, les paillettes…

— Vous pouvez nous en dire plus sur son accident ?

— Je ne vois pas le rapport que ça peut avoir, marmonna Philippe. Mais bon, c'est vous qui pilotez, hein. Par où commencer… Ma sœur a eu un accident il y a dix ans. Un truc idiot : à la fin d'une représentation, je ne sais pas si on dit représentation en opéra mais bon, la petite troupe de gais lurons, ténor, basse, soprano, alto, et ma sœur, ont bien fêté leur succès. Tout guillerets comme une bande d'étudiants, ils ont décroché d'un magasin de location de vélos un de ces engins à pédales, avec quatre roues qu'on voit souvent sur les bords de mer. On appelle ça des « rosalies », vous voyez ? Ils étaient six dedans, deux qui pédalent devant, deux assis derrière et deux encore accrochés au cul du machin.

Ça rigolait bien. Mais le ténor, qui tenait le volant, a foncé dans une borne en béton en pleine descente. Il ne l'aurait pas vue. Soi-disant. Et ma sœur qui était derrière s'est fracassée sur la barre de séparation. Elle aurait dû se casser le nez, tout connement, mais elle n'était pas assise. Elle s'est écrasé la trachée. Et elle n'a jamais récupéré sa voix.

— Il a fait exprès, ce ténor ? Son nom ?

— On ne saura jamais ! C'est Peio Fortunato. Il chante cette semaine à Bordeaux d'ailleurs. Ma sœur est persuadée que oui, c'était voulu. Elle venait de dissuader Vladimir Adressky de prendre Fortunato sur sa nouvelle production, à Sydney, parce qu'il carburait à la coke et au gin. Pas fiable, avait-elle dit. Fortunato aurait voulu l'amocher pour qu'elle ne puisse pas terminer la tournée, sorte de représailles... C'est pas tendre les artistes. Mais il a été dépassé par la tournure des choses. Elle aurait dû se péter les dents, pas massacrer son outil de travail.

— Et vous y croyez, vous ?

— Je n'ai que l'écho de ma sœur, éluda Philippe Opras. Ce qui est sûr c'est que Fortunato n'est pas parti à Sydney, qu'il a été disponible au pied levé pour remplacer un ténor à Milan et que c'est ça qui l'a lancé.

— Vous diriez que ça a rendu votre sœur instable, cette histoire ? demanda Amblevert.

— Elle était blessée, je vous l'ai dit. Donc un peu fragile. Le chant, ça faisait partie de son équilibre. Je me demande d'ailleurs si elle n'a pas l'intention de chanter de nouveau, de s'y risquer prudemment. Elle m'a parlé du conservatoire, peut-être qu'elle s'y voit donner quelques cours, je ne sais pas exactement.

Le téléphone d'Amblevert lança dans la pièce un cri strident. Elle décrocha, avec un regard d'excuse, peut-être davantage pour l'extrait sonore de *Psychose* qu'elle avait choisi en sonnerie que pour le fait de devoir sortir. Opras en profita pour s'ébrouer, comme si la présence de l'adjudante-cheffe l'avait oppressé, puis il se tourna vers le major, embarrassé.

— Désolé hein, je n'aurais pas dû t'accueillir comme ça. C'était déplacé.

— Pas de problème.

Que dire de plus ? Géraud n'allait pas lui tendre de perche, le brosser dans le sens du poil, encore moins lui dire : « Qu'est-ce que ça me fait plaisir de te revoir, après toutes ces années ! » Sacré Philax, grandes pattes et pas beaucoup de jugeote, si sûr de lui du haut de son mètre quatre-vingts à quinze ans à peine, tout en longueur à l'époque, tout en connerie surtout, jamais à court d'idées pour en faire baver à ceux qui lui arrivaient à peine au nombril. Comme Géraud. Comme Frelu.

— J'étais un peu con hein. Comme tous les enfants.

En vieillissant, Opras avait fait quelques progrès. Il semblait avoir suivi le cheminement de son ancien souffre-douleur.

— On est cruels, gamins, hein ?

— C'est ça…

Difficile de résister au plaisir mesquin de créer le malaise, par son silence et son regard qui soutenait celui de Philippe, de plus en plus vacillant.

Au bout d'un moment cependant, Dambérailh se reprit. Le grand Philippe Opras tentait maladroitement de s'excuser, il n'allait pas lui claquer la porte sur les doigts ; il avait, lui aussi, passé l'âge de jouer aux représailles, quoiqu'il en ait rêvé pendant quelques longues années, même après son entrée à l'école de gendarmerie. Il s'adoucit, changea quelque chose d'à peine perceptible dans son maintien. Philippe se détendit, en miroir, et reprit.

— Tu sais qu'un gamin a parlé ? Tu as vu ça, non, dans les journaux ?

— Je ne lis pas trop la presse. Les faits divers, je suis déjà sur place toute la journée...

— Ah... figure-toi qu'on m'a appelé. Pour savoir si j'avais quelque chose à dire.

Un bourdonnement désagréable, comme une mouche qui s'étourdit contre un carreau, avec une persévérance imbécile, commença à résonner aux oreilles du major. Il jeta un bref coup d'œil à la fenêtre, presque certain d'y trouver un insecte cherchant la sortie. Rien. Ses tympans devenaient cotonneux. Il articula, avec effort, parce qu'en réalité il n'avait pas envie de creuser davantage, mais l'œil écarquillé de Philippe lui réclamait une relance, une marque d'intérêt.

— À dire sur quoi ?

— Sur ce qui se passait pendant les vacances scolaires. Tu sais bien...

— Non, pas bien, non.

Non, il ne savait pas et ne voulait pas savoir. Du tout. Un afflux d'il ne savait trop quoi lui remontait la gorge, émotion, température, bile, qu'en savait-il, rien du tout, il ne savait pas, black-out, et tant mieux, ne voulait pas que la conversation se poursuive, se brouillait volontairement la vue en fixant un point flou, aurait voulu s'enfoncer dans les oreilles un bout d'index, d'auriculaire, de ce qui entrerait le mieux et le plus profondément, mais il ne pouvait rien faire de ce genre, il ne pouvait qu'empêcher sa pensée de se fixer, sauter d'un mot à l'autre sans jamais s'attarder, pour tromper l'esprit.

Philippe le regardait de côté.

— Tu... tu déconnes ?

— Je vois pas non. Je...

Coup de chaud, pied qui ne trouve plus la pierre plate sous l'eau brune, besoin d'une rupture nette. *Coupe court, maintenant.*

— On peut revenir au problème ? Ta sœur ?

Et Amblevert, par la grâce du saint Hasard, entra à ce moment-là.

Une fois dehors, ils clignèrent des yeux. La luminosité avait brusquement augmenté, le vent s'était occupé de dissiper la couche nuageuse et le soleil tombait droit sur le parking. Ils marchaient, côte à côte, enfonçant le menton dans leur col.

— C'est fou ces amplitudes de températures, quand on y pense. Hier, je jardinais bras nus avec Basile, et là, on se les gèle comme en février... Ça va, major ? Vous êtes tout pâlot.

— Quand vous parlez jardinage, ça me rappelle ma tante. Je me suis laissé entraîner à lui promettre mon aide pour reboucher son trou de piscine, soupira le major qui fouillait ses poches les unes après les autres pour y retrouver ses clés.

Un autre truc pour repousser l'interprétation de son étrange malaise... malaise était un peu exagéré, il avait simplement été mal à l'aise, c'est fou comme « malaise » fait plus concret, beaucoup plus sérieux et important que « mal à l'aise », pourtant on se sert des mêmes mots... Il fouillait pour reprendre pied, sentir sous ses doigts les objets familiers du quotidien, portable, emballage de chewing-gum roulé en boule, porte-carte usé au coin décousu...

— Vous y passez ce soir ?

— Où ?

— Chez Daphné !

— Pas ce soir. Chloé rentre lundi midi, on prépare sa chambre.

— Ah. C'est plutôt une bonne nouvelle, non ?

De façon totalement inattendue, évoquer Chloé lui permit de s'engouffrer dans une émotion brutale qui balaya son « mal-à-l'aise ». Au lieu d'esquiver, il fonça dans la porte ouverte par Amblevert.

— Sachant qu'elle hurle encore dans son sommeil et qu'elle prend tellement de morphine qu'on va devoir la passer sous méthadone pour la sevrer... je ne sais pas.

— La méthadone... Ce n'est pas de l'héroïne qu'elle prend, votre fille.

— Je n'aime pas ça, Amblevert.

Le major cachait son trouble en positionnant avec une minutie inutile le miroir du rétroviseur qu'il lui faudrait de toute manière régler une fois qu'il aurait pris place derrière le volant, posa la main sur le toit de la voiture de la brigade, tiédi au soleil, et avoua :

— Je suis encore tellement en colère, Amblevert. Elle ne dit rien sur comment les choses se sont déroulées, elle est tellement… ralentie par son traitement. Vous savez quoi ?

Il écarquilla les yeux, fixant à dessein le disque blanc du soleil qui brillait au-dessus du toit.

— Parfois elle oublie de fermer la bouche. Pour un peu qu'elle soit assise, elle bave. J'ai vu ma fille baver. Comme un légume. Ma fille qui fait du saut d'obstacles, me tacle sur chaque faute de français que je fais, et j'en fais beaucoup, « malgré que » et autres, pianote des SMS d'une main tout en regardant sa série débile que je déteste… elle plane tellement par moments que je ne suis pas tout à fait certain qu'elle nous reconnaisse. Et quand elle est lucide, c'est qu'elle a mal. Il n'y a que quand elle a mal que je peux lui parler. Et vous savez ce que je lui dis, quand elle n'est pas dans le coaltar, alors que je sais qu'elle souffre ? Je la cuisine pour savoir ce qui s'est passé. À qui la faute ? À son copain, le petit branleur propriétaire d'un scooter tout neuf ? À un abruti qui a voulu traverser devant eux et qui s'est enfui ? C'est à cause de qui ?

Les lèvres soudainement scellées, il se pinça la naissance du nez et inspira avec violence. Puis il donna une petite tape sur le toit et ouvrit enfin le véhicule. Une fois assis, il se tourna vers Amblevert, sourire grimaçant et bras en travers du ventre.

— Je n'ai pas mieux à lui dire, à ma fille, quand elle peut m'entendre… c'est affreux, hein ?

— Si on savait toujours quoi leur dire quand ils ne vont pas bien, ça se saurait.

La pogne d'Amblevert lui assena un coup amical sur la cuisse, puis elle ouvrit l'application IGN de son téléphone et la lui fourra sous le nez au moment où il démarrait.

— On est dans un cul-de-sac, ici. Après la maison, la route s'arrête dans un champ. Elle a forcément pris à gauche, comme nous, pour rejoindre la départementale.

— Ça nous avance à quoi, adjudante-cheffe ?

— À pas grand-chose, mais faut bien démarrer quelque part. Je commencerais bien à poser quelques questions au voisinage.

— Vous reviendrez avec Frégé et votre équipe de ratissage. Je ne vais pas laisser Ricou bosser tout seul.

Alors qu'il venait de démarrer, le major eut brusquement la sensation que le soleil venait de disparaître. Une éclipse. L'obscurité. Il sentit peser sur sa poitrine un parpaing armé. Eut la sensation physique de l'oppression, du coup qui va venir. C'étaient les coups de tatane, les grands qui les guettaient dans le couloir à l'extinction des feux. Les claques initiatiques dont Philippe Opras avait réveillé le souvenir. Elles le hantaient encore, nourrissaient chez lui une peur panique de traverser un couloir sombre, même quadragénaire, même major de brigade, même père de trois enfants presque adultes. Mais il y avait autre chose aussi. Le son. Un bourdonnement. La chaleur. La chaudière qui tourne. Une porte qui se referme et cette respiration sifflante, tout près.

Avant qu'Amblevert ne place ses gars par deux en arc de cercle et ne donne le top départ du ratissage, Laure Opras descendit les quatre marches de l'accueil. Elle prit une seconde pour considérer le groupe de huit gendarmes, déjà appariés, et se tourna vers l'adjudante-cheffe. Ses cheveux courts lui balayaient le haut des oreilles et le front, elle avait une jolie peau bien dense, traversée par quelques rides profondes et piquetée de taches de rousseur, la poitrine généreuse et les hanches à l'avenant. Sympathique, à première vue.

— Philippe m'a dit que vous démarriez une sorte de… battue ?

— Ça fait un peu chasse à l'homme, objecta Amblevert, mais bon… c'est l'idée. D'après ce que nous a résumé votre mari ce matin, votre belle-sœur est sortie après le dîner mais personne ne l'a vue monter dans sa voiture, de ce qu'on sait. Alors on démarre d'ici. Logique.

— Je… en effet.

— Vous étiez là ? Vous l'avez vue partir, vous ?

— J'étais là, au dîner, bien sûr, mais… Non, je… je suis allée dans les toilettes. Me faire ma piqûre d'insuline. Je n'ai pas vu si elle sortait seule.

— Donc, vous voyez, on démarre par le début de la piste, pour le moment on n'a pas mieux.

Les bras croisés sous deux pans de châle aux motifs verts et jaunes, Laure Opras se frotta l'avant-bras. Elle avait les yeux cernés et, à y regarder de près, son joli teint doré n'était dû qu'à une généreuse couche de blush ocre. Amblevert allait se retourner pour distribuer les directions à balayer, Frégé et Péon commençaient déjà à discuter le bout de gras au pied des drapeaux, quand Laure murmura :

— Quelqu'un d'autre a pu voir quelque chose.

Sa voix pleine et ronde s'affermit et elle poursuivit :

— On attendait une livraison tôt le matin, les routiers viennent parfois dès la veille au soir et passent la nuit dans l'impasse, devant la grille. Je ne peux pas vous dire si c'était le cas hier. Nous, on rentre à la maison par le jardin. Mais… Attendez, je vais retrouver le nom du transporteur.

Elle s'engouffra dans l'accueil dont la porte demeura ouverte, tandis qu'Amblevert, trouvant que le temps mort avait assez duré, donna le cap à chaque équipe. Elle patienta quelques secondes, scrutant le dos de ses équipiers, jusqu'à ce que Laure Opras la rejoigne, un Post-it vert fluo à la main.

— C'était un indépendant. Freddy Chardron. On a son numéro de portable sur le bon de transport. Je l'appelle ou c'est vous qui…

— On va appeler, coupa Amblevert, furieuse de voir l'un de ses GAV s'écarter du tracé qu'elle lui avait attribué. Oh, le nouveau, tu me fais quoi ? On balaie de droite à gauche, toi ton cap c'est le château d'eau ! Tizan, tu me le tiens, ton binôme, sinon il va comprendre de quel bois je suis faite !

Lorsqu'elle se retourna pour remercier Laure Opras, elle était déjà partie, probablement retournée auprès de ses enfants qu'Amblevert entendait vaguement piailler derrière la haie. Elle fourra le Post-it dans l'une des poches de son pantalon et prit, elle aussi, un cap qui lui permettait de tenir à l'œil le démarrage de ses duos. La route qui desservait la tonnellerie s'achevait cent mètres plus loin à droite. Elle passait devant la grille qui donnait sur le parking, puis celle qui servait aux départs des marchandises, puis enfin le grand portail d'entrée de la maison des Opras. Ensuite elle s'achevait dans un champ bordé d'épines en fleur avec, au loin, le rond-point piqué de pins parasols incongrus qui marquait l'entrée dans Lacapel-sur-Busson. À gauche, la route longeait le parc à bois sur une cinquantaine de mètres, puis s'enfonçait sous les branches basses de charmes têtards. Au-delà du parc, une fois traversé le bas-côté et franchi le fossé, une parcelle en jachère remontait jusqu'à une futaie de chênes. Les broussailles et les ronciers en alternance calculée donnaient à penser que la parcelle était gérée en territoire de chasse. De quoi offrir le refuge aux laies qui devaient en ce moment même sentir leur panse peser. Puis en automne venaient sans doute s'abriter quelques bécasses et des « cocottes », ces faisans d'élevage qu'on lâchait quelques jours avant de les tirer, alors qu'ils étaient bien trop gras pour s'envoler. Le champ n'était pas un territoire qu'Amblevert avait envie de traverser : elle n'allait pas s'esquinter les articulations à fourrer le pied dans les taupinières. Marchant d'un bon pas sur le bitume, elle suivait du regard la paire Frégé-Péon qui, eux, se piquaient les mollets à travers leur pantalon pour balayer la parcelle. Il était amusant de constater que Péon, avec ses grandes pattes et ses grands bras, ouvrait avec gentillesse la voie à son acolyte, trop frêle et trop précieux pour écraser lui-même les ronces sous ses pieds délicats. Frégé avait beau avoir de l'ambition, il lui manquerait toujours ce zeste de témérité qui distinguait les bons des très bons. Les deux gaillards avançaient l'un derrière l'autre, et même si elle ne les voyait qu'à contre-jour, Amblevert pouvait les entendre jacasser.

— Focus, les gars ! rugit-elle, sans effet puisqu'elle se trouvait à mauvais vent.

Les deux silhouettes se profilèrent juste à l'entrée d'un nouveau roncier, et marquèrent un temps d'arrêt. La main en visière, Amblevert s'apprêtait à s'époumoner pour dire quelque chose du genre « 'voulez pas un café, non plus ? » quand elle discerna sous l'amas de ronces un pan de mur surmonté d'une toiture convexe. Les deux hommes se tenaient comme des poules qui auraient trouvé un couteau, à quelques mètres du bâtiment. Amblevert enjamba le bas-côté en râlant, mille graminées se collaient déjà à ses mollets, faisant monter du sol une odeur mentholée de fossé humide, quand elle aperçut quelques mètres plus loin un sentier qui partait de la route, à demi enfoui sous les herbes hautes : deux traits parallèles séparés par l'enherbement central, un chemin pour machine agricole, emprunté quatre fois l'an. Les fétuques du centre étaient encore à demi couchées tandis que les pissenlits avaient déjà relevé la tête. *Passage récent, bas de caisse particulièrement proche du sol.* Elle remonta le sentier à grands pas, jusqu'à la grange, ses quatre murs branlants et son toit crevé. Frégé et Péon l'avaient vue arriver et restaient immobiles. Elle dut contourner le bâtiment en évitant les ronces et les orties qui s'épanouissaient dans les éboulis, puis trouva l'entrée du bâtiment et ses deux acolytes.

— Et alors, vous attendez quoi, le déluge ? lança-t-elle avant d'être saisie par un flux d'air pestilentiel.

L'odeur refoulait d'une haute porte en bois à demi repoussée, peinture sang-de-bœuf écaillée, gonds ne tenant pas plus sur les montants qu'une dent de lait sur la gencive d'un gamin de sept ans.

— On vous attendait pour ouvrir, s'excusa Frégé, la main sous le nez pour faire barrage à l'odeur.

— Ça pourrait être une vache crevée, tempéra Péon, qui verdissait cependant.

— Vous en voyez beaucoup, des vaches, ici ? siffla Amblevert qui avait déjà saisi le battant de droite qu'elle s'efforçait de tirer vers elle.

Le bois raclait contre la terre, gêné à l'ouverture par les herbes qui se couchaient. Une fois la porte ouverte, les trois gendarmes se regardèrent, atterrés. Dans l'obscurité de la grange, une Mini jaune moutarde était garée bien gentiment à côté d'un tracteur pourrissant sur ses jantes.

— Si vous me trouvez une vache là-dedans, je vous paie le resto, maugréa Amblevert, qui mettait un point d'honneur à faire face aux remugles nauséabonds qui déferlaient sur eux sans sortir son mouchoir.

Elle fit trois pas sur la terre battue, contourna dans l'ombre le broyeur encore arrimé au tracteur et se pencha par la vitre qui était ouverte de cinq ou six centimètres, comme celle du siège passager.

— Bon bah, on l'a retrouvée.

La tête de Myriam Opras tombait sur sa poitrine de moineau, étrangement mince pour une cantatrice. Amblevert apercevait à travers la vitre déjà maculée de déjections d'oiseaux ses lèvres cyanosées et une marque sombre qui lui faisait un collier « ras de cou ». Une mèche bizarrement placée lui tombait sur la joue. En se haussant, Amblevert aperçut les genoux menus sous le volant, la main abandonnée contre le levier de vitesse.

— Un rendez-vous au clair de lune qui tourne mal ? grinça l'adjudante-cheffe avant d'ajouter tout bas : Pauvre femme…

L'ironie restait la meilleure carapace. Elle savait que Péon n'était pas dupe, pas plus que Frégé, et quand elle ressortit dans la lumière de la fin d'après-midi, elle rejeta d'un revers de main rageur leurs gestes de soutien maladroits. Sa voix claqua :

— Vous m'appelez le major. J'appelle le proc.

Elle fit quelques pas furieux, s'emberlificota dans une de ces ronces vicieuses tapies au ras du sol, jura et renifla en même temps, laissa échapper son portable au milieu d'une touffe de carex vert pomme et lorsqu'elle se pencha pour le récupérer, surprit Péon disant à voix basse :

— Elle encaisse de mieux en mieux, notre adjudante-cheffe.

Elle l'aurait embrassé.

En deux heures, les TIC étaient sur place et Amblevert attendait avec inquiétude de savoir qui le procureur et la commandante de compagnie allaient affecter sur l'enquête dont elle était pour le moment la directrice, en tant que premier officier de police judiciaire sur place. Il ne s'agissait plus de la disparition d'une anonyme comme pour Katia. Il faudrait gérer la presse régionale, peut-être la presse nationale. Le procureur ne pouvait permettre qu'une enquêtrice de brigade territoriale se prenne les pieds dans le tapis avec les journalistes. Amblevert voyait déjà l'affaire lui filer sous le nez, sans compter son affaire à elle, cette enquête pour vandalisme qu'il allait bien falloir élucider et dont Myriam Opras était la clé. À propos de clé…

— Hep les gars, vous pouvez me sortir le trousseau de clés de la Mini ?

Goguenard, le technicien ganté qui glissait du bout des doigts la moindre miette oubliée sur le tableau de bord dans un sachet en plastique numéroté lui sourit.

— On a déjà sa petite idée sur l'enquête, adjudante-cheffe ?

— J'ai une enquête en cours, effectivement, grinça Amblevert qui se promit intérieurement de ne jamais faire preuve de condescendance avec les gendarmes territoriaux si jamais elle réussissait à intégrer la BR. Les fresques de Mayenac, ça vous dit quelque chose ? Le badge qui a désactivé l'alarme de l'église devrait se trouver sur le trousseau.

Écartant les bras, grand prince, le technicien la laissa fouiller parmi les sachets déjà archivés dans une caissette en plastique posée sur le sol de leur fourgonnette. Sachet n° 8, voilà, le trousseau avec porte-clés Mini Cooper, clé pour serrure trois pointes, trois clés lambda, probablement celles du bureau, et... pas de badge.

— Bon, bon..., murmura Amblevert qui entendit dans son dos s'élever des rires.

Son technicien attitré venait de tirer d'une enveloppe kraft une sorte de gros cahier et chantait, yeux braqués sur le ciel et main sur le cœur :

— « L'amour est enfant de bohème ! »

— Allez Matt, tu nous fatigues, on avance, grommela l'un d'entre eux, celui qu'Amblevert avait surnommé « le Taciturne » dès qu'elle l'avait vu sortir de la fourgonnette, sourire absent et regard vissé au sol.

— C'est pas de ma faute, c'est *Carmen*, insista l'autre, qui étiqueta la partition et la jeta dans la caissette sans égards pour Amblevert qui dut reculer.

Frégé et Péon étaient partis aussitôt après avoir appelé le major, pour rattraper les six autres gendarmes qui battaient inutilement les chemins et la campagne, de manière à réaliser une première enquête de voisinage. À vue d'œil, il n'y aurait pas grand monde à interroger. Les premières maisons étaient celles d'un lotissement gris souris bâti à huit cents mètres au-delà du rond-point, hors de vue de la grange et de la tonnellerie. On s'était entendus pour ne rien dire encore aux Opras. Amblevert songeait déjà à Sacha. Pauvre gosse, quelle maison serait désormais la sienne ? Avec ses grandes pattes et son nez trop long, sa moustache dérisoire et ses yeux ternes, quel avenir pour lui ?

Le téléphone sonna dans le creux de sa main, elle s'ébroua.

— Major ? Non, pas de badge, j'allais vous appeler. Le légiste termine le premier examen sur place, on aura le complément mardi. Oui, étonnant de voir comme ça peut aller vite, parfois. On va dire que c'est à la tête du client. Étranglée, à mains nues. Pas grand-chose d'autre pour le moment. Une partition. *Carmen* d'après ce que j'ai compris. Son sac à main avec tout dedans. L'ordinateur du gamin. Les fenêtres étaient légèrement baissées. Ils font l'arrière et le coffre, moi je poireaute en attendant de savoir si la commandante de compagnie me laisse diriger l'enquête. Ça me semble peu probable vu l'envergure du truc. Et vous ? Des infos ?

Le major n'avait pas plus de nouvelles et raccrocha, pensif. Ricou se tenait coi, assis sur sa chaise devant la nouvelle liste qu'il venait de constituer à l'aide des indications d'Ulysse Gault – famille, amis d'enfance –, et celle de Zakia – copains de fiesta, collègues, autres bénévoles du refuge. Il comptait convoquer chacun, les faire parler sur Katia, trouver un point d'accroche. Quelques noms grappillés dans le dossier de Frédéric Machado pouvaient aussi être creusés, même si le compagnon de Katia avait assuré qu'elle n'entretenait aucune relation avec son univers d'escrocs.

— J'ai peur que notre autopsie à nous passe sous la pile, soupira le major en s'étirant. Tu as entendu le rapport d'Amblevert ?

— Pas très bien, reconnut Ricou qui se frottait les yeux, penché sur son coin de table, stylo à la main. Vous auriez dû mettre le haut-parleur.

— Dès qu'on y touche il bugue pendant des jours. *A priori* cette personne, Myriam Opras, a été tuée mercredi soir. Le soir du vandalisme, donc. Difficile de ne pas faire de lien.

— On l'aurait tuée pour lui prendre son badge ? C'est un peu... disproportionné, non ?

— Ou tuée parce qu'elle avait vandalisé les fresques...

— On l'aurait trouvée à Mayenac, objecta Ricou qui avait posé sa liste et avait joint les bouts des doigts, avant-bras posés sur les cuisses.

— Est-ce que tu crois vraiment, je réfléchis à voix haute, hein, que l'enjeu avec ces fresques peut pousser à ça. À tuer. Ce jeu télévisé, ça va jusqu'où, exactement ?

Ricou haussa les sourcils, tentant d'évaluer le potentiel de dérapage de l'émission.

— Quand on sait ce que des gens sont capables de faire avant les trophées des villages fleuris, reprit Dambérailh, ça laisse sans voix. On a dû intervenir un jour parce qu'un comité des fêtes venait la nuit arroser les fleurs du village voisin avec de l'eau salée. Ils ont perdu une fleur sur le panneau du village, ça a fait un scandale terrible.

— Ah, la vie bucolique, les petites fleurs des champs, le bon air… finalement c'est Dallas ici, on nous a menti !

Dambérailh, tout à fait d'accord, hocha gravement la tête, le front barré d'une ride préoccupée, et sursauta lorsque Ricou éclata de rire. Le jeune directeur d'enquête se tenait les côtes, épaules agitées de spasmes et larmes qui jaillissaient des yeux.

— Pardon ! pardon je ne veux pas, hoquetait-il, pas vous vexer. Je vous prie de m'excuser. J'ai voulu exagérer, et votre air, tellement sérieux, c'était… Pardon. Je suis fatigué.

Il reprit peu à peu ses esprits, tandis que le major, mi-figue mi-raisin et conscient d'avoir été tout à fait dépourvu de second degré, tentait de remettre la discussion sur les rails.

— Avec l'implication de la télévision, tu peux rire, mais je suis sûr que ça pousse les gens à faire n'importe quoi.

— Ou la production ? La production a pu pousser un imbécile à massacrer ces fresques, pour le spectacle. On aurait pu vouloir créer artificiellement un « moment de télévision ».

— Est-ce qu'on ne devrait pas fouiller par là-bas, commença le major, tout disposé à décrocher son téléphone.

— Vous imaginez bien que l'enquête pour meurtre risque d'être affectée à la BR directement. Ils vont placer quelqu'un d'aguerri aux tourments médiatiques, j'imagine. Dites-moi, major, vous n'ambitionnez pas de rejoindre la BR ? Je vous y vois très bien.

Avec une grimace qui pouvait autant signifier un « oui, je le reconnais » qu'un « jamais de la vie », le major se rassit et reprit la rédaction de son e-mail de compte-rendu au procureur. Il en était à détailler les éléments rassemblés par Ricou, noms des fréquentations à interroger en priorité, état des finances de la victime, lorsqu'un détail de sa conversation avec Amblevert lui vrilla littéralement le cortex.

— Ricou ?

— Major ?

— Rappelle-moi les goûts musicaux de Katia.

— Goûts musicaux…

— Oui, les affiches, les CD qu'on a trouvés chez elle, s'impatienta le major qui dut se lever, le corps traversé par un flot d'adrénaline qui lui rendit la station assise brusquement insupportable.

— Heu… France Gall ? Goldman ? Sanson, je ne sais plus, moi, Sheila, Françoise Hardy…

— Et quel est le lien entre Gall, Hardy, Sanson, et *Carmen* ?

— La frange ? osa Ricou, un sourire en coin.

— Aucun ! s'exclama le major, qui serra les doigts des deux mains comme un prestidigitateur qui veut accrocher le regard. Ce CD n'avait rien à faire là !

— J'ai du mal à vous suivre.

— Qu'est-ce qui était inscrit sur le boîtier vide qu'on a trouvé chez Katia Gault ? Bizet ! Qu'est-ce que Bizet faisait chez une amatrice exclusive des femmes de Michel Berger ? Je prends par un autre bout le problème, répondit

Dambérailh dont les yeux brillaient et la voix chevrotait presque sous l'effet de l'excitation. Que nous a dit Ludovic Machado ? Que Katia venait de trouver quoi, pour sa représentation à la prison ?

— Une tête d'affiche ! s'exclama Ricou qui, du coup, se leva aussi. Katia Gault voulait faire chanter Myriam Opras dans son spectacle ?

— Machado nous a dit que Katia s'était opposée aux mamies qui voulaient monter *Notre-Dame de Paris*, parce qu'elle voulait « de la grande musique » !

— D'où *Carmen*.

— C'était ce dont Myriam Opras parlait dans son journal, à la dernière page ! L'école de musique dont parlait Machado, c'était le conservatoire. Et Myriam ne comptait pas leur donner de cours, elle comptait chanter en soliste.

— On a notre lien.

— Et peut-être davantage, martela le major qui tapait dans le creux de sa paume de son poing fermé. On a trouvé la partition dans la voiture de Myriam. Imagine que Katia soit passée les déposer mercredi soir ?

— Elle a vu quelque chose..., souffla Ricou. On l'a, notre mobile. Katia Gault a vu quelque chose ce soir-là.

Échevelée, Amblevert déboula en trombe dans le bureau déjà surchauffé du major. Le ceinturon de son pantalon d'intervention lui rentrait dans les côtes, elle prit le temps de le descendre de quelques centimètres sur les hanches, ce qui lui donna une posture de dame de cantine rajustant son tablier, puis elle explosa.

— Qu'est-ce que c'est que cette entente sournoise avec la commandante de compagnie ? Qui avez-vous payé pour être parachuté directeur d'enquête sur un double meurtre ? Ce n'est plus une brigade territoriale, ici, c'est l'antichambre du BLAT[1] !

— Calmez-vous, Amblevert, soupira Dambérailh tandis qu'avec beaucoup de tact, Ricou sortit se préparer un café. Vous n'avez à vous en prendre qu'à vous-même.

— À moi-même…

— C'est vous qui m'avez donné le lien.

— Entre quoi et quoi ?

1. Bureau de lutte antiterroriste.

— Le meurtre de la cantatrice et celui de Katia Gault.

— Et c'est ?

— Bizet.

— Vous vous moquez, renifla Amblevert. C'est petit.

— Je suis très sérieux, au contraire. Je vous explique dans cinq minutes. Laissez-moi d'abord laver mon honneur : la commandante de compagnie a jugé, étant donné le lien entre les deux affaires, que la constitution d'une cellule d'enquête dédiée à l'affaire devenait nécessaire. Comme elle rêve de me prouver que je suis sous-gradé, elle me demande de conduire l'équipe. On devrait accueillir sous peu une dure à cuire des relations presse. Un profil atypique apparemment.

— À la BR ils le sont tous. Que des experts en culotte courte, de vieux alcooliques géniaux et des hauts potentiels à melon géant, persifla Amblevert.

— J'ai un doute, soudain. Vous parlez de vos futurs collègues ?

D'un geste désabusé, Amblevert balaya l'ironie et la question.

— J'ai compris. Vous vous êtes fait snober par les TIC, laissa tomber le major. Pas d'orgueil mal placé, Amblevert, bientôt c'est vous qui les mènerez à la baguette. Laissez-moi vous raconter comment vous nous avez éclairés et aidez-moi à descendre le paperboard et le tableau Velleda géant, on va aménager le bureau de la cellule d'enquête.

— Où ?

— Près de la cafetière. Cela me semble évident.

Furieuse d'avoir planté à deux reprises un pied du paperboard dans le mur de la cage d'escalier repeinte de frais, Amblevert pesta de bout en bout de l'opération.

— Dites, éructa l'imposante gendarme, vous pensez que la cantatrice allait vraiment chanter en prison ? À ce qu'on dit, les sopranos sont connues pour être de sacrées divas.

— Justement, c'est une mezzo. Et je pense que Katia Gault ne lui a pas proposé n'importe quoi, rappelez-vous le dernier article collé dans son journal.

— Où elle parle de donner des cours ?

— Exactement. C'est avec les élèves du conservatoire qu'on lui proposait de se produire. Donc projet social, certes, mais auditoire conquis d'avance et chœur de qualité.

— Ça a du sens, grommela Amblevert.

DIMANCHE

Le dimanche matin était habituellement pour Daphné l'occasion de se lever aux aurores pour filer au marché de Lafontac et rafler avant la masse le maximum de produits difficiles à trouver. Petites asperges vertes, jeunes carottes nouvelles, queue de lotte, araignée de porc, gâteau basque, tout ce sur quoi se ruaient les nouveaux ruraux qui, dommage pour eux, se levaient trop tard pour obtenir les meilleurs produits au meilleur prix. Daphné avait secrètement la conviction qu'il existait un cours des prix avant et après 9 heures du matin.

Ce dimanche-ci, elle ouvrit l'œil bien après que le soleil fut sorti de derrière la lisière sur laquelle donnait la fenêtre de sa chambre. Le coucou lui-même n'avait pas réussi à la réveiller. Elle s'étira, étrangement courbatue, moulue même, et lorsque les premiers souvenirs de sa nuit passée lui revirent en mémoire, elle hésita entre le rire et l'affliction. Heureusement que le repiquage des jeunes plants lui permettait de conserver une certaine masse musculaire et un minimum de souplesse. Quant au mythe selon lequel, avec l'âge, on se détourne des acrobaties pour privilégier l'économie de mouvement, il n'avait de fondement que dans l'angoisse des trentenaires de se voir détrônés par leurs propres parents. Le seul inconvénient réel de l'âge, c'étaient les ronflements et les insomnies. L'idée d'émettre des sons gênants avait tellement perturbé Daphné qu'elle avait regagné sa chambre vers 1 heure du matin, fourbue et ravie. Elle se leva et passa dans le couloir sur la pointe des pieds, s'arrêta quelques secondes pour s'assurer que, derrière la porte close, Michel Fouilloux-Saxe dormait toujours, et descendit se faire un café. Il lui faudrait acheter de la tisane, impérativement, Michel ne buvait que ça pour éviter que la théine ne ternisse l'émail de ses dents. Il allait sans doute rester quelques jours. L'idée n'était pas désagréable, et Daphné se tenait prête à assouplir ses petites habitudes pour tirer tous les avantages d'une visite qui se révélait plutôt distrayante. Tant qu'elle ne devenait pas envahissante… mais elle comptait sur la bonne éducation de Michel, qui allait sans dire.

Assise à la table de sa cuisine, tasse dans une main et téléphone dans l'autre, Daphné relevait ses SMS. La tasse lui échappa, elle étouffa un cri de douleur, la reposa, à demi vide, et enfila les lunettes qu'elle laissait toujours à portée de main sur le buffet.

0 h 42 - [Laure Théâtre]

Ma chère Daphné,

Pas de répétition demain après-midi. On annule tout. Ma belle-sœur a été retrouvée morte cet après-midi.

Laure

0 h 48 - [Laure Théâtre]

Désolée, c'est abrupt.

3 h 10 - [Laure Théâtre]

C'est ton neveu qui est chargé de l'enquête. Il est bon, j'espère ?? Forcément… Je n'arrive pas à réaliser. Ça t'ennuie si je t'appelle demain matin ?

Laure

En état d'ébullition, Daphné renversa une deuxième fois sa tasse. Elle épongea le café avec la manche de sa robe d'intérieur, fit tomber sur le sol la pince de son sucrier tandis que son toast brûlait dans le grille-pain. Indifférente à ce déchaînement de catastrophes domestiques, elle tentait de maîtriser les palpitations désordonnées de son cœur de sexagénaire déjà soumis à rude épreuve. Une enquête. Ici, dans le secteur ! Et la famille Opras impliquée… Des notables, plus que notables si on incluait la notoriété de la cantatrice brisée. Pourvu que ce soit cette belle-sœur-là ! À sa connaissance Laure n'en avait pas d'autre… Et puis, même si c'était un peu rude de souhaiter la mort d'une personne en particulier, toutes les divas n'étaient-elles pas infectes, de toute façon ? Dans une affaire de meurtre, autant que la victime soit un peu intéressante.

Cette brave fille dans l'affaire de la chambre froide n'avait pas rehaussé par son charisme l'enquête qui, fort heureusement, s'était révélée pleine d'émotions[1].

Des pas firent grincer l'escalier de l'entrée, et la présence de Michel Fouilloux-Saxe lui revint à l'esprit. Misère, qu'allait-elle faire de lui ?

Il entra dans la cuisine, la taille prise dans une robe de chambre de lord, en velours matelassé bordeaux, brodé d'arabesques ton sur ton. Il avait de l'allure, il fallait le reconnaître, en plus d'une endurance surprenante. Il se pencha vers elle et elle lui tendit chastement la joue, tout à coup inquiète de ne pas trouver de prétexte élégant pour l'éloigner. Il lui fallait avoir les coudées franches pour mener son enquête. Après tout, la famille proche elle-même la sollicitait, probablement encouragée par ses succès dans l'affaire de la chambre froide ou encore celle des abeilles tueuses[2].

— Quelle nuit fantastique, démarra Michel en prenant place à table.

Il posa sur le dossier de la chaise voisine un vêtement de coton blanc qu'il tenait serré dans la main et se pencha pour saisir la main de Daphné.

— Ça ne m'étonne guère, j'ai fait changer toute la literie lorsque j'ai commencé à louer des chambres.

— Tu t'es donc toi aussi lancée dans cette vie de fou ? Les réservations, les draps, les gens indélicats… je t'admire.

---

1. Voir *L'année du gel.*
2. Voir *Piqûres de rappel.*

— Je n'ai pas vraiment le choix, rétorqua Daphné, les charges de l'Abbaye…

— Les charges, oui… Eh bien je ne voudrais pas te priver d'une chambre supplémentaire.

— C'est aimable à toi.

— Je m'installerai donc dans la tienne, j'ai à peine touché à mes bagages. Tu sais que je me suis fait opérer des cloisons nasales, je ronfle à peine. Un chuintement tout au plus.

Trop abasourdie pour répondre quelque chose et sortir Michel de l'erreur tragique dans laquelle il s'enferrait, Daphné hoqueta et commença à émietter nerveusement son toast brûlé dans sa soucoupe. Le sénateur s'étira et proposa :

— Et si nous nous promenions, ce matin ? Avec la retraite j'ai pris goût aux promenades matinales. L'air frais, les petits oiseaux… Je t'invite à déjeuner ensuite. On m'a parlé d'un nouveau restaurant, le Kitchen Kitsch, il paraît que c'est très correct.

Il se servit du lait après avoir constaté l'absence de tisane sur la table, sans cesser de parler.

— Si tu savais le nombre de restaurants qu'il a fallu inaugurer, les jeunes chefs qui voulaient inviter le maire, les élus… En période électorale c'était terrible, je prenais systématiquement trois centimètres de tour de taille. Tu as de l'édulcorant ?

— J'ignore ce que c'est. Dis-moi, ton installation…

— Comme la nouvelle cuverie de la coopérative, tu t'en souviens ? Ces ciseaux qui ne coupaient pas le ruban… c'était d'un gênant, heureusement que tu avais… quoi déjà ? Enfin, quelque chose qui coupait bien.

— Ciseaux à ongles.
— Voilà. Une vraie lady.
— J'aimerais savoir pour combien de temps tu comptes…
— Mais le pire souvenir reste cette église dont il a fallu commenter des heures le tympan refait à neuf, sous la pluie ! Mes talons s'enfonçaient dans la terre, c'était une vraie Bérézina. Tes fiches prenaient l'eau, aussi, l'encre coulait et je ne savais plus quoi…
— Michel, finit-elle par couper, combien de temps aurai-je le privilège de t'accueillir ?
Il ouvrit la bouche et la referma, puis décocha un sourire à faire fondre les plus endurcies.
— Tu es déjà lasse de moi ?
— Non, pas du tout, bredouilla Daphné, je suis… C'est un plaisir de passer du temps avec toi, bien sûr !
— Alors c'est entendu.
— Quoi donc ?
— Je reste ! s'exclama le sénateur à la retraite, bras levés en signe de capitulation.
La pilule était amère mais Daphné parvint à masquer sa grimace et déglutit avec un sourire bancal. Elle reviendrait plus tard sur le sujet, il fallait qu'elle réfléchisse à un moyen raffiné de le mettre dehors, tout en délicatesse. L'urgence était d'appeler Laure Opras pour en savoir un peu plus. À la réflexion, de coopérative en restaurant, le sénateur Fouilloux-Saxe avait peut-être conservé à la Tonnellerie Opras quelques entrées ? Ainsi, elle aurait l'avantage de pénétrer facilement la sphère privée de la victime, par Laure, et la sphère professionnelle, par Michel, qui ne serait jamais

à court de souvenirs savoureux à évoquer avec le mari de Laure. Elle connaissait peu ce grand escogriffe, toujours assis au premier rang lors des représentations de leur petite troupe amateur. Un bon vivant, sans aucun doute, chaleureux et avenant mais pas évident à percer, elle le sentait. Or les hommes entre eux sont souvent moins méfiants, trop heureux de se confier sur l'œuvre de leur vie, ils se laissent parfois entraîner à lâcher quelques informations précieuses. Daphné n'aurait qu'à passer au tamis les congratulations mutuelles que ne manqueraient pas de s'adresser Michel et Philippe Opras, pour en extraire de l'intérêt en vue de l'enquête. Fouilloux-Saxe devait connaître la cantatrice, lui aussi, puisqu'un sénateur se devait d'avoir son abonnement golden à l'Opéra. Parlait-on de « golden » en matière d'Opéra ? *Mais dans quelles réflexions suis-je en train de m'égarer ?*

— Les Opras, ça te parle, j'imagine ? demanda Daphné qui remit à griller deux toasts et se leva pour jeter sur les marches de la cuisine les miettes carbonisées.

Elle n'en voulait pas dans son saladier à pudding, cela donnerait mauvais goût au gâteau. Ces miettes-ci, autant les concéder aux mésanges.

— Bien sûr ! J'ai bien connu le père ! Un homme d'une rectitude… Le devoir, le devoir. Le fils est bien, je crois, très bien. Malheureusement leurs travaux se sont achevés bien après la fin de mon mandat, je serais curieux de voir ce qui a été fait, finalement. On m'a dit que les bureaux des fonctions support étaient d'un luxe délirant que les artisans ont eu du mal à avaler. Mais peut-être que tout cela m'a été mal rapporté. Pourquoi ?

— Parce que j'ai bien envie d'y faire un saut, lundi par exemple ? J'y ai une amie à voir.

— Si je dois t'accompagner, autant que je te fasse honneur, darling. Est-ce que tu pourrais me laver cette chemise ? C'est ma seule à boutons de manchettes et j'ai fait l'erreur de déjeuner avec en terrasse, elle sent le tabac.

Pour accompagner sa demande il saisit le vêtement blanc qu'il avait posé sur le dossier de la chaise voisine et le tendit à Daphné par-dessus le pot de marmelade en exhibant toutes ses dents.

Pousser la table basse, les trois fauteuils boiteux et le bocal de Bubulle ne s'était pas fait sans une crise d'éternuements frénétiques de Frégé. Allergique à tout, ce Frégé, songeait Amblevert qui jaugeait d'un œil critique la nouvelle installation de la « cellule d'enquête ». Ricou disposait enfin d'un bureau correct, qu'on avait ressorti d'un débarras, le major avait apporté sa propre table pour se tenir face à ses directeurs d'enquête adjoints. Même si elle était censée diriger la brigade plus que participer à l'enquête, Amblevert avait trouvé un coin, sous la fenêtre, pour installer son ordinateur et son fauteuil à roulettes. Le tableau Velleda trônait sur le plan de travail de la cuisine qui avait été sérieusement lessivé pour l'occasion. On avait roulé le tapis persan aux violets et aux roses passés, poussé le guéridon à cartomancie près du radiateur et déplacé l'armoire à archives qui pesait le poids d'un sumo K-O. Sur le tableau, deux photos étaient aimantées, à une trentaine de centimètres l'une de l'autre, perdues dans un espace vierge.

Myriam Opras, en noir et blanc, éclairage professionnel, regardait de trois quarts un point invisible, l'œil romantique et comme enfumé, la pommette haute et la lèvre bien dessinée. Frégé l'avait trouvée sur Internet et imprimée dans le bureau du major. À sa droite, Katia Gault. La photo était découpée dans un article de *L'Écho gascon*. Elle tenait par le cou un chien dont on avait coupé le corps et le museau, pour recadrer tant bien que mal sur son visage. Cheveux dressés en piques, rides d'expression de chaque côté des ailes du nez, sourire ému, en raison d'une nouvelle adoption de toutou sans doute dont l'article tirait trois colonnes, bras maigrelets et tatouage dans le creux du coude.

La cafetière lançait des panaches de fumée. Ricou, Amblevert et le major se tenaient prêts, prêts à accueillir dans les bouillons du démarrage d'enquête cette fille de la section de recherches[1] qui allait débarquer à Lafontac comme un GI à Sainte-Mère-l'Église. La brigade était pratiquement vide, dimanche oblige, les gendarmes d'astreinte étaient partis en intervention, et Jean Péon, prétendument pour récupérer un bouquin qu'il avait oublié dans un tiroir, traînait une oreille dans les couloirs. Il voulait voir ça avant de prendre sa retraite.

Enfin, elle arriva.

La petite prodige des relations presse, du décapsulage de tubes à essai dans lesquels elle savait glisser sans le toucher un cheveu à envoyer au labo, la copine des TIC, qui savait coder en

1. SR.

Python ou en C++, la fille qui conduisait son 4 × 4 à deux doigts, la... La porte s'ouvrit et Amblevert coupa net le film qui défilait sur l'écran interne de son os frontal.

— Baya Ocelot. Fait chaud, ici !

On ne devrait pas avoir le droit d'être fichue comme ça. Amblevert détailla entre ses cils rabattus en visière de sécurité la taille menue, le décolleté qui poussait le bouton de la chemise, les attaches fines, les yeux... nom d'un chien, elle avait les yeux vairons en plus. Cette fille avait toute sa place dans un Brigade Mondaine ou un S.A.S. Ici on était dans la gendarmerie, une vraie brigade avec de vrais gendarmes dedans. Comment allait-elle faire pour faire équipe avec une déesse pareille, encensée à la SR et qui s'appelait Baya par-dessus le marché ? Elle avait envie de pleurer.

Dambérailh rompit le charme.

— Bienvenue, adjudante-cheffe.

Adjudante-cheffe en plus. Pas moyen de se prévaloir d'un grade supérieur.

— Très honorée, major, de rejoindre votre cellule d'enquête. Je suis tout ouïe !

— Un café, peut-être ?

— Merci, je viens d'en prendre un. Je vous écoute !

— Bon...

Un peu décontenancé par l'entrée en matière, le major passa outre les politesses d'usage qui permettaient en général de graisser les rouages au démarrage et se lança à froid dans le résumé de l'affaire. Tout ce qu'il détestait, ricana intérieurement Amblevert. La jolie Baya partait à contre-pied.

— Deux victimes.

Il toussota, posa sa tasse et s'avança vers le tableau.

— Le corps de Katia Gault a été découvert le jour même de sa mort, jeudi matin. Celui de Myriam Opras a été découvert samedi après-midi, alors qu'elle est probablement morte dans la nuit de mercredi. Le lien entre les victimes est avéré. Ricou, tu développes ?

Parfaitement insensible au charme de Baya, Ricou sortit de son blouson une fiche qu'il ne consulta même pas.

— Katia Gault montait un opéra avec le conservatoire de musique dans le cadre de sa mission au service des détenus de la maison d'arrêt. Elle avait démarché Myriam Opras et devait lui remettre le livret de la partition. On pense qu'elle est venue mercredi soir à la tonnellerie, on cherche un témoin.

— Pourquoi là-bas ? intervint Baya, qui, en équilibre sur une fesse, se fourra d'un geste vif une dragée de chewing-gum dans la bouche.

— C'était sur invitation de Myriam Opras, on a remonté les mails. Myriam ne voulait pas recevoir la partition chez elle.

— Pourquoi ? Il faudrait savoir, non ? insista Baya, penchée sur le bocal de Bubulle dans lequel elle trempait l'index tout en mastiquant sa pâte à la menthe sans chercher à être discrète.

— Sans doute, oui, marmonna Ricou qui venait de perdre le fil.

Sa fiche lui tira l'épine du pied et il poursuivit, après avoir lissé du plat des doigts la mèche oblique qui, comme dans les BD pour enfants bon chic bon genre, lui faisait sur le front un joli rideau lustré (le choc visuel entre la sage mèche et le cuir de motard ne laissait pas d'étonner Amblevert).

— Donc, Katia Gault serait venue remettre la partition à Myriam Opras, et le lendemain matin, elle a été poussée dans le chenil d'un chien dangereux qui a été probablement excité pour passer à l'attaque. On peut donc supposer que Katia Gault a été témoin de quelque chose concernant la mort de Myriam Opras.

— Elle ne s'est pas empressée de le rapporter aux autorités, commenta Amblevert, qui cherchait à proposer, elle aussi, un éclairage intéressant.

La désinvolture de Baya lui grillait les nerfs aussi sûrement qu'une lumière bleue électrise les moustiques. Elle ne pouvait s'empêcher de guetter sur le visage du major et de Ricou un intérêt autre que professionnel. Il flottait dans cette pièce un sulfureux mélange de tension et d'hormones, jugea Amblevert. Elle devait marquer son territoire, veiller à ne pas être écartée de l'enquête, un double meurtre sur sa zone, c'était une chance inespérée de briller auprès de la commandante de compagnie. Hors de question de se laisser éclipser par une grue en civil. Elle se concentra sur le visage de Ricou qui analysait la remarque qu'elle venait de faire avec à-propos. Elle aimait bien Ricou, finalement, il n'était pas du genre à tirer la couverture à lui, et il ne semblait pas désarçonné par l'avantageux poitrail de Baya.

— C'est vrai, admit le jeune adjudant, qui tripotait le coin de sa feuille du gras du pouce. Soit elle se méfie des autorités, et on peut comprendre avec son compagnon en prison, soit elle n'a pas vraiment vu ou réalisé ce qu'elle voyait... Mais le meurtrier ou la meurtrière a préféré ne pas courir de risque.

D'un geste qui ne semblait pas calculé, mais Amblevert ne se faisait aucune illusion, Baya tira sur son élastique et fit voler ses cheveux dans son dos. Puis elle tira une mèche rousse au hasard, la fourra dans sa bouche et commença à la mordiller tout en fronçant ses jolis sourcils. Elle devait les arranger au crayon, ce n'était pas possible qu'ils soient naturellement aussi étirés sur les tempes. Amblevert se passa ni vu ni connu un doigt entre les siens pour évaluer le degré de jachère de cette zone qui avait tendance à se hérisser de poils drus. Blonds, mais drus. Allait-il falloir qu'elle se préoccupe de ça aussi, en plus du reste ?

Profitant d'un instant de silence concentré, le major se leva et traça entre les deux photos un trait d'une rectitude parfaite, y plaça un point au-dessus duquel il nota « partition ». En dessous de ce même point, il écrivit : « Autres liens ? pourquoi Opras ne voulait pas la recevoir chez elle ? recouper horaire visite Katia. Témoin direct ou indirect rencontré ? »

— Plusieurs points de départ, annonça-t-il tout en rebouchant son feutre qui emplissait la pièce d'une odeur scolaire entêtante. Ocelot, vous m'appelez l'employeur de Katia Gault pour connaître son heure de débauche mercredi et le lieu d'où elle est partie. Calculez le temps qu'elle a dû mettre pour faire la route. Vous repassez les SMS du mercredi soir et vous regardez si le portable a borné à Lacapel, et à quelle heure, pour le moment on n'est sûrs de rien. Pour la carte bancaire, l'a-t-elle utilisée sur le chemin, pour prendre de l'essence par exemple, où et à quelle heure ? Ricou va vous faire un topo rapide sur ce qu'il a déjà. Amblevert, vous retournez interroger le mari avec Ricou. On a changé de catégorie, là. Vous essayez de sonder s'il était au courant de cet opéra de bienfaisance. Le fils aussi, bien sûr. Et, si je ne m'abuse, vous avez en votre possession le journal de Myriam Opras. Je crois que le moment est venu de le lire *in extenso*.

— Noté, major, marmonna Amblevert.

Échapper à la perspective mortifiante de faire équipe avec Ocelot la soulageait immensément. Elle découvrait, horrifiée, qu'elle craignait de marcher de front dans la rue à côté de cette créature parfaite. Elle qui avait toujours refusé de complexer… Plus facile à dire quand on patrouille à côté de Péon.

— Je retourne pour ma part à la tonnellerie, conclut le major. On doit comprendre exactement le déroulé de la soirée, récupérer les coordonnées de toutes les personnes impliquées, voir quel rôle Myriam Opras jouait dans l'affaire familiale. J'aurais besoin de faire examiner les livres de comptes. Dans ces affaires familiales, les sous sont souvent la pomme de la discorde. Quelqu'un a fait option compta ou bien je dois envoyer le tout à un enquêteur Defi[1] ?

1. Délinquance financière.

— Frégé. Il a raté son DECF[1] deux fois avant d'intégrer la gendarmerie, s'écria Péon du fond du couloir, qui ne perdait pas une miette de ce qui se disait en salle commune.

— C'est un gage d'expertise ? railla Amblevert.

— Je m'en occupe, intervint Baya qui s'étirait dans le contre-jour de la fenêtre. J'ai passé deux ans à m'occuper de Defi, les soldes intermédiaires de gestion c'est mon dada.

— Parfait, Ocelot, je vous laisse réquisitionner les accès au logiciel de compta. Demandez qu'on vous porte les pièces comptables ici, si vous préférez travailler au calme. Les coordonnées et les adresses sont dans le dossier que Ricou et moi avons monté. Il y a quelques PV d'investigation. Amblevert, on a ajouté les vôtres concernant l'affaire du vandalisme. Je ne crois pas aux coïncidences, les deux affaires ont forcément un lien. Péon a fait une copie pour chacun. On fait le point ce soir ici. Alors, bonne journée et je reste joignable !

Les chemises cartonnées furent remises en main propre par le major qui se fendit d'un nouveau « bienvenue » à l'adresse de Baya. Elle se mit à faire claquer l'élastique sur le carton, un tic nerveux peut-être, qui agaçait déjà prodigieusement Amblevert. L'odeur de menthe synthétique qui se mêlait aux effluves de corps échauffés et de café lui sembla de mauvais goût.

— Tout le monde a sa feuille de route ? Amblevert, vous ferez un topo à Ricou sur les fresques et le

1. Diplôme d'études comptables et financières, rebaptisé en 2008 le diplôme de comptabilité et de gestion mais Péon n'est pas tout à fait à la page.

badge disparu. On ne doit pas perdre ça de vue non plus.

Chacun acquiesça silencieusement, posa sa tasse dans l'évier en comptant sur une divine intervention pour la trouver lavée à son retour, et sortit de la salle de travail. Dambérailh entra dans son bureau pour y récupérer les clés de sa voiture et Amblevert allait passer dans le couloir sans s'arrêter, suivie par un Ricou au front plissé, quand ses doigts rencontrèrent un papier chiffonné au fond de sa poche. Elle s'écria alors, en exhibant un Post-it froissé :

— J'ai peut-être un témoin, à propos !

Debout près de la voiture qu'elle comptait conduire jusqu'à Mayenac, Amblevert avait la pénible impression d'être scrutée par Baya Ocelot qui faisait exploser des bulles de chewing-gum avec une régularité crispante. Que fabriquait Ricou ? Baya alluma une cigarette sans cracher son chewing-gum, avec une moue de canard digne d'une instagrameuse puis regarda Amblevert de côté, à travers un écran de fumée très hollywoodien.

— Jolie moto. C'est celle de Ricou, non ?

— Mmm...

— Tu sais comment on l'appelle à la SR ? La citadelle.

— Pourquoi ?

Géraldine chassa un moucheron qui venait lui vibrionner à quelques centimètres de l'œil. Pourquoi cette fille lui parlait-elle de Ricou ? À la réflexion, il était bien naturel qu'ils se côtoient, la SR et la BR étaient régulièrement amenées à travailler sur les mêmes dossiers.

— Parce que personne n'a réussi à le croquer !

Baya éclata de rire, passa la main sur le cuir de la selle et lança un clin d'œil à Amblevert qui resta de marbre. Ici, on ne mélangeait pas tout. Elle afficha une expression revêche, pour bien planter le décor, et grimpa dans la voiture en exhortant silencieusement Ricou à apparaître afin qu'elle puisse démarrer et laisser derrière elle Baya et sa cigarette fumée du bout des lèvres.

Enfin, Ricou sortit du bâtiment, le blouson passé à la hâte sur son polo rayé. Il s'installa sans un mot sur le fauteuil passager, son dossier sur les genoux et les mains posées à plat pardessus. Amblevert démarra avec un soulagement manifeste, fit crisser les pneus sur le gravier de la cour dans l'objectif mesquin de couvrir Baya de poussière.

Le long de la route, les fossés fleurissaient avec une ardeur dopée par la montée brutale du mercure. De minuscules fleurs blanc rosé oscillaient en grappes vaporeuses, de la cardamine des prés se rappela Amblevert, et plus haut sur les talus les bourraches émaillaient d'étoiles bleues les broussailles vert vif. Le soleil grimpait avec sérénité dans le ciel encore bleu foncé du mois d'avril, comme si l'éther, sous l'effet de la chaleur d'été, allait en pâlissant au fil de la saison. Il allait faire chaud. Amblevert ouvrit le vide-poche de sa main droite, faisant reculer Ricou sur son fauteuil. Elle sortit un cahier à couverture rigide recouverte de tissu noir, aux coins écrasés et à la tranche usée.

— C'est le journal de Myriam Opras. J'ai lu quelques passages. On a vingt minutes de route, si tu veux te faire une idée.

Ricou ouvrit une page au hasard, lissa du plat de la main un article de quotidien fripé que Myriam avait collé après l'avoir plié en quatre. Alors qu'Amblevert faisait des appels de phares furieux à un gamin qui tapait un SMS en conduisant, il fit tourner les pages, lentement. Quelques photomatons collés en tout début de journal faisaient gonfler le cahier. Ricou y découvrit différents portraits de Sacha, tous ratés, qui avaient probablement été mis de côté car inutilisables dans des documents officiels. On le voyait sourire avec ses deux dents de lait manquantes au milieu de la bouche, tourner la tête de côté pour regarder sa mère, se toucher l'oreille. Puis quelques mots griffonnés en milieu de page, à la hâte.

Avril 2009

Impossible, impossible, comment laisser Pol se fourvoyer ainsi ? Cette fille va le dépouiller et elle partira quand il n'y aura plus un seul euro à soutirer. Il va me détester mais tant pis, il me remerciera plus tard.

— Elle semble avoir été assez réticente à voir son frère s'engager dans une relation amoureuse, constata Ricou.

— Son frère ? Mais il est marié !

— L'autre, le presque frère, Pol… Apparemment elle est intervenue au moins une fois.

— Franchement, quand on est aussi proches, j'imagine qu'on se permet parfois d'ouvrir les yeux de celui ou celle qui est aveuglé.

— Peut-être, murmura Ricou qui continua à faire défiler les pages. Ça ne devait pas être facile pour le mari de la victime de s'insérer dans ces relations tellement… resserrées.

— Il y trouvait son compte, forcément, sinon il ne serait pas resté ! ricana Amblevert.

Un instant décontenancé de se trouver face à une grille close, le major réalisa que le dimanche, la tonnellerie n'était probablement pas en activité. Il roula au pas jusqu'à la seconde grille de l'entreprise, celle par laquelle sortaient les camions chargés de barriques blondes et polies, la dépassa, puis s'engagea dans l'allée bordée de jeunes tilleuls qui menait à la maison. Les feuilles en étaient encore vert acidulé, cet inimitable vert d'avant les grandes chaleurs. La météo annonçait pour la semaine suivante un pic de température brutal, plus de vingt-sept degrés, comme souvent à la fin avril. Le type de choc thermique qui ternissait les feuilles, faisait ployer la hampe des muscaris à l'indigo trop mûr et grillait les boutons de pivoine. Les humains ne valaient pas beaucoup mieux et Dambérailh savait qu'une étrange léthargie s'emparait de sa brigade aux premières chaleurs, le temps que s'adaptent les organismes.

À quoi s'occupe une famille qui vient d'être frappée par une mort violente ? Le major avait appris à composer avec ces interrogations perturbantes qui semblaient ne jamais effleurer ses homologues en brigade territoriale, encore moins les autres enquêteurs de la BR, plus aguerris peut-être. Lui avait cessé de juguler ces étonnantes préoccupations, ces pensées annexes qu'il avait d'abord crues déplacées au cœur d'une enquête… avant de s'apercevoir qu'elles n'étaient que le revers de l'intuition, et devaient être accueillies comme telles. Qui pleure le plus ? Quelle première phrase prononce le conjoint, quel objet est immédiatement touché, déplacé, caché pour ne pas trop heurter la mémoire endolorie, que dit-on aux enfants pour expliquer l'absence, qui prépare le premier repas, le corps est-il réclamé, par qui, qui accourt, qui reste injoignable, y aura-t-il une veillée, avec ou sans musique de fond, qui choisit les vêtements qui habilleront le corps ? Et qui ne se pose aucune de ces questions ?

Alors que le major garait son véhicule à l'ombre d'un cèdre immense, deux enfants jaillirent d'une porte claquée à la volée et se disputèrent âprement la balançoire qui pendait à une branche semblable à une trompe de pachyderme. Il les observa, mains sur le volant encore tiède, et pattes-d'oie tout attendries. Que les années filaient vite. Capucine et Chloé n'en avaient pas conscience une seconde, et Baptiste vivait comme exonéré du temps dans son monastère. Anne et lui se tenaient seuls sur la berge et les voyaient s'éloigner à grande vitesse dans leurs embarcations fragiles, trop loin, trop vite, tout droit ou en zigzag, et ils n'avaient pas le droit de s'en inquiéter, les voyaient prendre l'eau et ne pouvaient écoper à la place des gabiers insouciants. Ce n'était pas pour rien qu'on nommait ces petits bateaux à voile des « optimistes ». Géraud Dambérailh était pris dans un entrelacs de nostalgie et d'inquiétude, à la fois terriblement meurtri que Chloé doive replier la voile, giflée dans sa légèreté, et en même temps soulagé d'avoir un répit, un petit moment encore pour la garder au chaud, panser ses plaies. L'idée qu'elle souffre seule lui était tout simplement insupportable. Il voulait être là, et savait pourtant qu'il ne pouvait rien atténuer de ce qu'elle traversait. Avec cette enquête qui promettait d'être éprouvante, il manquait toute la préparation du retour de Chloé, laissait Anne organiser le passage des infirmières, border de draps frais le lit une place de leur fille... il aurait voulu faire quelque chose de concret. Avec un regain de vigueur, il redressa le menton et sortit de la voiture. Il fallait être là où il était. Sinon il allait devenir fou.

Les enfants lui firent un signe timide auquel il répondit. Le gravier roulait sous ses semelles et il s'attendait à voir sortir sur le perron Philippe, Laure ou même les deux, resserrés l'un contre l'autre pour affronter la suite qui promettait d'être dure. Mais rien. Il dut ouvrir la porte, pénétra dans le silence de l'entrée tandis que dans son dos les cris des enfants s'atténuaient. Quelques marches à droite menaient dans une grande pièce à cheminée, bourrée de coussins et de tapis qui se chevauchaient par-dessus les carreaux usés du sol. Il ne vit pas immédiatement la silhouette immense de Philippe Opras, jetée au fond d'un canapé que surmontait un immense tableau représentant un champ de lavande en fleur. Ses deux pieds dépassaient nus, et il semblait dormir, le bras replié sur les yeux. Laure déboula dans le salon par une autre porte, une pile de livrets à la main qu'elle laissa tomber en apercevant le major.

— Vous êtes entré ? Ça fait longtemps ? Je... Philippe, lève-toi, c'est l'enquêteur, le... vous voulez vous asseoir ?

Elle bafouillait, ne sachant si elle devait se baisser pour ramasser ce que le major identifiait comme des livrets de chants de funérailles passées, ou si elle devait secouer son mari qui avait du mal à émerger. Il régnait dans la pièce une odeur forte de corps assoupi, un peu âcre, peut-être flottait-il également des vapeurs d'alcool mal digéré. Est-ce que Philippe Opras avait passé la nuit dans le canapé ?

— Ah, c'est toi. Fallait s'y attendre, gargouilla Philippe Opras qui se redressa avec peine, la langue collante et les lèvres sèches. Mon loup, tu peux me donner un verre d'eau ? Il faut avoir les idées claires.

La nuque raide comme si elle portait dans le cou une douzaine d'agrafes, Laure Opras laissa au sol ses livrets et disparut par la porte. On entendit l'eau couler. Philippe fit signe au major de se trouver un endroit où s'asseoir et il se massa les paupières du bout des doigts. Laure posa devant lui un grand verre qu'il avala d'une traite. Elle garda la main sur l'épaule de son mari, comme pour manifester devant le major les liens qui les unissaient. Elle portait un cardigan qui pochait aux coudes, une jupe vert bouteille probablement piochée au hasard, et des cernes presque noirs lui marquaient le visage. Elle s'assit sur l'accoudoir et Philippe lui fit un peu de place. Le major gardait le silence, attentif à noter qui commencerait. Laure le fixait de ses grands yeux délavés, Philippe serrait entre ses genoux ses deux mains, le front tourné vers le sol.

— Qu'est-ce qu'on peut faire ? demanda Laure, tandis que Philippe dit en même temps : « On est sûr qu'il n'y a vraiment plus rien à faire ? »

Dambérailh choisit de s'adresser d'abord à Philippe. Il fallait des bases nettes. Il faisait pleinement confiance à Amblevert pour avoir été explicite la veille après sa découverte du corps de Myriam Opras. Mais l'esprit humain qui renâcle à entendre les faits a besoin de les entendre de nouveau, plusieurs fois, de plusieurs personnes différentes, afin que petit à petit la réalité se déforme et se reconstitue en intégrant ce qui était impossible à accepter la première fois.

— Ta sœur, Myriam, a été retrouvée hier après-midi, sans vie, Philippe. Elle est décédée dans la nuit de mercredi. Cela fait plus de trois jours qu'elle est partie… morte.

Combien ce mot lui coûtait à prononcer. C'était d'une telle violence. Il était adepte de la périphrase, chose que lui reprochait régulièrement Amblevert. « Pas de circonvolution, appelez un chat un chat », lui répétait-elle.

— Tu comprends donc qu'il n'y a rien qui puisse être fait pour elle.

Il attendit de la part de Philippe un hochement de tête, un signe qu'il avait compris, qu'il acceptait. Rien ne semblait atteindre le grand corps penché vers le sol. Puis, brusquement, Philippe envoya un coup dans le pied de la table basse qui recula d'un mètre. Laure sursauta et le prit par le cou, lui écrasa le visage contre son sein mais il se dégagea et se leva d'un bond. Dambérailh se tint sur le qui-vive, prêt à parer un nouveau coup qui serait dirigé contre le porteur de mauvaises nouvelles qu'il était, mais il resta assis. La silhouette de Philippe Opras bouchait la lumière des deux fenêtres, il vibrait littéralement d'une rage et d'une violence rendues difficiles à maîtriser à cause du manque de repos. L'air passait difficilement dans sa gorge et produisait un râle inquiétant.

— Alors tu vas me dire maintenant tout ce que je dois faire pour qu'on trouve l'ordure qui… mais je te préviens, Géraud, tu me connais un peu, si ça traîne trop, si ça finasse, je n'attendrai pas, non je n'attendrai pas que votre justice de couilles molles rende son verdict. Tu peux déjà me coller au trou parce que dès qu'on sait, dès que je sais qui a fait ça, je le… Tu m'as compris.

Laure, tendue et immobile, observait son mari, prête à bondir au premier geste brusque. Elle écarquillait les yeux d'une drôle de manière, étreignait d'une main les pans de son châle tout en tendant l'autre vers les carnets d'obsèques répandus à terre, sans se décider pourtant à s'accroupir pour les ramasser. Philippe tourna sur lui-même et lança par-dessus son épaule :

— J'imagine que tu es là pour refaire le tour, noter les horaires… Alors viens.

Puis, tandis que Géraud se levait – en effet, il était venu pour ça –, Philippe se cogna l'épaule contre le chambranle de la porte. Il oscillait avec maladresse, jaugeait mal les distances, les volumes, il voyait à travers un brouillard étrange. Sous la violence du choc, il s'immobilisa, perplexe, tâta le chambranle pour comprendre, puis il posa son front contre le bois. Tout doucement, comme sous l'influence d'une mélopée intérieure, il commença à se frapper la tête contre le montant, comme pour se rentrer quelque chose dans le crâne. Puis, dans un glissement que rien ne semblait devoir arrêter, il frappa de plus en plus fort, reculant le visage de plus en plus loin pour avoir davantage d'élan. Dambérailh sursautait à chaque choc, le bruit de l'impact lui faisait dresser les cheveux sur la nuque. Il hésitait à intervenir, pensait qu'à un certain point, la douleur agirait comme un électrochoc et que Philippe, repus de souffrance, s'arrêterait, reprendrait ses esprits. Dès les premiers coups, Laure s'était rapprochée de Philippe, lui avait posé la main sur l'épaule, lui murmurait d'indistinctes paroles d'apaisement, mais Philippe avait les oreilles closes et frappait de plus en plus fort. Il agrippait le chambranle pour assurer sa détente. Consciente enfin de l'inefficacité de son intervention, Laure eut un bref regard en direction de Géraud, puis glissa sa main entre son mari et le chambranle. Le front jeté en avant de Philippe la cloua contre le bois, à lui en faire craquer les os, à lui fendre le dos de la main. De douleur, deux petites larmes acides lui jaillirent des yeux, elle serrait les lèvres de toutes ses forces, prête à encaisser de nouveau. Au deuxième coup, ses jambes fléchirent, elle avait déplacé sa main pour ne pas souffrir deux fois au même endroit et le haut du crâne de Philippe lui avait écrasé l'ongle du pouce. Elle chancela mais, refusant de céder, garda la main dos contre le chambranle, paume prête à accueillir le front meurtri de son mari devenu sourd, aveugle, odieux aux yeux de Dambérailh qui ne put en supporter davantage. Il attrapa entre deux chandeliers désassortis un vase dont il jeta les tulipes pourrissantes, écarta Laure avec autorité et aspergea Philippe en visant sciemment les yeux. Puis il se tint prêt, vase levé au-dessus de l'épaule, à assommer la masse abrutie de douleur qui se tenait devant lui. Il n'en eut pas besoin. L'œil vitreux de Philippe se fixa sur lui et un début de lueur brilla au fond de la pupille démesurée.

Pendant quelques secondes, Géraud pensa qu'il allait fondre en larmes ou s'écrouler, mais rien ne vint. Philippe se frotta le front, marmonna « quelle connerie », et allait reprendre sa route lorsqu'il aperçut sa femme, livide, qui se massait la main.

— Je t'ai fait mal ? Mon loup, c'est moi ? C'est moi qui t'ai fait ça ? Pardon, pardon, murmurait-il, accroupi pour se tenir à la hauteur de Laure qui avait dû s'asseoir.

Philippe embrassait les mains de Laure, soufflait avec maladresse sur les phalanges meurtries, indifférent à la présence du major qui se sentait terriblement mal à l'aise, vaguement nauséeux, même.

— Ce n'est rien. Ne t'occupe pas de moi. Tu devrais appeler Pol. Appelle-le maintenant. Il doit être dans un état…

— Bien sûr, marmonna Philippe, je suis con, bien sûr je vais l'appeler.

Alors que le major songeait sérieusement à sortir, Philippe se tourna vers lui, le regard noir.

— Est-ce que vous avez prévenu Pol ?

— Pol...

— Pol Martin... Merde bien sûr que non, vous ne l'avez pas prévenu... C'est la famille administrative qu'on prévient, hein ? Les autres on s'en fout.

Il se redressa péniblement, un genou puis l'autre et s'approcha du major qui ne comprenait pas le procès qui lui était fait. Philippe exsudait un mélange de sueur et d'alcool, l'hématome sur son front gonflait à vue d'œil et il semblait à moitié sain d'esprit.

— Parce que ce que tu comprends pas, Frelu, c'est que quand on a une famille qui boite, on préfère s'en construire une qui marche.

— Laisse-le, Philippe, il n'y est pour rien, tenta Laure d'une voix éteinte.

— J'explique, c'est tout. Tu vois, Myriam, Pol, Laure et moi, on n'a pas eu la mère idéale. Mais à nous quatre, on était plus forts que tout.

La voix de Philippe Opras vacilla. Il inspira comme un taureau et poursuivit, le menton en avant et le regard enfiévré :

— Myriam et moi on s'en est pas si mal sortis, parce qu'on avait un père qui tenait la route. Notre mère, si imbue de sa petite personne, si avide de briller, toujours déçue par ce que nous accomplissions, nous a foutu une paix royale après son deuxième AVC... Un légume.

— Philippe… Il n'a pas besoin de savoir, il ne te demande rien, protesta faiblement Laure Opras.

— Pol n'a pas revu la sienne depuis qu'il a dix-neuf ou vingt ans, mais elle l'avait largué ici comme un paquet de linge sale depuis des années déjà. Et celle de Laure, ma foi, j'ai bon espoir qu'on en soit débarrassés définitivement. Une sangsue.

Avec un ricanement étrange, proche du renâclement, Philippe embrassa la pièce du revers du bras.

— Et on s'est retrouvés comme quatre oisillons. À se faire un nid comme on pouvait. Tu vois pourquoi ça me met en colère que Pol soit laissé sur la touche. C'est son drame aussi. Je… Qu'est-ce qu'elle me manque déjà, putain…

Tandis que Philippe tentait de faire surgir devant Dambérailh l'image de leur quatuor blessé, le major ne quittait pas Laure Opras des yeux. À la mention de « sangsue », il aurait juré la voir tressaillir et balayer le sol d'un regard inquiet.

Brusquement, la profusion de coussins, de plaids, de cadres, de souvenirs de voyages, de livres empilés, de tapis superposés l'indisposa. Il lui fallait de l'air, un oxygène qui n'était pas vicié, un horizon un peu dégagé, il se sentait englué dans un cocon qui se voulait forteresse.

Le soleil d'avril chassa l'impression de claustration du major. Il se prit à inspirer à fond, heureux de retrouver les échos de voix des petits, le vrombissement lointain des avions de ligne qui se dirigeaient vers l'aéroport, quarante kilomètres plus au sud. Philippe avait lui aussi retrouvé un comportement à peu près normal. Normal pour quelqu'un qui venait de perdre sa sœur et devait fournir les détails qui permettraient de comprendre sinon le pourquoi, du moins le comment.

Ils traversèrent en silence le jardin arrière qui donnait sur la tonnellerie. Une haie basse délimitait l'espace privé des Opras de leur espace professionnel. Ils traversèrent le ruban bitumé qu'empruntaient les quarante-quatre-tonnes chargés de barriques et arrivèrent devant les premiers carrés de gazon. La fontaine gargouillait au centre et quelques mésanges s'égosillaient entre les cyprès noirs qui donnaient au jardin un petit air toscan. À gauche, le bâtiment abritant les ateliers était parfaitement silencieux. Le major s'étonna de ne pas entendre s'en échapper l'incessant martèlement produit par la mise en jupe, puis se souvint une seconde fois que le dimanche, la tonnellerie était fermée. Face à eux, les bureaux faisaient un angle avec le dernier édifice où la direction avait pris ses quartiers au premier étage. Géraud situait à peu près la fenêtre du bureau de Philippe par laquelle on apercevait les ateliers et un bout de toit de la maison familiale.

— Je t'avais déjà dit, je crois, que le traiteur avait garé son camion ici, indiqua Philippe.

— Attends. Avant de me montrer les lieux, rappelle-moi qui était présent et quand.

— On recevait un client japonais et sa femme, les Hashimoto. Ils sont arrivés à 19 heures.

— Qui les a accueillis ?

— C'est important ? Myriam et moi, et... Alain Camirand, un des piliers de la boîte. Il sait faire le bon gars du terroir et il maîtrise la technique sur le bout des doigts. C'est toujours lui qui gère la partie dégustation après la visite.

— C'est un employé ?

— Il était là du temps de mon père. Médaille d'or, quarante ans de maison.

Dambérailh renonça à tout mémoriser et sortit un carnet à spirales récupéré dans les affaires de sa fille qui achetait à chaque rentrée scolaire des dizaines de petits calepins dont elle n'utilisait qu'une page ou deux. Le souvenir de Chloé le griffa et il dut faire un effort titanesque pour se concentrer de nouveau.

— Qui d'autre était présent ?

— Sacha, le fils de Myriam. Il a garé sa mobylette au parking et il est parti garder les enfants.

— Il était présent ici, dans les bureaux ?

Philippe le regarda comme s'il était idiot.

— Bien sûr que non, il les garde à la maison.

— Qui d'autre était présent à 19 heures ?

— Eh bien... Pol est arrivé après le début de la visite, vers 19 h 30. Il ferme son cabinet à 19 heures donc il ne pouvait pas être là avant. On a terminé le tour ensemble, Myriam, Pol, Laure, les Hashimoto et Alain Camirand.

— Et toi ?

— Et moi aussi, bien sûr. À ce moment-là, le traiteur était là où je t'ai montré, avec son extra, et ils préparaient le dîner dans la pièce technique. Nous, on a fini la visite des ateliers et on a suivi l'allée des départs marchandise pour contourner ce bâtiment et entrer de l'autre côté.

— Pourquoi vous n'entrez pas par cette porte, à l'angle ?

— Parce que l'entrée avec les portemanteaux est de l'autre côté, c'est plus accessible quand on vient du parking ou de l'accueil. C'est vrai que c'est moins pratique quand on sort des ateliers.

— Je te suis.

Les pas de Philippe, larges et fermement martelés, résonnaient contre les murs des bâtiments. Il dépassa le local technique réservé au traiteur, puis remonta le long du mur jusqu'à la porte d'entrée des pièces de réception. Le major nota la proximité de la petite route communale de l'autre côté de la haie de troènes et la situation centrale de cette porte d'entrée, percée au milieu de l'édifice, à peu près en dessous du bureau de Philippe Opras. La porte s'ouvrit sur un petit espace carrelé d'ardoise sombre. Sur le mur à gauche de la porte, une série de patères était fixée au mur. Rien n'y pendait. Une ouverture donnait sur l'espace sanitaire, on apercevait un lavabo rutilant et deux portes de toilettes. Face à eux, un petit escalier de trois marches grimpait jusqu'à une grande pièce en long dont les larges fenêtres donnaient sur le jardin. Quelques portraits d'artisans habillaient les murs blancs, parmi lesquels figurait certainement Alain Camirand. Dambérailh trouva que l'ensemble en imposait mais manquait de chaleur, malgré les rideaux de lin qui adoucissaient le contour des huisseries neuves. La pièce se prolongeait jusqu'au local réservé au traiteur. Une longue table de verre posée sur des barriques occupait l'espace central.

— On a dîné ici.

— À quelle heure ?

— Juste après que Sacha est venu nous dire qu'il repartait. Il devait coucher les enfants vers 20 h 15 et nous déposer le babyphone… Je pense qu'on a commencé à dîner à 20 h 30. Le traiteur est du genre ponctuel.

— C'est à ce moment-là que Sacha a oublié son ordinateur portable ?

— Exactement. Ça a obligé Myriam à partir juste après le dîner, elle n'était pas ravie. Elle n'aimait pas donner une image de désorganisation devant les clients. Déjà que Laurent n'arrivait qu'en cours de dîner…

L'expression goguenarde de Philippe n'échappa pas au major.

— Laurent avait d'importantes affaires artistiques à traiter avant de venir. Il est donc arrivé vers 21 heures, autant dire au dessert. J'aurais préféré qu'il ne vienne pas du tout mais il tenait à visiter le parc à bois avec nous. Il avait conçu un accompagnement musical qui était censé décupler un sentiment de solennité, de beauté, de majesté… C'est un artiste tu comprends… il se croyait au Puy du Fou, grinça Philippe.

— Le dîner s'est donc terminé vers…

— 21 h 30. Avant qu'on enchaîne avec la dégustation je suis allé donner un billet au traiteur.

— C'est à ce moment-là que Myriam est partie ?

— J'imagine, oui. Quand je suis rentré, Alain avait installé les eaux-de-vie et les crachoirs, les Hashimoto ont dû se laver les mains une ou deux fois, et on a enchaîné avec d'excellents whiskies.

— Myriam n'a pas participé, donc ?

— Non, je pense qu'elle était déjà sur la route.

— Et tout le monde a dégusté ?

Pendant quelques secondes, Philippe prit appui sur le rebord de la fenêtre et sembla se repasser les visages les uns après les autres.

— Oui, sauf Laure qui ne boit pas d'alcool fort. On a bu, comparé, discuté... Il y a peut-être eu un peu de mouvement avant la dégustation, vois avec Laure, moi j'étais dehors avec le traiteur.

— Je lui demanderai. Et ensuite ?

— De toute façon, Myriam était déjà partie, quelle importance ? Ensuite, on est partis visiter le parc à bois, Alain avait posé les torches prêtes à enflammer contre le mur qui donne sur le jardin, on les a allumées plus bas, à l'entrée du parc, et voilà. Vu de la route, mon parc à bois ressemble à des palettes empilées, mais c'est le trésor de la maison. À la torche, tu devrais voir ce que ça donne, c'est majestueux.

— Pas d'émotion particulière chez l'une des personnes présentes ?

— À part Mme Hashimoto qui nous a fait un psychodrame parce qu'elle ne retrouvait pas son écharpe ou je ne sais trop quoi...

Toujours dos au major, Philippe se contracta et se tourna lentement.

— Tu n'es pas en train de me dire que tu imagines que l'un d'entre nous...

— Je n'imagine rien, c'est beaucoup trop tôt. Je dois simplement...

D'une voix sifflante, Philippe le coupa :

— Tu dois simplement retrouver l'allumé qui a intercepté ma sœur sur la route, au rond-point peut-être, un paumé qui a dû s'allonger face contre terre pour la faire sortir de sa Mini, qui s'est jeté sur elle, qui… Merde Géraud, c'est quoi le scénario ? le seul scénario possible ? C'est le pervers qui s'en prend à une femme seule dans sa voiture !

La voix de Philippe grimpait de ton en ton tandis qu'il s'approchait du major. Refusant de se laisser intimider, Dambérailh termina de noter un horaire, referma le capuchon de son stylo et regarda Philippe Opras bien en face. Il lui arrivait à l'épaule.

— Si tu veux la vérité, Philippe, il va falloir abandonner les scénarios prêts à tourner. Je n'ai pas de réponse encore. *A priori* ta sœur n'a pas été victime d'agression sexuelle. On en saura plus rapidement, mais rien ne dit qu'un détraqué s'en est pris à elle parce que c'était une femme qui roulait seule. Est-ce qu'elle est même sortie de la tonnellerie ? On ne peut rien dire encore. Alors on remonte patiemment le fil. Est-ce que tu avais encore des gars dans les ateliers ?

— Non. On n'était pas encore passés en trois-huit, l'atelier ferme à 20 heures. Il n'y avait plus que nos voitures à nous sur le parking.

— Montre-moi.

De nouveau, le contraste entre l'intérieur et l'extérieur sembla salutaire au major. Le dos de Philippe lui faisait une ombre d'armoire et il marchait un peu en retrait pour rester au soleil. La porte qu'ils venaient de refermer se trouvait à une vingtaine de mètres de l'angle formé par l'accueil. Les drapeaux flottaient au-dessus de leurs têtes et le major tenta d'y reconnaître celui qui avait remplacé le drapeau californien. Le parking longeait l'allée qui reliait la grille d'entrée et le bâtiment de palettisation, une cinquantaine de mètres plus loin. L'allée menait aussi bien à l'aire de déchargement qu'au parc à bois.

— Tu n'as pas remarqué la voiture de Myriam quand vous êtes allés au parc à bois ?

— On est passés par le jardin, je n'ai rien pu voir.

Le parking était entièrement invisible des pièces de réception qu'ils venaient de quitter. Les seules vues valables étaient celles de la grille d'entrée et celle des bureaux administratifs.

— Il n'y avait plus personne dans les bureaux ?

— Non, à 18 heures tout le monde plie les gaules. Ça fait doucement rigoler les gars de l'atelier de voir les cols blancs aussi à cheval sur leurs horaires. Jaune, ils rigolent jaune…

— Ta femme a parlé à mon adjudante-cheffe d'un routier, qui aurait pu passer la nuit à proximité. Où est-ce qu'il se serait garé ?

Philippe tendit le bras en direction de la route.

— Là, sur le bas-côté tout près de la grille. Ils se mettent ici en général.

— Oui, de là il aurait pu voir quelque chose… On essaie de le joindre. En espérant qu'il soit arrivé la veille au soir, et qu'il ait remarqué des allées et venues.

— Ça fait beaucoup de « si »…

L'entrée de la rue Flatière disparaissait pratiquement derrière les camionnettes blanches à vitres arrière teintées, les toiles tendues qui avaient pour mission de filtrer la lumière trop crue d'avril et les perches micro qui se hérissaient dans le ciel bleu dur. L'espace d'un instant, Amblevert crut que la nouvelle de la mort de Myriam Opras avait déjà filtré et qu'accouraient des villes environnantes le ban et l'arrière-ban de la presse locale, régionale, nationale. Mais point. L'agitation médiatique apparente qui emplissait la place du palais ducal de Mayenac n'était due qu'aux efforts de la production pour transformer une triste dégradation patrimoniale en scoop-sur-le-vif dont la mise en scène devait faire bondir les audiences du jeu télévisé. Le présentateur, serviette blanche coincée dans le col pour ne pas tacher son complet veston clair de fond de teint ocre, déambulait entre les habitants, grise mine de circonstance, avec pour objectif de faire suffisamment monter la pression hors champ pour obtenir quelques commentaires belliqueux éructés face à la caméra. Il ne cessait de demander aux habitants :

— Est-ce que vous imaginez que ce soit quelqu'un de Bellegrue, vos concurrents, qui ait organisé ça ?

Ça s'insurgeait en postillonnant dru.

Ricou ouvrit avec précaution sa portière pour se faire un passage sans violence entre les jambes des techniciens du son qui réglaient le micro Røde à coups de « un, deux » saturés. La porte d'entrée des Opras-Cossard était close, les rideaux des deux fenêtres sur rue étaient tirés. Rien ne laissait supposer que Laurent Cossard était chez lui, mais Amblevert donna du revers de l'index avec conviction contre l'huis. Rien. Ricou fouillait dans sa sacoche et n'était d'aucun secours. En désespoir de cause, après trois tentatives infructueuses, Amblevert lança un « ohé » dérisoire en direction de la fenêtre dont le simple vitrage lui semblait suffisamment fin pour laisser pénétrer son appel. Aucun effet. En désespoir de cause, et parce que dans son dos elle percevait le regard inquisiteur de la voisine qui faisait mine d'arroser ses potées de plantes grasses débordant sur le pavé, elle posa la main sur la poignée de laiton. La porte s'ouvrit. Ricou s'engouffra à sa suite dans l'entrée. Il régnait une pénombre de crypte dans la pièce. Un bouquet fanait sur la console de l'entrée. Les pétales de lys brunis se détachaient en silence de leur tige et tombaient en désordre sur le bois verni. Les pistils à nu se dressaient, dangereusement orange, tandis que l'eau croupie du vase dégageait par bouffées une odeur lourde.

— Monsieur Cossard ? interrogea Amblevert d'une voix incertaine.

Il semblait que l'air se déplaçait avec lenteur dans la pièce. L'entrée avait beau être ouverte sur le salon, l'atmosphère était claustrale, viciée, pourrie peut-être par les remugles qu'exhalait le bouquet fané. Il y avait quelqu'un. Elle percevait d'infimes vibrations dans le creux de son oreille interne. Elle n'aurait pas su dire de quoi exactement il s'agissait. Elle avait depuis toujours une sensibilité particulière aux sons, une sensibilité parfois handicapante d'ailleurs lorsqu'il s'agissait de tourner sur soi-même. Elle avait immédiatement la nausée. Mais l'acuité hors normes de son ouïe lui servait parfois à prévoir un mouvement, à comprendre un impact, à savoir si le verre cassé était un Pyrex ou une coupe en cristal.

Le doigt sur la bouche, elle se glissa dans le couloir de droite. L'oreille aux aguets, elle s'immobilisa devant chaque porte, puis avec un signe autoritaire, elle enjoignit à Ricou de s'approcher. Centimètre par centimètre, elle abaissa la poignée, puis elle écarta la porte de son cadre. Dos à eux, Laurent Cossard se tenait assis sur son fauteuil de bureau, les oreilles camouflées par une paire d'écouteurs en demi-oignon. Il tenait à la main un portrait de sa femme et ses épaules frissonnaient par à-coups. Il pleurait.

Le bureau tout entier était tapissé de portraits de Myriam Opras. D'un coup d'œil rapide, Amblevert prit la mesure de la dévotion presque maladive que Laurent Cossard entretenait à l'égard de sa femme. Photos de presse, portraits officiels, page de garde de programmes, jusqu'aux tickets d'entrée étaient épinglés sur le moindre centimètre carré de mur. Cossard vénérait sa femme. Ou plutôt, se corrigea aussitôt Amblevert, il vénérait sa cantatrice de femme. Car, sur les murs, sur le bureau, sur la table basse poussée contre le mur et qui servait probablement de table de nuit au canapé-lit replié en position assise, aucune photo de Myriam dans sa vie quotidienne ne laissait supposer une relation personnelle entre Laurent Cossard et Myriam Opras. Pas une photo de famille, de groupe, pas un portrait qui ne soit professionnel, savamment éclairé, artistiquement composé. Uniquement de l'officiel, du promotionnel, de la parade. Du coup Amblevert douta : était-ce vraiment Myriam qui avait souhaité afficher dans le salon et la salle à manger ses affiches, ses portraits, sa gloire ? Pourquoi dans ce cas avait-elle gardé la cuisine et la chambre vierges de ce genre d'autopromotion ? Elle percevait dans l'accumulation de photos et de gros titres une angoisse maladive, qu'elle avait dans un premier temps attribuée à Myriam. Peut-être était-ce l'angoisse de Cossard qui avait ainsi colonisé l'espace. L'angoisse qu'on oublie son idole, qu'elle ne devienne une personne lambda, fondue dans la masse, qu'elle ait une existence en dehors de cet espace artificiel et clos d'où elle irradiait, inatteignable et confite dans le mythe. Car Amblevert s'était renseignée, un peu, et elle avait lu des pages et des pages d'analyse et de comptes-rendus de récital. Myriam Opras avait devant elle un avenir pavé d'or. Elle était sous contrat avec une maison de disques renommée, percevait des droits considérables sur trois de ses interprétations qui étaient utilisées en boucle dans deux publicités et un générique d'émission grand public. Elle avait été la voix de cette princesse mièvre à souhait dont on voyait partout le minois pointu. Elle était immense, énorme, écrasante dans le petit milieu de la musique classique. Mais toute cette gloire datait d'avant l'accident. Depuis dix ans, Myriam Opras était sortie des radars et vivait dans l'ombre de son mythe.

À cause d'un mouvement de Ricou, Laurent Cossard perçut derrière lui une présence qui lui fit faire un bond.

— Qu'est-ce que… Qui vous a permis d'entrer ?

Il arracha son casque et le jeta sur son bureau.

— Enquête de flagrance, monsieur, nous n'avons pas besoin de permission, et la porte était ouverte, répondit Amblevert.

C'était là, *là*, deuxième système, troisième mesure. Là qu'on percevait tout le génie de son interprétation, ce très léger *glissando* qu'elle imprimait à sa partie, *glissando* qui ne faisait pas partie des altérations propres au baroque, mais elle, elle, avait osé. Elle avait insufflé à ce petit morceau d'*Actéon* une âme qui n'appartenait qu'à elle. Cossard en était persuadé, Purcell avait omis d'inscrire cette nuance sur sa partition, mais c'était ainsi qu'il avait envisagé l'interprétation. Myriam l'avait compris. Quelle perte, mon Dieu, quelle perte. Elle n'avait plus sa voix de jadis, bien sûr, mais elle restait le réceptacle de cette potentialité inouïe. Il la révérerait jusqu'à la fin de sa vie.

Alors que Laurent, emporté par son propre élan lyrique, allait écraser une larme, il perçut à l'arrière de son crâne une présence indistincte qui le fit se retourner d'un bloc. Une fliquette. Et son apprenti. Il arracha d'un geste vif le casque qui le maintenait encore dans cet état de grâce auditive qu'il recherchait inlassablement depuis que le corps de Myriam avait été retrouvé.

— Qu'est-ce que… Qui vous a permis d'entrer ?

Personne, il le savait, puisque Sacha était retourné chez son père à Avignon, pour y vivre les quelques jours précédant l'inhumation. C'était le médiatique Solal Naïm qui avait dû être content de découvrir à sa porte ce grand escogriffe de Sacha. Il ne l'avait pas vu depuis… cinq, six ans ? Il avait dû être surpris. Laurent lui-même ressentait parfois une forme d'appréhension à voir la carcasse de Sacha se déplier. Ce gosse ne finirait donc jamais de grandir ?

— Enquête de flagrance, monsieur, nous n'avons pas besoin de permission, et la porte était ouverte.

Il s'en doutait. En quelques années, il avait progressivement perdu le réflexe de tout fermer : voiture, maison… Il n'avait pas la certitude que cela donnait aux forces de l'ordre le droit implicite d'entrer. Cependant il n'était sûr de rien et préféra faire profil bas.

— Vous voulez parler de Myriam, j'imagine ? Allons dans le salon…

Il se leva, péniblement, comme si ses articulations s'étaient brutalement grippées. Il se sentait lourd, chaque mouvement lui coûtait et il lui était laborieux de parler distinctement. Il aurait aimé se faire comprendre sans avoir à articuler. Le gamin bien coiffé s'effaça pour le laisser passer. Pourquoi ne portait-il pas d'uniforme, celui-ci ?

— Qu'est-ce que vous voulez que je vous dise ? démarra-t-il en se laissant tomber dans le canapé qui faisait un angle avec la cheminée.

Il tira d'un geste impatient sur le pan de sa veste qui formait un angle mou sur son ventre.

— À quelle heure vous avez rejoint votre épouse ce mercredi.

— À la tonnellerie ? J'y suis arrivé vers 21 heures, pour le dessert. Mais je l'ai déjà dit à votre supérieur, se rebiffa-t-il tandis que la grosse gendarme notait l'information.

— Simple recoupement. Qu'avez-vous fait ensuite ?

— Je me suis assis et j'ai mangé des cannelés façon profiteroles. Puis Myriam est partie, juste avant la visite du parc à bois. C'est dommage, soupira-t-il, elle n'a pas vu ce que donnait la sonorisation. Ça changeait tout. Ça donnait à cette déambulation un peu vaine une véritable coloration artistique. Les Japonais y ont été sensibles, je l'ai vu.

En effet, il avait surpris Mme Hashimoto qui écrasait une larme. Il ne pouvait que la comprendre, la pureté du timbre de Myriam, lorsqu'elle venait se fondre dans celui de Magdalena Kožená, valait toutes les torches enflammées du monde. Lui-même en avait eu des frissons, alors qu'il l'entendait pour la centième fois. Il était impossible de s'en rassasier.

— Et si on arrêtait de se gargariser avec ces imbécillités, monsieur Cossard, attaqua l'imposante gendarme, qui fit craquer les coutures de son uniforme en se penchant vers lui, mains jointes et avant-bras posés sur les genoux. Vous savez comment votre épouse a été tuée ?

— Je… heu, non, balbutia Cossard, désarçonné.

— Elle a été étranglée. On lui a serré la gorge jusqu'à la priver complètement d'oxygène. Je ne sais pas vous, mais moi (elle se renversa contre le dossier et désigna d'un geste ample les cadres qui décoraient les murs), je trouve que la portée symbolique du geste mérite qu'on s'y attarde.

— Ah... mais, pourquoi ? Je veux dire, qu'est-ce qu'il y a de symbolique ?

Il s'empêtrait et perçut que son trouble n'échappait ni à la Gorgone qui lui faisait face ni au petit maigrichon qui le regardait, la tête penchée sur le côté.

— Mais parce que par ce geste, on a voulu la faire taire, bien sûr. Le piquant de la situation ne vous échappe pas, je suppose ?

Une brutale bouffée de chaleur lui comprima le thorax. Qu'est-ce que cette crétine venait sous-entendre, le séant posé sur son canapé, dans son propre salon, là où il pleurait jour et nuit la perte inestimable que représentait la mort de Myriam ? Pour lui, pour le monde de la musique en général... L'absence de Myriam sonnait creux, partout, dans chaque recoin de sa maison et de sa vie. Il se sentait orphelin, veuf bien sûr, dépossédé, tronqué et même, paradoxalement, trompé.

— Vous pouvez imaginer un second degré de mauvais goût, si ça vous chante. Je ne retiens qu'une chose, on a tué Myriam. On a privé le monde de sa présence, et c'est une douleur qui me perce à chaque instant. Maintenant, si vous n'avez plus de questions...

— J'ai une question, l'interrompit le jeune gars brun. Elian Ricou, directeur d'enquête adjoint. Toutes mes condoléances.

— Je vous remercie.

— Le fait est que votre épouse a cessé de se produire depuis des années. Comment auriez-vous réagi en apprenant qu'elle comptait reprendre sa carrière ?

— Eh bien..., balbutia Laurent. Je ne crois pas que la question se soit posée.

— Et si elle s'était posée ?

— Je lui aurais dit... Vous me demandez ce que j'en pensais, c'est ça ? ce que j'en aurais pensé ? Je lui aurais dit que la préservation de son mythe avait un prix. Que ce prix était celui du silence. Que remonter sur scène ne pouvait qu'abîmer son image, que le répertoire qui était le sien lui était inaccessible désormais et qu'elle devait faire le deuil de ce retour. Elle l'avait bien compris, aussi je ne comprends pas bien le sens de votre...

— Elle comptait chanter de nouveau, l'interrompit Ricou, sans vous en parler. Elle avait probablement conscience de vos réticences.

— Mais... (Il jetait des œillades égarées.) Mais qui l'aurait fait rechanter ? Personne... elle n'intéressait plus personne ! Le chant, c'était terminé pour elle. Elle aurait tout gâché.

— Vous parlez du mythe de la cantatrice brisée ? « L'Oprasina » réduite au silence vous garantissait un flux continu de droits, parce qu'elle conservait une puissance dramatique telle que les radios continuaient à la diffuser, que sa maison de disques pouvait sortir régulièrement un nouvel album de ses succès passés... Mais Myriam Opras de nouveau sur scène, c'était la ringardisation assurée. Les radios, les réalisateurs et publicistes s'en seraient détournés. Elle risquait de tuer la poule aux œufs d'or, n'est-ce pas ? N'auriez-vous pas été tenté de la museler ?

Progressivement, la voix de Ricou avait enflé, jusqu'à atteindre un volume sonore assez désagréable. Il semblait sur le point de sortir de ses gonds, son blouson de cuir et son polo vert pomme semblaient soudain trop étroits pour lui. La blonde joufflue lui posa la main sur l'avant-bras, pour le ramener parmi les gens sains d'esprit, et il sembla se calmer un peu.

— Je ne lui ai rien interdit. Myriam était une femme indépendante et forte. Et libre.

La gendarme reprit la parole, intimant d'un geste le silence à son binôme.

— Je vous remercie, monsieur Cossard. Nous vous tiendrons au courant si nous avons d'autres questions. Je...

— Quand allons-nous récupérer son corps ? Myriam souhaitait la crémation, je veux que son désir soit respecté.

— Quand l'autopsie aura eu lieu et que le procureur aura donné son accord.

— L'autops... Je vois, souffla Laurent, ses bajoues tristement agitées d'un spasme.

— Comment définiriez-vous les relations de votre femme avec sa famille ? embraya l'adjudante-cheffe.

— Philippe ? Elle était très proche de lui. Et de Pol.

— Son deuxième frère ?

— Son frère... de cœur.

Laurent Cossard soupesa ses mots.

— Philippe, Pol et Myriam ont pratiquement grandi ensemble. Les parents de Philippe et Myriam ont accueilli Pol à l'adolescence. Recueilli presque.

— Au nom de quoi ?

— De… d'une vieille amitié avec la mère de Pol, de ce que je sais. Je crois que la mère de Philippe et Myriam avait fait ses études d'art avec celle de Pol. Mais elles ont pris des chemins différents, la mère de Pol était beaucoup plus… moins équilibrée, disons, et elle a fini par se débarrasser de Pol chez les Opras. Pour vivre plus librement sa vie d'artiste-peintre et de femme, m'avait raconté Myriam.

— Pol et Myriam n'ont jamais eu… d'aventure ?

L'idée le choqua profondément. Il en pinça les lèvres de dégoût.

— Certainement pas ! Ça aurait été… étrange. Voire incestueux ! Myriam considérait Pol comme son frère, au même titre que Philippe. Elle avait deux ans de plus que lui, c'était un peu son protégé. Dans son esprit, elle avait deux frères. C'était comme ça, il fallait s'y faire. Laure Opras, la femme de Philippe, pourrait vous en parler. Ils étaient liés très étroitement, il était difficile de s'immiscer. De toute façon, Claude Opras n'aurait permis aucun débordement, il avait décidé que Pol serait un frère pour ses enfants. Ni moins ni plus.

— Et ce Pol, il a une femme, des enfants ?

— Il a eu des histoires. Mais l'avis de Myriam comptait beaucoup pour lui et je dois dire qu'elle n'a jamais été très tendre avec les jeunes femmes qu'il lui présentait. Il a une compagne, depuis presque un an.

Laurent esquissa un mouvement de la main en l'air, exprimant un vague désintérêt pour la question. Le mouvement de ses doigts blancs faisait naître de petites fossettes sur le dos de sa main. Ce fut le petit Ricou qui poursuivit :

— Avez-vous une idée de l'heure qu'il était quand votre épouse a quitté la tonnellerie ?

— Elle a salué les clients puis elle est partie vers... 21 h 30. Nous nous préparions tous à sortir pour la visite du parc à bois, elle voulait s'éclipser discrètement à la fin du dîner.

— Et vous-même, vous êtes parti à...

— Vers 23 heures.

— La visite a duré une heure trente ?

— Non, je suppose que nous... nous avons dégusté des eaux-de-vie avant de sortir. Pour noter la qualité des barriques Opras. C'est toujours délicat. Puis il y a eu un peu d'inertie, comme toujours. Je dirais que nous sommes sortis pour la visite vers 22 h 30.

— Qui a participé ?

— Tout le monde, sauf Myriam, puisqu'elle était partie. Les Hashimoto, les Opras, Pol, le type de la tonnellerie, et moi.

— Rien d'anormal ?

Avec un rire amer et bref, Laurent leur rappela qu'à l'époque, il n'avait pas conscience qu'il aurait à rapporter les faits et gestes de chacun. Puis il courba l'échine et secoua la tête, accablé. Non, il ne se rappelait rien de particulier. La mise en place de la dégustation avait donné lieu à un peu de désordre, chacun était sorti prendre un peu l'air ou fumer une cigarette, le traiteur remballait, Laure s'était éclipsée, sans doute pour se faire sa piqûre d'insuline. Non, il ne se souvenait de rien de marquant. Il aurait aimé aider davantage, vraiment.

De retour dans la clarté de la rue, les deux OPJ emplirent leurs poumons d'air frais.

— Quel personnage… gluant, commenta Amblevert. Tu sais quoi ? Ça ne m'aurait pas étonnée d'apprendre qu'il la cognait, à l'occasion, histoire de lui passer l'envie de chanter.

— Ça ne colle pas du tout avec l'épithète que vous venez de lui attribuer, objecta Ricou, un début de sourire dans l'œil.

— Détrompe-toi, mon bonhomme. Les femmes battues sont parfois de fortes femmes, les hommes violents sont parfois des gringalets. Dans tous les cas, le dénominateur commun c'est le complexe.

— D'infériorité ou de supériorité ?

— Les deux fournissent une bonne raison de taper. Les petits médiocres sont les pires. Ils prennent leur revanche sur la vie en tabassant madame, ça leur donne un sentiment de puissance qui les grise.

— Vous savez quoi, adjudante-cheffe ? Cette femme m'émeut. Plus on nous la dépeint, plus on se heurte à ses contradictions. Une diva qui va faire du social. Des photos d'elle partout, et on se rend compte que c'est sans doute une situation qu'elle a subie. Une sœur très attachée à sa fratrie, mais qui a saboté la vie amoureuse de son frère.

— Saboté, tu es dur… Cossard a dit « elle n'a pas été tendre ».

— Résultat, il est resté célibataire jusqu'à ses quarante-six ans. La compagne en question n'était pas au dîner à la tonnellerie. Je me demande si elle a été mise de côté ou si c'est ce Pol qui ne préfère pas l'exposer au jugement de Myriam.

— Bonne question. On pourrait même imaginer que c'est la compagne qui est venue étrangler Myriam, pour se débarrasser de l'obstacle qu'elle représentait ?

Ricou se passa la main sur la nuque.

— On ne peut pas écarter cette possibilité, en effet. De toute façon on va devoir aller rendre visite à Pol Martin, rapidement. Elle travaille avec lui, non ?

— Oui, elle prend les rendez-vous.

— J'irai lundi.

Vaguement nauséeux, Philippe franchit la barrière qui délimitait l'espace du parc à bois. Il se sentait dans la peau du cavalier qui remonte en selle après une chute traumatisante. La nuit était tombée depuis deux heures et la haute silhouette des piles de merrains commençait à laisser au sol une ombre portée dessinée par la lune. *Elle est morte pendant qu'on était là. S'il n'y avait pas eu cette putain de musique est-ce qu'on aurait entendu quelque chose ?*

Sans les effets sonores auxquels tenaient tant Laurent, le désormais veuf Laurent, le parc à bois reposait dans un silence de sépulcre. De loin en loin, une voiture passait sur la route de Lacapel-sur-Busson puis le bruit s'évanouissait passé le rond-point. Philippe inspira profondément, tenta de dénouer le nœud serré qui lui opprimait le diaphragme. L'odeur de la nuit s'engouffra dans ses poumons en même temps que des effluves de bois tiédi par le soleil rasant de la fin de journée. Pour vider le lieu de sa charge émotionnelle, il lui fallait refaire le chemin parmi ces piles de bois précieux qu'il aimait tant. Bien sûr il manquait les autres, le bruissement de leurs conversations quand les vocalises enregistrées de Myriam se calmaient. Il n'avait jamais osé dire qu'il détestait l'opéra. Il manquait aussi la lueur dansante des torches qui projetaient dans les allées à angle droit des ombres étranges.

Il prit l'allée centrale, la seule suffisamment large pour que deux transpalettes puissent se croiser sans se toucher, puis il tourna à droite. Il dépassa les piles de bois rangées comme des immeubles new-yorkais, par alignement de cinq, traversa une allée perpendiculaire, puis une autre et encore trois autres avant d'atteindre le grillage qui séparait le parc à bois du champ. Sous la lune, le toit éventré de la grange où sa sœur était restée à pourrir pendant plus de trois jours luisait doucement. Il y avait six ou sept cents mètres de pente, ponctuée de ronciers bien ronds plantés dans l'herbe dure qui recommençait à pousser avec le retour du printemps. Jamais elle ne serait allée garer sa jolie petite voiture là-dedans. Lui-même ne s'y aventurait plus, par crainte de recevoir sur le crâne une tuile qui se détache. L'idée du rendez-vous qui tourne mal était hors de propos, totalement. Elle ne pouvait tout simplement pas avoir été tuée là-bas.

— Philippe !

La voix de Laure au loin résonna dans le labyrinthe des piles de bois. Philippe s'arracha à la contemplation de la vieille grange, et remonta les allées jusqu'à retrouver l'allée centrale. Laure l'y attendait, un manteau jeté sur les épaules. Elle était accompagnée de Pol et d'Aline, la petite fiancée qui tentait de se composer un visage adapté. À cet âge-là, que sait-on de la mort et de ce qu'il convient de dire aux affligés ? Il n'allait pas lui en tenir rigueur.

— Salut. J'avais besoin…, commença-t-il, assez mal à l'aise que son presque frère et sa femme imaginent chez lui une démarche morbide.

— On a tous besoin, je crois, répondit Laure qui se glissa tout contre lui.

— Bienvenue Aline. Les circonstances sont… bon, en tout cas c'est bien que tu sois là.

Aline éclata d'un rire nerveux qu'elle ravala aussi vite qu'elle le put. Elle s'approcha pour l'embrasser sur la joue. Elle sentait le shampooing au lait d'avoine qu'il aimait faire mousser sur la tête de ses enfants. Le choix de Pol l'étonnait un peu. Elle était charmante, cette fille, mais il avait quand même eu par le passé des relations avec des femmes un peu plus… adultes.

Quand Aline se rapprocha de Pol, son regard éperdu d'amour apporta à Philippe un éclairage qui lui avait manqué jusque-là. Son frère trouvait chez cette fille l'adoration sans limites dont il avait besoin et qu'aucune femme ne lui avait jamais prodiguée. Il ne pouvait que comprendre. Pol avait sur la vie une revanche à prendre depuis toujours, et il avait bien raison de ne pas s'embarrasser d'imbécillités comme la différence d'âge. Aline avait l'incommensurable chance de pouvoir échapper au terrifiant entretien que Myriam réservait habituellement aux petites amies de Pol et qui avait eu raison de toutes ses précédentes histoires. Dans la nuit, Philippe sourit avec tendresse au souvenir des debriefs assassins de sa sœur. Elle n'avait pas été tendre.

Debout tous les quatre sous la lune, ils gardèrent le silence quelques secondes. Puis Laure prit Philippe par le bras :

— On rentre dîner ?

Étonnamment, tout le monde mourait de faim, alors que Philippe avait le souvenir de n'avoir rien mangé pendant des jours après le décès de son père. Comme quoi, un an avait suffi pour qu'il change d'attitude face à la mort des membres de sa famille, songea-t-il avec amertume. Il s'habituait peut-être. Ils dévorèrent tous les quatre, assis au pied de la table basse qui croulait sous les paquets de chips éventrés, saucisson, tranches de pâté et autres. La mignonne Aline s'était d'abord émerveillée en découvrant la maison, « Oh, cette cheminée, oh, vous avez tellement de livres », puis elle s'était un peu détendue et se contentait de caresser de temps à autre le cou de Pol, le genou de Pol, le pied de Pol, tout ce qui était Pol et qui se trouvait à portée de sa main. Elle pointa du doigt le grand tableau suspendu au-dessus du canapé.

— Que c'est beau ces lavandes. On n'en voit pas beaucoup par ici, ça me manque parfois. Et au Québec j'imagine qu'on n'en trouve pas non plus. C'est dur de changer ses paysages. Enfin... c'est un très joli tableau.

Philippe se tourna et s'appuya sur un coude pour observer le tableau.

— Oui, c'est vrai qu'on ne le regarde plus, il est là depuis des décennies. C'était aux parents. Tiens, d'ailleurs, Pol…

— On ne pourra pas la veiller, j'imagine ? interrompit Pol d'une voix rauque.

— Je ne sais pas. Si, sans doute, une fois que l'enquête sera bouclée.

— Si on arrive à la boucler…, soupira Laure avant de saisir le bol de rillettes de thon qu'elle fit passer à Aline.

Les flammes de la cheminée lui creusaient un visage de Gwyneth Machin, cette actrice qui mangeait des graines germées. Elle avait les mêmes sourcils transparents.

— Toi, Aline, dit Laure, raconte-nous. On se connaît à peine. D'où tu viens ?

— Grasse. J'y suis née et j'y ai vécu jusqu'à la mort de mon père. Après j'ai fait des petits boulots, j'ai un peu… bah, j'étais un peu perdue, quand j'ai reçu une offre d'emploi du cabinet dentaire sur LinkedIn. Et voilà.

— Et ta mère ? Elle vit encore à Grasse ?

Le regard d'Aline se voila un peu et elle se tourna vers Pol pour l'interroger du regard. Il l'encouragea d'un petit signe de tête et lui posa la main sur la cuisse.

— Je n'ai pas connu ma mère. Enfin, si. Mais elle est partie quand j'étais toute petite, et je n'ai aucun souvenir. C'est mon père qui m'a élevée. Je dois dire que ça nous a directement rapprochés avec Pol, d'avoir ce même manque. Sauf que lui se souvient de la sienne. Mais moi… mon père a vraiment fait le vide, ça le rendait trop triste je crois. Donc petit à petit, j'ai oublié à peu près tout.

— C'est quoi ces gens, ces femmes qui fuient leurs responsabilités comme ça, gronda Philippe. En plus, mon gars, t'as pas été gâté avec la mienne, de mère. Heureusement que Papa était là.

— Il n'était pas parfait, ton père, murmura Laure. Il vous a élevés durement et Myriam ne l'a pas aussi bien vécu que toi. Tu te souviens qu'il vous avait traumatisés en vous lisant *Le Portrait de Dorian Gray* ? Vous aviez quoi, neuf, dix ans ?

— J'avais eu une peur terrible, admit Philippe en se servant un verre de vin. Il était dur et il voulait qu'on développe une conscience morale en acier, mais il nous aimait. Il aimait avec autorité. Comme Myriam, un peu.

— Et quand il vous a forcés à repêcher dans la poubelle les restes de je ne sais plus quoi que vous aviez jetés discrètement, et qu'il vous a tout fait manger pour vous punir d'avoir menti ?

— Gratin de chou-fleur.

Philippe sourit et leva son verre en direction de Pol qui restait en retrait, éteint presque. La mort de Myriam devait l'affecter tellement profondément. Elle avait été sa grande sœur, elle l'avait materné, infantilisé parfois – ce qui l'exaspérait –, elle était son indéfectible soutien. Plus de Myriam, plus de Claude Opras, cet autre pilier sur lequel il s'était bâti. Mais maintenant, il avait Aline, heureusement.

— Tu vois à quoi tu as échappé, mon gars, le gratin de la mort ! N'empêche que ça nous a appris à rester francs du collier. C'était éducatif.

— C'était traumatisant, protesta Laure. Regarde ce que ça a produit chez Myriam. Cette espèce d'angoisse à l'idée de s'écarter du droit chemin.

— Elle était maladivement honnête, c'est vrai, reconnut Philippe, très chiante, même. Et si ça foutait la merde de dire la vérité, elle le faisait quand même, sinon elle se sentait trop mal.

— Tiens, ouvre ça, c'est vissé trop fort, murmura Laure en lui tendant le bocal à cornichons.

D'un tour de poignet, il retira le couvercle et le posa sur la table, puis il but d'un trait et resservit tous les verres vides jusqu'au bord, se réservant le dépôt du fond de bouteille.

— À toi, ma sœur chérie, qui m'as dénoncé des dizaines de fois ! Je ne t'en veux plus !

Aline gloussa et leva son verre. Laure, quant à elle, s'assombrit et mit quelques secondes avant de faire tinter son verre contre le sien.

Qu'est-ce qu'elle a, ma petite femme... qu'est-ce qu'elle me cache ?

LUNDI

L'esprit un peu embrumé par l'arrivée au cabinet de l'enquêteur, un joli garçon à qui elle aurait donné dix-neuf ans sans se poser de questions, Aline Lavozzo fixa sans le voir le planning des rendez-vous de l'après-midi. Elle songea que Myriam Opras avait décidément trouvé le moyen le plus efficace pour lui gâcher ces quelques semaines avant son mariage, puis elle se morigéna : non, elle ne ressentait pas d'antipathie pour Myriam, elle était morte, quand même, c'était juste... inconfortable de voir tourner dans l'orbite de son amoureux une amie d'enfance tellement proche qu'elle connaissait Pol bien mieux qu'elle-même. À aucun moment elle n'avait eu le sentiment que Myriam risquait de lui voler son amoureux. Mais elle la considérait avec la même appréhension qu'une belle-sœur insaisissable dont on ne savait pas trop si elle approuvait ou non le choix de son frère chéri. Petit frère chéri, même. Parfois Myriam faisait tellement sa grande sœur... Pol lui avait rapporté deux ou trois anecdotes pour lui montrer à quel point, malgré toute son affection pour Myriam et Philippe, il devait s'éloigner pour ne plus être considéré comme le petit dernier du trio. Aline déboutonna sa blouse blanche et la laissa retomber en arrière sur le dossier de son fauteuil. Il était bientôt l'heure de sortir déjeuner. La fontaine zen gargouillait derrière elle, et elle se retourna pour contempler le bouddha grassouillet qui lévitait au-dessus du jet d'eau spasmodique.

Pol était dévasté par la perte de Myriam. Elle l'avait entendu sangloter dans la cuisine la nuit du dimanche. L'appel de Philippe Opras avait fendu leur bulle de quiétude, avait introduit la laideur et la violence dans leur univers douillet. Encore une fois, Aline ne pouvait s'empêcher d'en concevoir de l'aigreur à l'égard des Opras, même si, pauvre Philippe, il ne pouvait faire autrement que de prévenir Pol. Aline aurait mieux aimé partir au Canada sans rien savoir de tous ces événements sordides qui abîmaient son bonheur.

Heureusement, l'enquêteur, Elian Ricou, se montrait plein de délicatesse avec Pol. Elle captait quelques bribes de leur échange dans le cabinet car la porte était mince. La voix nouée de son fiancé, lorsqu'il racontait sa soirée à l'enquêteur, lui broyait les entrailles. Elle l'aimait tellement, tellement, elle aurait voulu entrer et le prendre dans ses bras, absorber son chagrin, le boire à même ses lèvres et l'aspirer définitivement hors de l'homme de sa vie.

L'inspecteur (ou plutôt l'enquêteur, apparemment entre la gendarmerie et la police on ne disait pas pareil) était arrivé juste après le dernier patient de la demi-journée. Le lundi matin, habituellement, Pol réservait tous ses créneaux pour soigner les marginaux, vieux ouvriers agricoles au chômage en fin de droit, saisonniers étrangers sans couverture sociale, retraités mal couverts... « Je dois bien ça au monde », disait-il avec sérieux lorsque Aline s'extasiait de sa générosité qui lui faisait poser gratuitement de coûteuses couronnes en céramique. Il portait en lui une dette et depuis la mort de Claude Opras, son plus grand créancier, il tentait de se montrer solvable, de se rééquilibrer. Lorsqu'elle l'avait rencontré, il était encore meurtri par la mort de son protecteur et il voulait devenir protecteur à son tour. Elle avait été profondément touchée par son désir de compter pour quelqu'un, désir qui répondait tellement bien au sien. Ils s'étaient réparés mutuellement.

Après un bref murmure échangé avec Pol, M. Ricou sortit seul du bureau. Alors qu'Aline s'attendait à le voir quitter le cabinet, il s'accouda à son comptoir, sortit une tablette de sa sacoche et planta ses yeux bleus dans les siens.

— Je vais également prendre votre déposition, mademoiselle...

— Lavozzo. Mais je n'étais pas là, que voulez-vous savoir ? Je... Je n'ai rien pu faire, vous imaginez bien.

Le type posa sa main à plat sur le comptoir et lui adressa un regard qui la rendit encore plus nerveuse.

— Je ne suis pas là pour porter des accusations, je suis là parce que votre témoignage est important. J'ai besoin de votre identité complète, nom, lieu et date de naissance.

— Lavozzo, avec deux *z*, née à Grasse, le 13 mai 1992.

— Pouvez-vous me dire ce que vous faisiez le soir du mercredi ?

— Je regardais *Le Jeu de la dame* avec deux amies à la maison. Pol avait un dîner et je n'aime pas rester seule donc…

— Vous avez eu votre fiancé au téléphone ?

— Oui, oui, tout à fait. Il m'appelle toujours quand il me laisse.

Elle saisit le petit C qui se balançait au creux de son cou et le fit voyager sur la chaîne dorée, à droite et à gauche, pour sentir l'anneau d'attache tressauter sur les maillons de métal. Le bruit et la vibration la calmaient et c'était devenu chez elle une sorte de tic nerveux. Elle perçut le regard curieux de l'enquêteur se poser sur elle, en lâcha le pendentif et sentit dans son cou la tiédeur de la lettre dorée qui avait chauffé entre ses doigts. L'intérêt de M. Ricou se fixa quelques secondes sur le pendentif qu'elle eut envie de cacher de sa paume ouverte.

— Je vais avoir besoin des coordonnées de vos amies. Vous pourrez passer dans l'après-midi signer votre déposition à la gendarmerie, et me donner leur numéro je vous prie.

Puis M. Ricou était sorti en faisant tinter la clochette installée au-dessus de la porte.

Non. Non, elle n'avait pas eu Pol au téléphone mercredi soir. Elle n'avait pas entendu son téléphone sonner et Pol lui avait laissé un message, lui disant qu'il profitait de sa pause cigarette pour l'appeler avant la dégustation. Mais elle ne savait pas trop pourquoi, il lui avait semblé beaucoup plus simple de répondre « oui » à Ricou plutôt que « non », car il aurait fallu expliquer, c'était plus long. Et elle détestait dire non.

Enfin, Pol sortit du cabinet, cheveux bouclés en bataille, ses longues mains au fond des poches de sa veste qu'il déformait comme il déformait toutes ses vestes. Son visage était encore altéré par son échange avec l'enquêteur, il clignait des yeux comme un enfant qui essaie de ne pas pleurer mais dès qu'il vit son regard inquiet, il sourit et cela illumina sa figure tout entière.

— On va déjeuner ?

Elle attrapa son sac, se passa la main dans les cheveux qu'elle avait détachés juste avant qu'il n'apparaisse, et le suivit dans la rue piétonne.

— Pour le dossier à la mairie, murmura-t-elle, parce qu'elle sentait qu'il fallait parler de quelque chose de réjouissant, comme leur mariage imminent, est-ce que tu veux me dire où je dois demander ton extrait d'acte de naissance ? Il nous reste quatre semaines, il ne me manque plus que ça. À moins (et ce fut une éventualité qui la mena au bord des larmes), à moins qu'avec ce qui est arrivé, tu préfères repousser ?

Et heureusement, heureusement, avec toute la tendresse du monde, Pol l'attira contre lui, l'embrassa sur la tempe puis lui souffla au creux du cou :

— Bien sûr que non. Bien sûr qu'on se marie dans quatre semaines. J'ai déjà mon acte de naissance, je te le scanne tout à l'heure. Mon amour. Mon petit amour.

Et elle fut rassurée, jusqu'à la prochaine angoisse, car il lui semblait indistinctement qu'elle avait beaucoup trop de chance de pouvoir épouser cet homme-là, et que l'ordre des choses était qu'il l'abandonne un jour, comme l'avait fait sa mère quand elle avait trois ans, comme l'avait fait son père quand il était mort d'un cancer éclair après avoir refusé de lui payer des études puisqu'il la destinait à rester auprès de lui à s'occuper du ménage et de la cuisine. « À nous deux on est plus forts que tout, ma poupette, tu ne vas pas me laisser tout seul à Grasse, quand même ! » C'était lui qui était parti finalement, comme sa mère, comme tous ces amants de passage qui lui avaient haché le cœur. Jusqu'au jour où elle avait été contactée sur LinkedIn par un cabinet dentaire qui cherchait une assistante à former. Elle avait sauté sur l'occasion, après des années de petits boulots sans qualification requise, et elle avait atterri à Lafontac, chez les docteurs Pol Martin et Christophe Motte, chirurgiens-dentistes.

La sonnerie du milieu de journée fit sursauter Alain Camirand alors qu'il essayait pour la quinzième fois de faire rentrer dans le crâne de Timéo que pour la série du Château Fleur Cardinale, il devait panacher les origines : 50 % en provenance de la forêt de Bercé, 50 % de la forêt des Bertranges[1]. Ce n'était pas compliqué, et pourtant, il avait dû repasser derrière chaque sélection faite par son apprenti. En voilà un qui n'était pas près de passer au bousinage : le maître d'apprentissage qui gérait la chauffe allait lui flanquer immédiatement la tête dans le brasero. Par où s'échappait ce qui leur tenait lieu de mémoire, à ces adolescents qui sentaient l'aigre après une heure de labeur ? Mystère. Il manquait peut-être de patience, mais merde, il avait passé l'âge de jouer au papa. Il posa sur l'établi son tablier, se frotta les mains pour en faire tomber les minuscules particules de bois qui lui faisaient

1. Ces forêts, à l'instar de la forêt de Tronçais ou de Bellême, sont parmi les plus renommées dans le domaine de la merranderie.

les paumes rêches puis il embrassa d'un coup d'œil circulaire l'atelier qui se vidait. Les rayons qui traversaient les carreaux faisaient luire une poussière blonde et dansante qui retombait en silence sur l'acier des outils et le sol de béton. Tout ternissait au fil de la journée sous la sciure fine. Les poils de leurs narines se chargeaient de poussière boisée qui embaumait mais les obligeait à se moucher jusqu'à s'en faire saigner le nez. Lui avait pris l'habitude et laissait ses narines s'encrasser sans s'en soucier, il était passé au sérum physiologique lorsque sa fille était née, sa dernière. Le tiroir de la salle de bain s'était mystérieusement rempli de ces petites fioles de plastique. Chacun sa technique.

Le parking des artisans bourdonnait lorsqu'il regagna sa voiture. Alain Camirand avait conduit la même vieille bagnole pendant des décennies, achetée avec sa première prime versée en liquide par le père Opras lui-même. Puis sa fille avait grandi, et lui avait fait comprendre que, bon, c'était la honte cette vieille CX. Pour Océane, il avait acheté une Prius. Ça n'avait pas changé grand-chose, elle n'avait pas davantage accepté qu'il l'accompagne jusqu'à l'arrêt de bus. Ça commençait terriblement tôt, l'adolescence. Finalement il n'avait gagné sur aucun tableau avec cette affaire, et sa Prius était capricieuse au moins autant que sa femme. Telle mère… Il démarra, sans goûter le bonheur de tourner la clé dans son auto. Une Prius, ça démarre bêtement, alors qu'il avait tant aimé ce moment suspendu pendant lequel sa Citroën se rehaussait sur ses pistons hydrauliques. Il aimait les démarrages pneumatiques. En deux coups de volant, il se glissa entre les voitures de deux chefs d'atelier qui bavardaient, coude à la fenêtre. S'il voulait manger chaud et intercepter Océane pendant sa pause déjeuner, il avait intérêt à ne pas traîner. Dans quoi son écervelée de gamine l'avait-elle embarqué ? Elle le menait par le bout du nez, incapable qu'il était de résister à sa fossette au menton et à son petit air de chat triste quand il lui disait non. Il ne se rappelait pas la dernière fois où il avait tenu bon.

En fait il n'avait plus l'âge. Il avait eu Océane parce que sa mère avait trépigné : « Fais-moi un bébé, puisque tu m'aimes, fais-moi un bébé. » Il avait assez rapidement regretté de l'avoir épousée, aveuglé qu'il était par son petit cul de trentenaire alors qu'il avait déjà perdu tous ses cheveux et que sa première femme l'avait salement laissé sur le carreau. Il n'avait pas les idées claires. Heureusement, un bébé c'est toujours magique, ça vous tend les bras, ça rit pour rien, ça ne demande pas grand-chose sinon qu'on lui fasse des bisous prouts le soir sur le bidon. Il avait aimé les premières années. Il avait regretté d'avoir épousé la mère mais il ne regretterait jamais d'avoir laissé Océane entrer dans sa vie. Et puis elle avait poussé, la longueur de ses shorts et de ses T-shirts avait diminué de moitié entre la cinquième et la quatrième, et à partir de là il n'avait plus trop su comment s'y prendre. Sa femme, qui avait tellement geint pour l'avoir, la lui avait laissée sur les bras, elle n'avait pas le temps puisqu'elle travaillait en horaires décalés dans la grande distribution. Il se demandait si le chef du rayon bazar n'y était pas pour quelque chose, dans ces horaires décalés, ce gommeux qui faisait du rugby et qui avait encore toutes ses dents. À cinquante-cinq ans, sa femme avait encore le feu aux fesses, et lui, à soixante-six, avait envie qu'on lui fiche un peu la paix. Bref. Une camionnette derrière lui klaxonna et il se rendit compte qu'il réfléchissait au sens de la vie au lieu de s'engager sur le rond-point. Il leva la main en guise d'excuses. On disait que c'était sur ce rond-point que Mme Opras s'était fait agresser. Ce que les gens pouvaient gloser à partir de rien, c'était aberrant. Il s'en tenait à des grognements qui pouvaient passer pour un acquiescement mais la vérité, c'était qu'il ne voulait rien entendre à ce sujet. Ça le mettait dans une sacrée mouise, c'était tout ce qu'il en retenait.

Il entra dans Bellegrue et tourna dans la voie d'accès à son lotissement. La pente qui menait au garage sur laquelle il comptait se garer le temps du déjeuner était occupée par la mobylette d'Océane. Elle était là. Il allait pouvoir se mettre au clair avec cette petite... il n'arrivait pas à dire « conne ». C'était sa fille, quand même, et, bon, qui aurait pu prévoir que les choses tournent de cette manière. Il entra sans toquer et se figea en découvrant sa fille, les reins contre le dossier du canapé, en train d'embrasser à pleine bouche un type beaucoup trop âgé pour elle. Il en resta bouche bée, puis sentit qu'il fallait vraiment, maintenant, faire un bruit quelconque avant que les choses ne dégénèrent. Il se gratta sous le nombril puis toussa comme il le put, de cette manière sèche et ridicule qu'ont tous les types qui se forcent à tousser pour interrompre quelque chose de gênant.

— Oh, t'es là ?

— Ben oui.

Il attendit qu'elle lui présente le type, un adulte d'au moins vingt ans, mais rien. Elle gloussa, rajusta d'un geste gauche sa bretelle de soutien-gorge dans un mouvement qui lui sembla, à lui, d'une infinie tristesse. Elle avait peint ses ongles en alternant bleu et vert. Ses cheveux tout fins, des cheveux de bébé, se prirent dans l'enchevêtrement de ses breloques, des charms, qu'il lui offrait à chaque anniversaire. Le premier, un ourson qui lui rappelait son doudou, elle l'avait accroché avec des larmes de gratitude sur son bracelet. Pour les suivants, le cœur, le hashtag, le skate, le hamburger… il n'avait obtenu qu'un sourire de plus en plus blasé. Mais elle les portait tous quand même.

— On se retrouve plus tard, Océ. À plus.

Et le type se glissa dehors sans même lui dire bonjour. Pas un regard.

— C'est qui ce gars ?

— Un pote.

— Ah…

Si maintenant on embrassait ses potes en leur léchant les molaires… Il accrocha ses clés au clou, la petite balle qu'elle lui avait tressée en CM2 rebondit sur le mur violine. Une couleur qu'il n'avait pas choisie. Il s'approcha de sa fille, lui embrassa la tempe, elle sentait le shampooing aux agrumes, et se détourna pour ne pas voir si elle était gênée de la situation. Que restait-il dans le frigo ?

— Tu veux une omelette ?

— Si tu veux. J'ai pas trop trop faim.

Bien sûr. Il cassa dans un bol cinq œufs. Il savait que ce n'était pas bon pour son cholestérol, mais qu'y faire, dans le frigo il ne restait que ça, du gruyère et six canettes de Coca Zero. Il passerait acheter quelques fruits en rentrant. Le beurre grésilla dans la poêle et il ne savait toujours pas comment aborder les choses. De dos, c'était sans doute le mieux.

— Cette histoire de fresque, rassure-moi, tu n'y es pour rien ?

Pas de réponse. Il risqua un œil par-dessus son épaule et la vit, penchée sur son téléphone, l'ongle du pouce dans la bouche et un sourire idiot accroché aux oreilles. Elle gloussa.

— Océane !

— Quoi ?

— Tu as entendu ma question ?

— Quelle question ?

— Les fresques ?

— Ben quoi ?

— Tu n'y es pour rien ?

— Ça va, t'inquiète...

Il posa la cuillère en bois au milieu de la flaque jaune qui commençait à former des bulles sur le feu trop vif. Puis il inspira et se retourna. Elle le regardait par en dessous, avec le cou un peu rentré dans les épaules, comme un chat qui se rétracte avant de bondir.

— Océane...

— Mais quoi ? C'est rien je te dis ! Ils pourront jamais savoir de toute façon.

— Mais c'est pas vrai...

Il se frotta le visage des deux mains, ses paumes en coques, et se frictionna les yeux comme pour en chasser du sable. Ses sourcils se hérissèrent bizarrement à rebrousse-poil, ça lui faisait presque mal. Il avait envie de hurler. Mais une boule dans son œsophage l'en empêchait et il ne put émettre qu'un couinement étrange.

— Tu te rends compte de ce que ça implique ? Océane, regarde-moi !

— Ça va, ils l'avaient déjà repeinte une fois leur fresque, ils n'auront qu'à recommencer. Ils se la pètent beaucoup trop avec leur truc antique. On allait passer tout un épisode là-dessus, le fils de la maire me l'avait dit.

Elle ricana, l'air contente d'elle.

— Grâce à moi ils vont devoir vite fait bien fait trouver une autre idée pour le tournage de cette semaine. Si avec ça Bellegrue ne gagne pas…

— Mais je ne te parle pas de ça !

Ça y est, la voix sortait droit, nette et claire, et il sentit dans sa poitrine quelque chose se défaire. La déferlante enflait, s'enroulait sur elle-même et se gonflait de tout ce qui n'avait pas été choisi dans sa vie, de sa Prius au violine, de sa mise à la retraite discutée en comité de direction à cette situation profondément débile, dont il portait l'entière responsabilité, une fois de plus. Il y ajoutait aussi ses maillots de l'UBB réduits en serpillière par un programme mal choisi, ses économies englouties dans une ridicule cabine de sauna où sa femme et sa fille ne passaient pas plus de deux heures par an, la désespérante passivité de son apprenti et le tour que prenait la stratégie de développement de la tonnellerie.

Tout, tout lui donnait envie de se taper la tête contre les murs, et c'est avec une voix qu'il ne reconnaissait plus qu'il hurla :

— Avec tes conneries on est suspects de meurtre, tu m'entends, de MEURTRE ! Avec ta petite cervelle tu imagines gagner un jeu télévisé à la con, et nous voilà embarqués dans une affaire... (il ne trouvait plus les mots) sordide, immonde ! Une femme est morte et sur qui ça va tomber ? Hein ? Tu réfléchis ?

— Mais, bredouilla sa fille, mais c'est quoi le rapport ? Qui est mort ? De quoi tu parles, je... Tu débloques ou quoi ?

Ce fut le moment où la vague casse, où l'écume passe par-dessus le creux dans un vrombissement continu qui entraîne et broie tout. Il leva le bras et gifla sa fille à toute volée.

— Et le badge, hein, où on va le retrouver le badge qui a servi à tes conneries ? Dans ma Prius, débile ! Sauf que la femme à qui je l'ai pris pour que tu arrêtes de me bassiner nuit et jour avec ton jeu télé décérébré est morte. Morte ! On l'a étranglée dans sa voiture. Alors on fait comment maintenant ? Hein, la grande stratège, comment on fait ?

Elle pleurait sans bruit, le visage caché derrière ses cheveux et la main collée à la joue, pour en prendre le feu, l'épaule en défense et le reste du corps comme désarticulé. Il l'avait giflée. Il avait porté la main sur sa fille, son enfant, parce qu'il avait été incapable de lui dire non, et que s'il avait été un père, un vrai, il n'aurait pas permis que tout cela arrive, il n'aurait pas cherché à lui faire croire que c'était sa faute à elle. Mais tout bouillonnait encore, dans le crépitement de l'écume qui retombe il ne discernait rien de ce qu'il aurait dû faire à ce moment-là. Le détecteur de fumée se déclencha.

— L'omelette a cramé.

Ce fut tout ce qu'il trouva, tandis que le bout de ses doigts fourmillait encore du coup qu'il avait donné. Puis, étrangement, alors qu'il se disait qu'on ne faisait pas d'omelette sans casser des œufs, la spatule à la main pour gratter le fond de la poêle noircie, il en arriva à une conclusion éblouissante : il fallait allumer un contre-feu. Et il savait sur quelles braises souffler.

Juillet 2010

[Titre découpé dans du papier glacé : LA MEZZO-SOPRANO SOFIA ANCONINA TRANSFIGURE LA CENERENTOLA DANS LA COUR DES INVALIDES]

Ce n'était pas du tout mon répertoire. J'avais travaillé d'arrache-pied pour donner à mon timbre baroque une coloration lyrique et pleine qui correspondait à Rossini. J'aurais dû enchaîner directement après la production en cours. C'est ma première annulation. Que devrais-je ressentir à lire qu'une nouvelle arrivée dans le sérail remporte les honneurs que j'avais tant poursuivis ? En réalité je suis vide, creuse et morte. On me parle de reconstruction, comme si je m'étais brisé le nez, de rééducation comme si je m'étais foulé la cheville. Mais mon Dieu, c'est mon âme qui s'est échappée par la brèche et je sais déjà que je ne chanterai plus.

Deux tubes de Guronsan sautèrent du vide-poche quand la roue avant du quarante-quatre-tonnes heurta le trottoir. L'adrénaline fusa dans les artères de Freddy, qui tourna le volant en mesurant l'angle précis qui lui permettrait d'éviter aux roues suivantes de percuter le même endroit et de déséquilibrer le cul entier de son engin. Ras la gueule, chargé comme un baudet majorquin. Il avait fallu déployer des trésors d'inventivité pour loger la dernière palette et pouvoir refermer le hayon. Il avait explosé le PTAC, mais s'il avait fallu respecter scrupuleusement la règle, il aurait laissé sur l'aire de chargement quatre palettes de marchandises et il aurait perdu un client régulier. Ce qu'il fallait pas faire, des fois… Il s'autorisait parfois à charger un peu plus que la dérogation accordée habituellement, un chouia. Sinon à quoi ça servait d'avoir six essieux, à part s'endetter davantage ? Mais là, il avait poussé le bouchon un peu trop loin.

Du dos de la main droite, Freddy se frictionna les paupières l'une après l'autre puis se gratta derrière l'oreille. Il ne se souvenait plus du type qui lui avait donné le truc, se griffer derrière l'oreille, là où les cheveux ne poussent pas encore, mais ça marchait pas mal. Il se gratta le sommet du crâne, tandis que s'assagissaient les battements dés-ordonnés qui résonnaient dans sa cage thoracique. Il faudrait vérifier que la gomme ne s'était pas déchirée, chargé comme il l'était, la moindre faiblesse du pneu pouvait mener à l'explosion en pleine vitesse. Il allait être bien obligé de s'arrêter le temps qu'il fallait. Waze lui avait collé deux fois un quart d'heure dans la vue, il était sorti juste avant le bouchon de Saint-Pierre-des-Corps mais ça lui avait encore fait perdre dix minutes. Du coup, au lieu de se reposer vraiment, comme il aurait dû après quatre heures et demie d'asphalte défilant, il avait posé le pied à terre quatre minutes le temps d'arroser les buissons de l'aire du Village-Brûlé. Depuis la sortie conseillée par Waze, il luttait. La traversée de ces villages-étapes sur la nationale l'endormait plus efficacement que les lignes droites interminables de l'autoroute. Ronds-points serrés dont il essayait de ne pas mordre le terre-plein central, alternance des portions à vitesse limitée, feux rouges incongrus, et surtout, défilement de façades grises et tristes, cafés fermés depuis que l'autoroute aspirait le trafic, volets galeux et devantures défraîchies… il y avait de quoi se boucher les yeux. Freddy ne faisait pas de philosophie mais à chaque fois qu'il empruntait ces itinéraires désertés, il songeait qu'il traversait les vestiges d'une société morte. Une société gonflée d'optimisme et qui s'était brûlée au soleil du grand progrès et de l'enivrante vitesse. L'artère centrale surdimensionnée lui rappelait la rue unique des villages du Far West traversés par Lucky Luke. Le fameux « ici on pend haut et court » avait glissé vers un « ici on se pend haut et court ». Ça lui fichait le cafard. Freddy aimait le carrelage rutilant des aires d'autoroute, l'inlassable répétition des rayons de gâteaux secs et de chips vinaigrées, les sandwiches triangles dont il ne se lassait pas, l'odeur de désinfectant des toilettes dont il aimait signaler la bonne tenue lorsqu'on lui proposait de presser un bouton vert souriant. La modernité actuelle, quoi, désincarnée peut-être, mais fiable, attendue, rassurante. Il préférait rogner sa marge et passer au péage plutôt que de côtoyer ce basculement tragique, de l'effervescence des années quatre-vingts-dix à la morose banqueroute. Le pire restant à ses yeux ces stades surdimensionnés dont les communes désertées ne parvenaient plus à payer l'entretien. Tant pis, il attendait de revenir sur l'autoroute pour faire sa pause. Il en profiterait pour écouter les quatre messages vocaux. Les numéros en 05, c'était bien l'Aquitaine ? Il mettait un point d'honneur à ne pas allumer son portable le dimanche et se trouvait submergé le lundi matin. Question de principe : si on est joignable tout le temps, on n'est jamais avec personne. Et ce dimanche, il l'avait voulu pleinement consacré à son petit qu'il voyait déjà tellement peu. Que sa mère ne nous en fasse pas un trouillard ! Il l'avait emmené camper du vendredi soir au dimanche soir, et l'avait rendu à sa mère crotté, fourbu et ravi, devoirs pas faits et dents pas lavées. C'était ça la vraie vie, mon gars. On profite mieux du propre et du confort quand on les a quittés quelques heures. Puis ce matin, chargement compliqué, client stressé, pas le temps d'écouter avant de monter dans son perchoir dont la connexion Bluetooth ne fonctionnait plus, allez savoir pourquoi.

Le téléphone vibra sur le fauteuil passager. Encore ce 05. Une petite conversation rapide en ligne droite, ça lui éviterait de se fader les quatre messages vocaux.

— Oui, allô !

Il aimait ce balancement, affirmer un oui solide, chanter le « allô » juste assez pour qu'il interroge, pas besoin d'ajouter « j'écoute », c'était assez clair rien qu'au ton. Économie de mots, efficacité.

— Freddy Chardron ?

— Moi-même !

— Gendarmerie nationale.

Merde. Coup de volant réflexe, embardée, vite maîtrisée de la main gauche, il était ambidextre, coup d'œil dans le rétro pour s'assurer qu'il n'était pas suivi d'une voiture sérigraphiée munie d'un gyrophare agressif. Une seconde, l'envie le frôla de jeter le portable sur le tableau de bord comme s'il avait été brûlant. *C'est pas moi monsieur, je téléphone jamais au volant, moi.* La seconde d'après, il actionnait le clignotant et se garait sur le bas-côté d'une route secondaire déserte.

— C'est pour ?

— Adjudante-cheffe Amblevert. Vous n'écoutez pas votre messagerie ?

— J'allais le faire. À la pause.

Il fouillait sa mémoire, avec la fébrilité propre aux innocents, à la recherche d'une infraction, d'un excès de vitesse, d'une dénonciation possible, pensa à son chargement, se jura qu'on ne l'y reprendrait plus, et retint son souffle, tendu dans l'attente de la suite.

— Vous me confirmez que vous avez passé la nuit de mercredi à jeudi dernier devant la tonnellerie Opras ?

Qu'est-ce qu'il avait bien pu faire devant la tonnellerie qui nécessite un coup de fil de la gendarmerie... Rien, rien ne lui venait.

— Je... Oui, ça se fait, les propriétaires sont OK pour ça, quand on doit charger tôt le matin. Moi je dors tranquille sur ma banquette, je suis discret comme gars. Ça les gêne pas, ils me l'ont dit, demandez à Mme Opras, elle me dit toujours « ça fait de mal à personne ». C'est pas interdit de stationner là, hein, que je sache ?

Il ricana, tentait de paraître décontracté et sentait bien que c'était pire et s'engueula intérieurement, *à quoi tu joues*. Le double shoot d'adrénaline lui mettait les nerfs à vif.

— Vous vous êtes installé à quelle heure ? poursuivit la voix au téléphone.

— Je sais pas trop, je coupe le moteur vers 19, 20 heures habituellement. J'ai dîné en écoutant Émilie Mazoyer, sur Europe 1... c'était sur les Clash. Donc juste avant 20 heures je pense.

— Est-ce que vous avez croisé quelqu'un au cours de la soirée ?

— Croisé quelqu'un...

Bien sûr. Bien sûr la nénette en cuir. Il avait été lourd, merde il avait été lourd. C'était ça. Elle avait parlé, dit qu'il l'avait agressée, maintenant tout le monde se sentait agressé à tout propos. *C'est pas vrai...* Ça allait lui coller au cul toute sa chienne de vie, ça. En plus du signalement des parents des gosses devant lesquels il avait pissé sans faire gaffe. Sa parole contre la sienne. Ça vaudrait ce que ça vaudrait.

— Pas vu personne, non. J'ai vu personne, pardon. J'écoutais la radio sur ma couchette.

— En dînant ?

Le ton de la gendarme était dubitatif.

— Je mange au lit, des fois, quand je suis crevé.

Il tourna la tête pour regarder derrière son dossier l'espace couchette qui était aussi net que si le camion sortait d'usine. Jamais une miette, pas une tâche de soda, nickel de chez nickel. La seule qui s'était aventurée à se coucher dessus sans retirer ses chaussures, il l'avait sortie direct, elle n'avait pas eu le temps de comprendre. Mais ça, ce petit côté maniaque, la gendarmette ne pouvait pas le connaître. Elle s'imaginait certainement que les routiers étaient de gros et gras personnages, vautrés dans leur fauteuil conducteur à se laisser tomber des miettes de chips sur la bedaine en matant les mères de famille sur les aires d'autoroute. Tout faux, pour ce qui le concernait, sauf la bedaine contre laquelle il était bien difficile de lutter quand on restait derrière un volant toute la journée.

— Vous n'avez pas vu quelqu'un sortir de la tonnellerie, en voiture ou à pied ?

Si je n'ai pas vu la fille en cuir, je n'ai logiquement vu personne.

— Je ne crois pas, non. Pourquoi ?

À force, l'insistance de la femme au bout du fil, avec sa voix autoritaire et pleine, une voix de matrone, le fit douter. Est-ce qu'on cherchait vraiment à le coincer, lui ?

— On cherche un témoin dans une affaire de meurtre.

Freddy Chardron s'affaissa sur son fauteuil. *Ben ça...*

— Et... C'est qui qui... Qui est-ce qui a été tué ?

— Une femme. Myriam Opras.

— Non... La sœur à M. Opras ?

— C'est ça.

— Ce soir-là ?

— Ce soir-là.

— Mais...

À ce moment-là, l'immensité de sa connerie lui apparut tout entière. Il avait voulu se couvrir pour une broutille, il se retrouvait coincé dans un gros mensonge au sujet d'une affaire qui sentait les emmerdes à n'en plus finir. Une affaire dans laquelle il avait un rôle à jouer, en plus, crétin qu'il était. Parce qu'il avait bien vu une voiture sortir de la tonnellerie. Une qui ne passait pas inaperçue. Garder le silence à ce sujet, précisément, était suicidaire. Déjà parce qu'il se trouvait dans l'inconfortable position du témoin qui fait obstruction à l'enquête, ensuite parce que s'il ne disait pas très, très vite ce qu'il avait vu, il se plaçait automatiquement dans la catégorie moins confortable encore du suspect. Et puis, un routier, pensez-vous, avec au cul une dénonciation pour outrage à la pudeur... il suffisait qu'on parle de crime sexuel et pour lui, l'affaire était pliée.

Il finirait au trou en préventive, le temps qu'il finisse péniblement par prouver qu'il n'y était pour rien, son camion ne serait plus sous garantie constructeur. Quand il avait vu la voiture sortir, il était bien sur sa couchette, justement, loupiotte allumée et Netflix ronronnant. La lumière des phares balayant sa vitre passager lui avait fait lever les yeux. Pauvre femme alors, qui ne se doutait de rien en passant la barrière, au volant de sa Mini. C'est ça, les « grandes familles », c'est *Les Anges de la téléréalité*, version bourge.

— Vous êtes toujours là ?

— Oui.

Il fixait à travers le pare-brise un parc d'éoliennes à l'arrêt. Encore une belle connerie, ces moulins à vent dont on ne savait pas encore ce qu'on allait en faire une fois hors d'usage. Pourquoi personne ne se demandait ce qui empêchait les promoteurs d'éoliennes d'acheter les terrains au lieu de les louer ? *De quoi on parle, déjà ?*

— Il va falloir passer à la brigade pour confirmer tout ça, monsieur Chardron. Dans une affaire comme celle-ci, on a besoin de dépositions signées, vous comprenez bien.

— Je vais à Chartres, souffla Freddy.

— Ce n'est pas une option, rétorqua l'adjudante-cheffe. Je vous attends demain midi au plus tard.

Est-ce que le moment de dire qu'il se souvenait de quelque chose était passé ? Est-ce qu'il valait mieux rappeler plus tard en disant que, oui, ça y est, en y repensant, il avait vu une voiture sortir ? Qu'est-ce qui sonnait le moins faux ? Et la fille en cuir, pourquoi n'avait-elle pas déjà dit qu'elle lui avait parlé ? Elle devait avoir été entendue, elle aussi, dans une affaire comme celle-ci… Si elle n'avait rien dit… il valait peut-être mieux qu'il se taise aussi, de peur de créer une suspicion. « Mais pourquoi avoir menti, monsieur Chardron, vous avez donc quelque chose à cacher ? » Aïe, aïe, aïe… avec tout le mal qu'il se donnait à éduquer le petit, « ça te retombera sur le nez, Sam, ne mens pas, on s'en dépatouille jamais », il se montrait incapable d'appliquer ses beaux principes quand l'occasion se présentait.

— Et… si je me souviens de quelque chose, je vous appelle, c'est ça ? demanda-t-il, la voix mal assurée.

Il se racla la gorge pour faire bonne mesure et se maudit, ça faisait tellement tic nerveux, la gendarmette au bout du fil ne pouvait pas être dupe.

— Vous avez mon numéro. Géraldine Amblevert, brigade de Lafontac.

Il avait besoin de temps pour réfléchir.

Pour la première fois depuis qu'elle l'avait achetée, en 1991, Daphné trouva son Opel Corsa terriblement étriquée. Percevoir le malaise du sénateur Fouilloux-Saxe, les genoux collés contre le levier de vitesse et les coudes au corps, la rendait nerveuse. Elle repassait en seconde dans les tournants un peu serrés et freinait au dernier moment avant de s'engager dans les ronds-points. Elle tâchait de maintenir un minimum de conversation mais l'épisode du repassage lui restait en travers de la gorge. Quelle greluche elle était, vraiment, pour ne pas avoir su lui restituer immédiatement sa chemise en bouchon et lui faire comprendre qu'elle n'était pas de ces femmes-là ? Elle avait mis le doigt dans l'engrenage, elle se retrouverait bientôt à lui repriser ses chaussettes.

— Quelle conduite sportive, ma chère, susurra son vieil amant en lui posant une main qui se voulait sans doute apaisante sur le genou.

Cela acheva de la hérisser. Elle se sentait tous sens en éveil, prête à se lancer corps et âme dans une enquête passionnante, et elle devait promener monsieur qui n'en finissait pas de réclamer un détour pour revenir sur les lieux de telle inauguration, de telle salle communale où il avait animé un meeting mémorable. Elle aurait voulu le laisser en carafe sur un parking et filer à la tonnellerie, mais elle ne pouvait pas. Cela ne se faisait vraiment pas. Mais qu'est-ce que ça la démangeait !

— J'aimerais arriver chez les Opras avant le déjeuner, Laure m'a semblé tellement désemparée, je devrais déjà être auprès d'elle.

— Voyons, Daphné, de quelle aide pourrais-tu lui être ? À part faire du soutien psychologique, ce qui est déjà énorme, je te l'accorde, mais enfin, si elle s'imagine que ta parenté avec l'enquêteur peut influer sur les choses, elle se berce d'illusions la pauvre !

— Je ne compte pas « influer sur les choses » en faisant pression sur mon neveu, observa Daphné sur un ton aigre.

— Je sais bien, je sais bien, mais les gens s'imaginent toujours que, parce qu'ils connaissent quelqu'un qui connaît quelqu'un d'important, leur destin va basculer. J'en sais quelque chose, tu n'imagines pas les sollicitations insensées qu'on me fait parvenir encore aujourd'hui ! La vie d'élu, quel sacerdoce, je t'assure.

Avec un petit hoquet, Daphné étouffa le gloussement indigné qui lui remontait dans l'œsophage. Parfaitement inconscient de l'exaspération qui gagnait Daphné, le sénateur mit le coude à la fenêtre et s'extasia sur les vignes qui débourraient, les colzas dorés, les fossés pimpants. Après un dernier arrêt au coin d'un bosquet pour soulager la vessie de monsieur, Daphné fonça, sans plus écouter les suggestions de « petits crochets » de son passager, jusqu'à la tonnellerie qui sonnait la pause de midi.

Sous le cèdre qui laissait planer de hautes branches au-dessus de la toiture des Opras, Laure avait dressé la table du déjeuner. Le premier déjeuner dehors, un petit événement à l'échelle familiale. Daphné enrageait, elle qui avait prévu d'arriver à 10 h 30 pour prendre le temps avec Laure, une fois les enfants à l'école. À moins qu'ils ne soient en vacances scolaires, elle oubliait toujours ce genre de paramètre. *Vieille bique sans enfants que tu es.*

Elle se gara dans une gerbe de gravillons et claqua la portière avant même que Michel Fouilloux-Saxe n'ait débouclé sa ceinture.

— J'arrive au mauvais moment ! lança Daphné de loin tandis que Laure déposait sur la table un plateau chargé de deux assiettes, deux verres et d'un pichet d'eau.

— Pas du tout, Philippe va probablement déjeuner en coup de vent, répondit Laure dont le sourire incertain se figea lorsqu'elle vit sortir de la Corsa un parfait inconnu en chemise immaculée.

— Je te présente Michel Fouilloux-Saxe, un ami qui passe le week-end à l'Abbaye.

— On est lundi, objecta Laure tout en tendant la main avec un sourire recomposé à la hâte.

Voilà, elle avait eu tout faux. Michel se trouvait chez les Opras comme un chien dans un jeu de quilles, Laure ne lui dirait rien devant un étranger, et Philippe, à qui elle avait intérieurement assigné la mission de distraire Michel, ne ferait que passer.

Avec une urbanité un peu contrainte, Laure les fit entrer dans le salon où elle apporta un ravier rempli d'olives aux anchois et une bouteille de Martini. De manière providentielle, Michel identifia dans une pile de livres un grand ouvrage qui condensait trente ans de unes de *L'Écho gascon*. Il s'y plongea avec délices, heureux de retomber ici et là sur des photos de sa petite personne en pleine force de l'âge.

— Comment te sens-tu ? commença Daphné aussitôt la porte de la cuisine refermée derrière elles.

— En pleine implosion… mais ça va aller. On fait aller, comme disent les vieux !

La voix chevrotante de Laure se raffermissait de phrase en phrase. Elle faisait partie de ces personnes « résilientes » (le mot exaspérait Daphné presque autant que « bienveillance ») qui savaient reprendre pied à partir de rien, puisant dans leur propre énergie de quoi redresser la barre, retendre la voile et repartir. L'état de la cuisine, cependant, laissait entrevoir un certain désarroi. Les macaronis de la veille flottaient dans un fond d'eau grasse qui demeurait dans l'évier, probablement bouché, un demi-oignon laissé sur le plan de travail diffusait des effluves tenaces, le placard du petit déjeuner était ouvert et le lave-vaisselle béait sur des assiettes sales. D'autorité, Daphné plongea la main dans l'évier et en retira une poignée de débris alimentaires mal identifiables qu'elle jeta dans la poubelle. L'eau commença une lente décrue agrémentée de borborygmes, tandis que Daphné fourrait entre les mains de Laure une éponge pour débarrasser la table des miettes du petit déjeuner. Laure de son côté saisit à deux mains un vase rempli de tulipes fatiguées pour en verser l'eau croupie dans l'évier qui fonctionnait de nouveau, mais le tout lui échappa et les tulipes se répandirent dans l'eau de vaisselle. Laure soupira, récupéra le vase et le vida tout en murmurant :

— C'est de pire en pire. De pire en pire.

— Quoi donc ?

— Ma force de préhension. Le diabète, tu sais… un de ses sympathiques à-côtés.

Trop absorbée par les questions qu'elle avait en tête, Daphné ne pensa pas à faire preuve de compassion. Tout en s'activant, elle démarra ce pour quoi elle était venue : un patient travail d'excavation pour se faire une idée de la situation. Mais avant toute chose, hantée par l'allusion dénigrante de Michel, elle tint à épingler les points sur les *i* :

— Tu sais que je n'ai aucun moyen d'interférer ni de me renseigner sur l'enquête en cours de mon neveu.

Ce qui était faux, bien entendu, elle saurait toujours soutirer quelques informations, mais autant ne pas laisser Laure se bercer d'illusions : elle ne lui dirait rien si cela ne servait pas ses propres intérêts d'enquêtrice. Épater son neveu n'était plus sa seule motivation. Tromper la solitude non plus, elle aurait tout donné pour la retrouver, sa bienheureuse solitude. Mais elle voulait surtout moucher Fouilloux-Saxe et ses perfides sous-entendus comme quoi elle n'était pas une personne d'importance. Mettre la main sur l'assassin de la belle-sœur trucidée devenait une question d'honneur.

— Qu'est-il arrivé ?

Restons vague, n'orientons rien...

— Une horreur. Ma belle-sœur... J'imagine déjà la une du *Courrier de l'Estuaire*... On l'a retrouvée étranglée dans sa voiture dimanche. Un choc...

— Tu ne t'attendais pas à...

— ... à ce qu'on la retrouve morte ? Pas une seconde. C'est une telle femme, tellement forte, tellement dure parfois. Un petit bout de bonne femme pétri de volonté, pas toujours facile d'ailleurs. Mais tellement opiniâtre et d'une fiabilité sans faille. Tu sais, le genre de fille à rentrer chez elle le soir toute seule, tellement sûre de ne pas donner prise aux sales types alors qu'elle faisait cinquante kilos toute mouillée.

— Mais elle avait disparu, non ? On la cherchait plus ou moins ?

— Oui, bien sûr...

Laure posa l'éponge sur le rebord de l'évier dans le fond duquel quelques macaronis formaient encore un tas visqueux. Elle les regarda, l'œil vide. Elle avait perdu quelques kilos, nota Daphné. C'était donc si rapide que ça, les effets de l'angoisse ? Elle ne reconnaissait plus tout à fait la rondeur de l'épaule de Laure, son cou un peu moelleux, le tombé de sa joue... À moins qu'elle n'ait commencé un régime avant d'apprendre la disparition de sa belle-sœur.

— Tu en fais un portrait un peu difficile, tu penses qu'on a pu vouloir l'écarter, la faire taire ?

Les mains sur le plan de travail, Laure recroquevilla les doigts puis se mit à faire tourner son alliance entre le pouce et l'index. Elle regardait ailleurs.

— Elle avait ses principes, ce qui ne facilitait pas toujours ses relations avec les gens, dans le travail, dans la vie en général. Philippe te dirait qu'elle faisait un peu de zèle dans le style « droite ligne du parti ». Mais il faut la comprendre (et sa voix devint presque suppliante), toute cette discipline, depuis toujours, et puis une note, c'est juste ou c'est faux, il n'y a pas d'à-peu-près. Elle avait son art chevillé au corps, et son art c'était la rigueur. La douleur dans la rigueur, même.

— Oui, enfin si je me souviens bien elle a cessé de chanter il y a quelques années, tout de même, tempéra Daphné. Et toi ? Tu la trouvais casse-bonbons ?

— Casse... Bien sûr, elle était casse-pieds, parfois, comme moi, comme Philippe avec son fichu caractère, comme Pol avec ses cachoteries permanentes... Est-ce que ça justifie... ça ?

De plus en plus, Daphné songeait que le fait d'être casse-pieds justifiait qu'on soit poussé dans les escaliers. Elle y réfléchissait depuis la fin de matinée, au petit croche-pied en haut des marches cirées de l'Abbaye, pour se débarrasser de son encombrant invité qu'elle n'avait jamais invité.

— Qui est Pol ?

— C'est le frère de Myriam et Philippe. Frère d'adoption en réalité. Je les ai toujours connus tous les trois. Les trois Twix. Tu sais que j'ai rencontré Philippe très jeune, on avait quinze ans. Pol habitait déjà ici.

Le type de recomposition familiale dont la logique échappait totalement à Daphné. Elle trouvait d'une complication sans nom les appellations de beau-fils, belle-mère, qui recouvraient des réalités aussi diverses que complexes. Elle n'aurait jamais pensé trouver chez les Opras ce type d'imbroglio.

— Il sort d'où ce Pol ?

— C'est le filleul du père de Philippe et Myriam. Sa mère était une amie d'école d'art de ma belle-mère. Elles ont évolué très différemment. La mère de Pol était assez... libre, du genre à tout plaquer et refaire sa vie avec un type pour qui elle avait eu le coup de foudre. Elle a quitté le père de Pol assez vite, elle le déposait souvent pour les vacances ici. Et un jour, elle a décrété qu'avec son nouvel homme, ils n'avaient pas la place pour le loger. Elle l'a laissé ici, tout simplement.

— Elle l'a abandonné ? s'étrangla Daphné, scandalisée.

— Oui et non. Elle est revenue, les premières années. Elle a eu d'autres enfants je crois, qu'elle laissait invariablement à leur père pour refaire sa vie avec quelqu'un d'autre, et un jour elle est partie pour de bon. On ne l'a plus revue. Pol a reçu une carte postale pour ses vingt ans, de quelque part en Amérique du Sud, et voilà. Depuis, silence radio.

Laure s'animait, la couleur lui revenait aux joues, et Daphné songea une fois de plus que les plus vieilles recettes étaient les plus efficaces : s'indigner du malheur des autres pour se distraire du sien.

— Et il n'aurait pas pu tuer Myriam par dépit amoureux, ce Pol ? s'enquit-elle.

— Amoureux ? De Myriam ? Certainement pas !

Les yeux écarquillés et le sourire incrédule de Laure décontenancèrent Daphné qui peinait à cartographier la fratrie Opras.

— Quoi, il la détestait ?

— Mais pas du tout ! Enfin, Daphné, quand je te dis qu'ils sont comme frère et sœur, c'est comme frère et sœur. Ils ont joué tout nus dans la même bassine d'eau à six ans, se sont battus comme des chiffonniers. Myriam l'a dénoncé quand il a piqué les clés de la voiture de mon beau-père pour sortir le soir à dix-huit ans. Une vraie relation de frère et sœur, complice et violente. Pol est le parrain de Sacha, j'imagine que Myriam aurait été son témoin de mariage, parce qu'il va se marier, Pol, bientôt d'ailleurs... Bref, si tu te figures que quelque chose existait entre eux, c'est une fausse route totale. C'est même... gênant, en réalité !

Dubitative, Daphné lissa vers l'arrière ses cheveux soigneusement ondulés et ajusta ses boucles d'oreilles. Elle était prête à tout accepter, bien sûr, mais la vision peut-être un peu idyllique que Laure avait de l'unité familiale méritait tout de même quelques recoupements.

Les gens s'imaginent qu'une enquête pour meurtre se fait à la pince à épiler, qu'on extrait de la situation le meurtrier comme on retirerait une écharde, sans rien déranger autour, songea Daphné. Quelle illusion ! D'après son expérience, c'était tout le contraire. Sans aller jusqu'à la pêche à la dynamite, ce qui ne rendait pas justice à tout le travail d'investigation technique et humain réalisé par son neveu et par elle-même, un travail d'enquête ne pouvait que déranger, décaper, mettre à vif tous les nœuds relationnels, afin que soient efficacement disséqués les flux d'amour, de haine, les trous dans les alibis, même infimes, les intérêts divergents… bref, Laure Opras se refusait à toucher du doigt la réalité de ce dans quoi toute la famille était en train de plonger.

— C'est Philippe qui arrive. Je lui ai parlé de toi. Ne sois pas étonnée, il est un peu à fleur de peau. Il adore sa sœur.

« À fleur de peau » était un doux euphémisme pour décrire l'état de délabrement physique et moral de Philippe Opras. Le pauvre homme semblait abruti de douleur, anesthésié et même presque rendu sourd. Il faisait répéter chaque question à Daphné, qui hésita à émettre des réserves au sujet de Pol Martin de peur de susciter un état catatonique ingérable. Pour appuyer son explication sur les liens familiaux, Philippe se mit en quête d'un album familial. Il entra dans le salon de sa démarche d'ours polaire et sursauta à la vue du petit Michel Fouilloux-Saxe, penché sur un grand livre posé sur la table basse. Sans se décontenancer, le sémillant sénateur sauta sur ses deux pieds et s'avança, toutes dents dehors, vers son hôte.

— Michel Fouilloux-Saxe, enchanté, j'ai bien connu votre père.

— Il nous a quittés l'année dernière.

— Oui j'ai appris. C'est bien triste.

Philippe émit un gargouillis qui pouvait passer pour un échange de politesses puis écarta Fouilloux-Saxe de son chemin pour attraper, en haut d'une étagère surchargée, un album dont les intercalaires en papier de soie s'échappaient en tous sens. Il en caressa la reliure, d'un geste étonnamment doux, puis il hésita sur l'endroit où le poser. La table basse était occupée par le livre anniversaire de *L'Écho gascon*, il le repoussa d'un revers de la main, s'installa à la place de Fouilloux-Saxe puis adressa à Daphné un geste qui l'invitait à se pencher sur l'album.

Sur chaque photo ou presque, Myriam, Pol et Philippe enfants se tenaient tête contre tête, au-dessus d'un lézard ou face à un film de de Funès, parfois épaule contre épaule pour poser aux côtés de Mme Opras qui portait haut le chignon serré. Il sembla à Daphné que chaque photo était prise avec amour, un amour qui englobait dans la même bulle Myriam, Philippe et Pol, et elle comprit que c'était le regard du père Opras qui les avait faits frères et sœur. Quelques pages plus loin, les moues changeaient, se refermaient autour d'un nez plus fort, épaules en creux, se faisaient boudeuses et adolescentes, les coudes pointaient, les postures se faisaient obliques et pourtant unies, « nous contre le reste du monde ». Philippe Opras écrasa un index sur un cliché surexposé.

— C'est elle, la mère de Pol.

— Et ce bébé ?

— Sa sœur… demi-sœur. La mère de Pol est venue la lui présenter, Caresse ou Douce, enfin un prénom résolument original et importable, tu te souviens lequel Laure ?

— Pas particulièrement.

— C'est à partir de cette visite d'ailleurs qu'elle a arrêté de venir. La petite est tombée dans un escalier de la tonnellerie qui était en travaux et s'est ouverte sous le menton. Papa a dû lui tenir les bras pendant que l'infirmière la recousait.

— Pauvre chou, c'est vrai que dans les années quatre-vingt-dix certains pensaient encore que les petits enfants ne ressentaient pas la douleur. Elle avait quel âge ?

— Deux ans j'imagine, elle portait encore des couches.

Laure se pencha sur l'épaule de son mari, faisant reculer Daphné dans le fond du canapé. Elle pointa de l'index une photo où Myriam Opras, les yeux brillants, tendait vers l'objectif une coupe débordante.

— Et là, Myriam qui annonçait qu'elle était prise sur un opéra d'Harnoncourt…

— Les parents sont allés vérifier sur le *Who's Who* qui était Harnoncourt avant d'ouvrir le champagne.

— La pauvre… obligée de justifier son enthousiasme, de souligner la renommée de tel ou tel qui la voulait sur sa production, d'expliquer qu'elle commençait à peser sérieusement dans ce milieu.

— Que veux-tu, Maman aurait voulu qu'elle fasse de la variété, pour que son nom donne des palpitations à l'épicière, qu'elle passe à la télévision, qu'elle devienne égérie L'Oréal... Forcément, Harnoncourt, le Metropolitan Opera, c'était moins lisible pour elle que Michel Drucker ou le Zénith.

Pensive, Laure ramena sur sa poitrine un pan de son châle. Le sénateur oscillait derrière le dossier du canapé, il hésitait, Daphné le sentait, entre annoncer qu'il avait bien connu Michel Drucker et tendre le bras pour récupérer le livre de *L'Écho gascon*. Il l'agaçait prodigieusement, ce pauvre Fouilloux-Saxe avec ses dents trop blanches et son eau de toilette citronnée.

— Cela reste un mystère pour moi, avoua Laure, que ta mère, qui sortait d'une école d'art, ait été aussi peu réceptive à l'opéra, ses codes, ses grands noms...

— Elle a fait l'école « Épater la galerie » plutôt que « Écumer les galeries », grinça Philippe. Comment voulais-tu, dans le cercle qu'on fréquentait ici, à Lacapel, qu'elle bénéficie du rayonnement de Myriam ? L'opéra, pour les amis de mes parents, c'était un gâteau.

— Tu exagères.

Alors que Fouilloux-Saxe ouvrait la bouche pour se remémorer à haute voix l'inauguration de l'Opéra de Bordeaux après la deuxième tranche de travaux de rénovation sous son premier mandat, Daphné s'interposa :

— Est-ce que vous diriez que Myriam était une femme humiliée ?

Un silence pensif accueillit sa question. Il était une réponse en soi, la question méritait donc réflexion, mais Philippe finit par repousser l'idée.

— Humiliée, non. Pour ce qui était de ma mère, Myriam s'était fait une raison depuis longtemps. Mon père et son admiration inconditionnelle suffisaient à la consoler. Non, humiliée ce n'est pas le mot. Elle était... mal recollée. Vous voyez, le bruit que fait un kaléidoscope quand on le tourne ? Myriam, c'était pareil. Elle gardait ses petits morceaux à l'intérieur mais ça crissait quand on la secouait.

— Depuis son accident ? Sa voix qui n'était jamais revenue ? demanda Daphné.

— Non.

Les sourcils froncés, Philippe tentait de dater la première fêlure. Le coup qui avait durablement brisé Myriam.

— Non. À l'époque de l'accident elle était déjà fragile. Je dirais que c'est quand le père de Sacha l'a quittée. Il avait épousé une star, elle avait choisi d'avoir ce bébé malgré les tournées, malgré les festivals planifiés sur quatre ans. Il n'a pas compris, il est parti.

Dubitative, Laure regardait Daphné avec un soupçon de défiance. Là encore, Daphné songea que Laure n'avait d'une enquête qu'une vision parcellaire. Il ne suffisait pas de remonter les dernières vingt-quatre heures. Pour comprendre le mobile qui avait animé le ou la meurtrière, il fallait comprendre Myriam. Qu'est-ce qui, chez elle, avait enclenché la machine ? Une femme humiliée, quoi qu'en dise son frère, peut, malgré elle, créer des situations intenables. Parce qu'elle humilie à son tour, parce qu'elle se veut justicière, parce qu'elle se défait brutalement de ce lourd manteau de honte qu'on lui a collé sur les épaules, parce qu'elle brise un équilibre malsain en changeant de ton. Daphné avait conscience qu'en partant de Myriam, elle faisait peser sur la victime le soupçon interdit : n'avait-elle pas mérité son châtiment ? Mais Daphné faisait une très nette différence entre « mériter » un châtiment et « déclencher » un châtiment. Elle n'avait pas le temps ni l'énergie de s'embarrasser de politiquement correct : le ou la coupable était passé à l'acte à partir de quelque chose qui, cela tombait sous le sens, était parti de la victime. Il existait bien entendu des crimes gratuits, des vols qui tournent mal, mais dans cette configuration, la victime était plutôt laissée dans un fossé. L'assassin ne prenait pas la peine de remettre la victime derrière le volant après avoir caché la voiture. Daphné fit taire la petite voix qui lui soufflait qu'elle s'inventait des compétences en criminologie. C'était du simple bon sens.

— Si je récapitule, dit-elle, on a trouvé le corps de votre sœur, de ta belle-sœur, dans une grange qui se situait à… à quelle distance d'ici, d'ailleurs ?

— Par la route et le chemin, il doit y avoir un kilomètre et demi. Mais à travers champs, on en a pour six cents mètres, répondit Philippe. Écoutez, je ne veux pas vous vexer, madame…

— Dambérailh.

— Ah. Vous êtes parente du major ?

— Je suis sa tante.

— Bon. Enfin, ce que je veux dire, c'est que votre neveu, justement, a les choses bien en main. Je ne suis pas certain qu'il faille multiplier les enquêtes, vous voyez ? Laissez la brigade faire son boulot.

Alors qu'il avait été si désireux d'exposer l'unité de la fratrie qu'ils formaient avec Myriam et Pol, Philippe semblait à présent incommodé par les investigations que menait Daphné. Elle y voyait un sursaut machiste et comprit que l'entretien était terminé. Par-dessus le canapé, elle capta le regard désolé de Laure, qui, cependant, n'objecta rien.

— Nous allons vous laisser déjeuner. Je suis arrivée beaucoup trop tard, de toute façon. Tu sais où me trouver, Laure. Michel ? On y va !

Alors que Fouilloux-Saxe tendait la main vers son bouquin, Daphné lissa d'un geste brusque sa jupe sur ses cuisses, rentra ses talons dans ses escarpins, qu'elle avait sortis pour faire respirer un peu ses pieds meurtris, puis embrassa Laure sur les deux joues. Philippe lui broya les phalanges. Rares étaient les hommes qui lui imposaient la bise et, si elle se réjouissait de savoir maintenir une certaine distance, elle gémissait plus souvent qu'à son tour en sentant ses bagues lui rentrer dans les chairs.

Sous le cèdre, le soleil faisait des taches de lumière ondoyante. La petite Corsa les attendait sagement, et Daphné sentait dans son dos le regard de Philippe Opras qui était sorti après eux pour déposer sur la table un jambon de Bayonne et un long couteau. Sa voiture à lui était garée tout contre la Corsa et Daphné dut se glisser entre les deux véhicules et prendre garde à ne pas abîmer la carrosserie de son voisin lorsqu'elle ouvrit la portière. De toute façon, la voiture de

Philippe Opras était déjà bien amochée. Le rétroviseur pendait de guingois, la tôle était nettement enfoncée au-dessus de la roue. Et tandis que Daphné, sous le regard insistant de Philippe, s'asseyait dans son fauteuil, elle remarqua à travers sa vitre un à-plat de couleur rouille juste sous le rétroviseur.

Ce ne pouvait être que du sang.

Mai 2012

[Carton gaufré couleur crème, lettres bordeaux, liseré double.]
Mme Myriam Opras et M. Laurent Cossard
sont heureux de vous annoncer leur mariage,
vendredi 14 mai 2012, en la mairie de Mayenac

Comme la fidélité est si rarement récompensée, finalement j'ai plongé dans ce mariage qui m'apparaissait il y a quelques mois encore comme une bonne plaisanterie. Laurent me sait, me devine. Il voit en moi ce qui était, ce qui aurait pu être, ce qui est, et pourtant il ne perd pas ce regard adorant qui me répare. Je me connais et je sais déjà qu'un irrépressible besoin d'oxygène me fera un jour prendre du champ, mais pour le moment je me complais dans la douceur et le confort de ce lien étonnant. Même Papa m'a comprise, je crois. Mon seul regret, l'absence de Sacha. Il s'y fera.

Lorsque Dambérailh arriva à l'hôpital pour récupérer sa fille à 14 heures, il était fébrile. Il signa à travers un étrange brouillard des formulaires de sortie, laissa un chèque dont le montant devait être prochainement compensé par un versement de sa mutuelle, et il aida Chloé à monter dans la voiture, son bras en bandoulière. Son petit visage chiffonné n'était que douleur et il peinait à la regarder, il aurait voulu lui passer le bras autour des épaules, la porter même, genoux pliés sur son avant-bras et ses bras à elle autour de son cou, comme avant, comme lorsqu'elle n'était encore qu'une petite fille, engourdie par une demi-nuit de veille chez des amis... Mais il ne pouvait plus, et il se contenta de conduire prudemment, d'éviter de bondir sur les ralentisseurs, de freiner bien en amont des stops. Elle ne parla pas. Toujours le silence. De l'hôpital à la maison, il ne réussit qu'à lui faire avouer qu'elle rêvait d'un bol de Miel Pops. Que « la bouffe à l'hôpital, c'était l'angoisse ».

Elle s'écroula dans le canapé du salon avec un gémissement qui lui fit immédiatement sortir l'ordonnance du médecin de l'hôpital.

— Tu as mal ? sur une échelle de 1 à 10, tu dirais quoi... parce que là tu peux reprendre un comprimé de morphine, mais si tu n'as pas trop mal on peut faire plus léger, pour éviter de charger inutilement, tu vois, pour éviter l'accoutumance...

Il bafouillait, elle le regarda à travers ses cils et elle sourit à demi.

— T'inquiète. Tu peux me brancher mon téléphone ? Il est dans la poche extérieure du sac.

Deux minutes plus tard, elle plongeait dans cet univers abscons dont il était si totalement exclu : Instagram. Elle rattrapait, le pouce comme animé d'une vie propre, douze jours de posts engloutis dans les tréfonds du défilement sans fin de l'application. Les stories définitivement effacées, obsolètes au bout de vingt-quatre heures, la faisaient soupirer : elle resterait à jamais exclue des références qui continuaient à surgir dans les conversations. Et lui, grand papa démuni, cherchait de quoi s'occuper. Il avait bloqué deux heures pour elle, ne voulait pas s'imposer ou devenir « lourd », mais il finit par attendre le retour d'Anne avec une impatience dont il eut honte. L'arrivée de sa femme dans la maison lui fit l'effet d'une bourrasque qui, passant entre deux fenêtres, renouvèle l'air d'un seul souffle. Il y trouva même la ressource suffisante pour s'asseoir face à Chloé, lui toucher le genou et lui demander :

— Est-ce que ton ami t'a appelée ?

Elle comprit immédiatement de quel ami il parlait. Son regard chercha une brèche, quelque part entre les lames du parquet. Elle finit par murmurer, sans le regarder :

— Tu sais, je pense qu'il a pas envie. Je peux comprendre.

Il refusa de s'énerver, tenta de calmer l'ébullition qui créait des remous quelque part au creux de son estomac, mais il ne réussit pas tout à fait à contenir son indignation.

— Il te doit bien ça, non ? Enfin, Chloé, rends-toi compte ! Qui conduisait ce fichu scooter, à la fin ? Qui…

Et face à l'expression de Chloé, il s'interrompit net. La scène qu'il avait roulée mille fois en esprit, le soir, la nuit, entre deux dossiers, se retourna en un atroce basculement. Le silence de Chloé, ses évitements, son regard fuyant, sa promptitude à ne pas condamner son camarade… L'évidence lui sautait au visage, laide et nue, et tellement décevante. Il voyait en sa fille l'innocente martyre d'une imprudence coupable, et là, dans le regard qu'elle lui jetait, dans ce mélange de supplication et de culpabilité, il lut un scénario auquel il ne voulut pas croire.

— C'était toi ? C'était toi qui conduisais, c'est ça ? Chlo, je peux entendre, je… Dis-moi, tu n'as pas à avoir honte.

Bien sûr que si, bien sûr qu'elle devait mourir de honte, empêtrée dans un aveu qu'elle n'avait pas voulu faire immédiatement. Il était l'adulte, il devait lui pardonner ça, cette déception terrible, ce renversement. Mais elle le regarda en face, les yeux noyés, et lui dit :

— Non. Non, ce n'était pas moi qui conduisais. Pourquoi est-ce que rien n'allait mieux ?

Il retourna à la gendarmerie à 16 heures, un bloc d'amertume quelque part au fond de l'estomac. Le débrief du soir ne servit qu'à lancer des trajectoires avortées à travers le grand espace du tableau blanc et il sentit qu'il n'aurait pas la force, pas l'énergie de leur trouver à chacune un sens et une cohérence. Le routier n'avait rien dit. L'autopsie avait apporté son lot d'informations annexes, et probablement importantes, mais il n'avait pas l'esprit assez alerte pour leur donner une signification.

La journée enfin terminée, l'esprit bourdonnant des hypothèses en cul-de-sac que son équipe avait échangées devant le tableau Velleda, le major tourna à gauche au lieu de prendre l'habituel itinéraire qui le ramenait chez lui. Il avait promis à tante Daphné de donner quelques coups de pelle pour combler son improbable piscine. Rien de tel que l'exercice pour se remettre les émotions en phase et affronter de nouveau son impuissance face à sa fille.

Il se forçait, en prenant les virages à la corde, chose qu'il avait toujours réprouvée, à se repasser les ouvertures intéressantes de l'enquête.

- *Myriam Opras portait une perruque*. Elle était atteinte de trichotillomanie, un tic nerveux qui pousse la personne atteinte à s'arracher avec méticulosité les cheveux, parfois à s'en croquer les bulbes. On l'avait trouvée avec la perruque en place mais l'adhésif tenait à peine. Le postiche était parti au labo.

– *Le routier n'avait rien vu*, alors qu'il avait passé la soirée devant la grille de la tonnellerie. Il n'était donc pas impossible que le dépôt de la partition se soit effectué à un autre moment que lors de la soirée du mercredi. L'infime, très infime possibilité que la mort de Katia Gault n'ait rien à voir avec celle de Myriam Opras existait.

Les deux montants en pierre qui marquaient l'entrée de l'Abbaye semblèrent particulièrement proches au major qui dut manœuvrer en trois fois pour s'introduire sur l'espace gravillonné où sa tante Daphné faisait garer les voitures de ses visiteurs. Un cabriolet bleu nuit y stationnait déjà et le major se fit la réflexion que la femme de ménage avait probablement hérité récemment. Deux potées fleuries encadraient la porte massive à laquelle il frappa. Sans attendre de réponse, Géraud poussa l'huis et fit un bond en découvrant derrière la porte, interdit, un homme d'un certain âge en robe de chambre cramoisie, la main levée pour actionner la poignée de laiton.

— Je dérange…, marmonna le major, tout emprunté dans son uniforme.

— Mais pas du tout, ravi, enchanté même ! Michel Fouilloux-Saxe, ancien sénateur de la circonscription ! Et ami de votre tante, au demeurant. Oh, elle va être enthousiaste, transportée, à l'idée de votre visite. Elle est à l'étage, elle se rafraîchit.

L'idée de tante Daphné occupée à « se rafraîchir » à 19 heures semblait au major vaguement choquante. Parfaitement à l'aise, le sénateur lui indiqua le chemin de la cuisine que Géraud connaissait par cœur. Que fabriquait ce vieux beau en pyjama chez sa tante ? L'ombre lénifiante de l'entrée, son odeur de cire d'abeille et de térébenthine, le tic-tac ancestral de l'horloge ne suffirent pas à lui rendre sa sérénité. Il se tint, gauche et même embarrassé, devant le lourd buffet dont il connaissait chaque pot de confiture, chaque porcelaine, chaque veine du bois. Il venait chercher le réconfort et voilà qu'il tombait à l'Abbaye sur une situation épineuse qui exigeait de lui tact et savoir-vivre.

— Oh, tu es là ! s'exclama Daphné en pénétrant dans sa cuisine.

Elle avisa assez rapidement le sénateur, qui, tout à fait sûr de son bon droit, avait mis l'eau à bouillir et semblait sur le point de se verser une tasse de thé.

— Michel, tu serais un amour, allume-nous une bonne flambée !

— Mais il fait vingt-six degrés, objecta le sénateur à la retraite, avec sur le visage une expression interloquée.

— Tout à fait, opina Daphné avant d'entraîner son neveu à l'extérieur.

Ils enjambèrent l'un et l'autre une petite flaque qui stagnait au milieu de la pièce, traditionnel rappel de l'absence de bonde sur l'évier en pierre que Daphné s'obstinait à conserver dans sa cuisine, et sortirent dans l'air fraîchissant du soir.

— Mon Dieu retiens-moi, grinça Daphné, je vais l'étrangler.

— Mais qui est-ce ?

— Un vieil am... i, un homme que j'ai connu il y a des lustres ! Il est arrivé comme une fleur, vingt ans après que nous nous sommes perdus de vue, et il semble vouloir prendre racine chez moi !

Grâce à ce qui lui restait de lucidité, le major percevait vaguement qu'il était malvenu de déverser un torrent d'imprécations sur le pauvre sénateur qui n'avait rien demandé. Il laissa donc sa tante exprimer ses doléances avec une placidité qu'il était loin de ressentir, inquiet qu'il était de savoir sa tante aux mains d'un individu qui se mouvait en robe de chambre à l'heure du dîner. Tante Daphné enjamba un râteau oublié et se pencha pour le ramasser.

— Au début je ne te cache pas que j'étais contente... Flattée, peut-être, grande idiote que je suis. Mais... mais j'ai pris goût à mon indépendance, figure-toi, et je n'ai aucune envie de voir ce monsieur envahir ma sphère personnelle !

— Je comprends.

Et, réellement, le major compatissait, en tentant de suivre le pas alerte de sa tante qui le mena tout droit devant une fosse béante, creusée entre le cloître où elle faisait pousser ses légumes et le verger, situé quelques centaines de mètres plus loin.

— Voilà la bête, claironna-t-elle, presque fière de présenter à son neveu le consternant chantier qui s'offrait à eux.

Un monticule de terre compacte les dominait tandis que le trou qui figurait le début de la piscine s'ouvrait sous leurs pieds à la manière d'un gouffre.

— Mais vous avez fait creuser les fondations d'un immeuble !

— J'aurais peut-être eu moins d'embêtements, soupira tante Daphné. Je pense qu'il faudrait démarrer par là-bas, car le ruissellement des pluies de printemps devrait précipiter cette terre-là dans le trou assez naturellement.

Tout à son affaire, Daphné pointait un doigt de chef de chantier sur la montagne argileuse et Géraud, atterré, calculait à toute vitesse le nombre de soirées nécessaires pour réparer les dommages et donner satisfaction à la communauté de communes qui gérait le PLUI.

— Avec une pelleteuse, c'était l'affaire d'une demi-journée, mais tu n'imagines pas le prix. Figure-toi qu'il faut non seulement louer le machin, mais également le type qui va avec ! Comme s'il fallait avoir fait Polytechnique pour manœuvrer un truc pareil. J'ai bien observé Luis quand il travaillait, ça n'avait pas l'air bien sorcier.

Dans la lumière du soir qui s'attardait, le major se releva bravement les manches et pelleta tant qu'il put. À 21 heures, il faisait nuit noire et il n'avait réussi qu'à égratigner le monticule de terre. Il s'épongea le front et planta la bêche à la verticale. Il fallait se rendre à l'évidence, il allait y passer ses soirées. Laisser tante Daphné seule avec son problème ne faisait pas partie des options envisageables. Géraud se souffla sur les doigts et au creux des paumes pour calmer l'inflammation qui lui faisait surgir des ampoules sur chaque phalange. Il allait ranger la pelle pour ce soir, et il reviendrait. Il songeait aux appels affolés qu'Anne avait probablement passés sur son portable, ne sachant pas qu'il s'était rendu chez sa tante. Il expliquerait.

Dans le cabanon où Daphné rangeait ses outils, râteaux, plantoirs, toiles d'hivernage et autres menus ustensiles à semis, il régnait une ombre plus épaisse encore qu'à l'extérieur. L'air y circulait mal et la toiture, faisant office de couvercle, maintenait une température presque suffocante dans le réduit. Le major chercha du plat de la main le mur pour y faire reposer la queue de sa pelle, puis, la fatigue aidant, peut-être, il sentit le sol tournoyer sous ses pieds. L'odeur d'humus lui envahit les narines. Il s'appuya contre l'alignement de bêches et de binettes qui s'écroulèrent les unes sur les autres comme des dominos. Les bruits du soir lui parvenaient de très loin, il sentait battre dans sa gorge un organe boursouflé qui ne pouvait pas être son cœur, l'air lui manquait et il ne sut comment, il se trouva un genou à terre, avec dans l'oreille un sifflement tout proche, un son chuintant qui déclencha chez lui un accès de panique. Comme dans ces cauchemars où l'imminence d'un terrible danger vous cloue au sol, il ne pouvait plus bouger, il était devenu incapable de fuir ce chuchotement morbide qui lui faisait vibrer le tympan et lui perçait le crâne : « Vas-y, appelle, vas-y, plus fort, ils n'entendent rien, tu vois bien... » Alors que des larmes d'impuissance lui jaillissaient des orbites, il suffoqua, étouffé par l'angoisse, acculé par un sentiment d'urgence dont il ne savait pas quoi faire, et il tomba, le front dans la terre, au pied des caissons à semis et des godets en plastique.

MARDI

Bubulle tournait dans son bocal, la nageoire morne. Géraldine Amblevert lui jeta trois paillettes de nourriture et savoura le calme avant la tempête du brief matinal. Les choses étaient censées se débloquer aujourd'hui : elle avait reçu aux aurores la confirmation que le labo enverrait avant midi le dossier de la cantatrice. Par ailleurs, ils devaient recevoir dans la matinée le traiteur puis Alain Camirand, l'un des plus vieux ouvriers de la tonnellerie qui était présent le soir du drame, et le routier était censé se présenter avant la fin de la journée à la brigade signer sa déposition. Baya avait prévu de compléter celle de Laure Opras en allant chercher dans les locaux de la tonnellerie quelques pièces complémentaires en vue d'éclaircir l'analyse financière de l'entreprise. Géraldine pensait à l'accompagner. À l'usage, Ocelot n'était pas aussi crispante qu'elle en avait l'air, même si l'adjudante-cheffe trouvait toujours aussi déplacées ses mimiques sensuelles et sa chute de reins pousse-au-crime.

Première arrivée à la brigade, l'adjudante-cheffe en profita pour sonder les placards de la salle des opérations à la recherche d'un paquet de sucre. Elle buvait thé et café sans rien, mais elle savait que le major adorait les breuvages sucrés à l'excès. Elle le soupçonnait même de se faire des canards dans son café quand il était seul dans son bureau. Il n'avait pas une forme olympique ces jours-ci. Amblevert connaissait la source de ses tourments, Chloé, bien sûr, mais elle ne parvenait pas à croire que l'inquiétude qu'il avait pour sa fille pouvait à elle seule expliquer les cernes violacés et les espèces d'absences du major. Il devait y avoir autre chose. Elle soupira dans la quiétude de la salle des opérations.

— Ça ne tourne rond en ce moment Bubulle, mis à part toi et moi.

— Et moi, j'espère ! lança Baya dans son dos.

L'adjudante-cheffe en civil portait sur les épaules ses cheveux mouillés qui gouttaient encore. *Elle fait vraiment exprès.*

— On sort deux minutes ? J'ai besoin d'une cigarette.

— Je ne fume pas.

— C'est l'occasion d'aborder un truc qui me chiffonne.

Allons bon, démarrer la journée par une mise au point de fille « mais si, tu as quelque chose contre moi, je l'ai senti tout de suite », voilà qui était de nature à faire surgir une urticaire galopante chez Amblevert. Elle posa la boîte de daphnies avec brusquerie et emboîta le pas à sa collègue qu'elle était prête, un instant auparavant, à absoudre. Voilà pourquoi il ne fallait pas plus d'une femme dans une brigade.

L'air du matin picotait encore un peu et Amblevert croisa les bras sous le platane, autant pour conserver un peu de chaleur que pour se préparer au combat.

— Alors ?

Baya expulsa un long ruban de fumée blanche et sourit.

— Alors avant de me précipiter et de crier au feu à mauvais escient, j'ai besoin de l'avis de la future fine fleur de la BR.

L'expression avait de quoi faire grincer des dents mais Amblevert se dénoua : pas d'état d'âme ni de guimauve en vue.

— Vas-y ?

— Dans les comptes de la tonnellerie. Deux points qui me semblent... poser question.

— Ça a un rapport avec Myriam Opras ?

— Pas directement. Premier point, un virement mensuel de 1 842 euros. C'est nommé « Conseil strat », mais le numéro de compte qui reçoit l'argent est un particulier. Et je ne trouve pas de facture.

— Bon. Un point à voir avec Laure Opras, en effet. Pas de quoi crier au feu, c'est peut-être une prestation qui dure depuis longtemps et qui fait l'objet d'une facture annuelle ?

La cigarette de Baya oscilla entre son majeur et son index et un flocon de cendre voleta jusqu'au sol. Elle portait les ongles limés en amande et Amblevert, songeant aux siens qui étaient rongés jusqu'à l'os, enfonça ses mains plus profondément encore sous ses aisselles.

— Peut-être.

— Et l'autre point ?

— Là je suis allée gratter loin. La tonnellerie a reçu cette nuit un gros virement. Ça correspond à l'acompte d'une commande énorme : Philippe Opras a signé hier un devis avec un vignoble chinois. À la chinoise, quoi, des volumes de fou.

— Rien d'anormal jusque-là.

— Non, sauf que j'ai étudié les stocks. Le parc à bois des Opras ne peut pas servir une quantité pareille. Pas sur des merrains de dix-huit mois.

Déçue par le manque d'envergure du problème, Amblevert haussa une épaule et lorgna en direction de la porte de la brigade. Elle avait froid.

— Eh bien, ils vont sous-traiter ! Ou ils vont livrer du merrain de douze mois, que sais-je ?

— Ça m'étonnerait beaucoup. Les Opras ont une image de marque très haut de gamme. Ils ne prendraient jamais le risque de livrer des barriques dont le bois est encore vert, tu imagines bien que le vin en souffrirait. Et quand on a affaire à un client qui compte renouveler ses barriques par tiers chaque année, on ne prend pas le risque de faire un *one shot*.

— Et ça nous mène à quoi ? soupira Amblevert qui voyait bien au sourcil froncé de Baya qu'elle ne comptait pas lâcher l'affaire.

— Au fait que, hier aussi, Philippe Opras a lui-même versé un acompte à une boîte de bâtiment. C'est la simultanéité qui me tracasse. Comme si, avec la mort de sa sœur, le bonhomme débloquait toutes les décisions en suspens.

— Tu penses qu'elle avait du poids dans les décisions ? Elle n'était en charge que des relations publiques, rien à voir avec la production finalement.

— Qu'est-ce que tu crois ? Elle était actionnaire à 40 %. Leur mère, qui est sous tutelle, dispose de 20 % et Philippe avait les 40 % restants. Elle avait plus que du poids. Elle codirigeait, elle cosignait tout. Bref, elle pouvait bloquer n'importe quelle décision de son frangin chéri.

Dans l'espace réduit où patientaient tous les administrés venus pour déposer plainte ou présenter des papiers d'identité, Alain Camirand tentait d'attraper entre deux dents une envie qui pointait sur le côté de son index. Il hésitait encore, il ne cessait de changer d'avis depuis qu'il avait reçu la convocation de la gendarmerie. Au cœur de la nuit, il s'était réveillé, trempé sur son matelas à mémoire de forme, encore une lubie hors de prix de son épouse, avec la ferme intention de charger au maximum Philippe Opras pour détourner les enquêteurs du problème du badge. Le matin devant son café, il se ravisait : il devait tout aux Opras, il travaillait à la tonnellerie depuis ses seize ans, et s'il envoyait le patron en préventive, il n'y aurait personne pour tenir le business. Mais ces hurlements qu'il avait entendus par la fenêtre entrouverte du bureau de la direction, l'énorme voix du patron, gonflée de colère, qui faisait vibrer les cloisons pendant le comité de direction du mardi après-midi, comité auquel ne participaient que Myriam, Philippe et

Laure Opras, il ne les avait pas inventés. Peut-être que la disparition de Myriam n'avait rien à voir avec ces cris. Et peut-être que si. Il avait même une petite idée sur la cause de ce débordement de fureur.

Tandis que, toujours indécis, Alain Camirand réussissait enfin à extirper du bord de son ongle la cuticule qui l'agaçait, la porte de la gendarmerie s'ouvrit et un petit homme dégarni entra. Il portait une veste matelassée sans manches, brodée sur la poitrine en lettres moutarde : *Sambon Traiteur*. Alors qu'Alain se levait pour le saluer, une somptueuse jeune femme entra dans la pièce et le pointa du doigt.

— Alain Camirand ? Vous voulez bien me suivre ?

La question n'était qu'une injonction masquée et il ne répondit rien, esquissa un sourire à l'attention d'Étienne Sambon qu'il croisait aux événements de la tonnellerie depuis des décennies, et marcha d'un pas docile derrière l'enquêtrice. Ils croisèrent dans le couloir une gendarme massive, en uniforme cette fois, qui prononça à peu près la même invitation à l'attention du traiteur. On le fit entrer dans une petite pièce immaculée tandis que le traiteur et l'autre gendarme s'installèrent dans une pièce un peu plus loin dans le couloir.

— Adjudante-cheffe Ocelot, SR de Bordeaux. Pouvez-vous me donner vos nom, prénom, adresse et me détailler la soirée de mercredi dernier s'il vous plaît. Chaque détail a son importance, n'hésitez pas à revenir en arrière si quelque chose vous revient en cours de route.

— Camirand, Alain, 18, rue des Fauvettes à Bellegrue. Mercredi soir, j'étais à la tonnellerie, je suis présent à chaque visite de client. Donc au lieu de rentrer chez moi après la débauche, je suis resté.

— À quelle heure la visite a-t-elle commencé et qui était présent ? demanda l'OPJ sans lever les yeux de son clavier.

— 19 heures. Je suis allé chercher le patron dans son bureau et on a accueilli les clients ensemble. M. et Mme Hashimoto, des producteurs de whisky. Moi, ça faisait une heure que j'étais dans la pièce technique pour préparer la dégustation, avec des échantillons d'eaux-de-vie, les verres et tout… Il fallait pas qu'on se marche dessus avec le traiteur donc j'anticipe toujours pas mal…

— Vous n'étiez donc que tous les quatre ?

— Non, non. La femme à M. Opras est arrivée très vite, elle s'était changée chez eux, ils habitent juste à côté. Et l'autre Mme Opras, la sœur du patron, elle était là aussi, dans les bureaux. Elle est descendue juste après le patron. Le traiteur est arrivé et elle est allée lui dire bonjour. Puis on a commencé la visite et sur le parking M. Martin nous a rejoints.

— Qui est M. Martin ?

— Un ami proche du patron. Enfin, il est de la famille. Il parle japonais parce qu'il a fait un séjour d'études là-bas pour les affaires de chirurgie dentaire. Et il fait du karaté. Donc quand un client japonais vient dîner, il est aussi de la partie, parce que ça aide bien pour les conversations. Pol Martin il s'appelle.

— Oui je vois, le dentiste.

— Voilà. Donc on a fait le tour des ateliers. Les gars finissent à 20 heures quand on est en deux-huit, donc ça travaillait encore. Je vous raconte en détail la visite ?

— Pas nécessaire, sauf si vous avez remarqué quelque chose d'inhabituel.

Le regard accroché sur un angle du plafond, Alain Camirand se repassa la visite et secoua la tête. Rien d'anormal.

— Ensuite, on est rentrés dîner. Le traiteur était prêt à 20 heures, donc les invités ont eu un petit moment pour se laver les mains, ils se lavent tout le temps les mains, les Japonais, et ils ont regardé les photos dans la salle de réception. Le fils à Mme Opras est venu dire bonsoir. Après il est parti en mobylette. Et… après je ne sais pas parce que je ne dîne pas avec eux. Moi je suis resté dans la pièce technique avec le traiteur.

— À quel moment Myriam Opras est-elle partie ?

— Déjà, son mari est arrivé. Vers 21 heures. Ils ont pris le dessert, puis Étienne, le traiteur, a débarrassé et je me suis levé pour finir de mettre en place la dégustation. En général on la fait plutôt avant le dîner pour avoir le palais neutre, mais les Japonais préfèrent dîner tôt. C'est à ce moment que Mme Opras est partie, son fils avait oublié quelque chose et il en avait besoin pour une présentation le lendemain.

— Quelqu'un est sorti avec elle ?

Avec la meilleure volonté du monde, Alain n'aurait pas su répondre. Dès que les uns et les autres avaient quitté leur chaise à table, chacun avait profité du moment de flottement pour bouger. Les Japonais s'étaient lavé les mains, encore, Philippe Opras était sorti donner une rallonge au traiteur, Laure Opras... ma foi, elle devait être allée se faire une piqûre pour son diabète... le mari devait être sorti fumer avec M. Martin, ou bien il avait passé un coup de téléphone ? Difficile à dire. Il n'avait pas l'œil à ça, il installait ses crachoirs et ses verres. Il répondit du mieux qu'il put.

Dans la pièce voisine, Étienne Sambon n'en menait pas large. Il éprouvait une franche aversion pour tout ce qui portait l'uniforme, et la carrure de l'adjudante-cheffe qui lui faisait face n'était pas de nature à le rassurer. Il pianotait sur le rebord de la table, et cessa lorsque la gendarme lui lança un regard noir. Qu'avait-il à raconter ? Pas grand-chose. Il avait un extra, un neveu de dix-sept ans qui voulait se faire un peu d'argent. Il n'avait pas vu les gens en détail, c'était un dîner assis pour sept, mais l'un des invités n'était arrivé qu'au dessert, ce qu'il trouvait d'ailleurs scandaleux. Il avait fait le service et dîné sur le pouce avec Alain Camirand, un des ouvriers qui participait à chaque dîner client, mais qu'on ne faisait pas asseoir à table. Bel esprit. Le patron lui avait donné un pourboire avant de partir. Et voilà.

— Pas d'allées et venues particulières ? Pas d'éclats de voix ? demanda l'imposante gendarme.

— À part le type qui est arrivé pour le dessert ?

Il réfléchit, se passa la main sur le crâne et se gratta la couronne de cheveux qui commençait à friser au-dessus des oreilles.

— Si, une dame est arrivée par le jardin. Elle se haussait sur la pointe des pieds pour voir dans la salle du dîner par la fenêtre. Et la femme au patron est sortie, elles se sont parlé mais pas longtemps.

— À quel moment exactement ?

— Exactement, exactement, j'en sais rien ! Moi j'étais en train de remballer. Les autres étaient dans la grande salle à recracher leur whisky, ça me fait toujours mal au cœur.

— La femme qui est venue, vous l'aviez déjà vue ?

— Non. Elle faisait un peu vieille tapée. Avec les cheveux tout décolorés et une jupe trop courte pour son âge, si vous voulez mon avis.

— Laure Opras la connaissait ?

— Je pense, oui. Elle lui a fait un chèque.

La gendarme releva le nez et cligna des yeux.

— Comment vous savez ça ?

— Elle a demandé un stylo à mon neveu. Puis la vieille est repartie. Elle avait l'air contente.

— Vers où ? Vers le parking ?

— Non, elle est partie vers la maison des patrons, à l'opposé.

Il faisait une chaleur dans ces pièces sans fenêtre, Alain Camirand avait la bouche pâteuse, il aurait bien réclamé un verre d'eau mais il n'osait pas. Il avait peut-être la langue qui collait pour l'empêcher de balancer le patron, c'était une sorte d'acte manqué. La jolie enquêtrice aussi le troublait un peu, avec ses longs cils de biche et ses jolis doigts fins. Sa femme n'avait pas de jolies mains. Il ne l'avait pas vu tout de suite, il n'avait vu que le petit derrière moulé dans un jean noir, mais ça comptait, sur le long terme, la beauté des mains. La lumière crue lui tombait dessus, il avait les yeux qui fatiguaient, mais l'enquêtrice n'arrêtait pas de relancer :

— Et après, monsieur Camirand, qu'est-ce qui s'est passé ?

— Eh bien on a fini la dégustation.

— La soirée s'est terminée ?

— Non. On est sortis pour aller visiter le parc à bois.

— La nuit ?

— Oui, justement. C'est fait exprès. On visite à la torche, ça marque beaucoup les clients.

— Donc, vous êtes tous sortis en même temps ? Par où passez-vous pour aller au parc à bois ?

— On est sortis... non, pas en même temps, parce que la Japonaise cherchait partout son écharpe en soie. Il faisait frais. Elle était là, à faire des petits hochements de tête, et elle répétait : *I put it here, I'm sure*. Finalement elle avait glissé derrière le porte-parapluie mais on ne l'a retrouvée qu'après la visite.

— Et vous êtes passés par où ?

— Ah oui... eh bien on a pris les torches qui étaient contre le mur, c'est moi qui les avais préparées, et on a marché à travers le jardin jusqu'à l'entrée du parc à bois qui est juste avant le bâtiment de palettisation. C'est là qu'on allume les torches.

— Pendant la visite, est-ce que vous avez remarqué quelque chose d'inhabituel ?

— À part la musique de Mme Opras vous voulez dire ?

— La musique...

— Oui, celle que son mari le chef d'orchestre a voulu diffuser pendant la visite. Avec des baffles un peu partout... Moi j'ai trouvé ça excessif. En plus on ne s'entendait pas parler. Mais les Japonais, ça leur plaisait, je crois. Comme on entendait pas les explications du patron, tout le monde s'est éparpillé avec sa torche.

— Rien de plus anormal que la musique ?

Il avait le choix d'allumer maintenant son contre-feu.

— Eh bien… Tout le monde avait l'air un peu sur les nerfs, je dois dire quand même.

La jolie rousse releva le nez de son clavier.

— C'est-à-dire ?

— Eh bien le patron était un peu remonté depuis le mercredi matin parce qu'ils n'étaient pas d'accord avec sa sœur sur un projet d'investissement.

— Le nouveau bâtiment ?

Merde, comment elle pouvait savoir ça ? Elle avait les yeux brillants, se penchait vers lui par-dessus le bureau. Est-ce qu'il allait vraiment mettre le patron dans la merde, alors que lui-même n'était même pas encore inquiété ? Est-ce qu'il était ce genre de type ?

— Oui, enfin, en fait, je ne sais pas trop. Ils se chamaillaient pas mal et ça passait vite. La femme du patron n'avait pas non plus l'air dans son assiette. Mais elle, c'était depuis quelques jours déjà. Et Pol, le demi-frère du patron, il s'est mis en rogne parce que le patron l'asticotait avec sa fiancée qu'il n'avait pas présentée officiellement, je l'ai entendu quand ils sont passés dans l'allée des merrains mûrs, parce que le baffle ne marchait pas. Bref, il y avait pas mal d'électricité dans l'air.

Est-ce qu'il avait suffisamment noyé le poisson ?

— Le seul qui semblait détendu c'était Laurent Cossard. La musique le mettait en transe, il m'a presque fait peur.

Une fois qu'il eut le sentiment d'avoir suffisamment détourné du patron l'attention de la gendarme, Alain Camirand se dénoua et signa sa déposition. Il prit alors conscience de l'horreur de l'affaire.

— Quand même, pauvre Mme Opras... Pendant qu'on batifolait dans le parc à bois, elle était forcément déjà morte. Et s'il n'avait pas fait nuit, on aurait même pu voir la grange où on a caché sa voiture.

— Vous pensez que ce n'est pas elle qui s'est garée là ?

— Vu comment elle bichonnait sa voiture ? Sûrement pas. C'est pas elle qui l'a mise là, c'est sûr.

— Alors vous croyez qu'elle a été tuée entre la tonnellerie et la grange ? Sur la route, donc ? Vous auriez pu voir quelque chose en partant pour le parc à bois ?

— Non, parce qu'on passe toujours par le jardin avec les clients. Le parking, c'est pas vendeur. On aurait sans doute rien vu de toute façon parce que la visite du parc a démarré une heure après le départ de Mme Opras. Non, le seul qui aurait pu, qui aurait dû voir quelque chose, c'est Freddy, le routier.

— Pourquoi « dû » ?

— Parce que si Mme Opras est morte entre la tonnellerie et la grange, c'était forcément quelque part sur le kilomètre de route qui les sépare. Je vois pas comment Freddy a pu ne rien voir. Soit il ment, soit c'est lui qui a tué.

Deux Twix, un plein de gazole de mille litres (six cents dans le réservoir et quatre cents dans le réservoir secondaire) et *L'Équipe*. Freddy Chardron se crispa légèrement au moment où l'employée de la station essence près de Cognac reposa la machine sur son socle. Ça faisait un sacré billet. Il avait finalement déposé son chargement à l'heure prévue à Chartres et avait roulé jusqu'à Tours pour voir son petit bonhomme avant de repartir à Bilbao. Il récupéra sa carte, le paiement était passé, et, alors qu'il la rangeait dans son porte-carte entre sa carte Vitale et son permis, il se corrigea : voir son bonhomme, signer sa déposition chez les gendarmes en Gironde, puis repartir à Bilbao. Heureusement c'était plus ou moins sur sa route. Il avait tranché, finalement. Plutôt que de se contredire, d'avouer qu'il avait vu du passage devant la tonnellerie, il allait se taire, rester sur sa première version : rien vu, rien entendu. Il ne prendrait pas le risque de susciter un témoignage sur son compte de la part de la fille en blouson. On ne savait jamais, si elle disait qu'il l'avait draguée, voire pire, harcelée, son ex ressortirait l'histoire du pipi nature devant les gamins et on lui retirerait son droit de visite. Les flics trouveraient bien un autre moyen de reconstituer la soirée.

Alors qu'il glissait *L'Équipe* dans sa sacoche, il posa le regard sur le présentoir à quotidiens et eut un sursaut. *L'Écho gascon* titrait : « Double meurtre, l'assassin court toujours ! » Sous le chapô, deux photos se faisaient face. La première : un portrait d'excellente qualité de Myriam Opras. La seconde, en couleur mais salement pixellisée : une jeune femme accroupie près d'un beauceron immense, avec un blouson de cuir et les cheveux dressés sur le crâne en petits picots rigides. Katia Gault, quarante ans, auxiliaire de vie et bénévole au chenil des Boules de Poils, dévorée vivante par un molosse.

— Mais non, murmura Freddy en se penchant sur la une. Pas possible…

Ça lui fila une nausée carabinée qu'il réprima à grand-peine. Les journalistes de *L'Écho gascon* ne faisaient pas dans la dentelle et donnaient un nombre de détails sordides à faire frémir les plus endurcis. Il abandonna sur le comptoir ses Twix et sortit en trombe par les portes coulissantes. D'une main mal assurée, il remonta l'historique de ses appels et retrouva le numéro de la fliquette qui l'avait convoqué.

Février 2020

Papa est mort. Quel vide.

J'ai l'impression que je n'en verrai jamais le fond. Pol dort à la maison ce soir.

– Prévenir Alain Camirand
– Passer voir Maman
– Fleurs ?
– Appeler temple, voir si pasteur Jacta est dispo
– Concession Opras, combien de places dans le caveau ?
– Dire à Philippe et Laure de gérer le mot

L'atmosphère de la salle des opérations était irrespirable. Le major ouvrit une fenêtre couverte d'une buée qui n'était pas due qu'à la cafetière en surchauffe. Le tableau blanc se couvrait d'inscriptions et de flèches de plus en plus denses sous la course de son stylo Velleda tandis qu'Amblevert concluait, haletante, le résumé de sa conversation avec le routier.

— Et donc, le gars, il a non seulement parlé avec Katia Gault, qui avait bien la partition avec elle ce soir-là – elle tenait une enveloppe kraft –, mais il a vu passer une voiture vers 22 heures qui s'est garée dans la cour de la maison des Opras avant de repartir dix minutes plus tard, ce qui colle avec la femme d'un certain âge dont parle le traiteur. Et le pompon absolu (elle forma un cercle pouce-index des deux mains) : un peu après 22 h 30, le routier assure avoir vu une femme sortir du parking de la tonnellerie au volant d'une Mini couleur moutarde. Coupe au carré et frange. Myriam Opras.

— Mais ça faisait une heure qu'elle avait dit qu'elle partait ! s'exclama Ricou.

— Voilà. Donc on n'a aucune idée de ce qui a pu se passer pendant une heure, soupira Baya Ocelot, assise du bout de la fesse sur le bureau d'Amblevert qui ne songeait même pas à protester. Malheureusement, tout ce petit monde est parti au parc à bois sans passer sur le parking. On aurait eu une confirmation de la présence de la voiture de Myriam sur place.

— Finalement, on n'a que le témoignage du routier, autrement dit d'un individu qui a démarré par un faux témoignages, appuya Ricou.

— Si on ajoute à tout ça les mouvements de fonds inexpliqués sur le compte de la tonnellerie et l'adoration pathologique de Laurent Cossard pour sa femme qu'il voulait absolument empêcher de chanter de nouveau, on ne sait plus où donner de la tête..., observa le major. Est-ce que le témoignage de Pol Martin apporte autre chose, Ricou ?

— Pas outre mesure. Ça confirme tous les horaires, et ça montre également que personne n'a quitté le groupe plus de deux ou trois minutes, ce qui est très insuffisant pour intercepter Myriam Opras à l'extérieur de la tonnellerie, la tuer, dissimuler la voiture et rentrer au pas de course.

— Et la petite amie qu'il a soigneusement évité de confronter à Myriam ? interrogea Amblevert.

Baya interrompit l'examen qu'elle faisait de son brillant à lèvre dans le reflet de sa petite cuillère, l'air intéressé :

— C'est-à-dire ? Pourquoi tu dis « soigneusement » ?

— C'est Ricou qui a souligné le fait que Myriam avait « saboté », ce sont ses mots, la vie amoureuse de Pol. Donc je me demandais s'il avait profité de sa visite au cabinet dentaire pour vérifier qu'elle ne pouvait pas être dans les parages de la tonnellerie. On crache toujours sur la belle-mère, mais les belles-sœurs peuvent être de vrais poisons, toujours dans l'intérêt de leur frère chéri, ça va de soi.

— J'y ai pensé, bien sûr, adjudante-cheffe, sourit Ricou qui n'avait aucun mal à imaginer Amblevert mener la vie dure à une pièce rapportée un peu trop imparfaite à ses yeux. Aline Lavozzo regardait *Le Jeu de la dame* entre copines à son domicile, à l'autre bout de Lafontac. C'est à dix-huit kilomètres de la tonnellerie, elle n'aurait jamais pu faire un aller-retour pendant la coupure pub.

— Il n'y a pas de pub sur Netflix, Ricou, soupira Baya. Vis un peu avec ton temps au lieu d'assortir tes boutons de manchettes à tes lacets.

— Donc impossibilité matérielle pour Aline d'être allée occire sa belle-sœur, acheva le jeune enquêteur sans relever la provocation de Baya.

Rebouchant son stylo avec une grimace, Dambérailh expira de découragement et effaça le trait qui liait Aline Lavozzo à Myriam Opras sur le tableau. Il se frotta pensivement le bout de l'index qui gardait la marque noire du feutre effaçable et conclut :

— Si le meurtrier se trouvait parmi les personnes présentes ce soir-là, il a dû agir après la fin de la soirée puisque à 22 h 30 Myriam est sortie au volant de sa voiture. Ou bien peut-être qu'elle a été tuée par quelqu'un de tout à fait extérieur juste avant d'arriver chez l'ami de son fils ? La mort date trop pour qu'on ait une fourchette d'horaires resserrée. Tout est possible, finalement.

— Et le meurtrier l'aurait raccompagnée en voiture jusqu'à la grange ? objecta Ricou. Peu probable.

— Et le lendemain matin ? Est-ce que tout notre petit monde a un alibi ? s'écria Ocelot. Parce que si la personne qui a tué Opras a tué Gault le lendemain matin, il nous faut quelqu'un qui a deux trous dans son emploi du temps !

— Question déjà posée, mais pas bête, Ocelot, apprécia le major avec un sourire éteint. Malheureusement personne n'a rien de solide : Laure Opras emmène les enfants à l'école à quatre kilomètres du refuge, laissant son mari seul. Sacha est chez son copain, donc Laurent Cossard est seul aussi. Alain Camirand dépose sa fille au bus qui l'emmène au lycée et roule seul jusqu'à la tonnellerie, il passe sur la départementale qui borde le refuge, et enfin, Pol Martin fait un footing chaque matin pendant que sa compagne dort encore. Bref, personne n'a pu surveiller personne et les distances sont telles que tout a dû prendre moins de quinze minutes à l'assassin.

— Et les Japonais ? demanda Amblevert, agacée de ne pas avoir elle-même posé cette question pourtant évidente.

— Est-ce qu'on creuse sérieusement la piste ? répondit Dambérailh, dubitatif. De toute façon, le lendemain matin, ils ne pouvaient pas tuer

Katia Gault au refuge puisqu'ils embarquaient. C'est Laure Opras qui leur a réservé le vol retour, je lui ai demandé les horaires hier soir.

Alors que chacun s'agitait sur sa chaise ou son coin de bureau, la sonnerie du téléphone de la brigade tinta dans le concert de soupirs qui emplissait la pièce. Amblevert décrocha.

— Adjudante-cheffe Amblevert, j'écoute.

— Amblevert ? C'est la CIC[1] !

— Parfait, on manquait d'éléments concluants, ironisa Amblevert qui enclencha le haut-parleur et posa le téléphone sur le bureau du major autour duquel toute l'équipe se pressa.

— Deux choses intéressantes, poursuivit le technicien, imperturbable. La victime a été transportée dans le coffre de la Mini. On a retrouvé sur ses vêtements des particules présentes dans le coffre, et dans le coffre on a retrouvé de la terre que la victime avait sous les chaussures. Pas de doute possible, donc.

— Et la deuxième ?

— Votre chanteuse portait une perruque.

— Oui, l'autopsie nous l'a déjà appris.

— Ils nous ont envoyé la perruque, par acquit de conscience. Ils sont bien ces légistes nouvelle génération, beaucoup plus sport co ! Bref, on a trouvé à l'intérieur des microfils de soie, accrochés un peu partout sur le monofilament.

— Le monofilament…

— Le bonnet, si vous voulez. Là où sont accrochés les cheveux de la perruque.

— Et qu'est-ce que ça signifie ?

---

1. Cellule d'identification criminelle.

— Que la victime portait un morceau de tissu en soie en dessous de sa perruque.

— Ça n'a aucun sens !

— C'est à vous d'en trouver, non ? Je vous maile le reste. À la prochaine, adjudante-cheffe. On murmure dans les couloirs que vous rejoignez prochainement la BR, on se voit bientôt !

Rouge pivoine, Amblevert raccrocha et marmonna quelque chose sur le manque de discrétion de cette sale engeance qu'étaient les techniciens.

— Ça ne vous rappelle rien, de la soie ? murmura Baya, les yeux dans le vague.

— Un chemisier, un foulard, une robe ? énuméra Ricou sur un ton interrogatif.

— Une écharpe ? tenta Amblevert.

Brusquement, le major releva la tête, l'œil étincelant.

— Une écharpe. Bravo Ocelot. L'écharpe que Mme Hashimoto ne retrouvait pas.

MERCREDI

Non seulement Daphné s'était endormie atrocement tard, sur le qui-vive et prête à repousser les avances de son amant, toute raide sur son oreiller, mais elle avait été réveillée cinq fois par l'amant en question qui, s'il ne ronflait pas, avait manifestement des problèmes de prostate. Pour être honnête, un autre problème l'avait maintenue éveillée. Fallait-il qu'elle parle à Géraud de ces taches suspectes sur la portière de Philippe Opras ? Il ne pleuvait pas depuis dix jours exactement. Les taches étaient donc relativement récentes. Le trouble et l'indécision la rendaient maladroite. Elle laissa déborder l'évier, l'eau ruissela sur sa robe d'intérieur et forma une nouvelle flaque au centre des pavés de la cuisine. Puis elle cassa l'anse d'une de ses tasses préférées en la heurtant au pichet de grès contre lequel elle voulait la poser. Et enfin, elle massacra deux boutures de rosier en essayant de les repiquer alors qu'elles étaient beaucoup trop fragiles : les radicelles translucides se cassèrent presque toutes au creux de sa paume.

Elle se décida, les pieds dans la rosée matinale et la robe trempée : elle allait à la brigade. Michel Fouilloux-Saxe dormait encore, elle lui laisserait un mot sur la table de la cuisine. Demeurait le problème des habits, puisqu'elle n'avait pas accès à l'armoire de sa chambre. Elle décida de se fournir dans le dressing où elle stockait les vêtements hors saison et se trouva un col roulé marron chocolat et une jupe en tartan vert. La météo prévoyait vingt-sept degrés en cette fin avril, mais les matinées étaient encore assez fraîches pour justifier ce genre d'accoutrement, espérait-elle.

Elle ne trouva à la brigade que ce garçonnet en baskets, fort poli au demeurant.

— Est-ce que mon neveu est dans les parages ?

— Je crains que non. Il a assisté à une autopsie tôt ce matin et il est chez le procureur.

— Déjà ? L'autopsie de Katia Gault je suppose ? Oh, Seigneur… j'avais un dilemme terrible à lui soumettre. Une information en rapport avec l'enquête.

— Je vous écoute.

— Vous ?

Elle inspecta les joues roses du jeune type, ses chaussettes vertes, son pantalon ajusté bleu marine et son blazer de pensionnaire anglais. Était-ce une bonne idée ?

— Vous avez toute mon attention, insista le gamin. Je suis l'adjudant Ricou, détaché de la brigade de recherches.

— Vous semblez si jeune.

— C'est parfois un avantage. Que souhaitez-vous ajouter au travail d'investigation ?

L'air foncièrement intéressé du jeune Ricou acheva de la convaincre. Qu'il fût jeune était un fait, pas une tare, après tout.

— Je suis une amie de Laure Opras et elle m'a demandé de venir la voir en... soutien psychologique, si vous voulez.

— Je vois.

— Seulement, en partant de chez elle, j'ai remarqué sur la voiture de son mari des preuves de collision, et... et du sang, sous le rétroviseur droit. Je suis certaine que c'est du sang, s'échauffa Daphné, je ne suis pas née de la dernière pluie voyez-vous !

— Vous pensez que cela peut avoir un rapport avec l'affaire ? encouragea poliment Ricou.

— C'est à vous de me dire. Est-ce que la mort de Myriam n'aurait pas pu être un accident maquillé en crime ? Ça s'est déjà vu, non ?

— Ça s'est déjà vu. Mais je ne pense pas que cela puisse être le cas ici, sourit Ricou.

Ce gamin ne la prenait pas au sérieux. Elle aurait dû garder ses réflexions pour Géraud, elle regrettait d'avoir parlé, grande sotte bavarde qu'elle était !

— En réalité, poursuivit Ricou, et même si je ne suis pas censé vous confier ce genre de détail, mais vous êtes la tante du major, vous êtes quelqu'un d'averti, en réalité les autopsies ne nous ont signalé aucun choc sur les corps, hormis ceux qui ont causé la mort, soit la strangulation pour Myriam Opras et la perforation du pancréas, entre autres, pour Katia Gault. Je crains donc que le mari de votre amie n'ait tout simplement heurté un chevreuil, si c'est bien du sang que vous avez vu.

— Ah.

Qu'ajouter ? Elle avait fait chou blanc et l'adjudant Ricou prenait gentiment des gants pour la congédier. Il ne lui restait plus qu'à retrouver Michel Fouilloux-Saxe, à imaginer un moyen de le mettre dehors avant qu'elle ne commette à son tour un meurtre de sang-froid. Une fois dans sa voiture, elle remâcha son échec, son peu d'envie de rentrer à l'Abbaye pour se trouver nez à nez avec le sourire trop bien aligné de son vieil amant (dont elle était bien décidée à ce qu'il ne le soit jamais plus). Elle démarra sa Corsa et décida de s'octroyer un aller-retour à Montraguil, petite ville fortifiée où elle s'offrirait une part des merveilleuses lasagnes préparées au café de Philémon, le tout suivi d'une visite au fils du major en son monastère et d'un saut à la miellerie qui avait tant fait parler d'elle l'année précédente[1]. Elle aurait bien le temps en rentrant de butter ses pommes de terre primeur avant de se coltiner le sénateur.

1. Voir *Piqûres de rappel.*

De la fenêtre de son bureau, qui donnait sur le parking de la tonnellerie, Laure Opras observa deux jeunes femmes sortir de la voiture marine de la gendarmerie. Elle reconnut Géraldine Amblevert, qui avait dirigé les recherches du corps de Myriam, et renonça à identifier la deuxième femme qui ne portait pas d'uniforme et n'avait pour tout dire pas l'allure d'une gendarme. Elle se rassit de tout son poids sur sa chaise de bureau. Elle se sentait si lourde, inerte, même. Que venaient-elles faire ? Elle avait signé sa déposition, transmis les codes d'accès à l'extranet comptable, Philippe avait fait tout ce qui était en son pouvoir pour faciliter l'enquête... Peut-être venaient-elles entendre de nouveau Alain Camirand ? Qu'avait-il raconté au juste pendant son entrevue ? Laure disposa devant elle trois feuilles imprimées qu'elle remit en pile nette, bord contre bord, avant de les étaler de nouveau. Alain ne savait pas grand-chose. Il avait beau faire partie de la maison depuis toujours, il n'était pas au comité de direction ni actionnaire, n'avait aucune idée des remous qui pouvaient agiter la famille Opras lorsqu'il s'agissait de prendre des décisions stratégiques pour la tonnellerie. De toute manière, les conflits n'étaient jamais trop méchants, elle y veillait. Alors quoi ? Pourquoi venaient-elles ? Est-ce qu'elle avait laissé échapper quelque chose ? Sans bouger de son fauteuil, Laure tendait l'oreille, espérait percer l'épaisseur de sa porte pour entendre les deux femmes entrer dans le hall d'accueil, se présenter au réceptionniste, réclamer à parler à… Sur son bureau, le téléphone fixe clignota. Elle décrocha, les doigts crispés sur le combiné, à s'en rentrer les ongles dans la paume.

— Madame Opras ? Les adjudantes-cheffes Amblevert et Ocelot pour vous.

Ocelot. L'accès qu'elle avait ouvert pour l'analyse des comptes avait été créé au nom de B. Ocelot. Cette femme à l'allure féline avait donc une mission d'enquêtrice.

— Vous pouvez les faire monter, répondit-elle de sa meilleure voix, en tâchant d'écarter les parois de sa trachée contractée pour que le son sorte tout droit.

Les deux femmes entrèrent l'une derrière l'autre dans le bureau. Elle se leva, leur proposa un siège mais comme elles restèrent debout, elle ne se rassit pas. Baya Ocelot posa sur le bureau qui les séparait une sacoche dont elle retira une liasse de feuilles. Une ligne était passée au fluo, toutes les dix ou quinze pages.

— Nous aimerions que vous nous éclairiez sur ce débit, madame Opras. Ce n'est qu'un détail, bien sûr, mais…

Elle n'acheva pas sa phrase, fixant son regard vairon sur Laure qui se sentait couler misérablement. Paradoxalement, elle se dit *Ce n'est que ça*. Pourtant elle aurait donné beaucoup pour que ce petit débit mensuel reste noyé parmi la masse d'informations comptables soumise à l'observation de l'enquêtrice qui lui faisait face. Ocelot ne cillait pas, attendait une réponse, et Laure décida de ne pas prendre la tangente.

— C'est un versement que je fais chaque mois sur le compte de ma mère. Elle… Nous n'avons qu'un compte joint avec Philippe et il est catégoriquement opposé à ce que j'aide ma mère, d'aucune manière que ce soit. Je n'avais pas le choix. Vous savez comme moi que je suis légalement tenue de ne pas la laisser dans l'indigence.

Puisque tout était dit, Laure s'assit et leva les yeux vers les deux jeunes femmes qui se regardèrent. Il fallait dévoiler davantage, justifier mieux, elle en fut désespérée. Cependant, arrivée à ce point, elle n'avait plus de raison de continuer à préserver les apparences.

— Ma mère est un spécimen particulièrement retors. Elle n'a pas cessé de nous harceler avec Philippe, qui n'est pas homme à se laisser forcer la main. Il a fini par la jeter dehors il y a quelques années. J'en étais incapable. Vous comprenez ? J'étais… engluée. Il s'en est cru débarrassé. Que voulez-vous, je suis le point faible du couple, et ma mère est dans son droit. J'aurais dû… plus tôt, j'aurais dû faire les démarches nécessaires pour demander que son autorité parentale lui soit retirée, instruire une demande pour que le lien soit coupé, définitivement. Mais je n'ai rien fait parce que j'ai cru qu'il valait mieux une mauvaise mère que pas de mère du tout.

Elle parlait, les yeux mi-clos, avec l'étrange sensation de se dégonfler. De dégonfler au moins une partie d'elle qui s'était durcie avec le temps, qu'elle avait crue remplie de cailloux alors qu'elle était pleine de vide.

— Est-ce que votre mère vous a rendu visite, récemment ?

— Mercredi soir. Elle me demandait plus. Son versement mensuel ne lui permettait pas de vivre dignement, me disait-elle, et elle avait compris je ne sais comment que j'avais caché à Philippe notre arrangement. Bien sûr, elle a voulu en tirer parti, elle avait perçu ma vulnérabilité. Elle a fait la route pour venir me voir, en me prévenant une heure à peine avant son arrivée. C'était dans l'urgence, je suis sortie quand je l'ai aperçue qui traversait le jardin. Les autres étaient en pleine dégustation, je pense qu'ils ne se sont rendu compte de rien. Et je lui ai donné un chèque. Je n'avais que ça sous la main et elle ne prend pas encore la carte, acheva-t-elle avec un rire sans joie.

— Vous êtes sortie vers quelle heure ? demanda la rousse.

— 22 heures environ.

La gendarme en uniforme pointa du doigt la rangée de voitures garées sur le parking au pied de la fenêtre, l'autre main fermée dans le dos, comme un gros monsieur qui serre son gant le temps de faire un baise main.

— À quel endroit exactement ? Ici ?

Laure secoua la tête. Elle se leva, sortit du bureau dans le couloir moquetté de gris et indiqua la fenêtre qui donnait sur la fontaine.

— Non, de ce côté-ci. La salle de réception au rez-de-chaussée donne aussi sur le jardin, et je savais que ma mère arriverait par la maison. Elle ne pouvait venir que par là.

Baya se pencha à l'oreille d'Amblevert et Laure capta la phrase murmurée :

— Encore une fois, tout se jouait de l'autre côté du bâtiment, sur le parking, à ce même moment. On ne saura donc jamais ce que Myriam Opras fabriquait entre 21 h 30 et 22 h 30.

Comme c'était étrange, cette sensation d'avoir arraché une croûte sèche depuis longtemps et d'exposer à l'air et à la lumière la nouvelle peau tendre et rose qui s'était reconstituée dessous. Elle pensait que ça saignerait, et en fait non. Elle aurait dû parler bien avant. Sa mère l'avait entretenue dans un sentiment de honte permanent dont elle voyait bien, maintenant qu'elle avait levé le voile, qu'il était disproportionné. Il ne lui restait plus qu'à en parler à Philippe et le nettoyage serait complet, la transparence retrouvée. Sur ce point-là, en tout cas.

Amblevert passa la main sur le rebord de la fenêtre du couloir en admirant la vue : les triangles d'herbe bien tondus, les trois cyprès autour de la fontaine, la haie fleurie d'orangers du Mexique et derrière, la maison avec ses hautes fenêtres à guillotine. Les Opras avaient de la chance de travailler dans un environnement aussi esthétique. Était-elle prête, elle, à quitter ses murs de pierre, sa grille qui frottait sur le sol, le platane de la cour qui perdait bizarrement ses feuilles avant tous les autres arbres de la rue ? Elle avait encore du mal à se réjouir de sa future affectation dont elle venait de recevoir la confirmation. Est-ce que l'exigence de la brigade de recherches s'accorderait avec l'équilibre qu'elle tentait de maintenir entre sa vie professionnelle et sa vie personnelle ? Le rythme des opérations de Basile s'était allégé. Son fils marchait « presque droit », comme il disait, et les séances d'ergothérapie lui permettaient progressivement d'améliorer sa perception de l'espace et donc sa préhension. La grande fierté de Géraldine Amblevert, c'était la joie que son fils avait miraculeusement conservée et qu'il s'attachait à faire grandir et rayonner, jusqu'à emplir la maison et même le quartier de son rire cabossé et de son sourire bancal. Elle en tirait une vanité de poule couveuse, heureuse d'avoir su, à un moment, à mille moments, placer ses mains autour de la flamme qui faiblissait, pour que la joie de Basile ne s'éteigne jamais complètement. Elle avait tenté de rester disponible aux bons moments. Laure Opras n'avait pas eu ce genre de mère, apparemment. Il ne serait pas compliqué d'obtenir le RIB concerné pour s'assurer qu'il correspondait bien aux virements émis par la tonnellerie. Le reste était l'affaire du fisc, finalement.

Elle descendit les marches qui débouchaient sur l'accueil en se balançant un peu pour soulager ses articulations. Baya était déjà en bas et elle l'entendait roucouler avec le réceptionniste, un petit minet bien habillé qui les avait suivies des yeux avec gourmandise. Qui avait suivi Baya des yeux, plus précisément.

— Et vous, alors, vous travaillez ici depuis combien de temps ?

— Huit mois.

— C'est une bonne place ?

— C'est pas mal.

— Les boîtes familiales, ça secoue un peu parfois, non ? susurra Baya, la main sur le poignet du jeune homme qui s'en sentit pousser des ailes.

— Ça arrive. Notamment lors des comités de direction, le mardi.

— Ce mardi ? intervint Amblevert, brusquement en alerte.

Elle prenait soin en même temps de ne pas glisser sur les carreaux immaculés du hall, si bien qu'elle ne vit que la fin du regard furieux que Baya lui lançait par-dessus son épaule.

— Oui. Oui, par exemple, mais bon, rien de méchant, éluda le jeune homme, évasif.

Elle l'avait brusqué, grande gourde, alors que Baya avec ses mines de chatte allait en obtenir de bien meilleures informations. Elle sortit avec une mimique qui signifiait qu'elle avait quelque chose d'urgent à faire dehors et tenta de capter le regard de Baya pour lui signifier qu'elle avait compris la manœuvre, mais l'ardente enquêtrice avait repris ses minauderies.

Une fois dehors, elle se serait donné des claques. Il fallait vraiment qu'elle apprenne à marcher sur la pointe des orteils au lieu de débarquer en gros sabots en toute circonstance. Tout de même, elle était un peu déçue que Baya fasse usage de ce procédé tellement facile, la séduction ; voilà qui apportait de l'eau au moulin des misogynes. Puisqu'elle n'était bonne qu'à jouer les spectatrices, sur ce coup-là du moins, elle décida d'appeler le major pour obtenir quelques échos du procureur.

Baya sortit de l'accueil dix minutes plus tard, mi-figue mi-raisin. Elle dévala les trois marches qui menaient au parking et envoya à Amblevert un coup d'épaule vigoureux.

— Tu ne m'en veux pas hein ? Mais il était mûr à point, il allait parler et… bon je me suis dit que c'était plus simple qu'on ne l'accule pas à deux contre un.

— Pas d'état d'âme, répondit Géraldine, un peu pincée mais secrètement ravie que Baya ait pu craindre son courroux. Tu as appris quelque chose ?

— Deux. La première : la veille du meurtre, ça a chauffé sévèrement entre Philippe Opras et sa sœur. Les plafonds sont plutôt minces et le standardiste a compris l'essentiel de l'échange. Tu te souviens de la commande chinoise ?

— Celle que la tonnellerie ne pouvait logiquement pas honorer ?

— Exactement. La solution que Philippe Opras pensait mettre en place, c'était la construction d'un séchoir, pour accélérer la maturation des merrains. Tu construis un bâtiment, tu chauffes à mort dedans et tu installes des dés-humidificateurs géants.

— En quoi ça pouvait être un sujet de discorde ? s'étonna Amblevert qui se frottait machinalement le gras du bras, là où Baya avait enfoncé son épaule.

— C'est parce que tu raisonnes en industrielle, là. Mais dans la tonnellerie, on évite ce genre de choses. Je connais un peu, j'ai fait un job d'été chez le concurrent d'Opras quand j'étais en première année. En tout cas personne ne se vante de finir ses merrains au séchoir. Le bois arrive sec chez le client, oui, mais sans que le développement de la microflore ait pu se faire, ce qu'on obtient uniquement par le lessivage naturel en parc à bois. C'est comme si le bois était moins vivant.

— On parle de bois mort de toute façon, non ? grommela l'adjudante-cheffe en ouvrant sa portière et en se glissant derrière le volant.

— Ce n'est pas si simple : il y a des bois morts qui restent vivants. C'est ce qui crée tout l'intérêt de la barrique : des microchampignons se développent, des échanges se font entre le liquide et le bois, ça influe sur les arômes du vin… Bref, je ne vais pas te faire une leçon de tonnellerie haut de gamme. Mais le nœud du problème, c'était que Myriam Opras était complètement opposée à ce procédé. Ça a hurlé dans les couloirs et les portes ont claqué, m'a raconté Edwin.

— Edwin ?

— Le réceptionniste.

— Quel nom…

— Démarre, sinon on est encore là à la nuit. Donc, c'était le premier point : gros, gros désaccord entre le frère et la sœur sur une question cruciale du développement de l'entreprise commune.

— Et le deuxième ?

Amblevert enclencha la marche arrière et se concentra pour ne pas érafler la berline noire à côté de laquelle elle était garée.

— C'est moins spectaculaire. Le réceptionniste livre les journaux dans le bureau de Myriam Opras. C'est un peu son boulot d'éplucher la presse de la filière viti-vini, et de survoler les quotidiens. Mardi, donc, Myriam est redescendue réclamer *L'Écho gascon*.

— Je connais bien, soupira Amblevert.

— Sauf que le réceptionniste était persuadé de l'avoir déposé dans son bureau une heure avant qu'elle n'arrive. Ils ont cherché partout, et l'ont retrouvé sur le bureau de Laure Opras.

— Oh la la, quelle aventure ! ironisa Amblevert en rétrogradant à l'approche d'un rond-point.

— Quoi qu'il en soit, il manquait une page à ce numéro. Impossible de mettre la main dessus, pourtant Edwin m'a avoué qu'ils avaient pas mal fouillé. Il a fini par redescendre et Myriam est rentrée dans son bureau, mais quand Laure Opras est arrivée un peu plus tard, Myriam lui a demandé la feuille manquante. Elle avait un petit côté obsessionnel, j'ai l'impression. À ce moment-là, la porte du bureau s'est refermée et il n'a rien pu entendre, mais quand Myriam est ressortie, il a entendu Laure se moucher dix fois et elle s'est enfermée dans le bureau jusqu'au déjeuner.

— On est d'accord que ça n'a aucun intérêt pour l'enquête ? ricana Amblevert.

— Je ne sais pas, répondit Baya, rêveuse. J'irais bien aux archives du journal pour récupérer le numéro de mardi dernier, juste par curiosité.

Septembre 2020

Que j'ai ri ! Quel bonheur de beugler un de ces airs entendus mille fois. J'ai reçu au Clos de Vougeot un accueil à réchauffer un mort. Comment ai-je pu me soustraire à tous les dîners de Chapitre de toutes les appellations, pendant toutes ces années vécues à la tonnellerie ? Je ne savais pas à côté de quoi je passais. Entonner avec mes voisins, que je ne connaissais pas avant le début du dîner, une chanson à boire sous les cintres d'un cloître vénérable m'a remplie de joie. Et du désir de chanter de nouveau. Je laisse grandir en moi cette soif délicieuse. Je sais déjà que Laurent tentera de me dissuader, au nom de la légende qu'il faut préserver. Mais je n'ai plus rien à préserver que ce qui me rend vivante. Peut-être que la mort de Papa m'a libérée de l'obligation d'être parfaite. Alors tant pis s'il faut commencer par un projet dérisoire, je sens que j'ai pardonné à ma voix son imperfection, que gronde encore l'élan qui me pousse à chanter. Je vais trouver comment.

Dans la pénombre moite de sa chambre d'enfant, Chloé dormait, les cheveux humides répandus sur son oreiller à taie « petits nuages », sa préférée quand elle avait dix ans. Géraud referma la porte avec soin et s'approcha. À cause des antidouleurs, sa fille n'avait pratiquement plus jamais faim, il la voyait s'étioler. Il la laissait dormir encore cinq minutes. Ensuite, il la réveillerait pour qu'elle descende dîner. Il n'était pas bon qu'elle vive en marge du rythme familial. Il tira la chaise de bureau sur la moquette pour s'asseoir pas trop loin. Le rythme régulier de la respiration de sa fille, l'air un peu lourd, l'obscurité l'enveloppèrent et il sentit un grand ramollissement le gagner après la tension qui avait dominé sa journée.

Le débrief du soir leur avait fait faire un pas de géant. Pourtant au démarrage, chacun soutenait une thèse en opposition avec toutes celles des autres coéquipiers : Amblevert piaffait à l'idée de confronter le mari au projet de sa femme avec le conservatoire, Baya croyait à la culpabilité du tonnelier. Ricou écoutait l'une et l'autre se contredire avec vigueur. Une fois Amblevert et Baya soulagées d'avoir exposé leurs thèses contraires, il prit les choses en main.

— On n'a pas assez creusé cette histoire de filaments de soie et d'écharpe de Mme Hashimoto, commença-t-il. J'y ai pensé toute la journée et j'ai un déroulement logique à vous proposer. Quand elle sort de la tonnellerie, à 21 h 30, Myriam Opras porte sa perruque. Normal. À ce moment-là, il n'y a aucune raison que des filaments de soie couvrent l'intérieur de son bonnet. Le contact soie-microfilament se fait plus tard.

D'un geste vif, Ricou griffonna « 21 h 30 » sur le premier Post-it de sa pile et le colla sur la vitre avant d'ajouter en colonne en dessous « Myriam sort » et « Perruque clean ».

— Le plus logique, c'est qu'elle soit tuée presque tout de suite, poursuivit-il.

Il en était à son cinquième expresso et claquait pratiquement des dents sous l'effet de la caféine.

— Pourquoi ? On sait qu'elle sort de la tonnellerie en voiture une heure après, je te rappelle le témoignage du camionneur, protesta Amblevert.

— Parce que si elle était restée sur le parking pendant une heure, elle aurait été vue, j'en suis sûr, répondit Ricou. Que veux-tu qu'elle fasse tout ce temps ?

— Elle peut avoir téléphoné dans sa voiture ?

— On n'a aucun appel sur son relevé. Cette heure de battement n'a pas de sens. Laissez-moi continuer, j'ai une explication qui va vous convaincre.

Le filiforme enquêteur posa sa tasse tout contre le bocal de Saint Jacques, ce qui déclencha chez le pauvre poisson une série de cercles affolés. Les mains plus libres, Ricou décolla deux Post-it de la vitre, puis les assembla dans une suite qu'il compléta avec une dextérité de possédé par une nouvelle série qu'il prenait à peine le temps de griffonner.

— Regardez : 21 h 40, meurtre. Le meurtrier comprend qu'il n'aura pas le temps de se débarrasser du corps dans l'immédiat, on l'attend pour la dégustation. Donc, qu'est-ce qu'il fait ?

— Il fourre le corps dans le coffre, suggéra Baya, qui rongeait furieusement l'extrémité d'un crayon à papier.

— Exactement. Il, ou elle, se dit qu'il, ou elle, reviendra.

— Oui, mais la voiture de Myriam Opras n'est pas du genre discret, objecta Amblevert, l'assassin ne peut pas être certain que personne ne se posera de question !

— L'assassin connaît le programme de la soirée, il sait que le parking ne sera pas emprunté parce que pour les visites au flambeau du parc à bois, les Opras font passer les clients par le jardin, intervint Baya. C'est Alain Camirand qui me l'a dit.

— OK, ensuite, c'est le moment de la dégustation, reprit Ricou. Tous ceux qui doivent être présents y sont.

Un Post-it « Dégustation » fut collé sous « 21 h 45 », puis l'adjudant ajouta autour trois Post-it vierges, en arc de cercle et se tourna vers l'équipe, stylo en main.

— Qui sort de la pièce entre 21 h 30 et 21 h 45 ?

— Laure Opras, pour se faire une piqûre d'insuline puis une seconde fois pour faire un chèque à sa mère, commença Amblevert.

— Philippe Opras pour donner un pourboire au traiteur, continua le major, mais il sort côté jardin.

Et Ricou, regard tendu et concentré, allait de l'un à l'autre sans ciller, puis il compléta :

— Alain Camirand, pour préparer la dégustation dans la pièce technique, mais il devait croiser le traiteur donc il n'était pas seul. Les Japonais sont sortis de la pièce de dégustation pour se laver les mains après le dîner. Pol a téléphoné à sa fiancée dehors, parce qu'il fume. Je me demande si le mari n'est pas sorti fumer aussi, on n'a pas de confirmation très nette là-dessus.

Toujours animé par une sorte de transe qui lui faisait noircir les Post-it avec des pattes de mouche, il allait d'une extrémité à l'autre de la vitre pour y coller de nouveaux Post-it.

— Bon, tout le monde a bougé, en réalité, soupira le major. Qu'a-t-on ensuite dans ton déroulement ?

— À ce moment-là, j'imagine, l'assassin cache l'écharpe de Mme Hashimoto. Elle la cherche à partir de la fin de la dégustation, quand tout le monde se prépare à sortir.

Deux nouveaux Post-it rejoignirent la frise un peu anarchique qui se dessinait peu à peu « Écharpe perdue » et « 22 h 30, départ visite ».

— Puis tout le monde sort par la porte du jardin pour visiter le parc à bois. Imaginez : des allées à angles droits sur une dizaine d'hectares, avec des piles de merrains de quatre mètres de haut, c'est un véritable labyrinthe. En plus il y a de la musique, donc pas possible de tenir une conversation. Il est très probable qu'un certain éparpillement du groupe ait lieu, on est dans l'émotion, c'est beau, c'est mystérieux, s'emballait Ricou. Il suffit à l'assassin de rester en arrière, de camoufler sa torche et de courir chercher l'écharpe dans le bâtiment vide. Puis il, ou elle, se met l'écharpe sur la tête, récupère dans le coffre la perruque de Myriam Opras, la met par-dessus l'écharpe, et il, ou elle, sort de la tonnellerie au volant de la voiture, passant devant le quarante-quatre-tonnes du camionneur. Le routier voit quoi ? Une silhouette qui porte les cheveux au carré avec une frange dans une voiture moutarde. Il n'y a plus qu'à dissimuler la voiture, remettre Myriam Opras derrière le volant, traverser le champ sur six cents mètres et reprendre sa promenade onirique dans le parc à bois.

— Et l'écharpe ?

— Soit elle est dissimulée sous une veste, un manteau le temps de la visite, soit l'assassin la dépose dans la salle de dégustation avant de revenir au parc à bois et de rallumer sa torche. Mon hypothèse explique du même coup les filaments de soie et l'heure de battement entre le départ de Myriam et sa sortie de la tonnellerie.

Avec une moue appréciatrice, Baya et Amblevert esquissèrent un applaudissement. Pensif, Dambérailh repassa l'enchaînement des horaires sur la vitre et hocha la tête, convaincu lui aussi.

— Le cocasse de l'affaire, soupira-t-il, c'est que Mme Hashimoto a remporté au Japon la pièce qui nous permettrait de faire un prélèvement et de passer l'ADN trouvé au fichier. Je vais demander une commission rogatoire internationale, on verra si le juge d'instruction y voit un intérêt.

— Ça nécessite un minimum de connaissance du terrain, si ça s'est passé comme ça, renifla Amblevert en s'installant sur sa chaise qui gémit. Pour avoir mené les recherches avec Péon et Frégé, je peux vous dire que l'accès à la grange n'était pas particulièrement visible. La grange non plus d'ailleurs, elle était couverte de ronces.

— Mais qui on a dans le collimateur ? interrogea Ricou, les yeux brillants. Uniquement des gens qui ont une connaissance approfondie du terrain justement. Laure et Philippe Opras qui vivent ici. Alain Camirand qui y travaille depuis quarante ans. Pol Martin qui joue ici depuis qu'il en a neuf ou dix. Et le mari… bon le mari, je reconnais que je le vois mal battre la campagne en bottes, mais il connaît quand même bien la tonnellerie. Je suis sûr qu'on aperçoit la grange, qui est en situation un peu dominante, quand on est en lisière du parc à bois. Je vous rappelle qu'il en a géré la sonorisation.

Le major percevait dans l'enchaînement des opérations une part d'improvisation qui collait bien avec la strangulation. Ils avaient affaire à un type, il avait du mal à imaginer une femme, comme à chaque fois qu'il enquêtait sur une mort violente, qui plus est administrée à mains nues, un type donc, qui savait se dominer, gérer son temps sans se laisser déborder. Autant le meurtre spontané pouvait correspondre au caractère bouillonnant de Philippe Opras, autant la gestion minutieuse de la suite lui semblait en inadéquation avec le personnage. Pol Martin et Laurent Cossard étaient beaucoup moins lisibles. Alain Camirand pouvait correspondre, mais avec quel mobile ? Le débrief s'était terminé sur la satisfaction d'avoir trouvé un enchaînement qui tombait juste, et sur la frustration de ne pas pouvoir en faire émerger le nom d'un coupable.

Dans la chambre de sa fille, dodelinant de la tête contre le dossier de la chaise du bureau, le major s'enfonçait dans un demi-sommeil qui embrumait sa réflexion. Chloé se retourna et gémit.

Il perçut un soupir, une exhalaison toute proche, qui le fit basculer dans une obscurité complète, épaisse et poisseuse, au fond de laquelle il avait du mal à trouver son souffle. Il sentait de nouveau l'odeur de terre humide, un relent de fioul, l'odeur aigre de la transpiration. Et quelqu'un qui s'approchait, s'agrippait à lui, à son coude, à sa cuisse, à sa cheville.

— Vas-y, appelle, vas-y, plus fort, ils n'entendent rien tu vois bien ! Personne… personne ne t'entend… Allez, je… j'arrive plus à…

Et la respiration cahoteuse qui lui envahissait les oreilles s'amplifiait, un sifflement qui lui perçait le crâne. Lui, de ses poings fermés, martelait la porte de planches épaisses qui les coupait du monde. Pour un paquet de Lu piqué dans le cellier. Parce que pendant les vacances scolaires l'établissement vivait en navire fantôme, sans son capitaine. Les deux surveillants qui tenaient en leur pouvoir la poignée d'internes qui ne partaient pas rejoindre leurs familles nourrissaient une joie perverse à les affamer. D'où l'expédition dans la cuisine, un soir après l'extinction des feux. D'où la punition, qui s'apparentait à une réclusion au mitard, c'était d'ailleurs ainsi que les élèves nommaient la chaufferie, une pièce enfouie au sous-sol du bâtiment des profs, vide pendant le temps des vacances, où ronronnait la chaudière à fioul.

— Frelu, si j'ai pas ma Ventoline... maintenant, je... l'air passe plus, putain.

Exsangue, le petit brun qui l'avait entraîné dans cette équipée idiote lui martelait le mollet. Il était couché en chien de fusil, sur le sol obscur, et s'essoufflait à le presser de crier plus fort. L'angoisse lui donnait un surcroît d'énergie pour marteler la porte, au-delà de la douleur, au-delà de l'épuisement, il se brisait la voix à hurler :

— Quelqu'un ! Grouillez ! Thierry respire plus ! Ventoline ! S'il vous plaît, Ventoline !

Même dans sa panique il ne parvenait pas à vomir le torrent de gros mots qu'il aurait voulu hurler, il se fendait la tranche des mains à cogner comme un fou sur le bois sourd, et personne n'arrivait, personne... Des larmes acides lui ruisselaient sur le visage et il sentait qu'il s'épuisait, qu'il criait moins fort, pas assez fort en tout cas pour que quelqu'un vienne, ouvre la porte, le délivre de cette emprise qui lui serrait la cheville et qui s'amollissait.

Jusqu'à se relâcher complètement.

Quand on lui avait ouvert le lendemain, la lumière qui filtrait du couloir pourtant enténébré lui cisailla la vue, et il se pressa les poings sur les yeux pour ne pas voir la silhouette crispée qui s'était roulée en boule pour mourir au pied de la chaudière.

Par-dessus l'épaule du surveillant qui venait de lui ouvrir, Frelu croisa le regard du grand Philax, qui devait prendre la suite dans le cagibi pour avoir été pris à fumer derrière la cabane du jardinier.

Officiellement le petit Thierry était mort dans son lit, et personne dans ses voisins de chambrée ne s'était rendu compte de sa crise.

*

— Papa ? Papa ?

À force d'être secoué il ouvrit les yeux et découvrit le visage tourmenté de sa fille qui le scrutait de ses yeux clairs.

— Tu faisais un cauchemar, non ?

Il fallait s'ébrouer, se défaire de ce souvenir poisseux qui lui faisait remonter dans la gorge une bile vieille de trente-cinq ans. Des deux mains il se frotta le visage comme pour en faire tomber une pluie d'écailles et se leva. Il tendit les bras pour que Chloé vienne s'y loger, mais elle le regardait, de son air méfiant, bravache même, et peut-être parce qu'elle le voyait en état de faiblesse, elle lui dit tout à coup :

— C'était pas moi qui conduisais, mais c'est ma faute quand même. Je faisais une story, sur Insta, et je lui ai relevé la visière pour qu'on voie sa tête. Il a été surpris. Et voilà. Alors tu vois, tu sais maintenant.

Le coffre chargé de truffes en bocaux obtenus à prix d'or à Montraguil, Daphné se gara en un créneau impeccable sur le devant gravillonné de l'Abbaye. Elle avait respiré un peu d'air frais, loin des tracas causés par son sénateur à demeure, et rentrait chez elle résolue à pousser vers la sortie cet encombrant personnage.

L'entrée de l'Abbaye lui parut changée, sans qu'elle pût définir exactement ce qui s'était modifié. L'horloge de famille marquait toujours son tempo lent près de la porte qui menait au salon. La rampe de chêne ciré luisait toujours doucement le long de l'escalier. Le tapis usé n'avait pas ravivé ses rouges et ses violets en son absence. Elle finit par comprendre ce qui lui chatouillait l'esprit : l'odeur. Dans sa vénérable entrée flottait une odeur de bois neuf et de cartons ondulés, de ces odeurs de meuble en kit tout droit sortis d'usine. Un affreux pressentiment lui étreignit le cœur et elle se précipita dans sa cuisine pour y trouver l'impensable. En lieu et place de son magnifique, merveilleux et irremplaçable évier en pierre du XIVe siècle, un épouvantable évier en céramique blanche posé sur un caisson de pin ciré aux portes à boutons chromés. L'ensemble était d'une vulgarité à tourner de l'œil. D'ailleurs Daphné ressentit l'urgente nécessité de s'asseoir. Le toupet... mais le toupet de ce sinistre individu qu'elle avait imprudemment laissé s'installer chez elle ! Elle n'en trouvait plus ses mots, sidérée par le sans-gêne de Michel Fouilloux-Saxe qui s'était approprié l'Abbaye au point d'en revoir l'installation sans même la consulter.

— Alors, on est contente de ne plus subir les fuites de son vieil évier ?

L'arrivée par la porte du salon de son ancien amant lui fit faire un tel bond qu'elle retomba de travers sur sa chaise. Raide et fulminante, elle se leva et, d'un bloc, lui fit front, menton pointé en avant et boucles d'oreilles sur le point de se décrocher.

— Comment oses-tu ? Qu'est-ce qui a pu te passer par la tête ? Ce sans-gêne, et ce petit laïus complaisant, ah, mais comment peut-on se fourvoyer à ce point ? Je... Tu... Dehors. Fais tes valises et déguerpis. À l'instant.

L'expression de Michel Fouilloux-Saxe passa de manière comique de la stupéfaction à la contrition. Il malaxait piteusement le journal qu'il tenait à la main.

— Je pensais te faire plaisir.

— Ce qui nous prouve à tous les deux combien nous nous connaissons mal. Je te prie donc de bien vouloir abréger nos souffrances en quittant cette maison dans laquelle tu n'aurais jamais dû venir.

Acculé, le sénateur tenta un regard suppliant assorti d'un pâle sourire qui se rétracta aussitôt devant l'œil impitoyable de Daphné.

— C'est que... Je n'ai nulle part où aller, vois-tu.

— Et ta maison ? Et l'appartement dans les Calanques ?

— À la mort de ma femme mes enfants ont hérité de sa part, elle était majoritaire dirons-nous, et ils m'ont fichu dehors.

— Seigneur... tu fais partie de ces politiques qui font carrière soutenus par l'argent de madame. J'ai honte pour toi, Michel. J'ai honte mais je n'ai pas pitié. Tu vas donc sortir d'ici et te trouver un hôtel, un Formule 1, un carton, n'importe quoi.

Dix minutes plus tard, la porte de l'Abbaye claqua dans un silence de mort. Daphné, accoudée à sa table, plia le coude et pleura d'amères larmes sur sa naïveté et sur son évier qui gisait contre le mur extérieur de sa cuisine.

JEUDI

Deux jours de chaleur avaient suffi pour que la cour de la brigade entre de plain-pied dans le printemps. Les branches du platane frémissaient de toutes leurs jeunes feuilles et offraient le refuge à une demi-douzaine de rouges-queues qui s'égosillaient, becs pointant hors des cavités naturelles des branches creuses. Elian Ricou ouvrit la fermeture éclair de son blouson à peine le pied posé par terre. Il avait reçu sur le dos les premiers rayons du matin et transpirait sur sa moto depuis le début du trajet. Il se passa la main dans le col pour décoller le coton de son polo qui adhérait à sa colonne vertébrale. La cour était vide encore et il fit basculer sa moto sur sa béquille sans craindre d'égratigner une voiture garée trop près.

Amblevert n'était pas encore arrivée, elle qui ouvrait le plus souvent la maison. Ils étaient tous attendus à 11 heures dans le bureau du juge d'instruction saisi par le procureur, les huit jours du délai de flagrance étant écoulés après la découverte du corps de Katia Gault. Le basculement en commission rogatoire leur imposait un nouvel interlocuteur, un juge d'instruction que le major leur avait dépeint comme un original, n'hésitant pas à se déplacer lorsqu'il jugeait qu'il avait passé assez de temps derrière son bureau. Il leur restait deux heures pour tout remettre à plat. Ricou sortit de son coffre de siège le cahier noir qu'il feuilletait patiemment depuis qu'Amblevert le lui avait remis. Il s'adossa au platane, genou plié et semelle contre l'écorce, comme au lycée quand il tentait d'avoir l'air décontracté, puis retrouva l'endroit où il s'était arrêté.

Myriam Opras collait régulièrement des articles, feuilles volantes ou petits mots laconiques de son fils : « *Je vais chez Jo* » ; « *J'ai besoin de chaussettes. Biz Mams* » ; « *Normalement c'est bon* ».

Un article qui n'était pas collé s'échappa du milieu du cahier. Il était tiré d'un journal bon marché, papier recyclé très fin, encre baveuse. Une double page de *L'Écho gascon*, qui datait du mardi. La veille de la mort de la cantatrice.

Ricou déplia la feuille dont les articles assez mal écrits lui semblèrent tous insignifiants : « Le club de rugby de Lafontac change d'entraîneur » ; « La pétition contre l'arrivée de nouvelles éoliennes rassemble 361 signatures » ; « Une piétonne renversée par une voiture en délit de fuite » ; « La cantine de l'école soupçonnée d'écouler des yaourts périmés dans les classes de primaire » ; « L'agresseur de la conductrice du car de Vérignac passe aux aveux ».

Qu'est-ce qui avait pu sembler si digne d'intérêt à Myriam Opras pour qu'elle prenne la peine de passer chez elle en pleine journée pour ranger cet article, là où personne n'aurait dû le trouver ? Alors qu'il repliait la feuille, la grille racla sur le sol. Il leva les yeux, s'attendant à trouver Amblevert et son trousseau de clés, mais il fut surpris d'apercevoir cette femme entre deux âges, la tante du major. Elle portait des lunettes de soleil, ce qui semblait assez peu en cohérence avec le reste de son style.

— Mon neveu est arrivé ?

— Pas encore. Il ne devrait pas tarder. Est-ce que je peux vous aider ?

Daphné Dambérailh renifla, peut-être une manifestation de mépris. Ou de rhume des foins, à en juger par son bout du nez rougi. Ricou ne se formalisa pas et garda ses grands yeux candides fixés sur Daphné, qui haussa une épaule d'où glissa son châle.

— Les hommes... Bref, racontez-moi en attendant. Où en êtes-vous de votre mystère ?

— Vous savez que je ne peux rien vous dire.

— Balivernes, mon neveu lui-même a l'habitude de m'appeler pour me faire ses rapports. On parle, on compare nos hypothèses, voyez-vous. Je ne suis pas peu fière de vous dire que c'est grâce à mon flair que sa dernière affaire de meurtre a pu se résoudre *in extremis* ! On a frôlé le bain de sang !

— Je ne doute pas de votre perspicacité, répondit Ricou, un fin sourire sur les lèvres.

— Si, vous doutez. Par exemple, je vous ai vu lire un article de journal. Si vous me disiez ce que vous y cherchez, je suis sûre d'avoir quelques vues intéressantes à vous soumettre.

— Je lisais le journal, tout simplement, para l'OPJ.

— Balivernes, à votre âge personne ne lit le journal. D'ailleurs je ne vois pas de journal. Vous lisez une simple feuille.

Daphné s'avança, tendant la main.

— Laissez-moi voir, testez-moi vous verrez bien !

Et parce qu'il avait un peu pitié et que cette drôle de bonne femme l'amusait un brin, il lui tendit la page qu'elle parcourut à la vitesse de l'éclair. Puis elle releva sur son crâne la paire de lunettes de soleil et fixa sur lui ses yeux aux paupières rougies. Elle avait sans doute plus qu'un rhume des foins.

— Ne me dites pas que vous n'avez rien vu ?

— Qu'aurais-je dû voir ?

— Mais le mobile, enfin !

— C'est-à-dire...

— Mon Dieu, vous n'êtes pas un rapide, vous ! Qui a enfoncé sa voiture ? Sous le rétroviseur de qui, ai-je vu du sang séché ? Nom d'un chien, adjudant Ricou, est-ce bien avec vous que je me suis entretenue hier au sujet de la voiture de Philippe Opras ? Où avez-vous trouvé cet article ?

— Dans le journal de Myriam Opras.

— Vous voyez ! s'écria, triomphante, la tempétueuse Daphné.

Entre-temps Baya venait de garer sa Smart à deux pas de la moto. Elle sortit et se recoiffa dans le reflet de sa vitre puis s'approcha à pas de velours.

— De quoi parle-t-on ici ? demanda-t-elle, la bouche en rond.

Alors qu'elle tirait de son sac à main un étui à cigarettes, Daphné lui sauta sur le poil.

— Vous, mademoiselle ! Vous allez comprendre bien plus vite que ce jeune homme, j'en suis sûre. Il me semble un peu ralenti. Nous avons trouvé un article qui parle d'une femme gravement blessée par un chauffard, elle est mourante. Or je suis venue témoigner avant-hier à ce sujet, précisément !

— Au sujet du chauffard ? demanda Baya, la cigarette entre les lèvres et l'air de s'amuser profondément.

— Au sujet du sang sur la portière de Philippe Opras !

Baya exhala sa première bouffée de tabac avec un demi-sourire.

— Et vous, vous faites le rapprochement comment avec Myriam Opras ?

— C'est ce que je lui ai déjà dit, soupira Ricou, il devait s'agir d'un chevreuil.

— Mais enfin, jeune homme, allez au bout du raisonnement ! s'agaçait Daphné, le rose aux joues. L'article était plié dans le journal de Myriam Opras et date de la veille du meurtre ! Mardi !

— Mardi, murmura Baya qui jeta ensuite son mégot fumant au pied du platane et arracha sans ménagement la feuille des mains de Daphné. C'est *L'Écho gascon* ! s'écria-t-elle, fébrile.

— Oui, la feuille de chou locale, quoi d'incroyable ? demanda Ricou qui tentait de décrypter le changement de physionomie de l'adjudante-cheffe.

— C'est cette page de journal qui a causé mardi une espèce de psychodrame. Géraldine ! Viens voir !

Amblevert, qui passait tout juste la grille, les clés de la brigade à la main, s'approcha à grands pas. Elle salua brièvement Daphné et se plaça à côté de Baya qui lui agitait l'article sous le nez.

— La page que Myriam Opras est allée récupérer dans le bureau de Laure mardi, elle est là ! Myriam est repartie avec, Ricou l'a trouvée glissée dans son journal. Et regarde ce qui faisait tant pleurer Laure Opras. C'est là.

De l'index, elle écrasa l'article assorti d'une photo mal cadrée de brancard en bord de route.

CHAUFFARD SANS PITIÉ

Cette nuit, un chauffard a percuté Mme Line Lobirac sur la route départementale D152 qui relie Sagazan à Lacapel-sur-Busson. La victime est dans un état critique. Un conducteur de véhicule de chantier l'a ramassée au milieu de la nuit dans le fossé où elle a été projetée et a appelé les secours. Le chauffard est poursuivi pour blessures involontaires et délit de fuite. Le délit sera requalifié en homicide involontaire si la victime ne survit pas à ses blessures.

— Et quel rapport avec les Opras ? interrogea Amblevert qui ne comprenait pas tout à fait l'état de fébrilité dans lequel se trouvaient Baya et Daphné.

— J'ai constaté moi-même des dommages sur le côté droit de la voiture de Philippe Opras, piailla immédiatement Daphné. Du sang ! Et le rétroviseur ne tenait qu'à un fil !

Quelques secondes de silence s'étirèrent sous le platane. Le major fit entrer sa voiture dans la cour de la brigade au moment où Amblevert articulait :

— Donc Philippe Opras s'est rendu coupable d'un accident potentiellement mortel… sa femme voulait le cacher à Myriam pour protéger son mari, sauf que Myriam a fini par obtenir l'article et probablement l'explication qui allait avec. Et pour la faire taire…

— … Philippe Opras a tué sa sœur, conclut Daphné sur un ton funèbre.

— Avec la complicité peut-être de sa femme, renchérit Baya.

— Mais non, impossible, protesta Daphné, c'est elle-même qui a fait appel à mes lumières, pour, pour…, s'empêtra-t-elle en réalisant que Laure avait peut-être simplement compté sur son manque de discrétion pour obtenir des informations sur les progrès de l'enquête.

D'une main, Ricou se déboutonna le col. Il semblait se repasser les derniers échanges, fit la moue et dit :

— Ça paraît quand même fou. Depuis le début les Opras se présentent à nous comme une famille hyperunie.

— Sauf que Myriam Opras faisait « du zèle dans le style droite ligne du parti », m'a confié Laure, objecta Daphné. En écoutant les uns et les autres parler d'elle, j'ai eu le sentiment qu'elle était particulièrement rigide. Est-ce qu'elle n'a pas essayé de faire pression sur son frère pour qu'il se dénonce, par exemple ?

— Et sous pression, qui sait de quoi il est capable, ce type…, murmura Baya qui n'avait pas oublié le récit qu'Edwin lui avait fait de l'ambiance volcanique du dernier comité de direction. La strangulation plaide pour le coup de sang. Pour moi, ça a du sens. Reste à déterminer la complicité ou non de Laure. Elle était au courant de l'accident de voiture mais est-elle réellement intervenue dans le meurtre ?

— Elle aurait pu aller cacher la voiture ? proposa Daphné.

Amblevert hocha la tête lentement, les mots utilisés par le routier qui avait fini par témoigner remontaient à la surface de sa mémoire.

— Et pourquoi pas... Freddy Chardron n'aurait jamais pris l'imposant Philippe Opras pour sa sœur dans cette voiture minuscule, même avec une perruque.

Une fois garé, le major sortit de sa voiture et se dirigea vers l'attroupement qui se serrait près du tronc du platane, mi-figue mi-raisin.

— Tante Daphné... J'ai manqué une annonce ?

Le plafonnier clignota quelques secondes avant que la lumière ne se stabilise dans le bureau. Laure alluma son ordinateur, puis se rendit aux toilettes de l'étage pour remplir le pulvérisateur dont elle se servait pour humecter les feuilles de son ficus. Les bureaux étaient parfaitement silencieux, les autres salariés n'arrivaient qu'à 9 heures. Elle était en train de lire ses e-mails, pour la plupart des réponses à l'appel d'offres qu'elle avait lancé pour changer le logiciel de paie, lorsque Philippe entra dans son bureau.

— Suzanne a oublié son cahier de poésie à la maison. Tu pourras l'apporter à midi ? Je lui ai promis, soupira-t-il.

Elle lui sourit et hocha la tête. Le poids de tout ce qu'elle lui cachait l'avait empêchée de trouver le sommeil jusque tard dans la nuit. C'était trop, ce matin tout était trop, sans qu'elle sache pourquoi. Elle devait se délester un peu. Garder les lèvres scellées sur tout lui semblait insurmontable, la fatigue l'avait rendue poreuse et vulnérable. Le fait d'avoir reconnu son virement frauduleux devant cette enquêtrice l'avait convaincue qu'on ne mourait pas de faire des aveux.

— J'ai quelque chose à te dire, Philippe. Un mensonge. Que je garde depuis longtemps.

Philippe se décomposa et entra tout à fait dans le bureau dont il referma la porte, prenant son temps avant de se retourner et de lui faire face. Il avait un regard incertain et semblait se préparer à recevoir un coup au-dessus du nombril.

— Tu ne veux pas t'asseoir ?

Il fit signe que non. Laure se leva, un stylo dans la main droite qu'elle enfonçait dans sa paume gauche pour se donner du courage.

— Tu sais ma mère... j'ai... je ne me suis jamais vraiment débarrassée d'elle. Je t'ai laissé croire que si, après la naissance des enfants, après notre engueulade mémorable. Mais en réalité... pardon Philippe, je... je lui verse 1 852 euros chaque mois à partir du compte courant de la tonnellerie.

Une pellicule floue lui brouillait la vue et elle se rendit compte qu'elle pleurait.

— Je t'ai volé. Est-ce que tu peux me pardonner ?

À travers ses cils trempés, elle perçut le mouvement de Philippe qui se détendit brusquement et franchit la distance qui les séparait.

— Mais mon loup, qu'est-ce que tu crois ? Que je n'ai pas compris où partaient ces mystérieux 1 852 euros, depuis tout ce temps ? Que je ne lis jamais les rapports du commissaire aux comptes qui réclame à chaque clôture la facture annuelle de cette prestation ? Mon cœur... mais c'est le prix pour qu'elle nous fiche la paix, c'est un service que tu nous rends !

Et tandis qu'elle sanglotait de soulagement, le nez contre la veste rugueuse qu'il portait en fin de semaine quand il n'avait pas de rendez-vous, elle songeait qu'il était doux de goûter le pardon. Et qu'elle devait y puiser la force de garder le silence sur le reste.

Alors qu'elle se détachait enfin du large torse de Philippe, un coup sec fut frappé sur la porte close. Elle se passa la main sur les joues, se frotta les paupières du bout des doigts et repoussa doucement son mari.

— Oui, Edwin ?

La porte s'ouvrit et le major Dambérailh s'y encadra, se racla la gorge avant d'annoncer :

— Philippe, j'ai besoin de te voir. Mme Opras également. Vous monterez dans la voiture de l'adjudante-cheffe Amblevert qui vous attend en bas, Philippe avec moi. On a besoin d'éclaircir certains points.

— Elle est où Laure, tu la gardes où, Géraud ? rugit Philippe Opras, debout au milieu de la salle d'interrogatoire de la brigade. Géraud, regarde-moi putain ! C'est quoi, ça, une garde à vue ?

Tandis que le major refermait la porte sans lui tourner le dos, Philippe Opras s'écroula sur la chaise placée devant la table nue, face à un fauteuil noir à roulettes sur lequel Géraud s'assit.

— Il faut qu'elle apporte le cahier de poésie de Suzanne à l'école, murmura-t-il. Tu peux pas nous garder comme ça, il y a les gosses, il y a...

— Philippe.

— Quoi, bordel ? Est-ce qu'on emmène les gens comme ça, comme des criminels, qu'est-ce que tu imagines dans ta petite tête, que j'ai tué ma sœur ?

— Philippe, qu'est-ce qui s'est passé lundi soir dernier.

— De quoi tu parles ? Qu'est-ce qu'on en a à faire ? Tu ne peux pas me garder, Géraud, je n'ai rien à faire ici.

Avec un calme presque inquiétant, le major recula sur son fauteuil et répéta sa question.

— Lundi soir, mais lundi soir, je ne sais plus ! J'étais chez moi j'imagine ! je... non. Attends, lundi soir on était quatre tonneliers chez Barmusset, les cognacs Barmusset, et il y avait une dégustation.

— Où ?

— En Charente, à dache. Maison Barmusset, ça ne te dit rien ?

— Et tu es rentré comment ?

— En voiture. Tard.

— Qu'est-ce qui s'est passé sur la route ?

Incrédule, Philippe Opras se gratta l'avant-bras. La lumière crue lui faisait mal aux yeux.

— Ça nous mène à quoi tout ça ? Rien, il ne s'est rien passé. C'est pour ça que tu m'as fait venir ?

— Philippe, écoute-moi bien. Je ne suis pas là pour mon plaisir. Si je te pose la question c'est que c'est important. Foutrement important. Qu'est-ce qui s'est passé sur la route ?

Plissant les yeux dans un effort sincère pour contraindre sa mémoire, Philippe finit par reconnaître :

— OK, je me suis endormi un poil sur la route. J'ai heurté un chevreuil, ça m'a réveillé direct, et tant mieux parce que après Sagazan, le bas-côté plonge à un mètre de profondeur. Mais rien de grave, la bête s'est carapatée direct, j'ai rien vu dans le rétro. Sinon tu penses bien que je serais allé la ramasser pour ne pas la laisser sur la route.

Le poing serré devant la bouche, le major laissa échapper un long soupir. Puis il fixa sans rien dire Philippe qui cligna plusieurs fois des yeux nerveusement. Derrière la vitre, il savait que Baya ne perdait pas une miette de l'échange tandis que dans la pièce voisine, Amblevert interrogeait Laure Opras. Ils étaient convenus d'attaquer Philippe et Laure sur le meurtre, pour que ensuite Laure soit soulagée de ne se reconnaître que complice. La manipulation fonctionnait en général beaucoup mieux que l'intimidation. Dans le cas de Philippe Opras cependant, le major se trouvait démuni. S'il n'avait pas conscience de l'accident dramatique qu'il avait causé, que restait-il en matière de mobile pour le meurtre de Myriam ? Il ne restait plus qu'à espérer qu'Amblevert réussisse à faire craquer Laure. Il gardait en mémoire cette scène difficile : Laure se laissant broyer la main pour empêcher Philippe de se blesser. Est-ce que son esprit de sacrifice allait jusqu'à tuer pour protéger son mari ? Le major se leva, marmonna un « je t'apporte un verre d'eau, tu bouges pas », et sortit rejoindre Ocelot.

— Alors, on lance la mise en examen ? interrogea-t-elle sitôt la porte refermée.

— On attend le retour d'Amblevert, Ocelot. Vous l'avez entendu, il est persuadé d'avoir percuté un chevreuil. Si réellement il ne sait pas qu'il a gravement blessé quelqu'un, on n'a pas de mobile pour le meurtre de Myriam et encore moins celui de Katia.

— Je dirais la même chose si j'avais été coupable de délit de fuite : « J'ai rien vu m'sieur l'agent. »

— Relisez l'article, la victime était au fond du fossé. Philippe vient de dire qu'il est profond d'un mètre à cet endroit.

— Ma parole vous croyez vraiment que ce type ne s'est rendu compte de rien ?

Pensif, le major revit le regard de défi que Philax lui avait lancé ce matin terrible plus de trente ans auparavant à la sortie de la chaufferie, presque fier d'avoir été pris sur le fait, cigarette au bec.

— Le délit de fuite, ça ne colle pas avec le personnage. Pas du tout. Et je le répète, Ocelot, j'attends le rapport d'Amblevert avec Laure Opras. C'est elle qui a tenté de cacher l'article. Je ne vais pas accuser un type du meurtre de sa sœur si on n'a pas de mobile solide.

Puis sans attendre de réponse, le major sortit dans le couloir, le traversa les coudes au corps et se précipita dans la cour pour inspirer à pleins poumons. Le souvenir de Philax à sa sortie de la chaufferie faisait remonter en lui un épouvantable sentiment de claustration. Le dos contre le large tronc du platane, il lutta pour maîtriser les haut-le-cœur qui le saisissaient depuis la veille à chaque fois qu'il repensait à ce qui s'était réellement passé dans l'obscurité du pensionnat Saint-Joseph. La mémoire ne se débloque pas sans se venger d'y avoir été forcée.

Dans la pièce voisine, Amblevert rassemblait ses forces pour l'assaut final.

— Vous reconnaissez donc avoir eu connaissance de cet accident causé par votre mari ?

— Oui. Mais lui ne sait rien.

— C'est dans le journal de votre belle-sœur que l'article de presse qui en fait mention a été retrouvé. Et nous avons un témoin qui a assisté à votre tentative de dissimuler cet article.

— Je sais.

— Mme Opras, est-ce que vous réalisez que votre attitude constitue un sérieux mobile pour le meurtre de votre belle-sœur ? Je suis obligée de procéder à votre mise en examen.

Les deux bras étendus sur la table devant elle, Laure fixait un point invisible sur le mur. Elle semblait vaincue, ne cillait que par intermittence et Géraldine douta un instant d'avoir été entendue.

— Je n'ai pas pu tuer Myriam, adjudante-cheffe.

— Malheureusement la reconstitution des allées et venues fait apparaître dans le déroulement de votre soirée plusieurs opportunités. Vous avez pu sortir à la suite de Myriam, l'étrangler, puis profiter de la visite aux flambeaux pour vous éclipser quelques minutes afin de cacher la voiture. Vous saviez que personne ne passerait sur le parking avant que vous n'ayez déplacé la Mini, vous connaissez les habitudes de la maison.

— Je n'ai pas pu tuer Myriam, parce que je suis diabétique.

— Et ?

— Et mon diabète s'accompagne de ce qu'on appelle la sarcopénie. C'est une diminution de la force musculaire. Ça fait partie des complications sympathiques du diabète de type 2. Je suis incapable d'ouvrir un pot de confiture. Alors étrangler un être humain…

Un silence de mort régnait dans la salle des opérations où Amblevert touillait son thé sans sucre. Le major avait retrouvé une forme de calme intérieur et venait de rentrer dans la pièce, tandis que Philippe Opras se tenait, exsangue, sur la chaise que lui avait avancée Ricou lorsqu'il était sorti de la salle d'interrogatoire. Laure, les yeux gonflés, semblait en état de choc.

— Qu'est-ce qui va se passer, maintenant ? demanda Philippe d'une voix que personne ne reconnut.

— Pour l'enquête sur le meurtre de votre sœur, on continue à chercher.

— Et l'accident de voiture ? interrogea Laure, que va-t-il arriver à Philippe ?

— On attend de savoir ce que devient la victime, répondit Amblevert. Si elle se remet et qu'elle ne souffre pas de séquelles, vous écoperez certainement de prison avec sursis. Vous avez tous vos points ?

— Je crois oui, grommela Philippe.

— C'est bon pour vous.

— Et le fait de ne pas m'être arrêté ? Ça aggrave mon cas, j'imagine ?

— Pour qu'il y ait délit de fuite caractérisé, il faut qu'il y ait conscience d'avoir causé un accident. La déposition de votre femme corrobore la vôtre et permettra d'établir que vous n'avez pas eu conscience de quoi que ce soit.

— Alors, rien ? Je m'en sors comme ça ?

— Je n'irai pas jusque-là. L'analyse de votre voiture et notamment du côté endommagé permettra certainement d'établir votre responsabilité. Tout dépend du sort de cette Mme Line Lobirac. La peine encourue pour un homicide involontaire reste de cinq ans de prison et soixante-quinze mille euros d'amende… Heureusement pour vous, il est trop tard pour faire un test d'alcoolémie.

Philippe gémit, autant sur lui que sur la victime dont il ignorait tout jusqu'à ce que Laure le rejoigne dans la salle où Géraud l'avait laissé seul. À mots prudents, elle lui avait enfin dévoilé cette vérité dont elle aurait tellement voulu le préserver.

— Bon, Amblevert, on a tout mis en ordre, intervint le major. Vous me ramenez les Opras à la tonnellerie je vous prie ?

— Non, non ! s'écria Laure. Les salariés sont arrivés à cette heure-ci. S'il vous plaît, pas de voiture de la gendarmerie. C'est déjà tellement… difficile.

Alors qu'Amblevert s'était déjà levée, clés en main, elle s'immobilisa et aperçut Daphné, discrètement tassée derrière le palmier poussiéreux qui occupait un angle de la pièce.

— Vous, Daphné, vous êtes en voiture ? Vous pourriez peut-être faire un détour par Lacapel-sur-Busson ?

D'un œil dubitatif, Daphné jaugea la carrure de Philippe Opras et tenta mentalement de la faire entrer dans l'espace réduit de son Opel Corsa trois portes.

— Je ne suis pas sûre que..., commença-t-elle avant d'être interrompue par Laure.

— Alors Pol. Pol va nous ramener. Il a son cabinet à deux pas. Je n'ai pas pris mon portable, c'est possible de téléphoner d'ici ?

Ricou, qui s'affairait près de la machine à café, déposa devant Philippe un mug fumant qu'il n'avait pas réclamé et se chargea d'apporter un téléphone sans fil à Laure. Baya et lui s'étaient murés dans un silence prudent, pour éviter d'ajouter à la déconfiture du major et d'Amblevert.

— La touche haut-parleur bugue, on ne peut pas le désactiver, murmura-t-il en lui tendant le combiné. D'un hochement de tête, Laure le remercia et composa de mémoire le numéro du cabinet dentaire.

— Oui, c'est Laure, est-ce que je peux parler à Pol ? Merci. Pol ? C'est Laure, est-ce que tu peux venir nous chercher à la brigade s'il te plaît. Je suis avec Philippe.

Dans la salle des opérations, la réponse de Pol résonna haut et clair :

— À la brigade ? C'est qu'Aline... OK, je vais voir ce qu'elle peut gérer sans moi, au besoin elle va déplacer les rendez-vous. J'arrive.

Dans la grande pièce, chacun se taisait encore lorsque Laure rendit le combiné à Ricou. Alors qu'elle rechargeait la machine à café en eau, Baya, terriblement frustrée de n'avoir abouti à rien malgré cette spectaculaire double interpellation, persifla :

— Câline, Edwin... on aime les prénoms bizarres chez vous. Baya me semble classique tout à coup.

— C'est Aline, qu'elle s'appelle, corrigea Laure avec un pâle sourire.

— Câline, Caresse ou Douce..., murmura Daphné qui ne s'était pas détachée de son palmier, « un prénom résolument original et importable ». Laure ? Qui est Aline ?

Le major n'aurait pas su expliquer pourquoi, mais l'ambiance du groupe et de la pièce entière se modifia en quelques secondes. Brutalement, à l'extérieur, la luminosité baissa et n'entra plus par les fenêtres qu'un jour gris qui les forçait à plisser les yeux.

— De quoi parlez-vous ? demanda Amblevert, qui touillait toujours son thé avec énergie.

Tout cet enchaînement d'émotions l'avait éprouvée et elle se sentait gagnée par une dangereuse impatience.

— Aline, c'est la compagne de Pol, grogna Philippe. Une jolie jeunette tout enamourée qu'il a trouvée sur Internet en cherchant une secrétaire et avec laquelle il compte apparemment se marier.

Le sourcil belliqueux, Amblevert fixa Philippe, puis Daphné.

— Et Câline, qui est Câline ou Caresse ou je ne sais plus qui ?

— La demi-sœur de Pol, répondit Laure d'une voix blanche. Oh mon Dieu. Philippe ?

— Quoi ?

— D'où vient le tableau des lavandes ? Celui qu'Aline a remarqué samedi soir à la maison ?

— Une des œuvres de la mère de Pol. Elle l'a fait parvenir aux parents un peu après sa dernière visite à la maison. Peut-être pour s'excuser de leur laisser définitivement la charge de son fils.

— Pourquoi des lavandes ?

— Pardon ?

— Où est-ce que la mère de Pol vivait avec sa petite fille et son compagnon ? Pourquoi a-t-elle peint des lavandes ?

— Mais comment tu veux que je me souvienne exactement ? Elle vivait en Provence, elle a peint des lavandes, et puis ?

D'une voix étranglée, Laure s'adressa à son mari, comme si l'ensemble de l'effectif de la brigade ne se tenait pas suspendue à ses lèvres.

— Grasse… la mère de Pol s'était forcément installée à Grasse. Et mercredi soir, quand Myriam a fait cette réflexion à Pol sur l'escalier de la tonnellerie après que M. Hashimoto a trébuché, elle parlait de Câline, la petite fille qui s'est ouvert le menton et que ton père a dû maintenir pendant qu'on la recousait à vif. Mon Dieu, Philippe, Myriam avait compris qui était Aline.

— Mais qui est Aline ? s'impatienta Philippe. On la connaît à peine, Aline, Pol ne l'amène jamais ! Comment toi, tu peux savoir qui est Aline ?

Avec une lenteur extrême, Laure se leva et se plaça devant son mari, puis elle s'accroupit et lui prit les deux mains.

— Aline et Câline. C'est la même personne. Pol entretient une relation avec sa demi-sœur.

— Mais qu'est-ce que tu racontes, protesta Philippe, comment est-ce qu'une situation pareille pourrait arriver ?

Brusquement gagné par une bouffée de chaleur, il se passa le doigt dans le col et s'agita sur sa chaise tandis que Laure poursuivait, d'une voix de plus en plus étranglée :

— Tu as entendu comme moi, Aline n'a aucun souvenir de sa petite enfance. Son père a tenté de faire le vide quand sa mère les a laissés. Elle n'avait que trois ou quatre ans, ses souvenirs se sont progressivement estompés. Passés sept ans, si rien ne réactive la mémoire, un phénomène d'amnésie infantile efface les souvenirs d'enfance.

— Mais comment Pol l'a-t-il retrouvée ? Pourquoi est-ce qu'il a voulu entrer en contact avec elle ?

— Lui il avait dix-neuf ans quand il a vu Câline. Il a pu retenir son nom, Lavozzo, la ville où elle habitait, je ne sais pas... Et avec Internet, les réseaux sociaux... Elle n'a fait que répondre à l'offre d'emploi d'un certain M. Martin, dentiste, dont personne n'a jamais pu lui parler.

— Mais pourquoi ? s'insurgea Philippe. Pourquoi est-ce qu'il a fait cette démarche ?

Avec douceur, Laure lui caressa le bras et murmura :

— Parce que avec la mort de ton père, Pol a perdu son ancrage. Parce qu'on avait des enfants, parce que Myriam avait Laurent, parce qu'il avait quarante-cinq ans passés et personne dans sa vie. Et que la petite Câline, dont il avait retrouvé la trace, semblait aussi perdue que lui.

Sous l'effet d'un afflux d'adrénaline, Philippe se leva brutalement et se mit à faire les cent pas au milieu de la pièce saturée d'électricité.

— Ça semble fou. C'est fou. Mais ça explique sa répugnance à nous la présenter, à nous la faire connaître. Et son empressement à partir au bout du monde.

— Tu connais Myriam, les petites amies de Pol n'ont jamais tenu bien longtemps face à elle. Elle s'est toujours montrée terriblement méfiante, possessive. D'une manière ou d'une autre elle a compris qui était Aline.

— Et Aline ? coupa le major, est-ce qu'elle a compris la situation ?

Laure se redressa, prenant appui sur la chaise que Philippe venait de quitter. Pensive, elle étudia la question et répondit :

— Peut-être que je me trompe, mais j'en doute. Elle m'a semblé tellement candide, sans calcul. Ça expliquerait d'autant mieux la tension entre Myriam et Pol.

Après une profonde inspiration, Laure se redressa et plongea son regard dans celui du major.

— Mercredi soir, Myriam a averti Pol après la chute de M. Hashimoto. Elle lui a dit « les escaliers ne lui valent rien ». Elle parlait d'Aline. Je n'ai pas compris pourquoi il s'est décomposé à ce moment-là. Myriam venait de lui faire comprendre qu'elle savait. Et elle est morte une heure après.

Et tandis que Pol arrivait au secours de Laure et de Philippe, quittant son cabinet dentaire si durement acquis, embrassant peut-être sa fiancée par-dessus le comptoir d'accueil, Laure s'installait devant l'ordinateur du major et déballait, mot après mot, phrase après phrase, l'histoire de Pol Martin qui voulait épouser sa demi-sœur.

Pol, 10 h 12

Pour une fois la grille de la brigade est ouverte. J'y gare mon bolide, une antique Lancia rayée sur toute la longueur de la portière avant, et je sors sous le platane. L'appel de Laure m'a glacé et venir ici me retourne l'estomac. En réalité ce qui me tend à ce point, c'est le fait que la mort de Myriam place chacune des personnes que j'aime dans le collimateur de la PJ. Je n'ai pas d'information précise, mais j'imagine Laure, la douce Laure, acculée dans une salle de garde à vue, filmée comme n'importe quelle petite frappe… et Philippe, qui souffre déjà comme une bête. Est-ce qu'ils l'ont accusé ? C'est ce qu'il y a de plus difficile, finalement. Car le soupçon porté sur eux éloigne le radar qui me guette. Je bénéficie de leur désarroi et je me trouve ignoble.

Je traverse la cour, je m'efforce de ne pas rentrer la tête dans les épaules, Myriam me le disait souvent : tend ton cou, déjà que tu es petit… Des oisillons pépient dans le platane, je les écoute. Depuis six jours bientôt je me concentre sur les détails, sur les odeurs, sur les goûts, parce que c'est la seule manière de faire barrage à tout le reste. J'y arrive pas mal. Peut-être que je m'anesthésie.

La porte s'ouvre et le gendarme tout jeune qui se tient derrière le comptoir me fait aussitôt passer dans le couloir qui dessert les bureaux. Ça sent l'imprimante qui a chauffé, le café, le manteau humide. Je marche. Laure et Philippe m'attendent au fond, paraît-il. Dans quel état vais-je les trouver ? Et si… et s'ils étaient venus témoigner ? Mais témoigner de quoi…

J'ai tout verrouillé. Mais, et si…

Malgré la certitude que ce qui s'est passé mercredi soir et jeudi matin est enfermé dans une boîte parfaitement étanche, que je me suis assuré de la jeter au fond d'un lac d'oubli, que la surface de l'eau est redevenue plane, le doute vient me perforer l'estomac. C'est un effet du lieu. Une réaction normale. Je me rassure comme je peux. Personne ne peut savoir. Mais j'ai tout à coup le sentiment que chaque pas m'enfonce dans l'antre de la brigade et me coupe du monde. Je marche vers cette pièce au fond, éclairée au néon, d'où s'échappent quelques murmures, et j'ai l'impression de foncer dans un trou noir qui va m'aspirer. Il est trop tard pour faire demi-tour, je me raisonne, je tente de déglutir ce malaise qui n'a aucun fondement. Tout est bordé. Même la culpabilité, je l'ai jugulée et elle gît au fond du lac. Si je n'avais pas cadenassé ma conscience, je serais le premier à ne pas pouvoir continuer à vivre. Je respire un grand coup, ouvre les deux boutons de ma chemise qui m'étranglent et j'entre.

Ils sont là, en arc de cercle, certains debout, d'autres assis. Laure et Philippe me tournent le dos, ils font face à un bocal où tourne un poisson rouge. Il règne ici une atmosphère de salle d'attente, que je connais bien. Habituellement, quand j'entre, au cabinet, je les vois tous se rétracter, à qui le tour, qui va passer sous la roulette ? Mais l'attente que je perçois ici est d'une autre nature. Et quand mon frère se retourne vers moi, je lis dans ses yeux que la boîte s'est ouverte.

Je suis nu.

Sur la vitre du fond, une série de Post-it retrace minute par minute l'enchaînement de mes gestes. Je me sens si loin. Comme c'est étrange de contempler ces horaires, froidement articulés, quand j'ai agi dans une telle fièvre. Puisque la boîte s'est ouverte, je sens se déverser en moi un acide d'une puissance corrosive inouïe. Et tandis que le chef de tout ce petit monde ouvre la bouche pour me dire les phrases d'usage avant de me conduire en garde à vue, je lutte contre la montée des eaux, je colmate les brèches ouvertes et je bande mes forces pour refuser d'affronter ce que j'ai fait.

Plus puissant que la déception, plus amer, plus violent aussi, ce que je déchiffre sur le visage de Philippe, c'est un déferlement de haine. D'un geste qui manque de conviction, Laure tente de le retenir par la manche mais c'est sans effet : en deux pas Philippe est sur moi et je ne vois plus que ses lèvres retroussées, le feu de broussailles de ses sourcils soudés au milieu du front, la houle qui agite les ailes de son nez, l'écume qui lui monte aux lèvres. J'ai le temps de voir tout ça et de me préparer à l'éclatement de ma lèvre, à l'explosion de mes incisives, au cartilage qui craque entre mes yeux, au goût du sang qui envahit ma bouche, à la bile qui me monte dans l'œsophage, à l'arrêt net de ma respiration, souffle coupé comme lorsqu'on s'encastre dans un mur plein.

C'est exactement ça et bien plus encore.

Le poing serré de Philippe me défonce la mâchoire de gauche à droite et mon tympan se déchire en même temps que ma mâchoire se disloque. La douleur me cloue, je crois sentir jaillir mon globe oculaire hors de son orbite, rétine et cristallin me roulant sur la joue dans une expulsion liquide. En décalé j'entends un craquement de glaçon qu'on croque. Mon corps s'affaisse et laisse debout une part de moi qui peut embrasser la scène à trois cent soixante degrés. Philippe souffle comme un bœuf, il n'y aura pas de deuxième choc, pas de coup de pied dans le creux du foie, ni au bas de mes reins. Ils se sont mis à deux pour lui maintenir les bras dans le dos. À deux comme lorsque j'ai vu Claude Opras et ma mère bloquer les petits bras dodus de Câline qui hurlait de peur en voyant s'approcher l'aiguille qui devait la recoudre. Recroquevillé à terre, je tente de remplir d'air par petits à-coups mes poumons comprimés par la douleur. J'avais mes raisons. Et puisque j'ai le droit de garder le silence, je n'ai plus qu'une phrase à dire, qui justifie tout, qui m'absout, qui me lave. Au prix d'une souffrance qui m'aveugle, j'ouvre la bouche. Ma joue mouillée de bave et de sang adhère au carrelage et j'articule avec ce qui me reste de souffle, sans pouvoir remuer le menton que je ne commande plus, le plus fort possible pour que tous m'entendent, tous ces gens assemblés qui ne comprendront jamais quelle fêlure ouvre en vous l'abandon, quel baume devient alors l'adoration si pure et si gratuite qu'Aline m'a offerte, j'articule enfin :

— J'ai été aimé.

Le soleil passait tranquillement derrière la cime des arbres. Le major empoigna la bêche que Daphné venait de planter devant lui, au sommet de la butte de terre qui dominait un trou encore largement béant. Un coulis d'air froid lui glissa entre les jambes tandis que le soir montait. Il banda chaque muscle de son dos pour enfoncer la pelle puis la relever chargée d'une terre collante et lourde qu'il jeta aussi loin que possible dans la fosse.

À quelques mètres, sa tante avait apporté une chaise et une table sur laquelle elle posa un plateau fumant : deux tasses de tisane, celle qu'elle avait achetée pour ce cuistre de Michel Fouilloux-Saxe, dans laquelle elle avait versé une dangereuse rasade de prune.

— Tu ne m'as jamais raconté le fin mot de l'histoire, dit-elle en prenant place, la voix volontairement geignarde.

Un instant il crut qu'elle parlait du pensionnat, de l'enfant enfermé sans sa Ventoline, des abus de pouvoir scandaleux de la part de ces deux pions qui seraient bientôt rattrapés par les témoignages de ceux qui avaient aujourd'hui presque cinquante ans. Malheureusement tout était prescrit pour lui, mais la parole se libérait aussi chez les plus jeunes et certains témoignages dataient de moins de vingt ans. Mais comment Daphné aurait-elle pu savoir ? Elle parlait de l'affaire Opras, évidemment.

— Que voulez-vous savoir ?

— J'en suis restée à ce dentiste, ami de la famille, qui arrive à la brigade et qui se fait lire ses droits et boucler en cabane.

— « Boucler en cabane »… vous m'avez accoutumé à un autre langage, tante Daphné.

— C'est que je m'impatiente. Donc, que s'est-il passé après que tu m'as renvoyée comme une étrangère ?

— Je devais mener un interrogatoire, il m'était difficile de vous garder près de moi, protesta le major, qui sentait déjà un voile de transpiration lui couvrir le front. Eh bien nous avons appris qu'en effet, ce pauvre garçon avait une demi-sœur, elle aussi délaissée par leur mère qui vit depuis quelque part en Patagonie. À la mort de Claude Opras, Pol a perdu pied. Il a voulu se raccrocher à quelqu'un. Philippe et Myriam avaient leur vie, il a donc pensé à cette sœur qu'il ne connaissait pratiquement pas. Il la retrouve sur Internet, s'aperçoit qu'elle mène une vie précaire et il pense à entrer en contact, mais sans lui dire qui il est, histoire de voir quel genre de fille elle est devenue. Il ne veut pas servir de planche de salut à une opportuniste, il a déjà été échaudé. Il commence donc par lui proposer un emploi et la formation qui va avec, pour se laisser le temps de l'observation. Elle accourt donc, la jeune Câline.

— Elle saute sur l'occasion, je pense bien, commenta Daphné en hochant la tête, sa tasse à la main.

Le soir était bien là et dans la lumière indigo qui précédait le lever de la lune, le major pelletait sans interruption, tout en essayant de caler son souffle sur le dialogue que lui imposait sa tante. Il n'avait pas froid, il se sentait pourtant terriblement creux. Cette histoire l'avait vidé de sa substance et de sa chaleur. Il avait expérimenté l'écœurement avec une violence à laquelle il ne s'attendait pas. Tout l'écorchait dans cette histoire : la barbarie des meurtres, la candeur d'Aline, le désespoir de Pol qui sentait le sol s'effriter sous ses pieds et avait réagi comme un animal acculé.

— J'ai pensé comme vous, et... après l'avoir interrogée, elle... Vous auriez vu sa détresse. C'était déchirant, elle m'a semblé tellement fragile, elle aussi avait trouvé un ancrage, vous comprenez ?

— Voilà que tu cautionnes l'inceste ? Mais enfin Géraud...

— Je ne cautionne rien, protesta le major qui désespérait, en parlant, de voir sa bêche rester couverte d'argile alors qu'il venait de l'agiter au-dessus de la fosse. Mais vous devriez savoir que l'inceste entre frère et sœur, s'il est consenti, n'est pas puni par la loi. Tout est dans le « s'il est consenti ».

Il la racla du côté de la chaussure puis s'essuya dans l'herbe et recommença.

— Donc elle a séduit le beau dentiste, sans se douter de rien ?

— Vous vous trompez sur elle, mais je vois bien que je n'infléchirai pas votre lecture des événements. Ils sont tombés amoureux. Pol Martin, qui avait l'intention de rapidement se dévoiler, a préféré se taire quand leurs relations ont pris ce tour qu'il n'attendait pas. Il s'est mis à trembler d'être découvert. N'a pas vraiment présenté sa petite amie à sa famille de cœur. Il lui a demandé de se faire appeler Aline, et non Câline, trop reconnaissable. Elle a accepté, pensant qu'il voyait dans ce prénom un stigmate de classe, à l'image de tous ces prénoms bricolés ou trop américains qui pèsent lourdement sur l'image que renvoient ceux qui les portent. Mais elle a gardé en pendentif le C de son prénom, il n'a pas réussi à le lui faire quitter. Quand Myriam Opras est allée se faire soigner, Pol pensait qu'elle avait remarqué ce C, ainsi que la cicatrice qui demeure sous le menton d'Aline. Vous savez, quand on est allongé sur ce fauteuil de torture, on voit tout par en dessous. Et c'est Aline qui a installé Myriam.

— Cette cicatrice, elle date de quand la petite fille s'est ouvert le menton en tombant dans un escalier ?

— Exactement. Cette chute a eu lieu à la tonnellerie justement. Ça a été assez marquant pour que Philippe et Myriam s'en souviennent. La mère de Pol n'est jamais revenue, Pol n'a jamais revu sa sœur.

— Et les noms de famille ? protesta Daphné. Elle ne connaissait pas le nom de son demi-frère ?

— Elle ignorait tout de l'existence d'un demi-frère. Sa mère est partie quand Câline n'avait que trois ans, le père a tout fait pour l'effacer. Vous pensez bien qu'il n'a jamais mentionné l'existence d'un demi-frère.

— Pauvre enfant, murmura Daphné. Cette femme est une irresponsable. Comment agir de la sorte, semer les petits enfants sans plus jamais s'en soucier ?

— Elle vit encore, figurez-vous. On tente de la faire revenir pour témoigner.

— Elle ne viendra jamais. Imagine la honte qu'elle doit ressentir. Mauvaise femme. Et ensuite ?

— Ensuite, Myriam a fait le rapprochement. On a appelé l'état civil de Grasse, ils ont bien reçu un coup de fil de Myriam, mardi après-midi. Elle a voulu s'assurer qu'elle ne se trompait pas. Puis elle a fait comprendre à Pol qu'elle savait lors du dîner avec les Japonais, comme Laure l'a raconté. Il l'a poursuivie pour en parler. Elle était, d'après ce qu'il raconte, tellement sûre de son fait, tellement arc-boutée sur ce qui était juste, ce qui était droit, qu'il a vrillé. Ça n'était pas la première fois que Myriam faisait obstacle à ses relations amoureuses. S'ajoutait le problème de la dissimulation à Aline, qui la scandalisait. Il a vu qu'elle allait massacrer, au nom de la vérité, tout ce qu'il venait d'édifier. Cette crainte de l'abandon, qui l'avait tenaillé toute sa vie, venait enfin de s'apaiser. Et Myriam n'a pas voulu comprendre.

— Elle s'est moquée ?

— Elle n'a vu que l'inceste.

— Et la pauvre fille du chenil alors ?

— Elle est arrivée au moment où il refermait le coffre. Elle n'avait rien vu de compromettant mais elle aurait su un jour, par les journaux, pour ne citer que ça. Elle devait remettre la partition à Myriam ce soir-là mais Pol l'a découragée de la déranger, donc elle lui a dit de transmettre à Myriam qu'elle l'attendrait le lendemain au refuge. Avec les récents faits divers, l'idée lui est venue d'essayer de maquiller le meurtre en une attaque de chien. Il y est allé à l'aube, avec un pistolet à billes qu'il avait acheté en vue de l'anniversaire du fils de Philippe et Laure. Le refuge est connu pour accueillir les chiens difficiles et dangereux, il l'a fait un peu parler et l'a accompagnée jusqu'à l'endroit où il voulait agir. Il l'avait acheté quinze jours avant le meurtre, ce qui est incroyable c'est qu'à cinq jours près, Ricou l'aurait identifié dans les fichiers clients qu'il a épluchés pendant deux jours. Si Katia Gault n'avait pas glissé la partition par la fenêtre de la Mini, on n'aurait probablement jamais fait le rapprochement entre les deux meurtres.

— Quelle histoire épouvantable. Quel gâchis. Tout ça pour quoi ?

— Pour préserver sa revanche sur la vie, j'imagine ?

— Tu l'approuves Géraud ? Si, je vois bien que tu l'approuves, tu lui trouves des raisons.

Entre deux coups de reins, Géraud s'interrompit, essuya la sueur qui lui tombait dans les yeux, et soupira.

— Non je n'approuve rien. Il ne peut rien sortir de bon de ce genre de mensonge fondateur.

Daphné remit en place une boucle d'oreille en forme d'escargot qui lui glissait du lobe et conclut.

— Une fois que tu auras terminé de reboucher la piscine, je me permettrai d'abuser de ta gentillesse pour remettre en place mon évier du XIVe. C'est beaucoup trop lourd pour une femme seule. Il faut bien qu'il y ait quelques inconvénients.

Les deux mains sur le volant, Alain Camirand transpirait à grosses gouttes. Sur le fauteuil passager, Océane ne cessait de se tortiller en faisant éclater des bulles de chewing-gum.

— C'est bon Papa, j'ai bien compris la leçon. Tu vas pas en rajouter des couches et des couches.

La morgue de sa fille acheva de le convaincre, il passa la première et fit pénétrer la voiture dans la cour de la brigade, se gara sous le platane et claqua la portière avec une détermination farouche. Recroquevillée sur son fauteuil, l'adolescente avait changé d'attitude et se mit à couiner lorsqu'il la tira par le coude pour la forcer à sortir et à entrer dans le bâtiment.

— Bonjour monsieur, c'est pour ? demanda le très jeune gendarme qui tenait l'accueil.

— Ma fille vient se dénoncer.

— Quoi ? s'indigna Océane. Papa ? Tu rigoles ? J'ai compris je te dis.

Elle tremblait dans son petit top qui laissait voir le nombril, mais Alain ne desserrait pas sa poigne. Il était temps de payer les pots cassés, quitte à vendre la Prius avec sa batterie toute neuve pour honorer la facture.

— C'est elle qui a vandalisé la chapelle de Mayenac. Pour cette histoire de jeu télévisé débile. Voilà le badge qui a servi à désactiver l'alarme de l'église. C'est moi qui le lui ai donné, j'ai ma part de responsabilité.

Et il posa sur le comptoir le petit galet de plastique bleu qu'il avait retiré du porte-clés de Myriam Opras, un soir de faiblesse.

Remerciements

De plus en plus longs au fil des romans…

Merci à mon ami tonnelier qui m'a consacré deux bonnes heures pour me faire découvrir ce métier de précision, d'odeurs et de textures.

Merci à mon ami Pierre-Henry Fouilleul qui m'a donné quelques rudiments de culture en matière d'opéra. Merci au lieutenant-colonel Philippe de Laforcade qui corrige toujours mes manuscrits et me pardonnera de ne pas avoir assez impliqué les magistrats dans cette enquête.

Merci au vrai « Ricou », pour m'avoir autorisée à utiliser son nom surgi on ne sait trop comment sur mon manuscrit.

Merci aux libraires et notamment à Didier du Temps Presse, Karine de chez Mollat, Pepita de chez Lacoste, Tiziana de la librairie Club de Rocourt, Sophie-Hélène de chez Jaufré Rudel, Sébastien, Fabienne et Ludivine des Fnac de Parly 2, Laval et Bordeaux-Lac, à ceux de chez Martin-Delbert, M'Lire, l'Athenaeum Beaune et à tous ceux que je n'ai pas encore pu rencontrer. Vous êtes essentiels !

Merci aux blogueurs, book-stagrameurs et auteurs de talent qui sont des soutiens tellement précieux, je ne vous nomme pas tous mais vous savez que je sais que vous savez. Juste un clin d'œil à Julien et à son « dandin » qui se dandine.

Merci à mes parents, beaux-parents, frères, belles-sœurs, beaux-frères, aux Veillé qui me pardonneront d'avoir jeté Timothée dans les escaliers lorsqu'il avait deux ans (heureusement que tu ne te souviens de rien).

Merci enfin à mon éditeur Vincent qui sait obtenir d'un manuscrit une histoire qui tient la route.

Et à mon mari, mon mari, et surtout mon mari.

J'ai écrit ce roman en écoutant en boucle le *Stabat Mater* de Pergolèse, interprété par Philippe Jaroussky et Julia Lezhneva, pour moi le plus beau duo du monde, et en admirant la peinture lumineuse d'Aldo Balding.

Chaque année, 30 à 40 % des polars français qui sortent sont écrits par des femmes. Pour aider à la juste représentation de cette réalité, une poignée d'autrices ont créé le collectif des Louves du polar. Grâce à des actions concrètes et à un esprit positif, elles font bouger les lignes et œuvrent efficacement à la mise en valeur du polar féminin. Suivez-les sur @leslouvesdupolar !

Clin d'œil à mes amies et cofondatrices du collectif : Chrystel Duchamp, Cécile Cabanac, Céline Denjean, Céline de Roany, Marlène Charine, Sonja Delzongle, sans parler de toutes ces belles rencontres que les Louves ont suscitées.

les
Louves
du polar